文春文庫

フラッシュ・ボーイズ

10億分の1秒の男たち

マイケル・ルイス
渡会圭子　東江一紀訳

文藝春秋

フラッシュ・ボーイズ

10億分の1秒の男たち

〈目次〉

序章　幻想のウォール街　11
立会場で大声で叫びながら株の売り買いをしているマッチョな男たち。が、そうした光景はずいぶんと前に消え、ウォール街は実は小さな「黒い箱」の中に納まっている。そこで何かおかしなことが起こっている。その巨大なパズルを解こうとした男の物語を語ることにしよう。

第1章　時は金なり　19
シカゴとニューヨークを結ぶ電話会社の回線は、直線では結ばれていなかった。12ミリ秒で到達するはずの信号が、17ミリ秒かかっていた。もし、直線で結ぶことができれば？　地面の下にひたすらまっすぐの光ファイバーのケーブルを通そうと思いついた一人の男が、時を金に変える。

第2章　取引画面の蜃気楼　45
カナダロイヤル銀行は、ウォール街から見れば二軍の投資銀行だった。ブラッド・カツヤマは、２００６年のある日、買い注文を執行しようとして奇妙なことが起こっているのに気がつく。売りに出ていたはずの注文が、取引ボタンを押したとたんに蜃気楼のように消えてしまったのだ。

第3章　捕食者の手口　91

謎を解く鍵は、通信業界を渡り歩いてきた技術者のローナンからもたらされた。10億分の1秒の時間差を問題にする人々がそこにはいた。超高速取引業者。注文がすべて約定できる良心的な取引所とトレーダーたちが考えていたBATSは、実は彼らの餌場だった。

第4章　捕食者の足跡を追う　137

ブラッド・カツヤマにリクルートされたシュウォールは、2007年に施行されたある規制が、実は逆に捕食者たちを跋扈させたことに気がつく。取引の公平性のためにつくられたその規制は、時間と場所を利用したフロントランという武器を捕食者たちに与えることになったのだ。

第5章　ゴールドマン・サックスは何を恐れたか？　191

超高速取引業者の台頭は、ゴールドマン・サックスの取引システムに赤信号をともすことになった。つぎはぎだらけの巨大システムの速度はのろく、収益は圧迫された。そんな大投資銀行に雇われた一人のロシア人が、その投資銀行の告発によって逮捕されることになる。しかし、一体何を盗んで？

第6章　新しい取引所をつくる　223

RBCを辞めたブラッド・カツヤマは、七人の侍よろしく、人集めを始める。91万ドルの報酬を捨てて、新取引所のプロジェクトにまず馳せ参じたのは、同じ職場のローナンだった。ロブ、ナスダックにいたボラーマン、パズルマスターのフランシスなどが次々に雇われていく。

第7章　市場の未来をかいま見る　283

ブラッドたちの新しい取引所はIEXと名づけられたが、開設前から様々な妨害工作をうける。アイルランドのマフィアと関係しているとうわさを流され、そしてそもそも顧客が望んでも投資銀行は注文をIEXに送らない。そうしたなか、ゴールドマン・サックスに変化のきざしが見え始める。

第8章　セルゲイはなぜコードを持ち出したか？　351

ゴールドマンからコードを持ち出したとして逮捕起訴されたセルゲイの裁判では、検事も陪審員も誰一人として、超高速取引や投資銀行でなぜセルゲイのような技術者が必要となったのか理解していなかった。わたしは、実務を行なっている人々に声をかけ、私設の裁判を開くことにした。

終章　光より速く　375
スプレッド・ネットワークス社が極秘裏に敷設した光ファイバーの道。その道にそって自転車をこぐと奇妙な電波塔を見つけることができる。シカゴからニュージャージーをつなぐ38の電波塔。誰がいったい何のために？　10億分の1秒を走るフラッシュ・ボーイズの物語は終わらない。

謝辞　390

訳者あとがき　393

解説　日本のフラッシュ・ボーイズ　阿部重夫　400

フラッシュ・ボーイズ

10億分の1秒の男たち

序章　幻想のウォール街

立会場で大声で叫びながら株の売り買いをしているマッチョな男たち。が、そうした光景はずいぶんと前に消え、ウォール街は実は小さな「黒い箱」の中に納まっている。そこで何かおかしなことが起こっている。その巨大なパズルを解こうとした男の物語を語ることにしよう。

本書の始まりは、セルゲイ・アレイニコフについてのニュースだったと思う。アレイニコフは、ロシア出身のコンピューター・プログラマー。ゴールドマン・サックスに勤めていたが、退職後の二〇〇九年の夏に、同社のコンピューター・コードを盗んだかどでFBIに逮捕され、起訴された。

おかしな話だと、わたしは思った。ゴールドマン・サックスがあれほど大きな役割を演じた金融危機のあと、起訴されたのは、窃盗容疑の社員たった一人とは。さらに政府の検察官が、このロシア人の保釈を認めるべきではないと主張したのも腑に落ちなかった。コンピューター・コードが悪しき者の手に渡れば、〝市場の不正操作〟に利用されるおそれがあるのだという(そもそもゴールドマン・サックスは正しき者なのか。また、ゴールドマン・サックスが市場を操作できるなら、ほかの銀行にだって可能ではないか)。

しかし、おそらくこの一件に関して最も奇妙な点は、アレイニコフがしていたことを説明しようとしても、誰もできそうにないという点だった。彼がしでかした悪事だけではなく、彼が手がけていたこと、つまり仕事についてもだ。アレイニコフがやっていた仕事は、たいてい〝超高速取引プログラマー〟と呼ばれるが、それでは説明にならない。二〇〇九年夏の時点でほとんどの人たちが、ウォール街で働く者でさえ耳にしたことがない言葉だ。超高速取引とは何なのか？ そのような取引を可能にするというそのコードが、従業員によってコピーされたとわかったとき、ゴールドマン・サックスは、なぜFBIに通報する必要があったのか？ それが金融市場にとって途方もない価値があり、しかも危険をもたらすものならば、ゴールドマン・サックスにわずか二年しかいなかった一人のロシア人が、どうやって手に入れることができたのか？

わたしはそれらの疑問に答えてくれそうな人を探し始めた。たどりついたのは、窓から世界貿易センターの跡地が見える、ワン・リバティ・プラザの一室だった。そこには大手投資銀行、主要証券取引所、超高速取引業者など、ウォール街のいたるところから集まってきた、少数の精鋭が顔をそろえていた。並外れた知識を持つ彼らの多くは、高給の職をなげうってそこに集まり、ウォール街に宣戦布告しているのだという。それはつまり、何よりもあのゴールドマン・サックスに雇われていたロシア人コンピューター・プログラマーが生み出した難問を攻略することだった。おまけに彼らは、わたしが答えを探し求めていた疑問だけでなく、わたしが思いもよらなかった多くの事情についても、精通していた。やがてこれは、わたしが期待していたよりはるかに興味深い話であることが判明する。

わたしはこの仕事を、株式市場に対する興味から始めたわけではない。とはいえわたしも多くの人たちと同じように、市場の暴騰や暴落を楽しんで眺めるくちだ。一九八七年十月十九日に起こった株価大暴落の際、わたしはワン・ニューヨーク・プラザの四十階にあった、当時の勤務先であるソロモン・ブラザーズの株式部門をうろついていた。あれはたしかに興味深い現象だった。ウォール街内部の人間でさえ、次に何が起こるかわかっていなかったが証拠を探すなら、まさにうってつけの場所だった。万事順調と思っていた次の瞬間、アメリカ株式市場の株価が二二・六一パーセントという下げ幅を記録し、しかも誰一人としてその理由がわからない。この大暴落のとき、ウォール街のブローカーのなかには、売り注文を出そうとする顧客を避けるため、受話器を取るのを拒否する者もいた。ウォール街の連中が自らの信用を傷つける振る舞いに及んだのははじめてではなかったが、このとき規制当局は、規則の変更で対抗した。こうした不届き者たちが行なっていた業務を、コンピューターでも遂行できるようにしたのだ。一九八七年の株式市場の大暴落によって始まった変化は、最初は緩やかに、やがて激しく進行し、最終的にはコンピューターが人間にすっかり取って代わるようになる。

過去十年の急激な変化のおかげで、金融市場は、わたしたちが抱くイメージとはまったく違ったものになっている。ほとんどの人が今なお心に抱くのは、かつて写真や映画で見たような光景のはずだ。たとえばケーブルテレビの画面の下のほうに株式相場のテロップが延々と流れ、色とりどりのジャケットを着た野心に満ちた男たちが立会場でがなりあう。そんな光景はもう時代遅れだし、それが描き出す世界は存在しない。二〇〇七年ごろを境にして、立会場で色とりどりのジャケットを着た首の太い男たちはいなくなり、いたとしても重要な役割を果たすことはなくなった。今でも、ニューヨーク証券取引所とシカゴの各種取引所のフロアで仕事をしている人たちもいるが、もはや彼らは金融市場を率いることもなければ、市場についての見通しを秘密裏に握ることもない。アメリカ株式市場は現在、ニュージャージーとシカゴにある、厳重警備の建物内に設置された「黒い箱」の中で取引されている。その「黒い箱」の中で何が行なわれているのかは、よくわからない。ケーブルテレビの画面の下のほうに延々と流れる株式相場のテロップは、株式市場の現状のごく一部をとらえたものにすぎない。その「黒い箱」の中での株の値動きについて、公表されてはいるが、中身は曖昧で信頼できるものではない。専門家でも、そこで何がいつ起こっているのか、なぜそれが起こっているのか、はっきりとはわかっていない。もちろん、並の投資家には必要最小限の知識ですら入手できる見込みはない。TDアメリトレードやイー・トレード、チャールズ・シュワブ証券のアカウントにログインし、ある銘柄名を入力して〝買い注文〟ボタンをクリックする。そのあとはどうなっているのだろう？　パソコンのキーボードでキーを押したあとに何が起こるのか、本人は承知しているつもりかもしれないが、まじめな話、それはありえない。承知していたらキーを押す前に考え直すはずだ。

世の人々が株式市場の古いイメージをなかなか手放せないのは、そのほうが心穏やかでいられるからであり、新たなイメージを心に描きづらいからである。それを描ける少数の者たちには、そんなことをするつもりがみじんもないからである。本書はその光景を描こうとするものだ。そのなかにはパズルのいくつもの小さな一片がある。たとえば金融危機後のウォール街、金融業界を巧妙にかいくぐる新たな手口、プログラマー本人なら決してやらない非人間的方法で処理するようプログラミングされたコンピューター、あるいは、株の値動きがディーラーが予想するのと常に違う方向に動くのはなぜかを探るためにウォール街にやってきた人々。その一人であるカナダ人が、その光景の中央に立ち、数々のピースをまとめて整合性のとれた一枚の絵にしようとする物語なのだ。アメリカの金融業界をうかがい知るための窓を開け放って、現在の本当の姿を世の中に晒そうとするそのカナダ人の心意気に、わたしは今なお驚嘆の念を禁じ得ない。

それは、会社のコンピューター・コードを盗んだかどで逮捕された、ゴールドマン・サックスの超高速取引プログラマーに対しても同じだ。ゴールドマン・サックス時代のセルゲイ・アレイニコフの職場は、ワン・ニューヨーク・プラザの四十二階にあった。そこはかつてソロモン・ブラザーズのトレーディング・フロアだったところで、わたしが株式市場の大暴落を目の当たりにした場所から、二つ上の階にあたる。アレイニコフはわたしと同様に、そのビルに居座ることには関心がなかったようで、二〇〇九年の夏、会社を辞めて新天地に成功を求めた。二〇〇九年七月三日、シカゴからニュージャージー州のニューアークに向かう便に搭乗したアレイニコフは、自分がこの世界でどんな立場に置かれているのか、おめでたいことに気づいていなかった。飛行機が着陸したら何が待ち構えているのか、彼には知る由もなかったのだ。また自らも加担した、ゴールドマン・サックスが仕掛けた金融ゲームの賭け金がどれほど吊り上がっていたのかも知らなかった。

おかしな話だが、その賭け金がどれほど莫大だったか知るには、機内から眼下に広がるアメリカの景色を見下ろすだけでよかったのに。

第1章　時は金なり

シカゴとニューヨークを結ぶ電話会社の回線は、直線では結ばれていなかった。12ミリ秒で到達するはずの信号が、17ミリ秒かかっていた。もし、直線で結ぶことができれば？　地面の下にひたすらまっすぐの光ファイバーのケーブルを通そうと思いついた一人の男が、時を金に変える。

秘密のトンネル掘り

二〇〇九年の夏を迎えるころ、そのケーブルはもう独自の生命を宿していた。二千人もの男たちが地面を掘り、ケーブルの命をつなぐための見慣れぬ家作りにせっせと精を出していた。八人ずつのグループが二百五班、それに大勢の顧問と調査官らが、朝も早くから、どのように無傷の山腹に発破をかけて穴をあけるか、どのように川床を掘るか、十分な広さのない田舎道沿いに、どのように溝を掘ればいいか、あれこれ方策を立てていた。しかしいったい何のためにこんなことをしているのか、知っているものは一人もいなかった。そのケーブルは一本が髪の毛のように細いガラス繊維四百本を束ねる、直径わずか三・八センチの黒い硬質プラスチック製のチューブだが、すでに生き物のような雰囲気を持っていた。特異な要求や欲望を持つ地下に潜む爬虫類といった趣があった。

こいつが住むための巣穴はまっすぐ、これまで地中に掘られた何よりもまっすぐでなければならなかった。それはシカゴのサウスサイド【注】にあるデータセンターと、ニュージャージー州北部の証券取引所とを結ぶ直線だ。そして何より、その存在を秘密にしておく必要があったらしい。

現場作業員は知っておくべき必要最低限のことしか知らされていなかった。少人数に分けられ、それぞれ離れたところでトンネルを掘る作業員たちは、ケーブルがどこから来てどこへ行くのか、ごく限られた範囲のことしか知らなかった。とりわけケーブルの目的については知らされていなかった。万が一にも、彼らの口から外部にもれないようにするためだ。「みんなひっきりなしに聞いてくるよ。『こりゃあ極秘事項か？　政府がらみだな？』。おれはただ『そうさ』とだけ答えておいた」。ある作業員はそう語った。作業員たちはその目的は知らなかったかもしれないが、敵がいるのは知っていた。誰もが潜在的脅威に警戒すべきだと心得ていた。たとえばケーブルの近くを掘り起こしている者を目撃したり、やたら質問してくる者がいたりしたら、ただちに本部に報告することになっていた。そうでなければ、できるだけ口をつぐんでいるよう求められた。何をしているのかと聞かれたら、「光ケーブルを埋めてるだけだ」と答えなくてはいけない。普通はそこで会話が終わるが、たとえ終わらなかったとしても大した問題ではなかった。

【注】中心となるデータセンターはのちにシカゴ市外の、イリノイ州オーロラに移転した。

建築班の作業員たちもわけがわからない点では同じだったからだ。彼らは都市と都市とを、人と人とをつなぐトンネルを掘るのに慣れていた。しかしこのケーブルは誰かと誰かをつなぐわけではなかった。作業員たちが知る限り、ただひとつの目的はできるだけまっすぐ掘り進めることだった。たとえ回り道をとらないために、山をロックソーで掘削せざるをえなくなっても。

でもなぜ？

最後の最後まで、ほとんどの作業員はその問いを口にすることさえしなかった。アメリカは再び不景気に見舞われていたので、彼らは仕事があるだけで満足していた。ダン・スパイヴィによると、「誰もそのケーブルが何のためのものか知らなかった。だから、みんなてんでにその目的をでっちあげるようになった」。

ケーブルや、掘り進めているケーブル用の寝床についての説明で、作業員たちの最も近くにいたのがスパイヴィだった。彼は生来口が堅く、他人に話すよりも胸に思いを秘めるタイプの男で、慎重な南部人気質の持ち主だ。ミシシッピー州ジャクソンで生まれ育った彼がたまに口を開くと、その話し方は一度も南部を離れたことがない人のように聞こえた。ちょうど四十歳になったところだというのにティーンエイジャーのように細く、南部出身の写真家ウォーカー・エヴァンスが撮る小作人のような顔をしていた。ジャクソンで株式ブローカーとして満足感を得られないまま何年か働いたのち、本人の弁によれば、〝何かもっとスリルを味わえることをする〟ために職を辞したという。その後、シカゴ・オプション取引所の会員権を借りて自己勘定取引《プロップトレーディング》を行なった。シカゴの各取引所のトレーダーたちと同じく、彼もシカゴの先物契約とニューヨークとニュージャージーの現物市場との価格差を利用して取引すれば、どれほどの儲けを得られるか知っていた。毎日何千回も、それぞれの価格が一致しない瞬間が訪れる。たとえば先物契約を、原資産となる現物株式の価格よりも高く売ることができる瞬間だ。利ざやを得るには、どちらの市場にも同時にすばやく対応しなくてはならない。

〝すばやい〟の意味は急速に変化しつつあった。かつて、たとえば二〇〇七年より前には、トレーダーが取引できる速度には人間的な限界があった。人間が取引所のフロアで仕事をしていたので、売買を希望する場合はその人たちを介して行なう必要があったのだ。二〇〇七年には、そうした取引所は単にデータセンターにあるひとそろいのコンピューターにすぎなくなっていた。そこで行なわれる取引の速度は、もはや人間による制約を受けなくなった。唯一の制約は、シカゴとニューヨーク間で電子信号をどれだけ速く伝送できるかということだけだった。もっと正確に言えば、シカゴ・マーカンタイル取引所（CME）内に設けられたデータセンターと、ニュージャージー州カーテレットにあるナスダック証券取引所の側のデータセンターの間ということになる。

一千分の一秒の価値

スパイヴィは二〇〇八年ごろまでに、取引所間の実際の取引速度と、理論上可能な取引速度との間に大きな差があると気づいていた。ファイバーの中を進む光の速度を考えると、二か所で同時に取引する必要があるトレーダーは、シカゴからニューヨークへ、そしてニューヨークからシカゴへ発注するのに、およそ十二ミリ秒かかるはずだった。ちなみに十二ミリ秒は、人間の瞬《まばた》きの、およそ十分の一の時間だ（ミリ秒は千分の一秒）。ベライゾン・コミュニケーションズ、AT&T、レベルスリー・コミュニケーションズなどのさまざまな通信事業者が提供する回線ではもっと時間がかかり、しかもむらがあった。AT&Tとレベルスリーのデータセンターに発注したときは、十七ミリ秒かかるときもあれば、十六ミリ秒かかるときもあった。ときどき十四・六五ミリ秒しかかからないベライゾンの回線に出くわすときもあった。これが「黄金の回線」とトレーダーたちから呼ばれていた理由は、偶然そこを利用した場合、シカゴとニューヨーク間の価格差をいち早く利用できるからだった。スパイヴィには信じがたかったのだが、スピードを求める新たな動きに対して、通信事業者側の認識はまだ追いついていなかった。自社の特別な回線をトレーダーに大金で売れることをベライゾンはわかっていないばかりか、特別な価値を持つお宝を所有していることにさえまったく気づいていなかったらしい。

「当時は、複数の回線を登録しておいて、速いところにあたるのを願うしかなかった」。スパイヴィはさらに続けた。「通信事業者は自分たちが何を所有してるか知らなかったんだ」。二〇〇八年になっても、金融市場においてミリ秒の価値が一変したことに、大手通信事業者は気づいていなかった。

スパイヴィは詳しく調べて「なぜ」の答えを見つけたのだった。まずワシントンＤＣに行って、既存の光ケーブルのシカゴとニューヨーク間の敷設ルートが載った地図を手に入れた。ほとんどが線路づたいに、大都市から大都市へと延びていた。ニューヨークとシカゴを出てからはどちらも比較的まっすぐなのだが、ペンシルヴェニア州に達すると小さなカーブや大きなカーブが現れる。

スパイヴィはペンシルヴェニアの地図を見ているうちに、大きな障害を発見した。アレゲーニー山脈だ。アレゲーニー山脈を貫通する唯一の直線は州間高速道路だが、州間高速道路沿いに光ケーブルを敷設することは法律で禁じられていた。ほかの道路や線路は地形に応じて州をジグザグに走っていた。スパイヴィは州の詳細な地図を手に入れて、自分の考える敷設ルートを書き込んだ。「法が認める範囲でいちばんまっすぐな道筋」、スパイヴィはよくそう呼んでいた。狭い舗装道路や砂利道、橋梁、線路、ときには個人宅の駐車場や庭、トウモロコシ畑を利用して、通信事業者より百六十キロ以上も距離を短縮できた。後にスパイヴィがぶちあげ、取りつかれるようになるその計画は、もともとはある無邪気な考えから始まったことだった。

「このルートを作ったらどれほど速くなるか、見てみたいんだ」

まっすぐな線をひく

二〇〇八年の終わりごろ、世界金融システムが混乱を深めるなか、スパイヴィはペンシルヴェニア州に赴いた。ある建築業者に頼んで、自分の理想とするルートを運転してもらったのだ。二日間にわたり、スパイヴィとその男は朝五時に起きて、夜七時まで運転を続けた。「すると目に入るものは、小さな町とか、片側には崖、もう片側には切り立った岩の壁が続く細い道なんだ」とスパイヴィは言う。東から西へ向かう線路は、山脈を避けて北に南にと進路変更を繰り返した。つまり鉄道路線はあまり役立たない。「カーブがあって、まっすぐ東西に延びていないものは、とにかくいやだったんだ」とスパイヴィは明かした。目的を果たすためには、狭い田舎道のほうが都合よかったのだが、起伏の多い地形に押し込められるように走っていたので、光ケーブルは道路の真下に敷設しなければならなかった。「道路を封鎖して掘るしかなかった」

一緒に車を走らせた建築業者が、正気の沙汰ではないと思っていたのは間違いない。それでもスパイヴィに迫られると、この建築技師でさえ、その計画が理論上だけでも不可能だという理由を挙げられなかった。それこそ、スパイヴィが探していたものだった。これまで誰もやってみようとしなかった理由だ。「わたしはただ、通信事業者がなぜそれをやらなかったのか、その理由を見つけようとしていた。こう考えていたんだ。きっと障害が見つかるに違いない、とね」。正気ならアレゲーニー山脈の強固な岩盤を掘削して進もうなどと思わないというこの建築業者の意見のほかに、スパイヴィは実行に移さない理由を見つけることができなかった。

その瞬間スパイヴィは「一線を越えようと決心した」という。その一線とは、シカゴの取引所のオプション取引をするウォール街の人々と、公共の線路敷設権を管理する郡当局や運輸省の職員とを隔てるものだった。この敷設権によって一般市民は秘密のトンネルを掘ることが認められる。スパイヴィは次のような疑問に対する答えを探した。光ファイバー・ケーブル敷設に関する規則にはどのようなものがあるのか？　どこの認可が必要か？　その一線はまた、ウォール街の人々と、掘削と光ファイバー敷設方法を知る人々とを画するものでもあった。建設期間はどのくらいかかるか？　適切な道具を用いれば、建設班は岩盤を一日に何メートル掘り進められるか？　どのような道具が必要か？　費用はどのくらいかかるのか？

まもなくテキサス州のオースティンに住む、スティーヴ・ウィリアムズという建築技師のもとに、思いもよらない一本の電話がかかってきた。ウィリアムズはそのときのことをこう振り返る。「友人から電話がかかってきて『旧友のいとこが困っている、建設についてどうしても知りたいことがあるらしい』と言われた」。その後、スパイヴィ本人から電話がかかってきた。「直接電話がきて、これまでの建設事例の規模とか、使用するファイバーの種類とか、地面や川床の掘削方法なんかについて聞かれた」。数カ月後、スパイヴィから再び電話があった。このときウィリアムズは、クリーブランドからおよそ九十キロに及ぶ光ケーブル敷設工事の監督を依頼された。「工事の目的は知らなかった」と、当時を振り返ってウィリアムズは言う。スパイヴィはそのプロジェクトについて、九十キロのケーブルを一本敷設するために必要最低限の情報しか伝えなかったのだ。その一方でスパイヴィは、ネットスケープ・コミュニケーションズの元CEOで同郷人のジム・バークスデールに話を持ちかけ、推定費用三億ドルのトンネル工事に出資してもらうことになった。二人はスプレッド・ネットワークスという会社を設立したが、ノースイースタンITSとかジョブ8といったありふれた名前のペーパーカンパニーを隠れ蓑にして工事を進めた。ジム・バークスデールの息子デイヴィッドもこの事業に加わり、世間の注目を集めないよう、トンネルの通る地域の郡区や郡と四百件もの契約を結ぶという業務を担当した。そのころウィリアムズは建設工事の腕前が認められて、スパイヴィとバークスデールから、事業全体に関わるつもりはないか打診された。「そのときはじめて聞いたんだ。『実は、このケーブルはニュージャージーまでずっと続くんだよ』って」とウィリアムズは言った。

いくらでそのルートは売れるのか？

シカゴを出た建設班は、インディアナ州とオハイオ州を大急ぎで進んだ。調子のいい日には、ケーブルを三キロから五キロほど埋めることができた。ペンシルヴェニア州東部に達すると、岩盤にぶち当たって工事のペースが鈍り、一日に百メートル前後しか進まない日もあった。「みんな、ブルーロックって呼んでたよ」とウィリアムズ。「固い石灰岩のことさ。そこを突き進むのは骨が折れた」。ウィリアムズはペンシルヴェニアの建設班と、同じ会話を再三にわたり繰り返す羽目になった。「山腹を貫通させなくてはならないんだと、何度も説明したよ。すると作業員たちは口々に言うんだ、『そりゃ、頭がおかしい』ってね。『そんなことは百も承知だが、それがおれたちの仕事なんだ』と言うと、決まって『どうして？』と聞いてくる。そこでおれは『オーナーの希望に沿った特別なルートだからだ』と答える」。すると作業員たちは、「なるほど」とうなずくしかない。ウィリアムズが直面したもう一つの問題はスパイヴィで、ほんの少しでも遠回りしようものなら容赦なく嚙みついてきた。たとえば、線路敷設権は道路の片側から反対の側にかけてまたがっていることが多く、ケーブルが道路を一定範囲内で横切らなければならない。そのような場面が何度もあることに、スパイヴィは不機嫌になった。ウィリアムズは道路のところでケーブルのルートを、まず右へ、そして左に急角度で曲げるようにしていたからだ。「スティーヴ、きみのせいで百ナノ秒分、損することになるよ」と、スパイヴィはよく文句をつけた（ナノ秒は、十億分の一秒）。「せめて、対角線で横切ってくれないか？」

スパイヴィは心配性だった。リスクの高いことをしているとき、うまくいかないのはたいてい想定不足のせいだとして、普通なら考えもしないようなことまで考えていた。シカゴ・マーカンタイル取引所が閉鎖されて、ニュージャージーに移るかもしれない。カルメット川を横断できないかもしれない。ウォール街の大手銀行や通信事業者などの潤沢な資金をもつ企業が、スパイヴィの事業に気づいて参入してくるかもしれない。この最後の不安にスパイヴィは取りつかれていた——ほかにもすでに取りかかっている者がいて、まっすぐなトンネルを独自に掘っている——。話をした建設関係者からは正気の沙汰ではないと思われていたが、それでもアレゲーニー山脈には自分と同じ思いに取りつかれた人たちが、きっとうようよいると思っていた。「自分の目に明らかなことは、ほかの誰かもしていると、すぐに考えておくものだ」と彼は言う。

しかしケーブルの敷設完了後、ウォール街がこのケーブルの購入を希望しないかもしれないという考えは、彼の脳裏に一度もよぎらなかった。その逆だ。ケーブルは間違いなくゴールドラッシュの現場になるだろうと見込んでいた。スパイヴィとその支持者たちが、どのようにケーブルを売り込むかについて、必要に迫られるまであまりよく考えていなかったのは、そのためだろう。

これは込み入った話だ。スパイヴィたちが売り込もうとしているもの、つまりスピードは、希少だからこそ価値がある。見当がつかなかったのは、ケーブルの市場価値を最大に高めるには、どの程度希少であればいいのかということだった。アメリカ株式市場の一人の参加者にとって、スピードという点でほかの人たちより有利な立場を得ることに、どれほどの価値があるのだろうか？　二十五人の参加者がそれぞれ、スピードで有利な立場を得ることにどれほどの価値が？　この種の質問に答えるには、スピードという条件のみ勝った場合、トレーダーがアメリカ株式市場においてどのくらい稼げるのか、厳密にはどのようにして稼ぐのかを頭に入れておいたほうがいい。スパイヴィは言う。

「ここについては誰も知らなかった。不透明だったんだ」

スパイヴィたちは当初ダッチオークション方式というやり方を検討した。これは、売り手が設定するある高めの価格から徐々に下げていき、一社が入札したところで取引が成立して、その企業が独占を享受できるという方法だ。しかし、独占の対価としてふさわしい何十億ドルもの金額を、銀行でもヘッジファンドでも、渋々とでも支払うところが一社でもあるのか、スパイヴィたちは確信が持てなかった。また、こんな見出しが新聞を飾るのもいやだった。「バークスデール〔訳注：投資銀行のひとつ〕、アメリカの一般投資家相手に大もうけ」

そこでスパイヴィたちは、ラリー・タブという業界コンサルタントを雇い入れた。タブが新聞に寄せた「ミリ秒の価値」という記事が、ジム・バークスデールの注意を引いたからだ。タブの考えによれば、ケーブルの利用権に値をつける方法の一つとして、そのケーブルを利用すればいくら稼げるのか、つまりシカゴとニューヨーク間のいわゆるスプレッド取引――現物と先物の単純な裁定取引（さや取引）――から算出すればよいという。タブの見積もりによると、あるウォール街の銀行が、仮にシカゴの商品Aとニューヨークの商品Aとの間のごく少額の価格差を利用して、数えきれないほど取引したとすると、年間二百億ドルの利益が得られるという。さらに踏み込んで見積もると、その二百億ドルを獲得しようと競う企業は四百社もある。四百社すべてが二都市間を最速で結ぶケーブルを利用する必要があるということになるが、あいにくこのケーブルには二百社分のスペースしかなかった。

幸いどちらの見積もり結果も、スパイヴィが市場に対して抱く感覚と一致していたので、彼はあからさまに喜んで、こんなことを言い始めた。「わが社には二百本のシャベルがあるが、穴掘りしたい人は四百人いる」。それではシャベル代としていくら請求すべきなのだろうか？　「実のところ、風向きをうかがっているところでした」とブレナン・カーレイは言う。多くの高速トレーダーと一緒に仕事をした経験があり、ネットワークを彼らに売り込む狙いでスパイヴィに雇われた人物だ。「わたしたちは想像するだけでした」。スパイヴィたちが弾き出した数字は月額三十万ドルで、既存の通信事業者の請求額のおよそ十倍だった。前払いで五年間のリース契約を結ぶことを先に意思表明した、二百の市場参加者との取引が成立する。この場合、五年間で千六十万ドルという条件だ。また、ケーブルのリース契約を結ぶトレーダーたちは、ケーブル敷設ルートに沿って十三か所に設置された増幅器を購入して維持管理しなくてはならない。全部ひっくるめると、二百のトレーダーがそれぞれ前払いで支払う費用は、およそ千四百万ドルに達する。つまり、全トレーダーが支払う費用の総額は、二十八億ドルに達するのだ。

ちくしょうめ、実にいかした話だ!

二〇一〇年初頭を迎えても、スプレッド・ネットワークス社は、顧客になりそうな相手に自分たちの存在を知らせていなかった。作業員が掘削工事に取りかかって一年が過ぎても、信じがたいことに、ケーブルは秘密のベールに包まれたままだった。ケーブルの放つ衝撃波を最大限まで高めるために、他社から真似されるリスク、あるいは真似することを公表されるリスクを最小限にとどめるために、ケーブル敷設完了の三カ月前の二〇一〇年の三月まで、売り込みをかけるのを待つという決定をくだしたのだ。自分たちが混乱させようとしている業界の、潤沢な資金と大きな影響力を持つ人たちに、どのようにアプローチしたらよいのだろうか?「もっぱらとられた攻略法は、その企業に自分の知り合いを見つけることでした」とブレナン・カーレイは言う。「こんなふうにもちかけるんです、『あなたはわたしをご存知ですね。ジム・バークスデールという名前もご存じでしょう。そちらにうかがってぜひお話ししたいことがあるんです。直接お会いするまで内容についてはお教えできません。それから、お話しする前に秘密保持契約(NDA)を結んでいただきたい』」

このようにして、スプレッド・ネットワークス社は密かにウォール街に乗り込んだ。

「どんな会議にもCEOが出席していた」とスパイヴィは言う。スパイヴィたちが会ったのは、金融市場で最も高い報酬を得ている人々だった。最初、その大半は全身で不信感を露わにした。「あとになってその人たちから、たしかに信用していなかった、でもとりあえず話だけは聞いてみようと思った、と言われたよ」。CEOたちの懐疑的態度を見越して、スパイヴィは、縦一・二メートル、横二・四メートルの地図を持参した。地図の上でスプレッド・ネットワークス社の国内横断トンネルを、CEOたちに指先でたどって見せた。それでもなお、ウォール街の人たちは証拠を見せてほしいと要求してきた。地下一メートルに埋められた光ファイバー・ケーブルを実際に見せることはできないが、増幅器の設置場所なら、敷地面積およそ九十平方メートルのコンクリート製の格納庫だ。光は移動するうちに弱くなり、弱くなるにつれてデータの伝送能力が低下する。シカゴからニュージャージーに伝送される信号は、およそ百キロ前後ごとに増幅する必要があるため、スプレッド・ネットワークス社は信号の増幅器として、厳重に警備された格納庫をルート沿いに建てていたのだ。あるトレーダーからは、「まじめな方たちだということは承知してます。でも、これまでみなさんのことを聞いたことがないもので。つきましては、この場所の〝写真〟を見せてもらえませんか」と要求された。それから毎日、三カ月間にわたり、実際に建設中だと知らせるために、スパイヴィはこのトレーダーに建築中の最新の格納庫の写真をメールで送った。

ひとたび不信感が消え去ると、ウォール街の人たちの大半は感服するばかりだった。

それでももちろん、誰もがお決まりの質問を投げかけた。

各種代金と費用込みの千四百万ドルを払って、わたしたちが得られるものは？

それぞれ異なる方向に向かう、二本のグラスファイバー。

ケーブルが切削機で切断されたら？

わが社の現場スタッフを派遣して、八時間以内に復旧いたします。

ケーブルが故障したら、予備はどこに？

申し訳ありませんが、予備はございません。

わが社では、他社とビジネスするに先立ち、監査済み財務諸表五年分を提出してもらうのだが、いつもらえるのか？

ええと、五年後に。

しかしこうした質問をしているときにも、書類の該当欄にチェックを入れているときにも、ウォール街の人々は感嘆の念を隠しきれなかった。スパイヴィが忘れられないのは、最初の十五分間、無表情のまま細長い会議用テーブルの向こう側で話を聞いていたトレーダーが、いきなり椅子から跳び上がってこう叫んだ打ち合わせだった。

「ちくしょうめ、実にいかした話だ！」

こうした打ち合わせで話題にのぼらなかったことは、話題にのぼったことと同じくらい興味深いことが多かった。金融市場は、専門家でさえも十分に理解していないような方向に変化を遂げている最中だった。人間のスピードではなくコンピューターのスピードで行動する新たな能力によって、ウォール街のトレーダーのなかに、新たな種類の取引に従事する、新たな階級が生み出されていた。名前を聞いたこともない人物や企業が、自分たちは何者なのか、どのように稼いでいるのかも明らかにしないまま、あれよあれよという間に驚くほどの財を築いていった。こうした人たちが、スプレッド・ネットワークス社の狙う顧客だった。スパイヴィは実のところ、彼らが交える取引戦略など詮索するつもりはなかった。「彼らがそれでどのように稼いでいるのか、こちらが承知しているという印象は与えたくなかったんだ」とスパイヴィは明かした。スパイヴィからは尋ねなかったし、彼らも何も言わなかった。とはいえ多くの人たちの反応から察するに、ビジネス界で彼らが存在し続けられるかどうかは、株式市場のなかで誰よりも速いことにかかっているようだった。そのうえ、彼らのしていることは、昔ながらの現物と先物の裁定取引ほど単純ではないようだった。ブレナン・カーレイの弁によれば「マイクロ秒速くするためなら、自分のおばあちゃんだって売り渡す」者もいるということだ（マイクロ秒は百万分の一秒）。スピードがそれほど重要な理由は定かではなかったが、これまで以上にスピードアップしたこの新しいケーブルに、彼らが脅威を感じていたことは明らかだった。「こう言う人もいました。『ちょっと待ってくれ。わが社が今の戦略を継続しようとすれば、このケーブルを利用するしかない。つまりきみらの言い値で買うよりほかないわけだ。それできみたちは、このオフィスを出たら、わが社のすべての競争相手のところに同じ話をしに行くということだ』」と、カーレイは振り返る。「彼らに対してわたしがどんな対応をしたかって？」。ハドソン・リバー・トレーディングという高速取引業者の社長ダレン・マルホランドが言う。「『いますぐオフィスから出て行け』だよ。信じられなかったのは、彼らがここを訪ねてきたとき、一カ月以内に事業を始めるというのに、顧客がどんな会社かすら知らなかった。証券取引委員会（SEC）にわれわれが宛てた文書を読んで、わが社を見つけたにすぎない……。誰がそんなビジネスリスクを冒すもんか」

月額三十万ドルに加え、前払いで数百万ドル強の費用を前払いすれば、その当時ウォール街史上最高の利益を生み出していた人々は、その後も同じことをし続ける権利を享受できる。「そう聞いた時点で、相手はむっと不機嫌になりました」とカーレイは言う。あるセールスミーティングの終了後、デイヴィッド・バークスデールはスパイヴィにこう漏らした。ぼくたちは嫌われているよ。おかしな話だが、スパイヴィはこのような敵意むき出しの対立の場がひどく気に入っていた。「テーブルの向こう側に十二人もずらりと並んでいるのは気分がいいもんだ。しかもみんなこちらに腹を立てている」とスパイヴィ。「十二人のうち四人しか購入しないと言っていたのに、結局十二人全員が購入したよ」（ハドソン・リバー・トレーディングもケーブル利用権を購入した）。セールス担当のブレナン・カーレイは次のように明かした。「みんなでよく言ってました、『ダン

（スパイヴィ）をこのミーティングには出席させられないなって。選択の余地はないとはいえ、腹を立てている相手とビジネスなんてしたくないだろう』って」

大手投資銀行はどう対応したか

スプレッド・ネットワークス社のセールスマンが、ウォール街の無名の小企業から大手投資銀行へと狙いを変えると、金融危機後の業界内部の光景が、以前にも増しておもしろくなってきた。奇妙なことに、シティグループはスプレッド・ネットワークス社に対して、ケーブルの通り道を、カーテレットにあるナスダックに隣接する建物から、ロウアー・マンハッタンの自分たちのオフィスに変更することを主張した。そんなにルートが曲折したら、数ミリ秒が余計にかかり、ケーブルの目的全体が損なわれてしまう。他行はすべてその利点を理解したものの、スプレッド・ネットワークス社が提示した契約には二の足を踏んだ。それはリース契約者が他者にケーブルを使用させることを禁じる内容だった。ケーブルのリース契約を結んだ大手投資銀行は自己勘定取引《プロップトレーディング》に利用できるが、ブローカー業務を行なう顧客とケーブルを共有することは禁じられた。スプレッド・ネットワークス社にとって、これは当然の制約だった。ケーブルにアクセスできる人数が少ないほど、ケーブルの価値が上がるからだ。要するに、公開市場の内部に私的な空間を作り出して、入場料として何千万ドルも支払える人たちだけがアクセスできるようにするのだ。

「クレディ・スイスは激怒しました」と、ウォール街の大手投資銀行と交渉にあたったスプレッド・ネットワークス社の従業員は語る。「『顧客をだます仕組みを作ろうとしている』と言われました」。それは違う、もっと複雑なものだと主張しようとしたが、結局クレディ・スイスは契約を結ぶことを拒んだ。一方モルガン・スタンレーはスプレッド・ネットワークス社に再度連絡してきて、次のように言ってきた。文言の変更をお願いします。「それに対して、『しかし、例の制限事項については大丈夫なのですか？』と尋ねると、『もちろんです、これはあくまで光ケーブルに関することです』という返事でした。そこでわたしたちは、彼らが顧客に対してケーブル使用の拒否権を持つという、もっともらしい文言をひねり出さなければならなかった」。モルガン・スタンレーは、顧客に得をさせずに、自社が得する取引をしたかった。ただその思惑を表に出したくなかったのだ。ウォール街の大手投資銀行のなかでは、ゴールドマン・サックスが一番対処しやすい相手だった。「ゴールドマン・サックスは、何の問題もなくこの契約にサインをしました」と、スプレッド・ネットワークス社の従業員ははっきり言った。

このころ――ウォール街最大手の銀行がケーブルに飛びついてきたころ――ケーブルの敷設の動きが不意に止まった。

彼らはそれまでも数々の難問に直面してきた。シカゴを出て、カルメット川の水面から約四十メートル下の川床にトンネルを掘ろうとしたが、六回失敗した。もうあきらめて、スピードを犠牲にして回り道を見つけようとしたとき、完成から一世紀がたち過去四十年間放置されていたトンネルを偶然発見した。また、カーテレットからシカゴに向かうルートで、増幅器の最初の設置場所はニュージャージー州アルファのショッピングセンター付近の予定だったが、その土地の所有者が拒否した。「テロとかの対象になりそうだから、近くに設置してほしくないということだった」とスパイヴィは話してくれた。「世の中にはいつも、ちょっとした災難がつきものだから、注意が必要なんだ」

ペンシルヴェニア州は、スパイヴィの想像をはるかに上回る難所だということがわかった。東から西へ向かうケーブルは、サスケハナ川東岸にほど近い、サンベリーの小さな森に達したところで歩みを止めて、西からやってくるもう一方の側を待つことになった。西からくるチームは、サスケハナ川を横断しなくてはならなかった。川幅は目を見張るほど広かった。この川底にトンネルを掘ることができるドリルは世界に一台しかなく、賃貸料は二百万ドルだった。二〇一〇年七月、そのドリルはブラジルにあった。スパイヴィは当時の心中を次のように明かす。「今ブラジルにあるドリルが何としても必要だ。それを考えると大きな不安にかられる。誰かがドリルを使用しているのは間違いない。いつになったら使用できるのだろうか？」。ところが土壇場になって、ペンシルヴェニア州の管轄当局が異議を取り下げ、橋を通って川を越えることが認められた。コンクリート製の橋塔に穴をあけ、橋の下にケーブルを這わせるようにしたのだ。

この段階で、直面する問題は、技術的な問題から社会的な問題に転じた。橋を渡ると、道路は二つに分かれていた。一方は北、もう一方は南に。真東に進もうとすると、行き止まりになった。「サンベリーへようこそ」と書かれた、堤防の側に掲げられた看板付近で、道路がちょうど終わっていた。ケーブルの通り道を妨げていたのは、広大な二つの駐車場だった。一つは、スキーのリフトなどで使われるワイヤーロープの製造会社の駐車場で、もう一つは〈ワイス・マーケッツ〉という創業百年を誇るスーパーマーケットが所有する駐車場だった。サンベリーの森でケーブルが片割れのもとに到着するには、どちらかの駐車場を通り過ぎるか、市全体を迂回するしかなかった。〈ワイス・マーケッツ〉と〈ワイヤーロープ・ワークス〉の所有者たちは、スパイヴィたちに反感を抱くか懐疑的か、あるいはその両方だった。両者とも、折り返しの電話をかけてこなかった。

「州全土が探鉱会社に虐《しいた》げられてきたんだ。地面を掘りたいなんて言ったら、みんな不審の目を向けるさ」と、建築技師のスティーヴ・ウィリアムズは説明した。

町を通り抜けずに迂回するとなると、スパイヴィの計算によれば、工事に数カ月の期間と多額の費用が追加となり、このルートの取引速度が四マイクロ秒増える。さらに、千六十万ドルの小切手を切る準備をしているウォール街の銀行やトレーダーに、ケーブルを予定通り納品できなくなる。しかしワイヤーロープ製造会社の経営者はどういうわけか、スプレッド・ネットワークス社が契約した地元の建設業者に対してひどく腹を立てており、業者と口をきこうともしなかった。〈ワイス・マーケッツ〉の経営者は、さらに接触が難しかった。会長はゴルフ大会に参加しているのでお取り次ぎできません、と秘書から告げられた。スプレッド・ネットワークス社は、駐車場の地下約三メートルの地役権と引き換えに、数十万ドルと高速インターネットの利用サービスを無料で提供すると、この経営者に申し出ていたが、彼はその奇妙な申し出を断ることに決めていた。ケーブルの通り道は、彼の所有するアイスクリーム製造工場に近すぎた。アイスクリーム工場の拡張に支障をきたすおそれがあるとして、永久地役権を譲渡するつもりはさらさらなかった。

二〇一〇年七月、ケーブルはサンベリーの橋のたもとの地中に戻り、そのまま歩を止めた。スパイヴィによれば、「ケーブルがすぐそこにあって、つなげなくてはいけないのに、それができなかった」という。ところがその後、なぜかわからないが、ワイヤーロープ製造会社が態度を軟化させた。スパイヴィが必要としていた地役権を売り渡してくれたのだ。スプレッド・ネットワークス社がワイヤーロープ製造会社の駐車場の地下に約三メートル幅の通り道を永久に確保する権利を獲得した翌日、同社は最初のプレスリリースを出した。「シカゴ・ニューヨーク間の往復時間は、十三ミリ秒に短縮されました」。スプレッド・ネットワークス社はケーブルの長さとして、千三百五十二キロ以下という目標を設定していたが、その数字を下回った。実際の長さは千三百三十一キロだったのだ。

「業界をひさびさにゆるがす超弩級の衝撃が走った瞬間だった」とスパイヴィ。

そのときになってもケーブルの作り手たちは、ケーブルが何に使われるのか知らされていなかった。ケーブルに関する最大の疑問、「なぜ、そんなことを、するのか？」は、解明されないまま残されていた。しかし、これだけはわかった。ウォール街の連中は、これがどうしても欲しい、しかも、自分だけに欲しい。

スパイヴィがウォール街の大手企業と交渉を始めたばかりのころ、あるミーティングで企業のトップにケーブルの価格を提示した。前払いの場合は千六十万ドルと諸費用、分割払いの場合は約二千万ドル。その企業トップは少し考えさせてほしいと席を外した。戻ってきたときに投げかけた質問はこれだけだった。

「価格を倍にできないかね？」

第2章　取引画面の蜃気楼

カナダロイヤル銀行は、ウォール街から見れば二軍の投資銀行だった。ブラッド・カツヤマは、２００６年のある日、買い注文を執行しようとして奇妙なことが起こっているのに気がつく。売りに出ていたはずの注文が、取引ボタンを押したとたんに蜃気楼のように消えてしまったのだ。

ウォールストリートの二軍

アメリカの金融システム崩壊以前、ブラッド・カツヤマはそのシステムについて一片の責任も負っていなかった。ブラッドは大学卒業後すぐにカナダロイヤル銀行（Royal Bank of Canada＝ＲＢＣ）に入行した。

ＲＢＣは世界第九位の銀行だったかもしれないが、ウォール街ではまったく無名の存在だった。ＲＢＣは安定した比較的良心的な銀行であり、アメリカ人に向けてあくどいサブプライムローンを組むなどということはせず、また無知な投資家にサブプライムローンを売りつけたりもしなかった。ＲＢＣの経営陣は、自行がウォール街の二軍にすぎないことの自覚がなかった。アメリカの金融界は彼らにほとんど目もくれない。

二〇〇二年、ブラッドは二十四歳のときトロントからニューヨークに異動となった。

これはRBCがウォール街に進出するための〝強力な推進策〟の一環だったのだが、悲しいことにその策に目を留めた人はほとんどいなかった。モルガン・スタンレーからRBCに転職したあるトレーダーは「RBCに入ったときは、『なんてこった。こんなちっぽけな世界にきちまったのか！』と思ったよ」と語った。ブラッド本人もこう言っている。「カナダ人はいつも『われわれはアメリカ人に金を払い過ぎている』とこぼしている。実は金を払い過ぎている理由は、RBCで働きたい人がいないからなんです。RBCは取るに足らない存在だということです」。カナダ人が勇気を奮い起こして学芸会のオーディションを受けたのに、ニンジンの衣装を着て舞台に登場することになったようなものだ。

RBCの強力な推進策の一環として異動させられる前まで、ブラッドはウォール街にもニューヨークにもさしたる関心はなかった。ブラッドはこのときはじめて、アメリカ式生活スタイルに溶け込もうとしたが、カナダの生活スタイルとのあまりの違いにたちまち衝撃を受けた。

「何もかもが行き過ぎでした。たった一年間で、それまでの数を上回る数の不愉快な人間に会いました。みんな身分不相応の暮らしをして、借金でその暮らしを支えていたんです。それが一番ショックだった。そもそもカナダでは借金すること自体が異質の考えなんです。借金は罪悪です。これまでの人生で、わたしは一度も借金したことはありません。ただの一度も。ニューヨークに赴任したばかりのとき、不動産屋にこう誘われましたよ。『お客さまの収入なら、二百五十万ドルのアパートが購入可能かと思います』って。いったいこいつは何をほざいてるんだ？　と思いました」

アメリカではホームレスでさえ浪費家だった。トロント時代、銀行で催された豪勢なディナーのあと、ブラッドはよく残りものを集めて、金属製のトレイに詰めふたをして、毎日通勤路で見かけるホームレスのところに運んだ。そのホームレスからはいつも感謝された。ニューヨークに異動後、ブラッドが一日に見かけるホームレスの数は、トロントで一年の間に見かけるよりも多かった。ニューヨークでもランチのあと、誰も見ていないときを見計らって、手つかずのまま残された豪勢な食事を容器に詰めて、路上生活者のところに持って行った。「ところが、ここのホームレスたちからは『こいつは何やってるんだ？』という目で見られました」とブラッドは言う。「それで残りものを運ぶのはやめてしまったんです。見向きもしない、という感じだったから」

カナダで日系人であることを意識したことはなかったが、アメリカではいやがおうでも意識させられた。ブラッドは少年時代、アジア人の子どもがごくわずかしかいない、白人が多勢を占めるトロント郊外で育った。第二次世界大戦中、日系カナダ人の祖父母はカナダ西部の捕虜収容所に入れられた。ブラッドはそれを含め、日系人であることを意識するような話をしなかったので、友人たちはブラッドのことをカナダ人として扱った。ニューヨークに来てはじめて、それが問題になった。多様性の推進を目指すＲＢＣは、この問題について話し合うミーティングを設けて、ブラッドをはじめ多数の非白人系行員に出席するよう要請したのだ。出席者はひとりひとり順番に「RBCにおけるマイノリティとしての自らの体験を語る」ように求められた。自分の順番がきたときブラッドは「正直に言うと、自分をマイノリティだと感じたのは、今がはじめてです」と話し、「本当に多様性を推し進めたいのなら、マイノリティと意識させるようなことをしてはだめです」と言って、出て行ってしまった。ミーティングは、ブラッド抜きで続けられることになった。

このエピソードには、彼の新しい地での生活だけでなく、ブラッドの人となりもよく表れている。子どものときから、自分がいるべきと思える場所から自分を引き離そうとする力には抵抗してきた。それは直感というべきものだった。ブラッドは七歳のときに、あなたは才能にめぐまれているのだから特別な教育を受けられる学校に通ってはどうかと母親に勧められた。しかし彼は、友達と離れたくないので普通の学校に通いたいと訴えた。高校時代には陸上競技のコーチからスター選手になれると言われたが(四十ヤードの全力疾走のタイムが四・五秒だった)、チームスポーツのほうが好きだからと、アイスホッケーとアメリカンフットボールを続けた。高校を首席で卒業した彼は、望めば世界中のどんな大学であろうと、奨学金を受けて進学できたはずだ。学業優秀だっただけではなく、アメフトでは大学生級の実力をもつテールバックで、ピアノの才能もあった。ところがブラッドは、恋人やアメフトのチームメイトと同じく、トロントから約一時間のウィルフリッド・ローリエ大学に進んだ。大学のビジネス課程で最優秀学生賞を獲得にしたブラッドは、卒業後、カナダロイヤル銀行のトレーディング・フロアで働くことにした。それは特に株式市場に興味を抱いていたからではなく、自活するためにほかに何をしたらいいか見当がつかなかったからだ。決断を迫られるまで、将来の仕事についても、また一緒に育った友人たちとまったく違う環境に身を置く可能性についても、ブラッドはあまり真剣に考えてこなかった。ＲＢＣのトレーディング・フロアで気に入ったのは、自分の分析能力に報酬を支払ってくれること以外に、ロッカールームを思わせるところだった。つまり自分の居場所と感じさせてくれる集団だ。

ワン・リバティ・プラザにあるＲＢＣのトレーディング・フロアは、かつて世界貿易センターのあった大きな穴に面していた。ブラッドが着任したときは、まだ銀行が大気の成分調査を行なっていて、従業員の健康に悪影響がないかを確かめていた。その後いつしかこの場所で何が起こったのか、誰もが忘却の彼方に押しやってしまったようだ。地面の大きな穴に目を向けても、その意味を思い出すことはない。

ウォール街での最初の数年間、ブラッドはアメリカのテクノロジー関連とエネルギー関連の株取引を担当していた。彼は〝完全な市場〟なるものを形成するための、きわめて高度なアイディアを持っていた。それがうまくいったおかげで、二十人ほどのトレーダーを抱える株式部門の責任者に昇進した。ＲＢＣのトレーディング・フロアには、スタッフの間に〝嫌味野郎お断りルール〟があった。これは求職者がいかにもウォール街の嫌味野郎に見えたら、本人がどれほど利益をあげると主張しても、決して採用しないという不文律だ。このような企業文化を示す表現もあった。"RBCナイス"というのだ。ブラッドからすると、恥ずかしいほどカナダ的に思えたが、当の本人もやはりRBCナイスだった。彼の考えでは、部下を管理するのにいちばんいい方法は、自分の存在が相手の出世に役立つと納得させることだ。さらにそう納得させる唯一の方法は、実際にその人の出世に役立つ存在になることだ。彼にとっては、それがごく自然な考えだった。

ブラッド・カツヤマという人物と、彼の仕事との間に食い違いがあっても、彼はそれをわかっていなかった。ウォール街でトレーダーとして仕事をしても、それが習慣や嗜好、世界観、個性に影響を与えるとはまったく想像していなかった。ウォール街での最初の数年間、その考え方は正しいと思えた。ブラッドは自分を変えることなく、ウォール街で大きな成功を収めたのだ。「RBCニューヨーク支店での彼の立場は、単純明快だったよ」と、かつての同僚は語る。「ブラッドは期待の星だった。いずれは銀行の経営者にまでのぼりつめると目されていた」。ブラッド・カツヤマはそれまでの人生でだいたい組織《システム》を信頼してきたし、システムもブラッドを信頼していた。だから彼は、そのときシステムが何をしようとしているのか、まったく予測していなかったのだ。

ＲＢＣナイスではない男たち

ブラッドの悩みは、二〇〇六年末に始まった。ＲＢＣが一億ドルで、アメリカの電子商取引企業、カーリン・フィナンシャルを手に入れたあとのことだ。それはブラッドからすると、性急すぎる行動に思えた。カナダの上層部はカーリンについても電子商取引についても、よく知らないまま同社を買収した。金融市場の大きな変化に対する反応は鈍かったのに、行動を起こさなければならないと思い込んだとたん、パニックに陥ったのだ。それがいかにもカナダ的な気がした。「この銀行は、カナダ出身のカナダ人たちが経営している」。かつてＲＢＣで取締役を務めた人物はこう指摘した。「ウォール街の裏も表もわかっちゃいない」

カーリンを買収したとき、ＲＢＣの行員たちは短期集中講座を受ける羽目になった。ブラッドはいつのまにか、ＲＢＣの企業文化とはまったくかけ離れたアメリカ人トレーダーたちと席を並べて仕事をすることになった。合併後の初日、不安にかられた女性スタッフがブラッドに電話をかけてきて、声をひそめて訴えた。「今ここに、サスペンダーをした男の人が、バットを振り回しながら歩いてるんです」。その男はカーリンの創設者でＣＥＯのジェレミー・フロマーだったのだが、なんにせよ、彼はＲＢＣナイスではなかった。フロマーはよく両足をデスクの上に投げ出して、哀れな靴磨きが彼の靴を磨こうとしている間、頭上で野球のバットを勢いよく振り回していた。かと思うと、トレーディング・フロアの一角に陣取り、次に誰をくびにするか、声に出して考えていることもあった。母校のニューヨーク州立大学オールバニ校を訪れて、ビジネス専攻の学生たちに成功の秘訣を伝授したとき、フロマーはこんな発言をしている。「自分がファーストクラスに乗ってるだけではダメだ。友人たちがエコノミーに乗っていると知っていることが大事なんだ」

「ジェレミーは感情の起伏が激しくて、気まぐれで、騒々しいやつだった。どれもカナダ人には見られない性癖だ」と、ＲＢＣの元重役は言う。

「おれにとって、ＲＢＣ《トロント》はまるきり外国だ」とフロマーはのちに語っている。「おれたちとは同じ文化を共有しちゃいない。あいつらはウォール街に、頭でアプローチしようとする。まったく別世界だったよ。あそこに適応するのは難しかった。打者にたとえるなら、昔と同じやり方でバットを振ることができなかったってわけだ」

　ジェレミー・フロマーが強烈な一発を放つごとに、カナダ人の感性は打ちのめされた。合併後に迎えた最初のクリスマスに、フロマーは社内パーティーの手配を買って出た。ＲＢＣのクリスマスパーティーは、いつも落ち着いた雰囲気だった。フロマーはマンハッタンのナイトクラブ〈マーキー〉を借り切ることにした。「ＲＢＣのスタッフは、〈マーキー〉では所在ないようすだった」と、ＲＢＣの元トレーダーは言う。「みんな、『いったいここで何が起こっているんだろう』という感じだったよ」。別のトレーダーはこう言っていた。

「足を踏み入れると、店内にいる人の九割は見知らぬ顔でした。まるでラスベガスのホテルのロビーにあるバーにいるみたいだった。肌も露わな服で歩き回って葉巻を売っている女の子たちがいて、『あの人たちは誰なんだ？』と思わず尋ねましたよ」。ウォール街の病に免疫のなかった、この昔気質のカナダの銀行に、フロマーは異質の者を山ほど連れ込んだ。「カーリンの女性スタッフはRBCの女性スタッフとは、見た目からして違っていた」と、別の元トレーダーが言葉を選びながら言う。「彼女たちはセクシーだから雇われたという感じだった」。カーリンとともに、いかがわしいデイトレーダーもわんさとやって来た。その中には金融犯罪の前科がある者もいれば、刑務所に入りかかっている者もいた【注1】。「カーリンは、ぼくの想像のなかの、もぐりの証券業者みたいだったね」。別のRBCの元トレーダーは言う。「金の鎖をじゃらじゃらつけた人がたくさんいた」と言う人もいる。まるで一九八〇年代のウォール街に生息していた野心あふれる連中がタイムマシンを見つけ、カナダでも飛びぬけて温厚で品行方正な人々のいる地域にやってきたようだ。RBCのスタッフは午前六時半には職場で席についていたのに対し、カーリンのスタッフは見るからに具合が悪そうなようすで、八時半ごろに飛び込んできた。RBCのスタッフは控えめで礼儀正しかったのに対して、カーリンのスタッフは、押しが強く騒々しかった。「あの連中は、顧客との関係について嘘をついたり大げさに話したりしていた」と、現在RBCに勤めるセールスマンは言う。「たとえば、こんな感じです。『そうさ、おれは（巨万の富をもつヘッジファンド・マネジャーの）ポールソンに手を貸してるし、よく知ってる仲だ』。そこで、ポールソンに電話をかけてみると、そんな人物は聞いたこともないと言われる始末です」

ブラッドには理由がよくわからなかったが、RBCはブラッドと彼の率いるアメリカ株取引部門に対し、世界貿易センタービル跡地近くのオフィスから、ミッドタウンにあるカーリンのビルへ移動するように命じた。ブラッドにとって、これは本当にいまいましい話だった。カナダの本社は電子商取引こそ未来だと決め込んでいると、ブラッドは感じた。その理由も、それがどんなものかも理解していないのに。カーリンのオフィスに移ってすぐ、RBCのスタッフは呼び集められて、フロマーによる金融市場の現状に関する演説を聞かされた。フロマーは、自室の壁に掛けられたコンピューターのフラットパネルモニターの前に立っていた。「彼は立ち上がって、今や市場はスピードがすべてだと言うんです」。ブラッドはそう説明する。「そしてフロマーはこう続ける。『取引はスピードがすべてだ。われわれのシステムがどれほど速いか御覧に入れよう』。彼はとなりにいる男に『注文を入力してエンターキーを押せ』と命じる。男はエンターキーを押す。すると全員に見えるよう、その注文がスクリーンに現れる。そこですかさずフ

【注1】フロマーが連れてきた人々のなかには、前の職場でインサイダー取引の一団を指揮した罪で、ガレオン・グループとともに、その後十年の刑を言い渡されたズヴィ・ゴファーがいた。

ロマーがこう言うんです。『ほら！　すごく速かっただろう！』って」。その男がしたことと言えば、ある銘柄名をキーボードで入力しただけだ。それがスクリーンに表示されたにすぎない。コンピューターに文字を打ち込めば画面に現れるのと同じだ。「フロマーは『もう一度やれ！』と命令する。その男はエンターキーを再び押す。みんながうなずく。時間は午後五時。市場は開いていないから何も起こらない。それなのにフロマーは『素晴らしい、リアルタイムで起こっている！』と叫ぶ。ぼくとしては『こんなこと信じられるかよ』という感じでしたけどね」。ブラッドは心の中でこうつぶやいた。新しい電子商取引プラットフォームをぼくらに売ったこの男は、こんな技術を見せびらかすのはばかげていることを知らないか、ぼくたちが何も知らないと思っているかだ。

売ろうとした瞬間に買い注文が消える

ジェレミー・フロマーがブラッドの人生に入り込んできたのとちょうど同じころ、アメリカ株式市場がおかしな動きを見せるようになった。この最先端のはずの電子商取引企業をＲＢＣが買収する前は、ブラッドのコンピューターはきちんと機能していた。ところが、いきなりうまく動かなくなったのだ。カーリンのテクノロジーを使うようになるまで、ブラッドはコンピューターに現れる取引画面を信頼していた。その画面にインテルの株式一万株が一株二十二ドルの売り気配で表示されていたら、ブラッドはインテルの株式一万株を一株あたり二十二ドルで購入できた。そのためにはボタンを押すだけでよかった。二〇〇七年の春を迎えたころ、取引画面にインテルの株式一万株が売り気配二十二ドルで表示されているのでブラッドがボタンを押すと、その一万株が消えてしまった。トレーダーとして働いてきた七年の間、デスク上の画面を見れば常に株式市場がわかった。ところが画面に現れる市場は幻になってしまったのだ。

これは大問題だった。ブラッドのトレーダーとしての主な業務は、大量の株式売買を希望する投資家の注文を、複数の取引所（公開市場）でつけあわせることだった。ある投資家がＩＢＭの株式三百万株を売りたいところ、市場の需要は百万株しかなかったとしよう。ブラッドはその三百万株をすべて買って、ただちにそのうちの百万株を売り払い、その後数時間かけて手際よく残りの二百万株をさばく。株式市場の動きを把握していなければ、それほど大量の株に値をつけられないだろう。ブラッドはそれまで（大量の売買を行なって）市場に流動性を供給してきたが、このとき取引画面で起きていることは、その意欲をそぐものだった。市場リスクを判断できないので、ブラッドは進んでリスクを負おうとは思わなかった。

二〇〇七年七月ごろになると、この問題は看過できないほど大きくなっていた。シンガポールの電子機器受託生産大手のフレクストロニクスが、競合する下位企業のソレクトロンを、一株あたり四ドル弱で買収する方針を表明した。大口投資家がブラッドに電話をかけてきて、ソレクトロンの株を五百万株売却する意向を伝えた。公開市場――ニユーヨーク証券取引所（ＮＹＳＥ）とナスダック――で、当時の市況が表示されていた。たとえば、三・七〇――三・七五と表示されていたら、あなたはソレクトロンの株式を一株あたり三・七〇ドルで売ることができるか、三・七五ドルで買うことができる。問題は、その値では百万株しか売買注文が見込めないという点だった。ソレクトロンの株式五百万株を売却したいという大口投資家がブラッドに連絡してきたのは、残りの四百万株分のリスクをブラッドに負ってもらいたかったからだ。そこでブラッドは、その五百万株を公開市場で提示された株価よりわずかに安い、三・六五ドルで購入した。しかし公開市場――つまり、コンピューターの取引画面上の市場――を調べると、株価は即座に変動した。まるで、市場が彼の心を読んだかのような動きだった。事前に想定したように百万株を三・七〇ドルで売るどころか、ブラッドは数十万株しか売ることができず、ソレクトロンの株価にミニ暴落を引き起こした。まるでブラッドの意図に誰かが気づいて、売りたいという希望をはっきり示すよりも前に反応しているようだった。五百万株すべてを、三・七〇ドルをはるかに下回る値で売り切るまでに、ブラッドはひと財産を失っていた。

まったくわけがわからなかった。取引が活発でない銘柄の株価は、提示されている最高の買い気配で買うだけで価格は変動する。ところがソレクトロンの場合、周知の価格で他社に買収される銘柄で、しかも大量に取引されていた。ごく狭い価格の幅に需要と供給がいくらでもある。それほど大きく相場が変動するはずがない。ブラッドが売ろうとした瞬間に、市場から買い手が消えてしまうはずなどないのだ。そこでブラッドは、コンピューターの不具合の理由がわからないとき、大半の人がとる行動に出た。テクニカルサポートを呼んだのだ。「キーボードが使えなくなったら、職場に来て交換してくれる人たちだ」。やってきたテクニカルサポートチームもご多分に漏れず、まずブラッドの不注意ではないかと指摘した。「たいてい〝ユーザー・エラー〟と言われますよね。連中はぼくたちトレーダーを、頭の弱い体育会系集団としか思ってないんです」。ブラッドはサポートチームに、エンターキーを押しているだけなんだからへまするはずがないと伝えた。

ユーザー・エラーよりも複雑な問題だとはっきりすると、トラブル解決作業は格上げされた。「今度は生産管理チームがやって来ました。システムを購入したりインストールしたりするチームで、みんな一応は技術者らしく見えたかな」。ブラッドは、これまでは画面に実際の株式市場が公正に表示されていたのにそうではなくなった、と事情を説明した。すると、相手はたいていぽかんとした顔になった。「ぼくが不具合の症状を伝えても、相手はどうすればいいのかわからないままでした」。ブラッドがとうとう強い調子で不満を訴えたので、カーリンの買収にともないRBCにやってきた開発者チームが派遣された。「部屋にあふれんばかりのインド人や中国人たちを獲得したことは聞いていました。でも、彼らをトレーディング・フロアで目にすることは、めったにありません。彼らは〝金の卵を産むガチョウ〟と呼ばれていて、銀行はこのガチョウたちに余計なことはさせたがらなかった。彼らが姿を現したとき、わざわざ重要な任務を中断して来てやったという雰囲気を漂わせていましたよ」。彼らもコンピューターではなくブラッドが問題なのだと説いた。「ぼくはニューヨークにいて市場はニュージャージーにあるから、市場のデータが到達するのが遅れるのだと説明された。さらに、市場で取引をする人たちが何千人もいるという事実がそもそもの原因だって。『あなたと同じことをしているのはあなただけではないんですよ。ほかに重大事件もあるし、ニュースだってあふれてるんです』とね」

もしそうなら、自分が取引しようとするときに〝かぎって〟、ある特定の銘柄の取引が消え去るのはどうしてなのかと、ブラッドは疑問をぶつけた。言い分をわかってもらうために、自分の背後で取引のようすを観察してもらえるよう開発者チームに頼んだ。「こんなふうに言ったんです。『よく見ていて。これからアムジェンを十万株買うから。一株あたり四十八ドルで買ってもいい。今のところ、売り気配四十八ドルの売り注文が十万株出されている――BATSグローバル・マーケッツで一万株、ニューヨーク証券取引所で三万五千株、ナスダックで三万株、ダイレクト・エッジで二万五千株だ』。全部画面に表示されていた。みんながコンピューターの近くに陣取り画面を見守るなか、ぼくはエンターキーの上に指を置いた。それから五つ数えた。

一つ……。

二つ……。ほら、何も起こらない。

三つ……。四十八ドルの売り注文はまだある……。四つ……。まだ動きはない。五つ。ここでエンターキーを押す。すると、ドカーン！　大波瀾の幕開けだ。あの売り注文は全部消えて、この銘柄の価格が急に跳ね上がる――。そこでブラッドは背後の男たちに向かって言った。「ほら、これこそが重大事件で、これこそがニュースだろう？」

開発者チームはそれに対して何も言わなかった。「彼らの態度は、『へえ、そうかい。調べとくよ』って感じでした。それから姿を消して、二度と戻ってこなかった」。ブラッドは何度か電話をかけたが、「開発者チームはこの問題を解決する気がまったくないと気づいたから、もう放っておくことにしました」。

取引所の規制緩和

犯人はRBCが取引用コンピューターの側面に付けたハードウェアではないかと、ブラッドはにらんでいた。「市場で取引できない状況が悪化するにつれて、本当の問題は、カーリンのお粗末なテクノロジーのせいだと考えるようになりました」。パターンは決まっていた。ブラッドがコンピューター画面に表示された市場で行動を起こそうとしたとたん、市場が動くのだ。しかもブラッドだけではなかった。RBCでブラッドの下にいる株式トレーダーたち全員に、まったく同じことが起こっていた。しかもRBCが各取引所に支払う手数料が急激にかさむようになっていた。その原因が何かもよくわからない。ブラッドは二〇〇七年末に調査を実施して、記録された取引実績と、取引画面に表示された株式市場どおりに取引できていたらあげられたはずの実績（以前だったらあげられたはずの実績というべきか）とを比較した。失われた利益に手数料を加えた「その差額は、何千万ドルにものぼった」とブラッドは認めた。「ぼくらは莫大な損失を被っていたんです」。ブラッドはトロントの上層部から呼びつけられ、急増する取引コストを削減する手立てを講じるように命じられた。

それまで、ブラッド・カツヤマは証券取引所の存在を当然のものと思っていた。二〇〇二年にニューヨークに赴任してきたとき、株取引の八五パーセントがニューヨーク証券取引所（NYSE）とナスダックで行なわれ、人間がすべての注文を処理していた。NYSEで扱われない銘柄がナスダックで取引されるため、同じ銘柄が二つの取引所で売買されることはなかった。二〇〇五年、証券取引委員会（SEC）の要請で、わかりやすく言えば内部不正に甘いといった体質への批判を受け、両取引所は非営利の会員組織から、株式会社に形を変えた。競争が導入されると取引所は増殖し、二〇〇八年はじめには取引所が十三にまで増えた。しかもその所在地の大半はニュージャージー州北部だ。ほぼすべての銘柄がどの取引所でも取引されるようになった。つまりIBM株を、それまでと同じようにニューヨーク証券取引所で売買することもできるし、BATSグローバル・マーケッツ、ダイレクト・エッジ、ナスダック、ナスダックBXでも売買できるようになったのだ。人間が投資家と市場の間を仲立ちするという考え方は過去のものとなった。ナスダックやNYSE、あるいはその新たな競争相手であるBATSグローバル・マーケッツ、ダイレクト・エッジでの〝取引〟とは、〝マッチング・エンジン〟がプログラミングされた大量のコンピューターサーバーのことだ。この取引所の内側では話をする相手は誰もいない。注文するときはコンピューターに入力して、取引所のマッチング・エンジンに送信するだけでよかった。ウォール街の大手投資銀行で大口投資家に株式を売っていた人々も、再プログラミングされた。彼らは投資家が自分で注文を出せるように銀行が設計したアルゴリズム、すなわち、コード化された取引プログラムを売るようになった。このような取引用アルゴリズムを開発するところは、〝電子取引〟部門と呼ばれた。

新しい取引所の複雑な手数料と報奨金

こうした理由から、カナダロイヤル銀行はあわてふためいてカーリンを買収したのだ。ブラッドやブラッドのようなトレーダーが果たす役割もまだ残っていて、大口の売り手や買い手と市場との間を取り持っていた。しかし、その居場所はどんどん小さくなっていた。

そのころは取引での、利益を生み出す方法もかわりつつあった。二〇〇二年には、注文を出したウォール街のブローカー全員に対して、取引ごとに同額の固定手数料が課されていた。機械が人間に取って代わったことで、市場にはスピードだけではなく複雑さも加わった。取引所が、手数料と報奨金《インセンティブ》に関してとてつもなく複雑な仕組みを発表したのだ。その仕組みは〝メイカー・テイカー・モデル〟と呼ばれ、ウォール街の多くの創造物と同じく、ほぼ誰も理解できなかった。プロの投資家でさえ、ブラッドが説明しようとすると目から生気が失われる始末だった。「この話はだいたいとばしました。とにかくほとんどの人が理解できないのですから」。たとえば、アップル株を購入したい場合に、買い気配四〇〇ドル――売り気配四〇〇・〇五ドルだったとする。そのまま言い値の四〇〇・〇五ドルで株を買った場合、あなたは〝スプレッドをクロスしている〟。スプレッドをクロスしたトレーダーは、（市場から流動性を取り除く）〝テイカー〟に分類される。一方、アップル株を四〇〇・〇五ドルではなく四〇〇ドルで買い注文を出して、その値で売ってくれる人が現れるまで待ってから買った場合、あなたは（市場に流動性を供給する）〝メイカー〟となる。一般に取引所はテイカーに一株あたり数ペニーの手数料を課して、メイカーにそれより若干低い金額を報奨金として支払い、その差額を取引所の収入にする。スプレッドをクロスしたい衝動を抑えた者が、ある種のサービスを市場に行なっているという、何とも怪しげな理屈に基づいた仕組みだ。ところが例外もある。たとえばニュージャージー州ウィーホーケンの取引所、ＢＡＴＳグローバル・マーケッツは、テイカーに報奨金を払い、メイカーに手数料を課すというひねくれた方式を採用している。

ブラッド・カツヤマがその話をはじめて聞いたのは、二〇〇八年のはじめだった。「取引所は均一に料金を課しているものとばかり思っていたから『どういうことだ、取引すると報奨金をくれるっていうのか？』と仰天しました」。ブラッドは頭脳プレーをしようと思って、こちらが出した売買注文に最大の報奨金を支払う取引所を特定したうえで取引注文を送るように、ＲＢＣのトレーディング・アルゴリズムを変更させた。そのときは、たまたまＢＡＴＳグローバル・マーケッツがそうだった。「それがとんでもない事態になったんです」とブラッド。売買注文を出して、ＢＡＴＳグローバル・マーケッツから報奨金を得ようとすると、その注文に相対するはずだった株が市場からすっかり消えてしまい、その銘柄の株価は、ブラッドが注文を出そうとしていた価格とはかけ離れてしまった。報奨金を受け取るどころか、大損失を被ることになった。

テイカーに報奨金を払いメイカーに手数料を課す取引所がある一方で、テイカーに手数料を課してメイカーに報奨金を払う取引所もあるのはなぜなのか、ブラッドには釈然としなかった。ブラッドが質問した人たちも、誰一人として説明できなかった。「どうやら、『ねえ、この件にはきちんと注目したほうがいいよ』と言っている人はいないようでした。この件に注目してる人はいませんでしたからね」。取引所に注文を送るウォール街のブローカーたちがこれにもまして戸惑ったのは、課される金額が取引所ごとに異なり、しかもしょっちゅう変更されていたことだった。ブラッドにとってはこうしたすべてが不可解で、いたずらに複雑な状況を生み出しているように思えた。諸々の疑問が生み出されることになった。「どうしてテイカーに報奨金を払うのだろうか？　つまり、なんで金を払ってまで注文をつけあわせてあげるのか？　どうしてそんなことをするのか？」

　自分より事情に詳しそうな人たちを銀行で次々とつかまえては、質問を投げかけた。グーグルで検索してみたが、あまり得られるものはなかった。あるときブラッドはトロントのリテール部門で個人向けに株を販売している人物と話をしていた。「僕が『はめられてるんだ、でも敵が誰だかわからないんだ』とこぼすと、『いいかい、市場のプレーヤーが増えたんだよ』と言われました。『〝プレーヤーが増えた〟とはどういうことだ？』と聞くと、『アメリカ株式市場の一〇パーセントを取引する新しい会社がある』と言うんです」。その人は会社名を挙げたが、ブラッドはよく聞き取れなかった。Ｇｅｋｋｏ《ゲッコー》というような名前だった（正しくはＧｅｔｃｏ）。「ゲッコーなんてそれまで聞いたこともなかった。名前さえ知らなかった。面食らったなんてもんじゃない。市場の一〇パーセントなんてあり得るのだろうか？　ばかげてるよ。ウォール街の銀行でトレーディング部門を率いているぼくが、アメリカ株式市場の一〇パーセントを取引している会社の名前を聞いたこともないなんて」。それに、カナダの〝リテール部門〟の人間が、自分よりも先にその会社を知っていたのはなぜなのだろうか？

他も同じだった

ブラッドはそのころ、アメリカ株式市場で満足のいく取引もできないまま、株式トレーディング部門を率いていた。自分にとって大切な人々が、八〇年代のウォール街に先祖返りした者たちに悩まされ、引っかき回されているのを傍観するしかなかった。やがて二〇〇八年の秋、ブラッドが思案にくれていたとき、アメリカの金融システム全体がみるみるうちに失墜した。アメリカ人の金銭の扱い方が市場の混乱を引き起こし、市場の混乱が生活の混乱を生み出した。まわりの人たちの仕事もキャリアも、たちまち危機に瀕した。「ぼくは毎日、車にはねられたみたいな気分で帰宅しました」

ブラッドは世間知らずではなかった。善人もいれば悪人もいて、悪人が勝つこともあるとは思っていたが、悪人が勝つことは少ないとも信じていた。しかし今やその信念が試練にさらされている。アメリカの大企業の所業を、世の中の人々と同じように、すこしずつ知るようになると、ブラッドは精神的な壁に突き当たった。やつらは、信用格付けを不正操作して粗悪なローンを優良なローンだと思わせ、うまくいくはずのないサブプライムローン関連の債権を作り出して顧客に売りつけたうえに、顧客が損をするほうに賭けたのだ。自分が勝てばほかの人が負ける。ほかの人が勝つのは、自分が負けたときだけだ。これまでのキャリアで、そんなふうに感じたのははじめてだった。ブラッドはゼロ・サム的思考をする性格ではなかったが、どういうわけか、ゼロ・サム的ビジネスに行き着いてしまったのだ。

ブラッドは昔から、ストレスの影響が精神より先に身体に現れた。肉体が葛藤に苦しんでいるときでさえ、精神はそんな葛藤が存在することなど認めないとでも言うように。そのころ、ブラッドの身体には次から次へと病気が現れた。鼻の感染症で手術を受けなくてはいけなくなった。ふだんから高めだった血圧が、異常に上昇した。そのため担当医はブラッドを腎臓専門医のもとに送った。

二〇〇九年を迎えるころには、銀行を辞めようと心に決めていた。ブラッドはちょうど婚約したばかりだった。仕事を終えたあとは毎日、婚約者のアシュレイ・フーパー――フロリダ州のジャクソンヴィル育ちでミシシッピ大学《オールミス》を卒業したばかり――と、新居をどこに構えるか相談していた。二人は候補地を、サンディエゴ、アトランタ、トロント、オーランド、サンフランシスコにまで絞り込んだ。今後どうするつもりなのか、ブラッドは自分でもわからなかった。ただそこから抜け出したかった。「薬でも何でも売れればいいと思いました」。ウォール街で働く必要性を感じたことは一度もなかった。「天職なんかじゃなかったんだ、と思いました」と、そのころの心中を吐露した。「お金とか株式市場とか、学生時代は興味がなかった。だから強い思い入れは特になかったんです」。おかしな話かもしれないが、当時RBCから年俸約二百万ドルを受け取っていたにもかかわらず、ブラッドはそれほど金銭に執着していなかった。仕事に打ち込んできたのは、上司や部下など、ともに働く人たちを心から好きだという理由が大きかった。RBCで気に入っていたのは、自分以外の人間にならなくてすんだことだ。ところがその銀行が——あるいは市場か、もしかすると両者が——自分以外の人間になれとブラッドに迫るようになっていた。

それからすぐに、銀行が方針を変えた。二〇〇九年の二月、RBCはジェレミー・フロマーと袂《たもと》を分かち、後任者探しに加わるようブラッドに命じた。もうドアから足を出しかかっていたが、ブラッドはウォール街のあちこちから集まった候補者を面接することになった。その結果、基本的に電子取引の知識があると主張する候補者たちの誰一人として、電子取引について理解していないことがわかった。「問題は、クライアントと接する電子取引担当者が、うわべだけのものにすぎないことでした。彼らは電子取引の仕組みをまったくわかっていなかったんです」

彼はドアから出かかっていた足を引っ込め、その点について考えてみた。市場を直接動かす人間の力は日ごとにどんどん小さくなり、機械の力がどんどん大きくなっていた。もちろん、機械を監督するのは人間だが、機械がどのように仕事をこなすのか、ほとんどの人間が知らなかった。ブラッドはRBCの機械——コンピューター自体ではなくて、コンピューターを稼働させるインストラクション——が三流だとわかっていた。しかしそれは編成されたばかりの社内電子取引チームが愚図で役立たずのせいだと思っていた。ウォール街の一流銀行にいた応募者と面接するうちに、思っていた以上に、彼らとRB

Cとの共通点が多いことに気づいた。「ぼくはずっとトレーダーの仕事をしてきました。トレーダーは実体のない世界にいて、一日中、ひたすらコンピューター画面を眺めている。ぼくはそのころようやく一歩下がって、はじめてほかのトレーダーを観察するようになったんです」

ブラッドと仲のよい友人のひとりは、コネティカット州グリニッチにある、SACキャピタルという一流のヘッジファンドで株取引をしていた。SACキャピタルは、アメリカ株式市場の一歩先を行くファンドとして名高かった（その後すぐに悪名のほうが高くなったが）。自分が知らない市場の情報を知っている者がいるなら、このファンドの連中に違いないとブラッドは思った。ある春の日の朝、彼は列車でグリニッチまで赴き、友人たちが取引するようすを一日中見せてもらった。するとすぐに、彼らがRBCとまったく同じ問題に直面していることがわかった。ゴールドマン・サックスやモルガン・スタンレー、その他大手企業から授けられたテクノロジーを利用しているのに。画面に現れた市場は、もはや市場ではなかった。友人が売買注文のボタンを押すと、市場が彼のもとから消え去った。「友人が取引するようすを見ていると、やはり困惑しきっていました。そのとき、ぼくだけではないとわかったんです。ぼくの不満は市場の不満だった。『ちょっと待て、こいつは深刻だ』と、思いました」

ブラッドの問題は、ブラッドだけの問題ではなかった。人々の目に映るアメリカ株式市場——プロのトレーダーの取引画面に表示される数字、CNBCの画面の下のほうに流れる株価情報のテロップ《ティッカーテープ》――は幻だった。

「そのとき、市場は不正操作されていることに気づきました。それはテクノロジーと関係があり、解決策はテクノロジーの水面下に潜んでいるに違いないと思ったんです。ただどこにあるのかはまるきり見当もつかなかった。でもそのときひらめいたんです。実体を探し当てる唯一の方法は、その水面下に潜ってみることだ、とね」

ダークプール

ブラッド・カツヤマには、テクノロジーの水面下に潜る術はなかった。ブラッドはアジア系男性なので、コンピューターに詳しいと思われがちだが、実は自宅のビデオデッキの予約録画もできなかった（または、やろうとしなかった）。彼が持ち合わせていた能力は、コンピューター関連の仕事をしている人たちのなかで、仕事内容をわかっていない者と、本当にわかっている者とを見分けることだ。ブラッドから見て、後者の最たる例はロブ・パークだった。

ブラッドと同じカナダ人であるロブは、ＲＢＣでは伝説的人物だった。大学生だった九〇年代後半に、当時斬新だったあるアイディアに夢中になった。とても頭の切れるトレーダーと同じ振る舞いをするようマシンに教え込むのだ。ロブによれば、「ぼくが関心をもっていたのは、トレーダーの思考過程を学んで、それを再現することだった」。

ロブとブラッドがRBCで一緒に仕事をしたのは、二〇〇四年のほんの短い期間で、ロブはその後、銀行をやめて起業するのだが、二人はとても気が合った。ロブはブラッドが取引するときの思考法に関心を寄せた。そこでその思考をコード化した。その結果開発されたのが、RBCで一番信頼されているトレード用アルゴリズムだ。

どのような仕組みか紹介しよう。たとえば、トレーダーがゼネラルモーターズ（GM）の株式を十万株買おうとする。アルゴリズムが市場を隈なく調べて、百株しか売り注文が出されていないことを把握する。十万株を買おうとしているのが頭の切れるトレーダーなら、ここでわずか百株のために、その意図を市場にばらすような真似はしない。市場は閑散としている。ではこのトレーダーは、いつGM株を買うべきなのだろうか？

ロブが開発したアルゴリズムには、発注点《トリガーポイント》が設定されていた。出されている売り注文数が、過去の平均を上回ったときだけ株を購入するよう設定されていたのだ。つまり市場が活況を呈しているときだ。「彼のその判断は理に適っていました」。ブラッドはロブについて語った。「ロブは考えに考えて、その判断を下したんです。だからこそ、それを他人に説明することができるわけです」

RBCに戻るようロブを説き伏せ、ブラッドはアメリカ株式市場の実態について解明してくれる最高の人材を獲得した。一方ロブは、自分の発見を理解して他人に説明してくれる最高の人材を見つけたのだ。「ブラッドに必要なのは、コンピューターの言葉を人間の言葉に訳してくれる翻訳者だけだ。翻訳者さえいれば、ブラッドは完全に理解できる」とロブ・パークは言う。

ＲＢＣが電子取引事業の混乱処理にあたる人材を探すのを断念し、その事業の立て直しを自分に依頼してきたとき、ブラッドはそれほど驚かなかった。むしろ彼がその依頼に応じたことを聞いて、まわりの人間のほうが驚いた。その理由はふたつある。（ａ）ブラッドには人間のトレーダーを率いるという、年俸二百万ドルの安全で楽な仕事がある。（ｂ）ＲＢＣがこれ以上、電子取引事業を拡大することはない。電子取引市場は雑然としていた。大口投資家のデスク上は、ブローカーから購入したトレード用アルゴリズムが占めていたし、ゴールドマン・サックスやモルガン・スタンレー、クレディ・スイスが、ずっと前にそのスペースを占領して植民地化していた。ＲＢＣがカーリンを買収して残ったものは、金の卵を産むガチョウだけだった。そこでブラッドはガチョウたちに真っ先に尋ねた。どうしたら稼げるだろう？　彼らの答えはこうだった。ＲＢＣで〝ダークプール〟を新設すればいい。実を言えば、金の卵を産むガチョウたちは、ずっとそれに取り組んでいたのだ。つまり、ダークプールのソフトウェアの開発だ。

ダークプールは、新たな金融市場が生み出した、もう一つのならず者だった。大手ブローカーが運営する私設取引所のことで、そこでの取引の詳細は公表する必要がなかった。実行された取引は報告するが、たっぷり時間が経過してからの報告なので、実際に何が起こったか正確に知るのは不可能だ。内部ルールは闇に包まれ、ダークプールを運営するブローカーだけが、顧客の売買注文を確実に把握していた。信じがたい話だが、ウォール街の大手銀行は、透明性は敵だといわんばかりの、驚くべきアイディアを大口投資家に売っていたのだ。たとえば投資会社フィデリティ・インベストメンツがマイクロソフト社の株式百万株を売ろうとすれば、大騒ぎになる。そのようなときは公設の取引所を介するよりも、クレディ・スイスなどが運営するダークプールで処理したほうがいいのだ。公設の取引所では、大口の売り手が市場に現れるとすぐ気づかれるので、マイクロソフトの市場価格が急落する。ダークプールの内部なら、運営者のブローカー以外に売買注文を知られることはない。

ダークプールの開設と維持運営でＲＢＣが負担する費用は、年間四百万ドル近くにのぼるという。ブラッドはそこで二番目の質問をした。自行のダークプールで、四百万ドル以上を稼ぐにはどうすればいいのか？　金の卵を産むガチョウによれば、公設取引所に払う手数料をまったく払わずにすむ方法があるという。同じタイミングでＲＢＣにきた、同じ銘柄の売り手と買い手をつけあわせるのだ。ＲＢＣの顧客のなかに、マイクロソフトの株式を百万株買いたい投資家と、マイクロソフトの株式百万株を売りたい投資家がいたとしたら、ナスダックやニューヨーク証券取引所に注文を回して手数料を払うのではなく、ＲＢＣのダークプール内で、これらの注文をつけあわせる。理論的には筋が通った話だが、現実的にはそうでもない。ブラッドによれば、「問題は、ＲＢＣの取引が市場の二パーセントにすぎないということでした。売り手と買い手の希望がマッチすることが、どのくらいあるのか。そういうことを、まだ誰も分析していませんでした」。分析したところ、ＲＢＣがダークプールを開設して、自社のクライアントの全注文をまずダークプールに回すとしたら、取引所に払う手数料は年間二十万ドル浮くという結果が出た。「だからぼくは言ったんです。『わかった。ほかに稼ぐ方法はあるかい？』と」

それに対する答えから、それまで誰もダークプールについて分析しなかった理由が明らかになった。コンピューター・プログラマーたちによると、ＲＢＣのダークプールのアクセス権を外部のトレーダーに売れば、自由になる多額の金が入るという。「うちのダークプールに入りこめるなら、喜んで金を払う人たちがいたそうです」と、ブラッドは振り返る。「ぼくが『どんな人がうちのダークプールに金を払うんだろう？』と尋ねたところ、『超高速トレーダーだ』と言われました」。どんなトレーダーであれ、どうしてＲＢＣの顧客の株式売買注文にアクセスできる権利に代金を払うのか。ブラッドは納得のいく理由を見つけようとしたが、なにひとつ頭に浮かばなかった。「とにかく変だと感じました」とブラッド。「どうしても理由がわからなくて、あまりいい感じがしませんでした。だから『どうも名案とは思えない。ダークプールの話は没だ』と言ったんです」

この決断は大勢の気分を害したうえに、ブラッド・カツヤマは会社の利益追求以外の活動にでも関わっているのではないかという疑惑を招いた。ブラッドはそのころ電子取引事業を任されていたのに、何も売るものがなかった。あったのは答えのない疑問ばかりで、それは増える一方だった。あらゆる上場株を買えるダークプールと公設の取引所が、合計六十近くもあり、その大半がニュージャージーに存在しているのはなぜなのか？　公設取引所は、なぜ手数料と報奨金の価格設定をやたらに動かすのか？　同じ取引をしても、ある取引所では報奨金が支払われ、別の取引所では手数料が課されるのはなぜなのか？　名前も聞いたことがなかったゲッコーという会社は、どうやって株式市場の出来高の一〇パーセントも占める取引を行なっているのか？　どことも知れぬところ──よりによってカナダのリテール部門──にいる人間が、どうやって自分よりも先にゲッコーの存在を知ったのだろうか？　ウォール街のオフィスの取引画面に表示された市場が幻となってしまったのはなぜなのか？

二〇〇九年五月、公設の証券取引所の評判に関わる事件が起こり、ブラッドのリストにさらなる疑問が増えた。ニューヨーク州選出のチャールズ・シューマー上院議員が、証券取引委員会（SEC）に書簡を送り、続いてその事実をプレス・リリースで公表したのだ。それは証券取引所が「高性能のアルゴリズムを駆使する超高速トレーダーに対して、ほかのトレーダーに先駆けて取引情報を入手することを許している。取引所に手数料を支払えば、売買注文の情報が『瞬時に送られ《フラッシュ》』、一般に公開されるより、ほんの少し早く情報を入手できるようになる」と、非難する内容だった。ブラッドはこのときはじめて、〝フラッシュ・オーダー〟という用語を知った。頭の中でふくらむばかりの疑問リストに、また新たな疑問がひとつ加わった。そもそも証券取引所は、なぜフラッシュ取引を認めたのだろうか？

先回りしているやつらがいる

ブラッドとロブは、アメリカ株式市場の調査を行なうチーム編成に取りかかった。「はじめは超高速取引（HFT＝High Frequency Trading）の分野か大手銀行で働いている人を探しました」とブラッドは言う。超高速取引関係者は、誰もブラッドの誘いに応じなかった。大手銀行の勤務経験者を見つけるほうが簡単だった。というのもウォール街は当時、人員削減を図っている最中だったからだ。以前ならRBCなど歯牙にもかけなかった連中が、何とか職を得ようとブラッドのオフィスに足を運んだ。「七十五人以上と面接しましたが、一人も採用しませんでした」。こうした応募者に共通する問題点は、本人がいくら電子取引分野の仕事をしていたと主張しても、それが取引で果たす役割を理解していないことだった。

理想の人物が応募してくるのを待つのではなく、ブラッドは自分から銀行のテクノロジー部門周辺で働いていた人物を、スカウトしにいくことにした。その結果、ドイツ銀行のソフトウェアプログラマーだったビリー・ジャオ、そしてバンク・オブ・アメリカの電子取引部門のマネジャーだったジョン・シュウォール、スタンフォード大学でコンピューター科学を専攻し卒業したばかりの二十二歳のダン・アイゼンの三人が、チームのメンバーとなった。次に彼はロブとともに、金の卵を産むガチョウの根城であるニュージャージー州プリンストンを訪れ、自分たちの手元に置くべきガチョウを探した。そこに中国出身のアレン・チャンというプログラマーがいた。彼はRBCでは日の目を見なかった、ダークプール用のコンピューター・コードを書いたことがあるとわかった。「話しただけでガチョウの真贋を見分けることは、ぼくにはできませんが、ロブにはできたんです。それで、アレンが金の卵を産むガチョウだとはっきりしました」。しかし彼そのものが金ではなかったかもしれない。アレンには会社の規範に従おうという気がまったくなかった。真夜中にひとりで仕事をすることを好み、決して野球帽を脱ごうとしない。いつも目深に帽子をかぶっているので、眠気をこらえて運転する逃走中の犯人のように見えた。アレンの英語もひどかった。彼の口から発せられる英語とおぼしきものは、ひどい早口で不明瞭なので、相手はその場で立ちすくんでしまう。「アレンが何か言うたびに、ぼくはロブに向かって、『アレンはいったい何を言ったんだ？』と尋ねるありさまでした」

チーム編成を終えたブラッドは、カナダロイヤル銀行の上司を説き伏せて、ほとんど科学実験のようなことを株式市場で行なうことを承諾させた。それから数カ月の間、ブラッドはチームとともに、利益をあげるためではなく、自分たちの理論の正しさを確かめるために株取引を行なった。もともとの疑問への答えを見つける試みだ。取引画面に表示される市場と現実の市場との間に食い違いが生じるのはなぜなのか？　取引画面にはIBMの株式二万株の売り注文が表示されているのに、二千株しか買えないのはなぜなのか？　答えを探すため、RBCは一日あたり一万ドルまでの損失を認めた。ブラッドはロブに、実験で試すいくつかの理論を考え出してもらった。

手始めは、当然ながら公開市場だ。当時はニューヨーク証券取引所、ナスダック、BATSグローバル・マーケッツ、ダイレクト・エッジが運営する、十三の証券取引所が四つの地域にあった。ロブは各取引所に、質問したいことがあるので、代表者をRBCに派遣してもらえるよう依頼した。「本当に基本的な質問をするつもりだった」とロブはそのときのことを振り返る。「たとえば、『おたくのマッチング・エンジンはどのような仕組みになっているのか？』とか『同じ価格の多数の注文をどのように処理するのか？』とか。でも取引所が送りこんできたのは営業担当者で、何を言われているのか、まったくわからないみたいだった。そこでしつこく迫ると、次に送られてきたのはプロダクトマネジャーだった。ビジネス畑の連中で、テクノロジーについても多少は知識があったけど、やはりそれほど詳しいわけではなかった。そのあとようやく、開発担当者が送られてきたんだ」。つまり、実際にプログラムを開発した人たちだ。「答えが欲しかったのは、『取引ボタンを押したときから、その注文が取引所に届くまでの間に、何が起こっているのか』だった。ボタンを押すことは、ボタンを押すことにすぎないと思えるだろうが、実は違う。ありとあらゆること、山ほどのことが起きている。取引所から入手したデータには、何か意味があるようには見えなかった。でも答えは必ずそこにある。それをどうやって見つけるかが問題だったんだ」

ロブが最初に考えたのは、各取引所はすべての注文を、ある価格でまとめるのではなく、何かしらの順序で並べているのではないかということだ。あなたとわたしがＩＢＭの株式千株を、一株あたり三十ドルで買う注文を出したとする。もしわたしの注文が実行されたとき、あなたは自分の注文をキャンセルする権利を入手しているのではないか。「ぼくらは注文がキャンセルされている可能性を考え始めた。それなら単なる仮発注《ファントムオーダー》だ」とロブは言う。たとえば市場全体で、アップルの株式について一株あたり四百ドルで一万株の売り注文が出ているとしよう。そういうときは、一人が一万株を売ろうとしているのではなく、小口の株数の売り注文が多数あって、それをまとめた数が表示されている。その多数の注文が列に並んでいて、最前列の人が株を売った瞬間に、うしろの人は列をはずれる権利を与えられるのではないか。それがロブたちの考えだった。「それで各取引所に電話して、そのようなことが行なわれているのか訊いてみたかった。でも、どう言えばいいのかさえわからなかったんだ」とロブは言う。それ以上に問題だったのは、報告書では取引所の区別が記されていないことだった。売り注文が出されているはずのアップル株を一万株買おうとして二千株しか買えなかったら、残りの八千株はどこの取引所で消えてしまったのか、報告書からは読み取れない。

アレンはブラッドのために、一つの取引所にだけ発注できる新しいプログラムを書いた。これで取引所の一部もしくはすべてが、仮注文を認めていると証明できるに違いない。ブラッドはそう確信していた。ところが、そうはならなかった。発注を一つの取引所に絞ったところ、売りだされている株すべてを買うことができた。取引画面に表示される市場は、本物の市場に戻っていた。「こんちくしょう、これでまた振り出しだ、と思いました」とブラッド。「ほかに思いついた理論はなかったのに」

わけがわからなかった。一つの取引所に発注したときは、画面に本物の市場が現れるのに、一度にすべての取引所に発注すると、なぜ幻になってしまうのか？　ほかの理論を考えられなかったので、彼らは取引所の組み合わせを変えて発注してみることにした。まずニューヨーク証券取引所とナスダック。次にニューヨーク証券取引所とナスダックとBATSグローバル・マーケッツ。それからニューヨーク証券取引所とナスダックBXとナスダックとBATSグローバル・マーケッツ。いくつもの組み合わせを試した。するとますます不可解な結果が出た。取引所の数を増やすほど、成立する注文の割合が低下するのだ。つまり多くの場所から株を買おうとするほど、実際に買える株は減ってしまう。「一つだけ例外がありました」とブラッドは語る。「発注した取引所の数に関係なく、BATSグローバル・マーケッツで出されている売り注文は、毎回一〇〇パーセント買えたんです」。これを調べたロブ・パークは思った。「理由はまったくわからなかった。ただ、BATSグローバル・マーケッツはすごい取引所だと思ったよ！」

ある朝シャワーを浴びているときに、ロブは新理論を思いついた。ちょうど、アレンの作った棒グラフについて考えていたときのことだ。そのグラフはワールド・フィナンシャル・センターにあるブラッドのトレード用デスクから、各取引所に注文が届くまでの時間を示していた（ありがたいことに、彼らは晴れてカーリンのオフィスを出て、ダウンタウンに戻ってきていた）。「グラフを頭の中で描いていると、ふと頭に浮かんだ。棒の高さはそれぞれ違う。じゃあ、もし同じ高さだったら？　そう思ったとたん、気分が一気に高まったよ。出社してすぐブラッドのオフィスに行って、こう言ったんだ。『きっとうちの出した注文が、同じ時間に届いていないんだ』」

所要時間を示す単位は、あきれるほど小さかった。理論上、最短所要時間は、ブラッドのデスクからウィーホーケンにあるBATSグローバル・マーケッツまでの、約二ミリ秒、最長はカーテレットにあるナスダックの取引所までの約四ミリ秒だ。実際には、ネットワークの混雑具合、静電気、二地点間で発生した装置の故障などに応じて、所要時間は大きく変わる。人が瞬きする時間は百ミリ秒。瞬きよりはるかに短い時間が、市場にこれほど大きな影響をもたらすとは信じがたかった。アレンは今回二日間かけて、速く伝わる取引所に出した注文を遅らせるプログラムを書いた。そうすれば、その注文は遅く伝わる取引所とちょうど同じ時間で届くはずだ。「これはすぐには納得できなかった」とロブは語る。「とにかくスピードアップが何より重要と言われていたところに、うちはスピードを落とそうとしていたんだからね」。ある日の朝、ロブたちはコンピューター画面の前に座り、このプログラムを試してみた。買い注文を出して、まったく買えなかった場合、画面が赤く表示される。一部だけ買えた場合は茶色。すべて買えた場合は緑だ。アレンはシリーズ7〔訳注：アメリカの証券外務員資格〕を受験していなかったので、エンターキーを押すことも取引をすることも認められておらず、実際にはロブが押した。アレンは画面が緑色になるところを見守った。「そのとき思ったよ。こいつは超楽勝だ」と、アレンはのちにそう言った。しかしロブは楽勝とは思わなかった。「キーを押してすぐ、ブラッドのデスクに駆けつけたんだ」と、ロブはそのときのことを思い返す。「ぼくが『うまくいった！　すっげえうまくいった』と叫ぶと、ブラッドは少し間を置いて『じゃあ、次はどうする？』と言ったんだ」

この問いにはこんな意味がある。注文が届くまでにかかる時間が取引所によって異なるという事実を利用して、市場から市場へとフロントランニング（先回り）をしているやつがいるのはわかった。それなら次はどうするか？　そしてもう一つ。この知識を利用して、株式市場で行なわれているゲームに自分たちも参加するのか、それともほかの目的に使うのか？　この問いにブラッドが答えるまで、およそ六秒かかった。「ブラッドは、『ぼくたちは啓蒙キャンペーンに打って出る』と言った」とロブはそのときのことを思い出して言う。「この知識を利用すれば、楽に金儲けができただろう。しかしブラッドはそうしなかったんだ」

疑問のひとつには答えが出た。するとそこから、また別の疑問が浮かぶ。「それが二〇〇九年のことだから、ほぼ三年もの間、その問題は続いていたんです。それに最初に気づいたのがぼくだったなんてことはありえません。それなら、ほかの人たちはどうしていたんでしょう？」とブラッドは語った。一方でブラッドたちは、投資家に売ることができるツールを手に入れた。各証券取引所に出す注文に時間差をつける、アレンが書いた例のプログラムだ。チームは売り出す前に、ＲＢＣのトレーダーたちに試してもらいたいと思った。「よく覚えているよ。デスクに座っていると、みんなが『おおおおおお！』とか『うっそだろ！　株が買えるぞ！』とか叫んでるのが聞こえてきた」と、ロブはそのときのことを思い起こす。ツールのおかげで、トレーダーたちは本来の仕事をまっとうできた。つまり、大量の株の取引を希望する大口投資家に代わり、リスクを負えるようになったのだ。トレーダーたちは、取引画面上の市場を再び信用できるようになった。このツールに名前をつける必要があった。ブラッドとチームのメンバーが頭を悩ませていたところ、ある日とうとう一人のトレーダーが自分の席で立ちあがって叫んだ。「なあ、〝ソー〟がいいんじゃないか！　ハンマーを持ってる奴だよ！〔訳注：映画にもなったアメコミのヒーロー、マイティー・ソーのこと〕」。ソー（Ｔｈｏｒ）が頭字語になるように、当てはまる語句をひねり出すという任務を授けられた者もいた。いくつか妥当な案も見つかったが、もう誰の記憶にも残っていなかった。このツールは、どんなときでも単なるソーだった。「ソーが動詞になったとき、何かをやってのけたんだと実感しました」とブラッドは言う。「みんなが『ソーするんだ！』って叫んでいるところを聞いたときにね」

それ以外で、自分たちが何かをやってのけたと気づいたのは、世界最大手の資産運用会社と話をしたときだった。ブラッドとロブが最初に訪問したのは、マイク・ギトリンという人物だった。彼はT・ロウ・プライス社で七千億ドルの株式投資を監督していた。ブラッドたちの話に、ギトリンはそれほど大きな衝撃を受けなかった。「何かが変わっていたのはわかっていた」と、ギトリンは明かした。「株取引のとき、市場はこちらが出そうとする次の手を察知して、こちらが不利になるような動きをするのには気づいていた」。しかしブラッドが説明する詳細な全体像は、ギトリンの想像をはるかに超えていた。しかも市場では、あらゆる報奨金《インセンティブ》がくすね取られていた。T・ロウ・プライス社の売買注文の発注先を決めるウォール街の投資銀行は、その方法や執行先の選択に大きな力を持っていた。投資銀行は今や、ある取引所に発注したときには報奨金をもらい、別の取引所に発注したときには手数料を請求されるようになった。仕事を依頼された投資家と利害が一致しないとき、ブローカーはこんな報奨金の誘惑に抗えるだろうか？それは誰にもわからない。もう一つの珍妙な報奨金は、〝ペイメント・フォー・オーダー・フロー〃だった。二〇一〇年の時点で、アメリカの株式ブローカーとすべてのネット証券は、顧客の株式注文をうまく競売にかけていた。たとえば、ネット証券のTDアメリトレードは、シタデルなどの超高速取引業者に注文を送り、大量の注文を実行させることで、毎年何億ドルも受け取っていた。なぜそのような業者は注文の流れ《フロー》を見るために、多額の金額を支払っていたのだろうか？　確かなことは誰にもわからなかった。

それまで、市場の構造が様変わりしたことによって生じるコストを見積もることは難しかった。しかし今や、〃ゾー〃がある。自分たちの注文がどこに行き着くのかだけでなく、ウォール街で新たに仲介役を務めるマシンが、投資家のポケットからどのくらいかすめとっているのかも、突き止めることができるツールだ。ブラッドらはマイク・ギトリンに、何者かにフロントランニングされる可能性を排除したとき、どのくらい安く株を購入できるかを説明した。たとえば彼らは、シティグループの株式を一千万株購入し、およそ四ドルで取引して二万九千ドルを節約した。これは総額の〇・一パーセントに満たない金額だ。「これは見えない税金だ」とロブ・パークは言う。この額は一見少ないと感じるかもしれない。しかしアメリカ株式市場の一日の平均売買代金が二千二百五十億ドルと知れば、そうは言えないだろう。さっきの税率をこの金額に当てはめると、一日あたり一億六千万ドル以上だ。「目に見えないからこそ、とても狡猾なんです」とブラッド。「本当にかすかなレベルで起こるので、きちんと準備して解決しようとしてもできるものではありません。マイクロ秒なんて想像もできないから、いつのまにか不当に搾り取られていたんです」

ソーは、RBCのような取引業者が投資家に余分な税金を払わなくてすむよう取引を仲介できることを明らかにした。間接的な証拠だったが、ギトリンから見れば、決定的だった。彼にとっては、ブラッド・カツヤマの存在そのものが大きなショックだった。「RBCに世界でもトップクラスの電子商取引の専門家がいるなんて、ちょっとへんな気がした」とギトリンは明かした。「あそこに電子取引のエキスパートがいるなんて、誰も思わないだろう？」

ソーの発見は終わりではなく、むしろはじまりだった。ブラッド率いるチームは、金融危機以降の市場についてのイメージを築こうとしている。市場は非現実的な世界になってしまった。人々の頭に焼きついている古い光景に取って代わりそうな、これといった光景は思い浮かばない。テレビ画面の下には、昔ながらのテロップが流れている。しかしそこには、現実の取引のごく一部しか表れていない。市場専門家は依然として、ニューヨーク証券取引所のフロアから現場報告している。しかし取引はもうそこでは行なわれていない。本物のニューヨーク証券取引所の中に入りたければ、重装備の男たちと短気なジャーマンシェパードに守られた、ニュージャージー州マファア要塞へ行き、堅く鍵のかかったケージを開け、黒くて大きな大量のコンピューターサーバー（黒い箱）に乗り込む必要がある。株式市場の全体像——あるいは、たとえばIBMのような企業一社の取引でも——を知りたければ、ニュージャージー州北部に点在するその他十二の公設取引所のコンピューター出力情報と、増え続けるダークプール内部で発生する非公開の取引記録を綿密に調べる必要がある。しかしもしそれを実行しようとしても、実はコンピューター出力情報などないことがわかるだろう。少なくとも信頼できるものはない。新しい金融市場のイメージは存在しなかった。その代わりとして、もはや息絶えた市場が写る黄ばんだ写真を眺めているしかない。

ブラッドには自分がつくりあげようとしている光景が、どれほど暗く複雑なものになるのか、まったく見当がつかなかった。確かなのは、株式市場はもはや一つの市場ではないということだけだ。ニュージャージーとロウアー・マンハッタンに点在する小さな市場の集まりだった。これらの場所に送られた売買注文がぴったり同じ瞬間に到着すると、市場は本来の役割を果たした。ミリ秒でもずれれば市場は消え去り、取引は止まる。ブラッドは自分がフロントランニングされていたことを知っていた。ブラッドがある市場で株式を購入しようとしているのに気づき、高値で売りつけるためほかの取引所で同じ株を購入していた輩がいたのだ。ブラッドはその容疑者を特定した。それが超高速トレーダーだ。「問題がこの新参者によって引き起こされているのは感じていました。ただ、彼らの手口がわからなかった」とブラッドは言う。

二〇〇九年後半、アメリカの複数の超高速取引業者がトロントに出向き、顧客情報を超高速トレーダーに提供してくれれば金を払うと、カナダの銀行に持ちかけた。その年のはじめに、ＲＢＣの競合他社の一つであるカナダ帝国商業銀行（ＣＩＢＣ）は、トロント証券取引所でのライセンスを超高速取引業者数社に転貸した。しかもその数カ月後、カナダ株式市場において、長年六〜七パーセントを保っていた同行の取引に占める割合が三倍に急増した【注2】。カナダロイヤル銀行の幹部は、カナダでダークプールをつくって顧客の株式注文を送り、そこで取引する権利を超高速トレーダーに売るべきだと言いだした。ブラッドはこう考えた。RBCとしては、この新しいゲームの実態を白日のもとにさらして、投資家をだまそうとしない唯一のブローカーとしての地位を確立するべきだ。そのほうがはるかに理にかなっている。「最後の切り札は、正直さだった」と、ロブは表現する。

ブラッドは上司に、情報公開キャンペーンに乗り出すことを認めてほしいと訴えた。外に出て、アメリカ株式市場に投資する人々に、あなた方は食い物にされていると説い

【注2】株式市場のルールは、カナダとアメリカでは異なる。アメリカにはないカナダのルールの一つに、〝ブローカー優先権〟がある。この狙いは、売買両方の取引をする顧客を持つ証券会社が、他の買い手と売り手に干渉されることなく、双方をつけあわせるようにすることだ。たとえば、CIBCが（投資家の代理として）、カンパニーXの株を一株二十ドルで買いたいと継続発注するとしよう。しかし、CIBCだけではなくほかにいくつかの銀行も、カンパニーXの株を一株二十ドルで買おうと継続注文を出している。このときCIBCが、カンパニーX株を二十ドルで売り注文を出している同行の別の顧客とともに市場に参入したとき、CIBCの買い手には取引の優先権があるので、最初に注文を執行することができる。超高速トレーダーがCIBCのライセンスを用いて取引できるようになったことで、CIBCは実質的に、自行の顧客と超高速取引業者の間に多くの衝突を生み出していた。

て回りたかった。捕食者《プレデター》から身を守るための、新たな兵器についても伝えたかった。ところが市場はすでに、ブラッドに口をつぐむよう圧力をかけていた。自動化された新たな株式市場への対処法について、ＲＢＣの経営陣を早急に納得させる必要があった。ブラッドにとって有利な材料といえば、自らが発見した奇妙な事実だけだ。それが何を示しているのか……具体的には何だろう？　超高速トレーダーと協力したいと考えるＲＢＣの幹部たちにどんな意味があるのか？　株式市場がときどきおかしな動きをすることも、超高速取引についてほとんど理解していなかった。「ぼくの主張が真実だと証明してくれる、金融業界出身の人間が必要でした」とブラッド。とりわけ超高速取引の世界の奥深くにいる人間が。その年ブラッドは、超高速取引業界から離れたがっている超高速取引戦略家を探して、面識もない人たちにせっせと電話をかけていた。しかし超高速取引のうまみを知っている人々は、金を稼ぎまくっているせいで足を洗えなくなり、実態を話す気にはならないだろうと思い始めた。それなら別の入り口を見つけるしかなかった。

第3章　捕食者の手口

謎を解く鍵は、通信業界を渡り歩いてきた技術者のローナンからもたらされた。10億分の1秒の時間差を問題にする人々がそこにはいた。超高速取引業者。注文がすべて約定できる良心的な取引所とトレーダーたちが考えていたBATSは、実は彼らの餌場だった。

ローナンの問題

ローナンの問題は、一つにはウォール街のトレーダーに見えないことだった。青白い肌、小さな肩を丸め、飢饉を生き延びたにもかかわらずまだ次があるとびくびくしているかのような御しがたい慎重さがある。ウォール街のトレーダーであれば、自信のなさは表に出さず、自分を実際よりも重要で知識豊富に見せる能力を持っているものだが、それもない。細くて用心深そうなところは、マングースに似ている。それでも二十代のはじめにウォール街のトレーディング・フロアをひと目見たときから、ローナン・ライアンはそこで働くことを切望した。そして自分がなぜ、そこにいないのか理解できなかった。「みんなから怖がられ、金をわんさと稼ぐウォール街の男になる。その魅力にあらがうのは難しかった」とローナンは言う。しかし誰かがローナンを怖がるところを想像するのは難しい。

ローナンのもう一つの問題は、平凡な生まれを隠すこともできず、そのつもりもないことだった。ダブリンで生まれ育った彼は、一九九〇年、十六歳のときにアメリカへ移住した。ローナンの父はアイルランド政府によってニューヨークへ送りこまれ、税制優遇策をえさにアメリカ企業を本国へ誘致しようとした。しかしそれがうまくいくと思っていた人はほとんどいなかった。アイルランドは貧しくわびしかった（「正直、肥だめみたいなところだ」）。大金持ちではなかった父親は、最後の一ペニーまで絞り出して、コネティカット州のグリニッチに家を借り、息子に〝正しいレールに乗った人生〟を見せてやろうと、そこの公立高校に通わせた。ローナンは言う。

「信じられなかったよ。そこのやつらは、みんな十六歳で車を持ってた！　スクールバスに乗せられたら文句をたれる。『このくそったれな乗り物はちゃんと学校まで連れてってくれるじゃないか！　しかもただで！　おれの故郷じゃ五キロ歩いて通ってたのに』と言いたくなるさ。どうしたってアメリカを嫌いにはなれないね」

父親はローナンが二十二歳のときにアイルランドへ呼び戻されたが、ローナンは残った。選択の余地があるならアイルランドに帰りたいというやつはいないと思った。またこのとき、アメリカンドリーム（コネティカット州グリニッチ版）をつかむチャンスが巡ってきていたのだ。その一年前に、父親の知り合いだというアイルランド人の紹介で、ケミカル・バンクの事務管理部門でのインターンシップと、幹部用の研修プログラムに参加が決まっていた。

その後、プログラムは中止になり、件《くだん》のアイルランド人は消えた。一九九六年にフェアフィールド大学を卒業したローナンは、ウォール街の企業へ片っ端から手紙を書いたが、興味を示したのは、虚偽情報を使って株価の上げ下げをしているペニー株〔訳注：一ドルに満たない安い株のこと。低所得者層を相手にする詐欺の温床となった〕売買の証券会社だけだった。未熟な若造から見ても、うさんくささ満載だった。「ウォール街に職を得るのは、思うほど簡単じゃなかった。知り合いはいないし、家族のコネもなかった」

ローナンはやがてウォール街での求職活動をやめた。そんなときに出会った別のアイルランド人が、たまたま通信大手、ＭＣＩコミュニケーションズのニューヨーク支社で働いていた。「アイルランド人だからという、それだけの理由で仕事をくれたんだ」とローナン。「たぶん、そいつは一年に何回かそういう慈善事業をしてたんだろう。ぼくはその一回だったのさ」。こうして、ほかに雇ってくれそうなところがないという理由で、ローナンは電気通信業界に入った。

最初の大きな仕事は、ＭＣＩがウォール街の大企業に販売した八千台の新製品のポケットベルすべてを、無事に顧客に届けることだった。会社からは「みんな、ポケベルのことになるとやたらうるさいからな」と言われた。夏の暑さの中、ローナンは修理トラックの荷台に乗り、オフィスビルへ新作のポケベルを届けてまわった。トラックの荷台に小さな机を用意し、荷箱を開け、ウォール街の人間が受け取りに来るのを待った。それから一時間、ローナンがトラックの中で汗だくで喘いでいるとき、外では受け取りを待つ人の列と、それとは別の人だかりができていた。それはすでに受け取った新製品に文句を言いにきた連中だった。「こいつはごみだ！」とか「このくそみたいなポケベルをなんとかしろ！」といった叫び声が響く中、ローナンはどんどんポケベルを配っていった。そうやって騒ぎをやり過ごしていると、今度はとある会社の秘書から電話がかかってきた。上司のポケベルについて言いたいことがあるという。ひどくしょげかえっていて、泣き声が聞こえるような気もした。「彼女はしきりにこう繰り返すんだ。『大きすぎるのよ！　これじゃ彼がすごく傷つくわ！　大きすぎるのよ！　これじゃ彼がすごく傷つくわ！』って」。まったくわけがわからなかった。ポケベルが大人の男を傷つける？　五センチ足らずの小さな箱が？「それから彼女はこう言うんだ。上司はしゃがんだらポケベルに隠れちゃうくらいの小男なんだって。並みの小男じゃなくて、手のひらサイズかよ。言いたいことはあったけど、口には出さなかった。いやなやつだと思われたくなかったし。『リュックサックみたいに背負わせてあげたらどうですか』なんてね」

その瞬間、あるいはほかの似たような場面で、口には出さないさまざまな思いがローナンの頭をよぎった。ウォール街の小さい連中とポケベルの大きさを比べ、大きい連中からは、新製品が気に食わないと怒鳴りつけられる。それは自分が思い描いた人生ではない。ローナンは、自分がウォール街で働けないことにいらだっていた。だから現状で、できる限りのことをしようと決めた。

ローナンがＭＣＩでできるのは、アメリカの通信システムの全容を明らかにすることだった。彼は器用な人間だったが、実際的な何かをきちんと学んだことはない。通信技術に関しては素人同然だ。そこでそのすべてを学ぶことにした。「ダサいってことを別にしたら、こいつのからくりは、けっこうおもしろかった」。ガラス繊維と銅線で情報の運びかたがどう違うのか。シスコのスイッチは、ジュニパーのスイッチとどこが違うのか。いちばん速いコンピューター機器を作っているのはどのハードウェア会社で、どの都市のどのビルの何階なら、そうした機器の重量に耐えられるのか（古い工場が最適だった）。情報が実際にはどうやってある場所から別の場所へ移動するのかも知った。情報はだいたい単一の通信キャリアが管理するまっすぐな回線を通るのではなく、複数社が管理する絡みあった回線を通る。「フロリダからニューヨークへ電話をするとき、つながるまでにいくつの機器を経由するか、誰も知っちゃいない。たぶん、ちゃちな糸電話みたいなのを思い浮かべるだろう。でも実際はそうじゃない」。ニューヨーク市とフロリダをつなぐ回線では、ニューヨーク側にベライゾン、フロリダ側にベルサウス、中間にＭＣＩがいる。回線はジグザグに折れ曲がりながら人口密集地から別の密集地へと進み、そこへたどり着くと、今度は高層ビルから街路まで、あらゆる場所へとんでもない経路で曲がりくねって進む。通信業界の人間は情報通に思われたくて、回線は「Ｎ

FL都市を通る」などと言う。

それはローナンが学んだもう一つのことだった。通信産業の中や周囲にいる人間の多くは、物知りというより知ったかぶりだ。MCIで通信技術を売る人間は、たいてい自分が売っている製品をあまり理解していない。それなのにローナンのような、ただ問題を修正するだけの人間と比べ、給料ははるかに多かった。ローナンの言葉を借りれば「こっちが三十五ドル稼いでるあいだに、連中は百二十も稼いでるんだ。しょうもないまぬけ野郎のくせに」ということだ。彼は自力で営業部へ移り、トップセールスマンになった。数年でクエスト・コミュニケーションズにひき抜かれ、さらに三年後、別の通信大手、レベル3にひき抜かれた。今やローナンも結構な額――年間二、三十万ドル――を稼いでいた。二〇〇五年には、ウォール街の大手投資銀行からの依頼が、かつてないほど多くなっていることに気づいた。ゴールドマン・サックスやリーマン・ブラザーズ、ドイツ銀行の中でまるまる一週間を過ごし、回線のいちばんいい引きかたや、あいだをつなぐのに最適な機器の選定に頭をひねった。もともとの野望はなくしていなかったので、ウォール街のどこで作業をしていても、仕事に空きがないかとかぎ回った。「こんなにたくさんの人と会っているのに、自分がここで働いていないのはなぜだと思ってたんだ」。実際には、大手投資銀行からひっきりなしに誘いはあったのだが、どれも金融の仕事ではなくて技術職、どこか離れた場所で、ハードウェアや光ファイバー・ケーブルと格闘する仕事だった。技術屋と金融屋には、はっきりとした階級差がある。

金融屋は技術屋を、顔のないお助け役以外のものとは思っていない。「いつも同じことを言われたよ。『おまえらは箱と線の係だろ』って」

そのミリ秒ってのは一体何だ？

そんな折、二〇〇五年にBTラディアンスから声がかかった。ラディアンスは9・11、すなわち世界貿易センターへの攻撃で、ウォール街の通信システムの大部分が不通になったあの事件の落とし子だった。ラディアンスはウォール街の大銀行に対し、現行よりも外部からの攻撃に強いシステムを作ると約束した。ローナンの仕事は、情報ネットワークをラディアンスに請け負わせるというアイディアを、金融業界に販売することだった。とりわけ大きな使命は、ニュージャージー州ナトリーにあるラディアンスのデータセンターへ、コンピューターを〝共同配置《コロケーション》〟させることだった。ところがラディアンスで仕事を始めて間もなく、カンザスシティーに拠点を置くヘッジファンドから、それとは別の問い合わせがあった。電話の相手はバウンティフル・トラストなる証券会社の社員で、金融データをある場所から別の場所へ移動させることについてローナンが詳しいと聞き、電話をかけたのだという。バウンティフル・トラストは問題を抱えていた。カンザスシティーとニューヨークの間で取引をすると、注文内容、つまりどの株を売り、どの株を買ったか確定するのに時間がかかりすぎるのだ。ブラッド・カツヤマが経験したのと同じように、注文を入れると市場が消える事態も、以前にも増して起こるようになっていた。「向こうは『うちのレイテンシー・タイムは四五ミリ秒なんだけど』って言ったんだ。だからこっちは『そのミリ秒ってのは、いったい何なんだ?』と答えた」

レイテンシーとは、信号が発信されてから受信されるまでの待ち時間のことだ。株式市場の取引システムのレイテンシーを決定する要素には、ボックス、ロジック、そしてラインの三つがある。ボックスとは、信号がA地点からB地点へ到達するまでに通過する装置群のことで、サーバー、信号の増幅器、スイッチを指す。ロジックはソフトウェア、つまりボックスを動かすコード化された命令のこと。ローナンはソフトウェアにはあまり詳しくなかったが、コードを書く人間の間では、英語もほとんど話せないロシア人の割合がどんどん増えているらしいことだけは知っていた。ラインは光ファイバー・ケーブル回線のことで、これが情報をあるボックスから別のボックスへ運ぶ。速度を決める要因として圧倒的に大きいのが、この光ファイバーの長さ、つまり信号がA地点からB地点へ到達するのに旅しなければならない距離だった。ローナンはミリ秒の意味はわからなかったが、カンザスシティーのヘッジファンドが抱えている問題が何かはわかった。それはカンザスシティーにあることだ。光は真空中を毎秒二九万九七九二キロメートルの速さで移動する。別の言いかたをすれば、一ミリ秒で二九九・八キロメートルだ。ケーブル内で光は壁に当たったりするので、速さは理論上の数値の三分の二ほどに抑えられるが、それでも相当な速さだ。信号の速さにとってのいちばんの敵は、信号が移動しなければならない距離だった。「物理的な距離が問題だ。こいつをトレーダーは理解してなかった」とローナンは言う。

バウンティフル・トラストがカンザスシティーに社屋を構えた理由はただ一つ、物理的な位置はもはや問題ではないと創業者たちが確信したからだった。舞台はもはやウォール街ではない。しかしその考えは間違いだった。舞台はやはりウォール街だったのだ。しかも実際の場所はもうウォール街ですらない。ニュージャージーだ。ローナンはバウンティフルのコンピューターをカンザスシティーからナトリーにあるラディアンスのデータセンターへ移し、売買の結果がわかるまでの時間を四三ミリ秒から三・八ミリ秒へ縮めた。

その瞬間から、ローナンのサービスに対してウォール街から注文が殺到した。銀行や有名な超高速取引の会社からだけでなく、社員わずか数名の、聞いたこともないプロップ・ショップ（自己勘定取引を行なう会社）からも依頼があった。すべての会社がほかより取引スピードを上げたがっていた。そのために必要なのは、信号の移動経路の短縮、無駄をそぎ落とした最新のハードウェア、自社のコンピューターと各証券取引所の内部にあるコンピューターとの物理的な距離を縮めることだ。ローナンは、こうした問題すべての解決策を知っていた。しかし新しい顧客のコンピューターをすべてナトリーにあるラディアンスのデータセンターに置くと、さらにややこしいことになった。「ある日、トレーダーが電話をかけてきて『おれは部屋のどこにいる?』と訊くんだ。〝部屋のどこ〟とはいったいどういう意味だ？　しかし相手はまさに〝部屋のどこ〟にいるかを知りたがっていた」。そのトレーダーは金を払ってでも、株式市場に注文を送る自分のコンピューターの位置を、ビル内の配線にできるだけ近いところにしてほしいというのだ。そうすれば、室内のほかのコンピューターより、少しだけ時間を短縮できる。そのあと別のトレーダーから、光ケーブルが必要な長さより数メートル長いと電話があった。そのトレーダーが求めていたのは、他社と同じようにケーブルを部屋の外壁に沿って這わせる――室内に熱がこもりすぎないようにするための措置――のではなく、部屋のまんなかをまっすぐ通すことだった。

　取引所からだいぶ離れたデータセンターの中で、機器をほんのわずか取引所に近づけるのに何十万ドルを払うのであれば、取引所の内部に機器を置けるとなれば、数百万ドルを支払うに違いない。証券取引所がそのことに気づくのは時間の問題だった。ローナンは、そこへも顧客を追いかけていった。思いついたのは、ウォール街との近接性《プロキシミティー》を売るサービスだ。その名も〝プロキシミティー・サービス〟。「プロキシミティー」を登録商標にしようとしたけど、だめだった。当たり前の言葉だったから」とローナンは言う。彼がプロキシミティーと名付けようとしたものは、すぐに〝コロケーション〟の名で知られるようになり、ローナンはこの分野の世界的な権威となった。ケーブルの長さを縮める手立てが尽きると、今度はケーブルの両端にある装置に注目が集まり始めた。たとえばデータ・スイッチ。速いデータ・スイッチと遅いスイッチの差は数マイクロ秒（一マイクロ秒は百万分の一秒）だが、今やその数マイクロ秒が重要だった。「ある男は『遅れが一秒《セカンド》だろうと一マイクロ秒《セカンド》だろうと関係ない。どっちにしろ二番手《セカンド》になるんならな』と言っていた」とローナン。一回の取引にかかる切り替え時間は、一五〇マイクロ秒から一・二マイクロ秒。「そのうちこう訊かれるようになった。『きみのところはどんなガラス繊維を使ってる？』」。光ファイバーの作りかたは、どれも同じというわけではない。なかにはほかよりも効率よく信号を運ぶ種類がある。人類の歴史で、これほどわずかな速度の差にこれほど大騒ぎし、これほど多くの資金をつぎ込んだのは、初めてなのではないかと、ローナンは思った。「取引所の中で、みんな一フィート単位で自社のケーブルの長さを測っていた。サーバーを買っては、六カ月ごとに交換していた。数マイクロ秒のためにね」

おたく軍団

ローナンは、超高速トレーダーがどれほどの金を稼いでいるかは知らなかったが、どれほどの金をつぎ込んでいるかは見当がついた。二〇〇五年末から二〇〇八年末にかけて、彼らが支払った額は、ラディアンス一社だけで八億ドル弱になった。顧客のコンピューターを証券取引所のマッチング・エンジンの近くに置くためだけに。もちろん金を支払われたのはラディアンスだけではない。さらにローナンは、ニュージャージーの各取引所間の回線の引きかたが理想からほど遠いのを見てとると、ハドソン・ファイバーという会社に、もっとまっすぐな経路を探させた。おかげでハドソン・ファイバーは、マフィアもためらうような場所に溝を掘ることになった。また超高速トレーダーがありとあらゆる手を使って稼ぎの手口を隠すことで、どれくらい稼ぎを増やしているかも想像がついた。ローナンが証券取引所の中にコンピューターを設置したある超高速取引業者は、新しいサーバーは必ず金網で覆って、光の点滅や機器の改良箇所がわからないようにしてくれと言ってきた。別の超高速取引業者は、取引所のマッチング・エンジン――このコンピューターが今では事実上の取引市場だ――にいちばん近いケージを確保した。そこはもともとトイザらス（そこから公式ウェブサイトでも動かしていたのだろうか）の場所で、ケージには同社のロゴが掲示されていた。件の超高速取引業者は、自分たちがマッチング・エンジンに数十センチも近づいたとまわりに悟られないよう、ロゴはそのまま残しておくよう指示してきた。「みんなイカレてた」とローナンは言う。「でもやつらにとっては、イカレてることが正しかった。もしすりの手口を知っていて、自分もすりだったら、同じことをするだろう。三マイクロ秒速いスイッチを誰かが見つけてきたら、二週間後にはみんながそのスイッチに交換している。そんな状況だった」

二〇〇七年の終わりには、ローナンは市場の取引の速度を上げるシステムの構築で、年間数十万ドルを稼いでいた。トレーダーは自分の使っているテクノロジーをほとんど理解していなかった。ローナンはそのことに何度も何度も驚かされた。「彼らはよくこう言うんだ。『なるほど、わかったぞ！　めちゃくちゃ速いんだな』と。だからこっちは『そうですか、当社の製品を気に入っていただけて何よりです。まあ、あなたは何ひとつわかりはしないと思いますけど』と言う。『わかった！』っていう相手に『速くなったのは三マイクロ秒――これは瞬きの五十倍の速さにあたりますね』と言ったこともある」。いっぽうでローナンは、なぜ彼らがこれほど速さに執着するのか、よくわからなかった。雑談の中で〝さや取り〟という単語は何度も耳にしたが、さやを取るとは正確にはどういうことで、そしてなぜこれほどの速さが求められるのか。「逃亡者を乗せた運転手になった気分だった」とローナンは言う。「『もっととばせ！　もっととばせ！』と毎回そんな調子で、だんだん『エアバッグを捨てろ！』みたいになってきて、しまいには『座席もとっぱらえ！』だ。そのうち『いったいあんたたちは銀行で何をしてるんだ？』と思うようになったよ」。技術についての理解は、ゲームのプレーヤーによって大きく違うのは感じていた。超高速取引の最大手二社、シタデルとゲッコーは、物覚えが断然いい。プロップ・ショップの中にも、理解の早いところはある。大手投資銀行は、少なくともこの時点ではどこも鈍かった。

そのほかのことについて、ローナンは自分の顧客が何者なのか、よくわかっていなかった。ゴールドマン・サックスやクレディ・スイス銀行は、誰もが名を知る大手投資銀行。シタデルやゲッコーは規模は小さいが有名だ。ローナンはそのうちのいくつかがヘッジファンド、つまり外部の投資家から金を集めて運用する会社であることを知った。

しかし残りのほとんどは、創設者自身の金だけを元手に取引するプロップ・ショップだった。ハドソン・リバー・トレーディング、イーグル・セブン、シンプレクス・インベストメント、エヴォリューション・フィナンシャル・テクノロジーズ、クーパーファンド、DRWなど、誰も聞いたことのない会社ばかりだ。そういった会社は、あえてそういう状態を保っていた。プロップ・ショップはとりわけ奇妙だった。すぐつぶれるくせに、やたらと儲かっている。「どこも、ひと部屋にほんの五人がいるだけだった。全員おたくだよ。五人組のリーダーも単におたくの生意気版。くそみたいに生意気なバージョンさ」。プロップ・ショップは、その日は取引をしていたかと思えば、次の日には会社をたたんで、全員がウォール街の大手投資銀行に移っているようなことがあった。その中に、ローナンが何度も何度も見かけたロシア人四人、中国人一人の五人組がいた。明らかにリーダーとわかる生意気なロシア人は、ウラディミールと呼ばれていた。ウラディミールと仲間たちは、プロップ・ショップから大手投資銀行へ、またプロップ・ショップへとピンポン球のように移りながら、実際の市場で取引の決定を下すコードを書いていた。ローナンは、ウォール街の大手投資銀行の重役が五人組と会い、仕事の誘いをかけ、あまつさえおべっかを使うところも見た。「彼は会議室へ入っていくと『わたしはいつだって、部屋ではいちばんの重要人物だ。しかし今回に限っては、いちばんの重要人物はウラディミールだ』と言ったんだ」。しかしローナンは知っていた。この放浪のおたく軍団は、相手がウォール街の大会社を経営する大物であっても、それが技術で劣る人間であれば、自分たちが恩を売っているとしか思わない。「耳を澄ましていると、彼らは頼まれていた計算の結果をしゃべりだした。そのときウラディミールは『ほう、ほう、ほう、アメリカ人はそれを計算《マス》って言うんですね』って言いやがった。マスは蛾《モス》に聞こえた。アメリカ人はそれを蛾って言うんですね、だと？　こう思ったよ。こっちはくそったれのアイルランド人だけど、恩を知りやがれ。この国がおまえらにチャンスをやったんだろうって」

二〇〇八年初めごろ、ローナンは多くの時間を国外で過ごし、超高速トレーダーが、アメリカ化の進む海外市場を食いものにする一端を担うようになっていた。出かける国には、一つのパターンがあった。カナダ、オーストラリア、イギリスなど、もともと一つの取引所で取引が行なわれていたが、自由市場による競争の名目で、新たな取引所を作ることが許されるようになった国だ。新しい取引所はいつも既存の取引所から見て、驚くような位置に作られた。トロントでは、トロント証券取引所とは街の反対側にある古い百貨店ビルの中。オーストラリアでは、どういうわけかシドニーの金融街ではなく、ハーバーブリッジを渡った住宅街のまんなかにできた。ロンドン証券取引所はロンドン中心部にあった。ＢＡＴＳはそのライバルとなる取引所をドックランズ〔訳注：ロンドン東部のウォーターフロント開発地域〕に作った。ＮＹＳＥは別の取引所をロンドン市外のバジルドンに、Ｃｈｉ－Ｘ《チャイエックス》は第三の新取引所をスラウに作った。そのどこでも、各取引所をつなぐ高速の経路が求められた。「どの取引所も、市場をばらばらにするのを目的に、場所を選んだとしか思えなかった」とローナンは言う。

ローナンはまだウォール街での仕事は得ていなかったが、自分自身とそれまでの経歴に満足すべき理由は山ほどあった。スピードブーム一年目の二〇〇七年には、過去の最高年収のほぼ倍にあたる四十八万六千ドルを稼いだ。それでも彼は、自分自身にも経歴にも満足できなかった。向いている仕事なのは間違いないが、理由があって続けてきたわけでもないし、それを望んだわけでもない。二〇〇七年の年の瀬、十二月三十一日、ローナンはリヴァプールのパブで、ラジオがものうげに「レット・イット・ビー」を流す中、ぼんやりと座っていた。妻が愛する夫への贈り物にと、一人旅を用意してくれたのだ。小さなサッカーボールの形をした包みを開けてみると、そこには妻からのメッセージカードが入っていて、イングランド行きの飛行機のチケットと、ローナンがひいきにしているサッカーチームの試合のチケットを買ったと記してあった。「ずっと夢みていたことをやっていたのに、人生であんなに気が滅入ったことはなかった」とローナンは言う。「自分ももう三十四歳。これ以上、人生がよくなることはないと思っていた。この先はくそったれのウィリー・ローマン〔訳注：『セールスマンの死』の主人公〕になっていくんだ」。みずからの凡庸さが身に染みた。

カナダロイヤル銀行に採用

二〇〇九年の秋、思いがけずカナダロイヤル銀行（RBC）から、面接を受けないかと電話がかかってきた。ローナンは少なからず警戒した。あまり聞いたことがない銀行だったし、ウェブサイトを確認してみても、ほとんど何もわからなかった。単純労働ばかり頼んでくるウォール街のトレーダーには、以前にも増してうんざりしていた。「だから『失礼なことを言うようだけど、何かの技術職として雇いたいというなら、くそほども興味ありません』と言ったんだ」。電話の向こうのRBCの男、ブラッド・カツヤマは、技術職ではなくトレーディング・フロアでの金融職だと強調した。

翌朝七時にブラッドと会ったローナンは、朝の七時に呼びつけて面接するのがウォール街流なのかと思った。ブラッドは無数の質問をローナンに浴びせると、一緒に会社へ連れ戻って上の人間に紹介した。ローナンに言わせると「ウォール街史上で最速の採用決定」だった。提示されたトレーディング・フロアでの仕事の年俸は十二万五千ドル。超高速トレーダーにスピードを売り歩く今の仕事の約三分の一だった。超高速取引戦略室長という、変てこな肩書きもついてきた。ローナンはウォール街のトレーディング・フロアで働く機会が得られるなら、大幅な収入減を受けいれるつもりでいた。「正直、もう少しくれてもよかったと思うけどね」。しかし肩書きのほうは勘弁願いたかった。

本人いわく「超高速取引の戦略なんてまるでわからなかった」からだ。ウォール街のトレーディング・フロアでの仕事がついに巡ってきたことに興奮していた彼は、当然知っておくべきことをあえて口にしなかった。代わりに妻が口にした。「彼女が『そこでいったい何をするの？』と訊いてきた。そのとき気づいたんだ。それがどんな仕事なのか、全然わかってなかったって。具体的な仕事の説明はまったくなかった。何のためにぼくをほしがったのかも、ブラッドは一切、話さなかった」

二〇〇九年秋、業界誌に載ったある記事に、ブラッド・カツヤマは目を留めた。すでに一年の半分以上を人材発掘に費やしていたが、すべて徒労に終わっていた。探していたのは、今や超高速取引の呼称で定期的に話題にのぼる仕事に実際に関わったことがあり、その取引でどう金を稼ぐかを説明できる人間だった。記事によれば、超高速取引業者の技術者は、自分たちと会社の上級トレーディング・ストラテジストとの収入格差――後者の中には、手取りで年に数億ドルをもらう者もいるとのうわさだった――の広がりに、不満を抱いているらしい。そこでブラッドは、そうした不満を抱えた技術者を探すことにした。最初に電話をかけたのが、ドイツ銀行でよく超高速取引に携わっている男で、彼の口から二人の名前が出た。ローナンはその一人だった。

面接でローナンは、取引所の中で目にしてきたものを語った。ナノ秒をめぐる常軌を逸した競争、トイザらスのケージ、金網、取引所内での場所取り合戦、そして速度をほんの少し上げるために、超高速トレーダーがはたく何千万ドルという金。ローナンの話を聞いているうちに、金融市場を描いたブラッドの脳内地図の、広大な空白部分が埋まっていった。「そのときの話でわかったのは、われわれはマイクロ秒やミリ秒をもっと気にしなくてはならないということでした」とブラッドは言う。今やアメリカの証券市場には、スピードを基盤として、持つ者と持たざる者の階級構造ができていた。持つ者はナノ秒のために金を払い、持たざる者はナノ秒に価値があることを知りもしない。持つ者は市場の完全な姿を堪能し、持たざる者は市場を目にすることさえかなわない。かつては世界で最もオープンで、最も民主的だった金融市場は、盗品の芸術作品を集めた内輪の鑑賞会のようなものになり果てていた。「ローナンの一時間の話からは、六カ月かけて超高速取引の本を読むよりも多くを学べました」とブラッドは言う。「会って一秒で雇う気になりましたよ」

雇う気にはなったが、上層部、そしてローナン本人にさえ、なぜ雇うかを一から説明したくはなかった。まさかローナンを〝何も知らない上層部に対して超高速取引がいかなる茶番であるかを説明する部の副部長〟と呼ぶわけにもいくまい。だから、超高速取引戦略室長と呼ぶことにしたのだ。「〝長〟の肩書きが必要だと感じたんです。まわりからもっと敬意をもって扱われるにはね」。ブラッドのいちばんの不安材料はそこだった。RBCでさえ、トレーディング・フロアの人間はローナンを一瞥《いちべつ》して、どこかのマンホールから出てきた黄色いジャンプスーツの作業員だと思うだろう。ローナンは、トレーディング・フロアで何が起こっているのか、わかっているふりさえしなかった。「信じられないほど初歩的な質問をしてきましたが、必要なことでした」とブラッド。「彼は〝ビッド〟や〝オファー〟の意味すら知らなかった。〝スプレッドをクロスする〟が何を意味するかもわからなかったんです」

　本業の片手間に、ブラッドはこっそりと、ローナンに金融用語を教え始めた。〝ビッド〟は株を買おうとすることで、〝オファー〟は売ろうとすること。そしてスプレッドをクロスするとは、自分が売り手なら買い手のつけた値を、買い手なら売り手のつけた値を、そのまま受け入れることを指す。ローナンはブラッドについて「あいつはぼくを笑わないんだ。ただ座って説明するだけでね」と言う。これは、二人の個人契約だった。ブラッドはローナンに取引を教え、ローナンはブラッドに通信技術を教える。

　ローナンが教えることはいくらでもあった。ブラッドとそのチームは、ソーを製品化し、投資家に売り出すのに問題を抱えていた。ブラッドたちの発見を聞かされた投資家は、ぜひとも使いたいという意欲を示したが（T・ロウ・プライスのギトリンなどは、ほとんどその場で買いそうな勢いだった）、ソーにはまだ問題があった。各取引所に同時に到達する実験は完璧にうまくいったが、それは最初の一回だけだったのだ。十三の信号の手綱をうまく操りながら、ニュージャージー北部一帯に広がる十三の別々の証券取引所へ、三五〇マイクロ秒以内の差で毎回そろって突入させるのは、実は至難の業だった。ブラッドらは、高速トレーダーが先まわり売買《フロントランニング》する際の取引時間をあらかじめ試算していたが、三五〇マイクロ秒というのはそれより約一〇〇マイクロ秒短いのだ。一回目は、送りだしたメッセージが各取引所へ至るまでの移動時間の差を概算し、その差の分をソフトウェアに組み込んでおくことで成功した。ところが移動時間は毎回、違っていた。ブラッドたちは取引所へ向かうまでの信号の通り道、つまりネットワークの交通量《トラフィック》を管理するすべを持っていなかった。注文がニューヨーク証券取引所へ到達するのに、四ミリ秒のこともあれば、七ミリ秒のこともあった。移動時間が想定と異なっていれば、市場はまたしても消えてしまう。

要するにソーは不安定だったのだ。そしてローナンによれば、その理由はブラッドのデスクから各取引所までの電気信号の通り道が不安定だからだ。ブラッドを含め、トレーダーは信号がニュージャージーの証券取引所へ移動する際の物理的な経緯について、あまり考えたことがない。「それはすぐにわかった」とローナンは言う。「見下すわけじゃないけど、彼らだってそれは認めるだろう。何が起こってるか、ちっともわかってなかったことはね」

ブラッドのデスクから発された信号が、ニュージャージーの各取引所へ到達するまでの時間が違うのは、ブラッドのデスクとそれぞれの証券取引所までの距離が違うからだ。ある高速トレーダーの信号が、最初の取引所からとなりへ移動するのにかかる時間は、最速で四六五マイクロ秒。非現実的なたとえをするなら、瞬きの二百倍の速さだ。つまり、ブラッドの注文を表示画面どおりの価格で取引するためには、注文はすべての取引所へ、四六五マイクロ秒以内の時間差で到達しなければならない。そのための唯一の方法として、ローナンがRBCの新たな同僚たちに伝えたのが、専用の光ファイバー・ネットワークを構築し、管理することだった。

話をわかりやすくするために、ローナンはニュージャージーの巨大な地図を何枚も持ち出した。それは通信各社が作りあげてきた光ファイバー網の地図で、それを見れば、ワン・リバティ・プラザにあるブラッドの取引拠点から、信号がどういう経路で取引所まで旅をするのかがすっかりわかった。ローナンが一枚目の地図を広げたとき、RBCのネットワーク・サポート・チームで働くある男が怒鳴った。「いったいどうやって手に入れやがった？　ネットワークは通信会社の財産だぞ！　独占物だ！」。それに対してローナンはこう反論した。「独占物だから渡せないと怒鳴られたときは『それなら言うけど、独占物なんてくそくらえだ』と反撃したよ」。超高速トレーダーは通信会社に莫大な金を支払っていたので、何を言っても通った。そしてローナンは超高速トレーダーの代弁者だった。「ネットワークの地図は、確かにモンスター級の金塊だ。だけど、あれだけたくさん仕事を取ってきてやったのはぼくなんだ。連中は頼めば奥さんの下着の引き出しだって見せてくれただろうさ」

地図は旅の物語をつづっていた。ロウアー・マンハッタンを出発した信号は、どれもウエストサイド・ハイウエイを北上してリンカーン・トンネルを抜ける。トンネルを出てすぐの、ニュージャージー州ウィーホーケンにあるのがBATS取引所だ。BATS

ないのでごたついたニュージャージー郊外を抜ける道を見つけなければならないので、経路が複雑さを増す。「今じゃニュージャージーは、感謝祭の七面鳥よろしく切り分けられてる」とはローナンの弁だ。信号はなんとか先へ進んでセコーカスへたどり着き、ゴールドマン・サックスとシタデル出資によるダイレクト・エッジ系列の各種取引所に立ち寄ると、そのあと南下して、ナスダック系の取引所があるカーテレットに至る。ニューヨーク証券取引所へ向かう物語はもっと複雑だ。二〇一〇年初頭、NYSEは、サーバーをまだロウアー・マンハッタンのウォーター・ストリート五五番地に置いていた（遠く離れたニュージャージー州モーウォーへ移したのはその年の八月だった）。ブラッドのデスクからは一キロもない距離なので、彼にとってはNYSEがいちばん近い取引所に思える。ところがローナンの地図を見ると、マンハッタンでは光ケーブルが信じられないほどうねっている。「リバティ・プラザからウォーター・ストリート五五番地へ行くのに、ブルックリンを抜けなきゃならないんだ。ミッドタウンからダウンタウンまでが八十キロ、通りをはさんだ向かいのビルへ行くのでさえ、二十キロ以上になりかねなかった」。リバティ・プラザのRBCのオフィスからニューヨーク証券取引所までは、歩いて十分の距離だ。ところがコンピューターの目から見ると、RBCのオフィスからの距離は、カーテレットよりもニューヨーク証券取引所のほうが遠かった。

BATSは超高速取引業者の餌場だった

ブラッドからすると、この地図には、BATSの市場が正確である理由が示されている。BATSでリストに載せた株が常に一〇〇パーセント売買できたのは、彼らの注文を最初に受けるのがそこだったからだ。RBCの売買の情報が他の市場に行き渡る時間はなかった。『なんてこった、BATSがいちばん近いからだったのか』とそんな感じでした。あのでかいトンネルを抜けたすぐ先ですからね」。BATSの中では超高速取引業者たちが、ほかの取引所で使える情報が入ってくるのを待っている。彼らはまずBATSで公開株すべてに対してそれぞれごく小さな――たいていは百株の――ビッドとオファーを出し、情報を手に入れる。そしてX社の株の売り手と買い手を洗い出したあとで、別の取引所を目指すレースを開始し、売買を順番に行なっていく（彼らが勝利を競い合うレースの相手は、何が起こっているか気づいていない並みの投資家ではない。ほかの超高速トレーダーだ）。BATSでの売り買い注文がいつもわずか百株なのは、それが注文を処理待機列《キュー》の先頭へ持ってくるのに必要な最小限の量だからで、その目的はただ一つ、投資家から情報を引き出すことだ。超高速取引業者がBATSでごく小さな注文――米国市場で取引されている基本的にはすべての株、百株分の買いまたは売り――を出すのは、本当にその株を売買したいからではない。投資家がどの株を売買しようとしているかを、事前に知りたいからだ。驚くようなことではないが、BATSは超高速取引業者が設立した取引所だった。

おかしな話だが、そこで見聞きしたことは、ローナンにとってまったく意味をなしていなかった。彼は自分が知っていることの価値をわかっていなかったのだ。それを理解するのを助けたのがブラッドだ。たとえば超高速トレーダーたちは、あるブローカーの注文がそれぞれの取引所へ到達するまでの時間をマイクロ秒単位で測定し、複雑な比較表を作っている。その表は〝レイテンシー・テーブル〟と呼ばれていた。到達時間は、そのブローカーの拠点がどこにあり、ニュージャージーでどの光ケーブル網をリースしているかによって微妙に異なる。苦心の末に完成したこの表は、超高速トレーダーにとっては貴重なものに違いないが、ローナンにはその理由がさっぱりわからなかった。しかしブラッドは、レイテンシー・テーブルについて聞いた瞬間、すぐにその理由がわかった。この表があれば、超高速トレーダーは、注文が取引所から別の取引所へ移動するのにかかった時間から、その注文を出したブローカーを割り出すことができる。注文の裏にいるブローカーの正体がわかれば、そのブローカーの行動パターンを見分けられるようになる。さっき市場に現れてインテル千株の買い注文を入れたブローカーを突き止めれば、その千株が注文のすべてなのか、それとももっと大きな注文があるのか予測できる。そのブローカーがほかの取引所でどのように注文をばらまくか、現在の市場価格よりどのくらい上がっても買う気があるのかも、見当がつく。超高速取引をする連中にとって、リスクなしで利益を上げるのに必要なのは正確な情報ではない。必要なのは、自分たちに有利になるよう、体系的にオッズを歪ませることだけだ。それでもブラッドはこう話す。「彼らが探していたのは、結局、顧客の注文の扱いかたが下手な大手ブローカー〔訳注：顧客の注文で株を売り買いする日本で言う証券会社、米国では投資銀行もその業務を行なっている〕でした。彼らにとっては、それが本物の金の鉱脈だったんです」

さらにブラッドは、ブローカーが愚かな行動に走りたがる新たな理由ができたことを知っていた。ブラッド自身が、すでにその誘惑に屈していたからだ。顧客からの注文をどの取引所へ回すかというブローカーの判断は、今や各取引所から受けとる報奨金と、そこへ払う手数料に関する新システムに大きく影響されていた。ウォール街のある大手ブローカーが、インテル一万株の買い注文を出すとして、BATSなら報奨金がもらえるのに、ニューヨーク証券取引所では手数料を取られるとすれば、ルーターは当然、注文をBATSに送るようプログラムされる。こうして人間によってつくられたルーターが、みずからの命を持つようになった。

取引のアルゴリズムと同じように、ルーターも株の自動売買における重要なテクノロジーだ。どちらもウォール街のブローカーが設計し、作りあげた。どちらもそれまで人間が行なっていた思考を代行するものだが、実行する知的タスクはそれぞれ異なる。アルゴリズムはまず思考し、注文をどのように切り分けるかを決める。たとえばあなたは一株二十五ドルまででXYZ社十万株を買おうとしている。市場には二十五ドルのオフアーが合計で二千株分ある。このとき十万株を一括で買おうとすると、市場が荒れてその株は急騰する。アルゴリズムは、何株を、いつ、いくらで買えばいいかを判断する。この例ではおそらく十万株の注文を二十に分割し、価格が二十五ドル以下にとどまっている限りは、五分おきに五千株ずつ買う指示をルーターに送るはずだ。

ルーターは、注文をどこへ送るかを決定する。たとえば注文をまずウォール街のある銀行のダークプールへ送ってから、そのあと取引所へまわすという指示を出すこともある。あるいはブローカーが報奨金をもらえる取引所へ送ってから、そのあとで手数料を払わなくてはならない取引所へ送るという指示を出すこともある（これがいわゆるシークエンシャル・コストエフェクティブ・ルーター、効率性を順次判断していくルーターだ）。

このルーターの経路設定がどれだけお粗末かを示す例を一つあげてみよう。あるブローカー――あなたが仲介料を支払う相手――に、XYZ社の株を一株二十五ドルで十万株買うことを依頼する。市場には折よく二十五ドルで十万株分が、一万株ずつ十の異なる取引所で売りに出されていた。それらの取引所はどこも、あなたの代理であるブローカーに対し、手数料を要求する（あなたがブローカーに払う仲介料よりははるかに少ないが）。しかしほかに百株分が同じく二十五ドルで、BATSに売り出されていた。違うのはBATSがブローカーに報奨金を支払うということだ。この場合、シークエンシャル・コストエフェクティブ・ルーターは、まずBATSへ行ってその百株を買う。するとこの動きがきっかけとなり、先の十万株は超高速トレーダーの手中に消えてしまう

(ブローカーは手数料を払う必要がなくなる)。超高速トレーダーは、すぐさま売りに転じて、XYZ社の株をさっきよりも高値でオファーしてもいいし、ほんの二、三秒だけ手元にとどめて、さらに値をつり上げてもいい。いずれにせよ、最初にXYZ株を買いたかったあなたにとっては、おもしろくない結果だ。

これは経路設定のまぬけぶりを示す無数の例の中でも、とりわけわかりやすいものだ。顧客(あなた、もしくはあなたの代理で投資を行なう誰か)はふつう、アルゴリズムとルーターの内部動作などまったく気に留めない。仮に注文がどんな経路で処理されたか知りたいとブローカーに訴えたとしても、彼らが本当のことを教えてくれるかは確かめようがない。どのような株がいつ取引されたかを示す、詳細な記録は残らないからだ。

ブローカーのルーターは、ポーカーのまずい打ち手のように、わかりやすい手がかりを与えてしまう。手がかりは顔の筋肉のひきつりではなく機械のもたつきだが、競争相手の超高速プレーヤーにとっては、同じくらい貴重なものだ。

こうした説明を一度ブラッドから聞けば、ローナンにとっては十分だった。彼は『くそっ、今まで耳を素通りしていた話が、これでようやくわかった』という感じだった」と言う。

ローナンの助けを得て、RBCのチームは専用の光ファイバー網を作りあげ、ソーを投資家に売れる製品へと育て上げた。宣伝の謳い文句は、ばかばかしいほど単純だった。

〝金融市場には、新たな捕食者《プレデター》がいます。その手口を教えましょう。わたしたちはそれから身を守る武器を持っています〟。RBCも超高速トレーダーと手を結ぶべきかという議論も、これで終わりだった。ブラッドの新たな課題は、この話をどうやってアメリカの一般投資家に広めるかだった。ローナンにしゃべらせたことは、周囲に大きな衝撃を与え、人々の興味を惹きつけた。そして何か新しい奇妙な事態が始まっていることを、すでに上層部も認めている。そこでブラッドはローナンを、ウォール街最大級の顧客の群れに解き放つことを決めた。「ブラッドがぼくを呼び出して『超高速取引戦略室長はやめて、これからは電子取引戦略室長でいきたいと思うんだ』と言ったんだ」と話すローナンだが、その肩書が実際に何を意味するのか、当時はわかっていなかった。「妻に電話をかけて『どうも昇進したみたいだ』と言ったよ」

啓蒙活動を始める

数日後、ローナンはブラッドとともに、初めてウォール街の会合に出た。「直前になってブラッドから『何を話すつもりなんだ？　何を用意してきた？』と訊かれた。なんにも用意してなかったから『その場で考える』と正直に答えたよ」。このときにはブラッドが自分に与えた新しい肩書きの意味が、だいぶわかっていた。「ぼくの役割は、いろんなところへ出向いて『食い物にされてることに気づいていますか？』と、顧客に言ってまわることだった」。この出たとこ勝負の最初のプレゼンテーションの相手——九十億ドル規模のヘッジファンドの社長――は、その日のことをこう振り返る。「自分が九十億ドル規模のヘッジファンドで三億ドルの問題を抱えているのは気づいていた（つまり表示価格で取引できない代償が、年間三億ドルに及ぶ）。しかし何が問題なのか、はっきりとしたところがわからない。　あの男の話を聞きながら、ＲＢＣはいったい何のつもりなんだと思ったよ。こいつらは何者なんだ？　トレーダーでもセールスマンでもない。金融分析家でもない。それがいきなり、この世界の問題を解決する方法を知っていますなどとぬかす。『なんだと？　いったいどうやって信用しろというんだ？』と思うだろう。そのあと、ふたりはわたしが抱えている問題を完璧に説明したんだ」。互いに話を補いながら、ブラッドとローナンはこのヘッジファンド経営者に、自分たちが突きとめたことを伝えた。要約するとこうなる。あなたがお金をやりとりする際の情報の価値は、すべてブローカーと取引所によって競りにかけられ、超高速取引業者へ渡されているんです。彼らは、その情報を使ってあなたを食い物にしている。それが、九十億ドルのファンドが抱える三億ドルの問題です。

ブラッドとローナンが部屋を出たあと、この大手ヘッジファンドの社長は、金融市場を見直してみた。自分が食い物にされる側だなどとは、今まで思いも寄らなかった。デスクに戻り、オンライン証券取引の個人口座と、月額千八百ドルで借りているブルームバーグの端末を見つめた。個人口座のほうで、彼は中国の建設会社で構成されている上場投資信託（ＥＴＦ）を買ってみることにした。まずはブルームバーグの端末でその投信の価格を何時間か観察する。中国では真夜中だから、何も起こらず、ＥＴＦの価格も微動だにしない。そこで個人口座のほうの画面で購入ボタンをクリックしてみると、ブルームバーグの画面が示す価格が跳ねあがった。オンライン証券取引口座を開設している人は、ブルームバーグの端末をほとんど持っておらず、リアルタイムで市場を観察するのは難しい。大半の投資家は、自分が購入ボタンを押したあとで市場に何が起こるか、知るよしもないのだ。「わたしはまだ、実行ボタンを押してもいなかった」と、そのヘッジファンド社長は言う。「ただティッカーシンボルと数量を入力しただけだ。それなのに市場は動いた」。その後、元々の表示価格より高値でＥＴＦを買わされ、取引はシタデル・デリバティブスによって約定されました、という取引成立のメッセージが届いた。シタデルは超高速取引業者の最大手の一つだ。「そこでこう思った。なぜわたしのオンライン・ブローカーは、わたしの取引をシタデルに送っているんだ？」

　ウォール街での成功物語を山ほど見て、その手助けをしてきたブラッドだったが、「ローナンほど一気にスターダムに駆け上った男はいない」と言う。ローナンはローナンで、ウォール街の人間のあまりの凡庸さをなかなか信じられずにいた。「すべてがたわごとで成り立ってる業界だ」と彼は言う。何より驚いたのが、大物投資家の多くが危なっかしい連中だったことだ。「この業界の人間は、自分が何かを知らないということを認めたがらない。『それは知らないな。教えてくれよ』とは、まず言わないんだ。たとえばぼくが『コロケーションは知ってると思いますが』と言うと、向こうは『ああ、コロケーションね、知ってるよ』と返す。そこでぼくはこう続ける。『そう、今じゃ超高速取引業者はどこも、取引所と同じ建物の中にサーバーを移して、マッチング・エンジンにできるだけ近い場所に置くようにしてるんです。だからほかの誰よりも早く市場のデータを手に入れられる』。すると向こうは『なんだって？　そりゃきっと違法だ！』ってな具合さ。何百人と会ったけど、コロケーションを知ってる人間はいなかった』。また彼らがウォール街の大手投資銀行とがっちり結びついていることに驚いた。その投資銀行が、彼らをだましているというのに。「超高速取引業者の世界じゃ、義理もへったくれもないんだ」。投資家たちはウォール街の大企業が、新しい捕食者から自分たちを守ってくれないと、ふたりに怒りをぶちまけた。そのくせ彼らは、RBCにはほんの少ししか取引を任せていない。「ウォール街でいちばんわけがわからなかったのはそこだった。こう訊きたかったよ。『待ってください、つまりあなたを食い物にしている連中に金を払わなくちゃならないから、うちには払えないということですか？』ってね」

ローナンはウォール街の人間に見えない男だったからこそ、ウォール街の大物との面会を許され、相手の心の内へと入りこめたのかもしれない。ブラッドは言う。「最初の会合のあとで、ふたりで同じところに行くのは無駄だと、ローナンに言いました。手分けして、片っ端からあたらないと間に合わなかった」

フラッシュ・クラッシュ

二〇一〇年の終わりまでに、ブラッドとローナンは二人でおよそ五百人のプロの投資家と会った。中には数百兆ドルにも及ぶ資産を扱う者もいた。パワーポイントで資料を作ったことは一度もない。腰を下ろし、平易な英語で知っていることすべてを話すだけだ。ブラッドはすぐに、第一級の投資家でも市場で何が起こっているかわかっていないと見て取った。投資信託大手のフィデリティにヴァンガード、資産運用大手のT・ロウ・プライスにジャナス・キャピタル、とりわけ世慣れたヘッジファンドでさえもだ。たとえば伝説の投資家、デイヴィッド・アインホーンは話にショックを受けたし、別の著名なヘッジファンド経営者、ダン・ローブも同じだった。やはり有名なヘッジファンドであるパーシング・スクエアの経営者で、大量に株を買うことも多いビル・アックマンは、ブラッドがやってくる二年前から、自分の取引に関する情報を使ってフロントランニングしている人間がいるのではないかと疑っていた。「いつもリークの気配を感じていた」とアックマンは言う。「プライム・ブローカーではないかと踏んでいたが、わたしが思いもよらない種類のリークだったというわけだ」。ブラッドによってメリルリンチから引き抜かれ、ソーを売り出す手助けをしたセールスマンは、さる大物投資家が電話をかけてきて、こう言ったのを覚えている。「自分が何で食べているか知ってるつもりだったが、どうやら違ったらしい。こんなことが起こってるなんて、想像もしていなかった」

やがていわゆるフラッシュ・クラッシュが起こった。二〇一〇年五月六日、二時四十五分、これといった理由もなく、市場は十分足らずで六百ポイントも下げた。その後、数分間で、前より高い水準まで反発した。まるで酔っ払いが金魚鉢につまずいてペットの金魚を殺してしまったのを、必死で隠そうとしたかのようだ。目をこらして見ていなければ、気づかなかったほどの、あっという間の出来事だった。もちろん特定の銘柄を売買していた人は別だ。たとえばプロクター・アンド・ギャンブル（P&G）は、その間に最低一ペニー、最高十万ドルで取引された。ほんの一瞬前より六〇パーセントも下げた株価で、二万回も取引された銘柄もあった。その五カ月後、証券取引委員会（SEC）は報告書を発表し、この大惨事の原因は、カンザスシティーの名もない投資信託会社が、先物取引での大口の売り注文を、シカゴの取引所に誤って出したことだと糾弾した。

この説明が正しかったとしても、それは偶然にすぎない。なぜなら、株式市場の規制組織たる証券取引委員会でさえ、株式市場を理解するのに必要な情報を持っていなかったからだ。取引は今やマイクロ秒単位で行なわれていた。ところが取引所の記録は秒単位だ。一秒には百万ものマイクロ秒があるというのに。これは一九二〇年代の株式市場のデータと似ている。当時の十年間のデータは、すべての取引を大ざっぱに合算した形でしか存在しない。その時代のある時点で、株式市場で大暴落が起こったことはわかるかもしれない。しかし一九二九年十月二十九日、またその前後に何が起こったかについては何一つわからないのだ。ＳＥＣのフラッシュ・クラッシュについての報告書を読んだとき、ブラッドが真っ先に感じたのは、時間に対する感覚の古さだった。「報告書の中から、〝分〟という言葉を検索してみました」とブラッドは言う。「八十七件ヒットしました。次に〝秒〟を検索すると六十三件、〝ミリ秒〟は四件。しかもどれも大して重要なものではなかった。そして〝マイクロ秒〟は、ゼロでした」。ブラッドは報告書を一度は読んだが、その後は二度と目を向けなかった。「今のスピード感覚に慣れてしまうと、〝誰かがボタンをたたいている〟なんて説明は正しくないことがわかるんです。何がどういう順番で取引されたかを確認するために、ある時刻に行なわれたすべての取引をまとめたものを見たいと思う。けれどももちろん、そんなものは存在しないし、存在できるはずもない。現在の時間設定の中ではね」

フラッシュ・クラッシュを引き起こした原因について、はっきり指摘できる人間はいなかった。同じ理由で、超高速トレーダーが一般投資家にフロントランニングしていると証明できる人間もいなかった。データは存在しなかった。しかし投資家たちはＳＥＣの説明や証券取引所の安請け合いに納得してはいない、ブラッドはそう感じていた。彼らの多くが、ブラッドが自問したのと同じ疑問を持った。あの一個の雪玉が壊滅的な雪崩《なだれ》を引き起こした経緯について、もっと根深い問題があるんじゃないのか？　ニューヨーク証券取引所のCEO、ダンカン・ニードラウアーが投資家へのあいさつまわりを始めると、一流投資家のほとんどがそれに反応したのを、ブラッドは見逃さなかった。ニードラウアーの目的は、ニューヨーク証券取引所がフラッシュ・クラッシュと無関係だとする理由を説明することのようだった。「何かあった。そう思ったのはこのときだ」。そう語るのは、株式市場での投資を専門とするヘッジファンド、シーウルフ・キャピタルのダニー・モーゼスだ。モーゼスはブラッドとローナンの話を聞いたことがあった。「ニードラウアーが言おうとしていたのは『われわれを信用してください。あれはうちの責任じゃなかったんですから』ということだ。ちょっと待て、こっちはあんたらだなんて思ってなかったよ。そんな心配をしなくちゃならなかったのか？　まるで子どもが家へ帰ってきて、こう言うみたいじゃないか。『パパ、車をへこませたの、ぼくじゃないよ』。待った、車はへこんでたのか？」

フラッシュ・クラッシュのあと、ブラッドはもう自分から投資家へ電話をかけて、アポイントを取り付ける必要はなくなった。電話は鳴りっぱなしだった。ブラッドは言う。「フラッシュ・クラッシュのせいで、株を購入する側が、何が起こっているかを理解したいと思い始めたんです。彼らの上司たちが、疑問を持つようになったんでしょう。つまり、説明したいわれわれと、聞きたい彼らの利害が完全に一致したんです」

スプレッド・ネットワークスの登場

数カ月後の二〇一〇年九月、前ほど目立たなかったが、ふたたび奇妙な出来事がシカゴ郊外の株式市場で起こった。取引の量で言えば取るに足らない、ＣＢＳＸという名の眠ったような取引所が、報奨金と手数料のシステムをこれまでと逆にすると発表したのだ。それによれば、ＣＢＳＸでは今後、流動性を〝取り除く《テイク》〟側には金を払い、流動性を〝供給する《メイク》〟側から金を徴収するとのことだった。ブラッドには、この発表は奇異に映った。余分な金を払わなければならないところで、誰が取引するというのか。ところがそこからＣＢＳＸは爆発的な活況を呈す。たとえばその後の数週間で、衛星放送のラジオ局シリウスの株については、市場全体の取引の三分の一を、ＣＢＳＸが扱った。ブラッドは、シリウスが超高速取引業者のお気に入りの銘柄なのは知っていたが、なぜ突然シカゴで大量に取引されるようになったのか。ＣＢＳＸでは〝流動性を取り除く〟と金をもらえるとわかった時点で、ウォール街の大手ブローカーが顧客の注文をＣＢＳＸに送るよう、ルーターのプログラムを書き換えたのは間違いない。しかし取引の相手は誰なのだろう。以前、自分たちが受け取っていた以上を支払ってまで手に入れたい特権とは？

ローナンがブラッドに、スプレッド・ネットワークスなる新会社（第1章参照）の話をしたのはそのときだった。実はスプレッド・ネットワークスは以前、ローナンに自社の貴重な回線を超高速トレーダーに販売する仕事を任せようとしていたのだ。彼らは仰天の回線開通プロジェクトと事業計画について、ローナンにざっと説明した。「そいつはとんでもない話だと、ぼくは言ったよ。それを二百件売るって言うから、買いそうな会社二十八社のリストを用意した。サービスの利用料金は五年で一千六十万ドルの前払い。それで一件売るごとに、ぼくに一万二千ドルを払うだとさ。ばかにしてるよ、まったく。それは今まさにぼくがやっていることじゃないか、と思った」

ローナンがこの不愉快な経験について話すと、当然、ブラッドはこう尋ねた。「なぜ今、それを話す気になったんだ？」。ローナンは彼らと秘密保持契約を結んでいたからだと説明した。契約が失効するのがその日で、ようやくスプレッドの動きや、取引先について自由に明かせるようになったというわけだ。取引先には、ナイトやシタデルといった超高速取引業者はもちろん、モルガン・スタンレーやゴールドマン・サックスなど、ウォール街の大手投資銀行も名を連ねていた。「あの連中がとんでもないことをしてると証明する方法がありませんでした。守りが堅くて、どれくらい稼いでるかつかめなかったから」とブラッドは言う。「しかしどれくらいの大事業で、どれくらいの金をつぎ込んできたかはわかりました。それに銀行も一枚嚙んでいる。くそっ、こりゃあ超高速取引業者だけの話じゃないぞ。業界ぐるみだ。組織的な話だ、と思いました」

ローナンがＣＢＳＸで起こったことを説明してくれると言ってきた。スプレッド・ネットワークスがスイッチを入れて回線を稼働させ始めたのがちょうど二週間前。その後、CBSXが利用システムを逆転させた。つまりブローカーが顧客の取引を実行すると、ふつうなら手数料を支払わなければならないところを、逆に報酬をもらえるようにしたのだ。それは注文をまずシカゴへ送らせて、ブローカーをおびき寄せるためだった。そうすれば、スプレッド・ネットワークスを使う超高速トレーダーは、ニュージャージーでその注文にフロントランニングできる。超高速トレーダーは、シカゴで投資家と取引をして情報を拾い集め、それをニュージャージーの市場で利用する。CBSXの流動性を〝供給する〟ために金を払うことには、今やとても大きな価値があったのだ。これはまさしく、ブローカーをおびき寄せて顧客の情報を露呈させ、それを別の場所で利用するという、彼らが以前BATSで行なっていたゲームだった。しかし、顧客の注文と競争を繰り広げるうえで、スプレッドの回線でシカゴからニュージャージーまで競争するほうが、ウィーホーケンからニュージャージーの別の場所まで競争するより楽だった。

スプレッドは信じられないほど精巧なパズルの一ピースだった。ブラッドがRBCで結成したチームは、この時点ではまだすべてのピースを手に入れていたわけではなかったが、この話をもっとオープンにしたい者たちの中では、いちばん多く集めていたはずだ。二人が知ったことを聞いた投資家の反応も、パズルのピースのように思えた。ときおり——おそらく二十回に一回ぐらい——パズルについて知ろうとせず、二人の話を聞きたがらない投資家に出会った。そのような投資家との会合から戻るたび、ブラッドはその人物が、超高速トレーダーへ流れ込む資金に、多少なりとも頼っていることを発見した。またときには――こちらもたぶん二十回に一回くらい――怯えきった投資家に出会うこともあった。ブラッドいわく、彼らは「あまりにも自分が何も知らないものだから、すっかり怯えて自分の会社に閉じこもり、ぼくらに会わないほうがいいという連中」だった。しかし二人が話をした数百人の大物投資家の大半は、T・ロウ・プライスのマイク・ギトリンと同じ反応を示した。何かおかしなことが起こっているのに、それが何かわからない。そこへもってきて、ようやく自分たちが愚弄されていることを知った。「ブラッドは誠実なブローカーだ」とギトリンは言う。「知っているのが何人いたかは知らないが、教えてくれたのはブラッドだけだった。彼はこう言ってたよ。『わたしはここにいて、すべてを見ています。わたしたちは仲間です。すべては仕組まれてるんですよ』とね。ブラッドは悪役が誰なのかを暴き、それを業界の人間の多くが恐れていた。『とにかく許せないんです』とも言っていた」。シーウルフの筆頭ストラテジスト、ヴィンセント・ダニエルは、別の表現をする。誰も気にも留めない銀行に勤めているアジア系カナダ人の男と、いかにもダブリンの何でも屋といった印象のアイルランド男。そんな二人から、とても信じられない話を聞かされたダニエルは、長々と二人を見つめ、こう言った。「きみたちの最大の競争上の優位は、わたしをだまそうとしていないことだ」

号令をかけられるのはわたしだけ

ウォール街に信頼はまだ――かろうじて――生き残っていた。ブラッドを信じた大物投資家たちは、ほかのブローカーから手に入れた情報をすべてブラッドたちと共有するようになった。それは本来ならブラッドには決して知り得ない情報だった。たとえば何人かが、ほかのブローカーに対して自分の取引のうち、何パーセントくらいをダークプール内で行なっているか尋ねた。そこには、新しい株式市場の中でもとりわけ不透明な報奨金が含まれている。ダークプールで特に有名なのはゴールドマン・サックスとクレディ・スイス銀行だ。しかしどのブローカーも、大口の取引はダークプールで行なうことを投資家に強く勧める。理論上は、顧客にとって最良の価格を見つけるのがブローカーの役目だ。たとえば顧客がシェブロンの株を買おうとしていて、最良の値を付けているのがニューヨーク証券取引所なら、価格で劣るみずからのダークプールに顧客を縛りつけておくべきではない。ところがダークプールは濁っている。そのルールは公表されていないので、中で何が進行しているか、外部の人間が見ることはできないのだ。だから、ブローカーの内部トレーダーは、ダークプールの中で顧客に不利な取引も簡単にできるし、それを禁止する決まりもない。ブローカーはダークプールでも利益相反はないと抗弁するが、どのダークプールにも共通の奇妙な性質がある。ダークプールへ送られた顧客の注文のうち、かなりの割合がプール内部で実行されていることだ。ブラッドはそのことを知っていた。世界でも指折りの株式投資家のうち、何人かが情報をくれていたからだ。彼らはブラッドが真相を突きとめることを期待していた。

説明はなかなか難しい。ブローカーは、市場で顧客にとって最良の価格を見つけてくるのが仕事のはずだ。ゴールドマン・サックスのダークプールの規模は、株式市場全体の二パーセントに満たない。ところがゴールドマンのダークプールへ送られる顧客の注文のうち、ほぼ五〇パーセントがプール内で約定され、もっと広い市場へ出ることはない。それはなぜなのか？　ほとんどのブローカーのダークプールが市場の一パーセント以下だというのに、ブローカーは顧客にとっての最良価格の一五～六〇パーセントをそこで見つける（いわゆる内部化率はブローカーによって違う）。そこでは取引をいつ約定したのか、正確なところを言う必要はない。またブローカーが、約定時の市況や取引の約定場所を投資家に伝えることもないので、顧客は闇の中で生きることになる。T・ロウ・プライスのような投資界の巨人でさえ、ゴールドマン・サックスやメリルリンチを信頼し、自分たちの利益に沿った取引をしてくれるはずだと考えるしかない。たとえ金銭的なインセンティブが働いていて、そういう行動を取らないのが明白に思えてもだ。マイク・ギトリンが言うように「ブローカー・ディーラーが、客にとってベストの場所ではなく、どこか別の場所で取引していたとしても、証明するのは困難きわまりない。ブローカーが何をしているのか、見ることもできない」のだ。ブローカーは、本当に投資家の利益になる行動を取っているのか。無数の小口投資家の取引を代行するT・ロウ・プライスほどの大企業であっても、それを判断するのに必要な情報を手に入れられない。それなら小口投資家がそれを手にできる可能性などあるだろうか？

このような環境にあって、自分の金に何が起こっているか投資家に教えようとするRBCの試みは、革命的な影響をもたらした。カナダロイヤル銀行はもうずっと、アメリカの株式市場で取るに足らないプレーヤーにすぎなかった。二〇一〇年末、ブラッドは、ウォール街の各銀行の相対評価を発表している企業、グリニッチ・アソシエイツの報告書に目を通した。グリニッチ・アソシエイツは、ウォール街のサービスを利用している投資家から話を聞き、ウォール街の各企業に関する独自の調査結果を報告している。二〇〇九年のグリニッチの報告では、RBCの順位は十九位とかなり低かった。ソーの発売からわずか六カ月後の二〇一〇年末、順位は一位になっていた。グリニッチ・アソシエイツからRBCに電話がかかってきて、いったいぜんたい何が起きているんだと尋ねられたという。彼らの評定で順位を一気に四つ以上あげたのは、RBCが初めてだった。

そして同時に、ブラッド・カツヤマのウォール街への不満から生まれたこの活動は、事業というよりは運動の様相を見せはじめていた。ブラッドは決して過激なタイプではない。「十字軍としての人生を選ぶのと、それに押しあげられるのとでは違う」という気持ちだった。ブラッドは最初から、巨大化していくこの事態の中で重要な役を演じようとは思っていなかったし、表舞台に立つ器ではないと思っていた。生徒会の役員に立候補したこともない。政治に関わったこともない。「何か変化を起こすには愛想を振りまかないといけない。ずっとそんなふうに思っていました」とブラッドは言う。「それがすごくいんちきくさい感じがしたんです」。今回はいんちきくさい感じはしなかった。一人の人間が直接行動を起こすことで世界を変えられる。そんな状況に思えた。何より株式市場の内幕を、世界有数のマネー・マネジャーに教えているのはブラッドなのだ。そしてその市場では、投資家の金が悪用されていることを伝えようとする人間は、彼のほかにいない。ブラッドが金融システムの内幕を理解すればするほど、投資家たちにうまく伝えられるようになるだろう。彼らは大小問わず、このシステムに食い物にされている人々だ。そうすればシステムを変えるというプレッシャーがさらに高まるはずだ。

システムの奥深くに巣食っていたのは、一種の〝モラルの麻痺〟の問題だった。内部の人間すべてがシステムからわずかでも利益を得ている限り、たとえシステムがどんなに腐敗した悪辣なものになろうと、内部変化を求める人間は現れない。もっとも〝腐敗した〟や〝悪辣な〟といった言葉は、使うだけで真剣な人々を不快にするので、ブラッドは使うのを避けた。ブラッドが投資家と話すときにいちばん気を遣ったのは、陰謀説を振りかざす妄想家がまた現れたと思われないようにすることだったかもしれない。大物投資家の言葉で、ブラッドを特に喜ばせたものがある。

「ああ、ありがたい。超高速取引について何か知っていて、宇宙人を見たと言わない人物がようやく現れた」

ブラッドはやがて、運命と状況が彼のために一つの大役を用意し、自分がそれを演じなければならないことを理解した。急進的なタイプではなかったので、理解するまでにしばらく時間がかかったが。ブラッドはある晩、妻のアシュリーに向きなおって言った。

「どうやらぼくは、変化がどうしても必要なものの専門家みたいだ。これについて何か変化を起こせるのは、世界でもほんの数人だ。今すぐこのぼく、ブラッド・カツヤマが立ち上がらないと。号令をかける人間はほかに誰もいないんだ」

第4章　捕食者の足跡を追う

ブラッド・カツヤマにリクルートされたシュウォールは、2007年に施行されたある規制が、実は逆に捕食者たちを跋扈させたことに気がつく。取引の公平性のためにつくられたその規制は、時間と場所を利用したフロントランという武器を捕食者たちに与えることになったのだ。

バンカメのよき兵士

二〇一〇年末には、ブラッドたちは売り物になる武器を完成させていた。守るべきはアメリカ市場の投資家、敵は市場に現れた新種の捕食者とおぼしきものだった。その捕食者について、ブラッドたちは驚くほどわずかなことしか知らなかった。そしてブラッドは、ローナン以外、超高速取引の世界の人間を知らなかった。その世界の広がりや、潜在的な影響力については、ぼんやりと想像するしかなかった。ローナンのおかげで超高速取引業者が公共の取引所と特別な関係にあることはわかったが、投資家の利益を保護する任を負うウォール街の投資銀行と、どのような付き合いをしているかは不明だった。そしてウォール街の投資銀行員の大半は、自分の働く投資銀行が何をするつもりなのか、ほとんどわかっていないように見えた。ウォール街の投資銀行で働く人間が、他行の企てを暴くいちばん簡単な方法は、移籍を考えている行員を見つけて面接をすることだ。金融危機の余波の中、ウォール街の〝大きすぎてつぶせない〟側は大混乱に陥っていて、おかげでブラッドは、数年前ならカナダロイヤル銀行で働くことなど考えもしなかった人々と話すことができた。自分たちのブレーンとなる面々を選び終わったとき、ブラッドは、大きすぎてつぶせない銀行の職員、百人以上と会っていたが、雇ったのはわずか三十五人だった。「みんな仕事をほしがっていました」とブラッドは言う。「彼らは口をつぐんでいたわけじゃない。自分の銀行の電子システムの仕組みを知らなかったということです」

ブラッドが雇わなかった者たちも含め、彼ら全員をつなぐのは、システムへの恐怖と不信という糸だった。ジョン・シュウォールは、その興味深い好例だ。シュウォールの父親はスタテン島の消防士で、その父親もまた同じ仕事に就いていた。「父方の男はみんな消防士だった」とシュウォールは言う。「おれはもっとでっかいことをやりたかった」。〝もっとでっかい〟とは、ニュージャージー州のホーボーケンにあるスティーブンス工科大学で、工学の修士号を手に入れることだった。一九九〇年代の終盤、バンク・オブ・アメリカ・セキュリティーズ（Banc of America Securities）【注1】に就職したシュ

【注1】アメリカの銀行（bank）が、自分たちはbanc（裁判所という意味がある）だと言い張っているのは腹立たしい。しかしこの場合 banc の表記は仕方なくそうしているのであって、その理由は、アメリカの銀行内にある保安部は、自分たちを bank と呼ぶのを禁じられているからだ。

ウォールは、その後、〝新製品部部長〟という大層な肩書きを持つ地位へと出世した。実際の仕事は、その肩書きには負けそうな、地味なものだった。ジョン・シュウォールは細々とした退屈な仕事を処理する、いわば裏方だった。フロアのトレーダーと、彼らのために道具を製作する技術おたくとの間を取り持ったり、株式市場の新たな規制の遵守を行内で徹底させたりする。バンク・オブ・アメリカの人事考課では、決まって全職員の上位一パーセントに入ったが、ウォール街の投資銀行におけるこの地位は、言ってみればイギリスの上流一家に仕える執事長だった。事務管理部の下っ端の間では大物とみられていたかもしれないが、金を稼ぎ出すトレーダーの間ではそうではなかった。

そのことにどれだけいらだとうと、シュウォールはそれを表に出さなかった。会社への忠義を見せる機会があれば、彼はそれを実践した。たとえば二〇〇一年九月十一日。シュウォールのデスクは、世界貿易センター北塔の八十一階にあった。まったくの偶然で、シュウォールはその日、遅れて——二〇〇一年に遅刻したのはその日だけだった——仕事に向かい、そして遠くを走るバスの窓から、自分がいるオフィスの十三階上のフロアに一機目の飛行機が突っ込むのを目にした。その日、何人もの同僚が命を落とし、そして知り合いのスタテン島の消防士の何人かが同じ運命をたどった。シュウォールは事件についてほとんど話さないが、密かにこう思っていた。もし飛行機が突っ込んだとき、デスクについていたら、自分は階段を降りるのではなく昇っていたはずだ。救助に手を貸せなかった罪悪感は、シュウォールの中で会社と同僚への負い目に変わっていった。要するにシュウォールは、消防士が勤め先に抱く感情を、ウォール街の銀行に感じたがっていたのだ。「自分はずっとバンク・オブ・アメリカにいるんだと思ってた」とシュウォールは言う。

やがて、二〇〇八年に金融危機が訪れ、バンク・オブ・アメリカは破綻したメリルリンチを買収する。そしてそのあとに起こったことが、シュウォールの世界観をひっくり返した。メリルリンチは、最悪中の最悪のサブプライム・モーゲージ債をせっせと生み出していた銀行の一つだ。メリルリンチが市場の裁きを受けていたら、つまりバンク・オブ・アメリカが彼らを救済しなかったら、メリルリンチの職員は通りへ放り出されていたに違いない。ところが実際には、買収の直前、自分たちに巨額のボーナスを与えることを決めていた彼らは、結局それをバンク・オブ・アメリカに払わせた。「とんでもなく不公平だ」とシュウォールは言う。「それにとんでもなく不当だ。九年かけて築きあげたこの銀行でのおれの株はくそにまみれ、そのくそをひり出したやつらが、記録的な額のボーナスをもらっていた。あんなのはろくでもない犯罪だ」。さらにとんでもないことに、元メリルリンチ組はその後、バンク・オブ・アメリカの株式部門の管理職に就き、職員の大量解雇に取りかかった。対象となった者の多くが、善良で、義理堅い行員だった。「ウォール街は腐ってる、とおれは思い知った」。シュウォールはのちにそう語った。「従業員への誠意なんてどこにもありゃしない」

元バンク・オブ・アメリカに勤めていた者の中で、仕事にとどまることができたのはごく少数だったが、シュウォールはその一人だった。メリルリンチが代わりを見つけられなかった、というのが理由だった。本当の気持ちを表にだすことはなかったが、シュウォールはもう雇い主を信じてはいなかった。そして初めて、雇い主が自分を信じていないことを感じた。ある日、シュウォールは自分の個人アカウントから会社のアカウントへ電子メールを送った。銀行をクビになり、小さな証券会社を始めたがっていた友人の手助けをするためのメールだった。すると上司から呼び出され、そのことについて訊かれた。

いったい何様のつもりで、こいつらはおれのところに入ってくるメールを盗み見してやがるんだ?

シュウォールが上司を監視する能力は、上司がシュウォールを監視する能力を上回っていたので、シュウォールはそれを実行した。「無言の悪意が満ちていた」とシュウォールは言う。彼はメリルリンチのダークプールでの取引が、超高速トレーダーからの燃料投下によって爆発的に増加していることに気づいた。ダークプールの使用権として、超高速取引業者から受け取る金の説明として、新しい歳入項目が作られたことにも気づいた。メリルリンチの電子取引のプラットフォームを構築した人物が、メリルリンチ全体の中でいちばんの高給を得ているのにも気づいた。それなのにその男はのちに退職し、超高速取引業者を支援する会社を作ったのだ。シュウォールは、株式市場の規制強化に異を唱える文書が、銀行の封筒で証券取引委員会へ送られていることにも気づいた。一つ拝借してみると、そこには銀行の弁護士の「近年、市場の構造と参加者の行動におただしい変化が生じてはいますが、株式市場はじゅうぶんに機能しています」という言葉が記されていた。シュウォールはある日、メリルの連中がアナリストに報告書を作らせようとしているとのうわさを耳にした。どうやら、メリルのダークプールを使えば、中で起こっていることの詳細はわからなくとも、外で取引するより顧客が大きな利益を得られると証明するのが目的らしい。その報告書をめぐっては、何やら議論になっているようだった。シュウォールは、あとで使うことがあるかもしれないと、うわさを心の整理棚にしまい込んだ。

トレーダーと技術者をつなぐ

シュウォールは自分のことを、数少ないシンプルな原則に従って生きる、よき兵士であると思いたがっていた。しかし金融危機のあとは怒れる執事になった。彼は込み入った疑問を持ち、その答えを得るためなら、どんなに狭く困難な道でも突っ込んでいくようなところがあった。ひとことで言えば、シュウォールは執念深いたちだったのだ。

バンク・オブ・アメリカを離れたシュウォールをRBCに迎えいれるまで、ブラッドはその面に気づかなかった。彼のウォール街におけるそれまでの役割、つまりプロダクトマネジャーというものの性質を考えればすぐわかるのだから、気づいてしかるべきだったのかもしれない。優秀なプロダクトマネジャーは、執念深くなければ務まらない。ウォール街では、トレーダーはコンピューターおたくに対する口のききかたを知らず、コンピューターおたくのほうも、自分をどなりつける、偉そうでいけ好かないトレーダーには、理性的に対応するすべを知らないというのが一般通念だった。

プロダクトマネジャーはそこから生まれた職種だ。両者のあいだに立ち、トレーダーが求める機能のうちどれが最も重要なのかを選別し、どのように導入するのが最良なのかを割りだす。たとえばRBCの株式トレーダーが、画面に〝ソー〟というボタンを表示させて、それを押すとソーが株の買い注文を実行するようにしたいと言ったとする。そのようなボタンを設計するときは、読めば心が折れること必至の二十ページからなる詳細な設計書が提出されることもある。そこでシュウォールの出番だ。「シュウォールは、誰も入りたがらないような細部に分け入る。どういうわけか、そうするのが好きなんだ」とはブラッドの弁だ。

シュウォールの執念深さは、一つ間違えれば本人を窮地に追いこみかねないものだった。それが最初に顔をのぞかせたのは、銀行内の会議でのことだ。「彼はいきなりスイッチが入るんです」とブラッドは言う。「脈絡がないこともないんですが、いわゆる宇宙人に近いタイプの人間ですね」

別の形でシュウォールの思考回路がかいま見えたこともあった。RBCで働き始めて間もないころ、シュウォールが上層部にけんかをふっかけたのだ。RBCは《ウォール街を舞う翼》という慈善団体からの筆頭スポンサーになってほしいとの申し出を断っていた。《ウォール街を舞う翼》は、筋萎縮性側索硬化症（ALS）、通称ルー・ゲーリッグ病と戦うための資金を集めていた。シュウォールは会社の対応を知ると、なんの説明もなしに、ALS研究の重要性を解説した電子メールを銀行のシステム中にばらまき、RBCの全職員に対して、《ウォール街を舞う翼》を支援するよう求めた。決定を下した銀行幹部は、当然、この不埒《ふらち》なメールを、上層部の権威失墜を意図した政治手段とみなした。本人にしかわからない動機で、シュウォールは自分を解雇する力を持った大物の多くを敵に回してしまったのだ。

ブラッドは、このきわめて貴重な新しい職員と、その頭の皮をはごうとするRBCの最高幹部とのあいだで板挟みになった。事情を説明するよう迫ると、シュウォールはようやく、母親が先日ALSでこの世を去ったのだと打ち明けた。「けれども、そのことを明かすつもりはなかったようです」とブラッドは言う。「もう何年も、なんとか母親を助けられないかと方法を探していました。母親がALSで死んだという事実を明かしていれば、主張は通ったかもしれませんが、他人に告げることは絶対にありませんでした。そんなのは卑怯で節操のないことだと思っていたんです」。ブラッドから見ると、シュウォールの問題は、企業内政治に対する不快な態度ではなく、政治ができない、ほほえましいほどの不器用さだった（「だいたい、政治力のある人間ならあんなこと絶対にしませんよ」）。何度も政治に巻き込まれ、そこで下手をうつため、ブラッドはのちに、シュウォールが窮地に陥ることを〝シュウォーリング〟と呼ぶようになった。「シュウォールが意図せず愚行に及んで、それがまわりからはまぬけに見える。それがシュウォーリングです」とブラッドは言う。

シュウォール本人は「ただ、ときどきわけがわからなくなっちまうってだけさ」としか言わない。彼が何かにこだわり始めると、もともとの出発点がどこだったかなど、どうでもよくなってしまう。その結果が、動機がよくわからない行動の数々だった。ソーは、そうしたシュウォールの行動の引き金を引いた。ソーと、そこからかいま見えるアメリカの金融システムの姿に、シュウォールはかつてない執念を燃やした。ブラッドからソーの仕組みや機能する理由について説明されるまで、シュウォールは、アメリカの株式市場をよく考えたことがなかった。しかし今は資本主義の心臓部たる株式市場で八百長が行なわれていることを確信していた。「そのことを理解しちまったら、つまり顧客が注文を実行できないのは、誰かがその情報を手に入れ、別の取引所へ先回りしてるからだとわかったら、もうおしまいだ。考えも変わろうってもんさ」。シュウォールは、この状況に焦った。そして焦れば焦るほど、怒りが募った。「本当にむかついたよ」とシュウォールは言う。

「あの連中は、自分たち以外の全員の年金口座を使って金を稼ごうとしてる。カモられてるのが誰なのかもわかった。おれの母親や父親みたいな人たちだ。だからおれは無我夢中で、カモってるのが誰なのかを突きとめようとした」

シュウォールは、メリルリンチがバンク・オブ・アメリカの株取引部門を乗っ取ったあとの流れを再検討してみた。たとえば彼は、メリルリンチのダークプールの問題を指摘する分析を行なったアナリストを探し出した。アナリストの話によれば、たしかにダークプールが顧客へ負担を強いている（一方でメリルリンチは利益を得ている）ことは明白だったが、経営陣はそんな話は聞きたがらなかったという。「彼らはそいつに、報告を書き換えろと言い続けたそうだ」とシュウォール。「経営陣が望む答えが出るような、別のやりかたで報告をまとめろ。そんなことを言われたらしい」

二〇一一年九月のある月曜の早朝、ブラッドはシュウォールからの電話を受けた。「いきなり『よう、きょうは出られないから』と言うんです。どういうことか訊くと、『信じてくれ』とだけ言いました。そして姿を消したんです」

レギュレーションNMS

その前の晩、シュウォールは葉巻と椅子とｉＰａｄだけを持って自宅の裏庭に出ていた。「延々と詐欺を繰り返してるやつらがいるという確信を持っていた。超高速取引と聞いて、何を思いつく？　何も思いつかない。人がいない。顔もない。思いつくのはコンピューターだ。でもその裏には必ず特定の誰かがいるんだ」。シュウォールはまず、最初に〝フロントランニング　ウォール街　スキャンダル〟でグーグル検索を試みた。

見つかったのは、ソーが解決した問題の原因だった。ひと握りのインサイダーが、市場のほかの人間よりも速いスピードで業務を進め、実質的に投資家の金を盗んでいながら罪に問われないのは、いったいどういうことだろう？　答えはすぐに見つかった。全米市場システム規約だ。二〇〇五年に証券取引委員会（ＳＥＣ）を通過したものの、施行は二〇〇七年までずれこんだこの規約、通称ＲｅｇＮＭＳ（レギュレーションＮＭＳ）の下では、ブローカーは株の売買の注文を依頼された顧客にとって最良の市場価格を見つけることを求められる。規約ができたきっかけは、二〇〇四年、歴史あるニューヨーク証券取引所のフロアのスペシャリスト二十人以上が、フロントランニングの罪に問われ、二億四千百万ドルを支払って示談に持ちこんだ件があった。スペシャリストは、取引場内で売買銘柄のつけあわせをする証券取引所の会員いわゆる〝場立ち〟だが、当時は、注文の発生をいちばん早く知る立場にあった。

それまでは、投資家の注文を扱うブローカーは〝最良の約定〟というあいまいな基準にそれぞれ従っていた。最良の約定が実践で何を意味するかは、解釈によって変わる。たとえばマイクロソフト一万株を一株三十ドルで買いたい顧客がいるとする。市場をのぞいて三十ドルのオファーが百株しかなかったら、ブローカーはその百株は買わずに別の売り手が現れるのを待つはずだ。市場をむやみに騒がさず、顧客に代わって可能な限り賢明にプレーするための判断は、ブローカーに委ねられている。この権利に対する暗黙の信頼を何度も裏切っていると、その権利は政府によって剝奪される。ＲｅｇＮＭ

Sは、この最良の約定というあいまいな考えかたを〝最良の価格〟という法的拘束力を持つ確固たるものへ置き換えた。

最良の価格の定義に、RegNMSでは、全米ベスト・ビッド・アンド・オファー（National Best Bid and Offer）、通称NBBOという考えかたを使っている。たとえば投資家がマイクロソフト一万株を買いたいと望んだときに、BATSでは百株が三〇ドルでオファーされている。一方で、ほかの十二の取引所では一万株分が三〇・〇一ドルで売りに出されていたとする。この場合、ブローカーはBATSで三〇ドルの百株分を買ってから、別の取引所へ移動しなければならない。「必要以上に、たくさんの取引所をまわることを義務づけられたんだ」とシュウォールは言う。「そのせいでフロントランしたい連中に、より多くのチャンスが生まれた」。またRegNMSの下では、ブローカーはまず、最良の市場価格をオファーしている取引所へ、顧客の注文を送らなくてはならない。そのため超高速トレーダーは、彼らがどこへ注文を送るかを、はるかに簡単に予測できるようになった。

悪くはない決まりだった。ただ一点、最良の価格の計算のしかたをのぞいては。

この新しい規約の施行にともなって、全米のあらゆる銘柄のビッドとオファーを一つの場所に集約し、市場全体を見極めて、全米ベスト・ビッド・アンド・オファーを作り出すメカニズムが必要になった。その場所は、セキュリティ・インフォメーション・プロセッサと呼ばれるコンピューターの中にあり、そのコンピューターはやがて、略語はいくつあってもいいというウォール街で、ＳＩＰの略称で知られるようになる。十三の株式市場の価格はＳＩＰへと流れ込み、そしてＳＩＰがＮＢＢＯを計算する。ＳＩＰは、ほとんどの投資家が目にするアメリカ株式市場の全体図だった。

多くの規則がそうであるように、Ｒｅｇ ＮＭＳも善意と良識から生まれたものだった。もしウォール街のすべての人間がこの規約の精神にのっとっていれば、アメリカの株式市場には新たな公平性が確立されていただろう。しかしこの規約には一つの穴があった。ＳＩＰのスピードをきちんと設定していなかったのだ。すべての取引所から株価を集めて整理するには、何ミリ秒かの時間がかかる。計算が行き渡るまでには、さらに数ミリ秒が必要だ。計算の実行に使われていた技術は旧式で遅く、そして各取引所は、それを改善することにほとんど興味を持っていないようだった。超高速トレーダーがコンピューターを取引所の中に設置し、ＳＩＰよりはるかに高速で精巧なバージョンを構築しても、それを禁止する規則はどこにもなかった。彼らはまさにそれを実行した。そのせいで超高速トレーダーに見えている市場と一般投資家のそれとの間には、二十五ミリ秒もの時間差が生じることもあった。これだけの時間があれば、超高速トレーダーならニューヨークとシカゴを二往復できた。

Ｒｅｇ ＮＭＳが作られた目的は、アメリカの株式市場に機会の均等をもたらすことだった。ところが逆に、この規制によって悪質な不平等が制度化されてしまったのだ。スピードを生む資源を持った少数のインサイダーが、他者より先に市場を見て、それをもとに取引できるようになってしまったのだ。

結果として生まれたのが、たとえば次のような事態だ。SIPが一般投資家に向けて、アップル株が四〇〇〜四〇〇・〇一ドルで取引されていると示したとする。それを受けて投資家がブローカーに対し、市場価格、すなわち四〇〇・〇一ドルで千株購入するよう指示を出す。速度で上回るネットワークを持つトレーダーにとっては、注文が出されてから実際に実行されるまでの時間が黄金の一瞬だ。黄金の量は（a）公共のSIPと自分たちの私的なSIPとの時間差、（b）アップル株の値幅という、二つの変数によって変わってくる。時間差が大きいほどアップル株は値動きしやすくなり、速いトレーダーは、遅い投資家を古い値段に縛り付けやすくなる。だからこそ超高速トレーダーにとっては、変動性が大きな価値を持つのだ。変動性が新たな価格を作り出し、最初に新価格を目にできる高速トレーダーがそれを利用する。一部の人間だけが値段を先に知っても、アップルの株価がまったく動かなければ問題にはならない。

もちろん、アップルの株価は激しく動いている。二〇一三年二月に発表された論文で、バークレーにあるカリフォルニア大学の研究チームは、アップルの株価のSIPでの価格と、市場情報のより高速な入手経路を持つトレーダーが目にする価格は、一日に五万五千回も異なっていることを明らかにした。つまり超高速トレーダーは一日に五万五千回も、SIPが生みだした広大な市場の無知につけ込むチャンスがある。一日に五万五千回も誰もまだ知らない価格でアップルの株を買い、その株に前よりも高い値をつけて売ることもできる。そうやって足の遅い投資家の無知に乗じて大儲けしている。そしてこれは、超高速トレーダーの金儲け法の、最もわかりやすい例の一つにすぎない。そして

規制が新たな詐欺を生む

シュウォールはすでに、うんざりするようなＲｅｇ ＮＭＳの核心について多くを知っていた。新規約導入へ向けてバンク・オブ・アメリカ全体の対応責任者となったのがシュウォールだったからだ。銀行の指示で、いわゆるスマート・オーダー・ルーター――ある株の全米ベスト・ビッド・アンド・オファー（National Best Bid and Offer＝ＮＢＢＯ）を提示しているのがどの取引所かを割り出し、顧客の注文をそこへ送るようにするルーター――を製作する業務も引き受けた。シュウォールは今や理解していた。スマート・オーダー・ルーターはＲｅｇ ＮＭＳを守ることで、超高速トレーダーが仕掛けた罠へ向かって、投資家を行進させているということを。「その時点でめちゃくちゃ腹が立った」とシュウォールは言う。「やつらが国じゅうで組織的な詐欺を働き、顧客の老後の貯蓄をかすめ取ってるのに、誰も気づいていない。そのことがとにかく腹に据えかねた」

シュウォールはその怒りを、事態をさらに掘り下げて調査することにぶつけた。Ｒｅｇ ＮＭＳはもともと、ＮＹＳＥのスペシャリストによる市場操作を是正するために作

られたものだ。ではその不正はなぜ起きたのか？　彼は別の調査を始めた。そしてニューヨーク証券取引所のスペシャリストが、以前にもそのときの規制の穴を利用していたことを知った。彼は当然こう思った。ＳＥＣがその規制を作るきっかけとなったのは何だったのか？　シュウォールは一九八七年の株価大暴落へとさかのぼり、何時間もかけて情報を集めるうちに、その大暴落がもとで、（ごく素朴な）最初の超高速取引の形が生まれたことを突きとめた。一九八七年の大暴落のとき、ウォール街のブローカーは、株の購入を迫られるのを避けるため電話を取らず、小口の投資家は市場へ注文を出せなくなった。この状況を受けて、政府の規制当局は電子取引による小口注文約定システムの製作を命じる。これによって小口投資家も、株式ブローカーに電話せずに、キーボードのキーを押すだけで市場へ注文を送れるようになった。

そこに目をつけた頭のいいトレーダーたちがいた。人間のだす注文よりもコンピューターによる注文のほうが早いのだから、それを利用すればいいのだ。というわけで、当初の小口投資家救済とはまったく関係のない目的にこの時間差が利用されるようになったのだ【注2】。ここまでわかった時点で、シュウォールは自然にこう考えていた。一九八七年の大暴落のさなか、顧客からの電話を取らなくても、ブローカーが平気でいら

【注2】その一年後の二〇一二年、《ウォール・ストリート・ジャーナル》の記者、スコット・パターソンは、「ダークプールズ」と題する卓越した記事を書き、初期の電子トレーダーに関する歴史をひもとくことになる。

れるような規則は、どこからやってきたのだろうか？

〝フロントランニング　ウォール街　スキャンダル〟のグーグル検索の結果を夢中で追っているうちに、これはとてもひと晩では終わるようなものではないことがわかった。月曜の朝五時、シュウォールはようやく家へ戻った。二時間の睡眠を取り、起きてからブラッドに電話をかけて、きょうは仕事に行かないと伝えた。そのあと、ニューヨーク公共図書館のスタテン島分館へ向かった。「かなりな復讐心に燃えていた」とシュウォールは言う。高校時代、シュウォールはレスリングの百十九ポンドの部で市のチャンピオンになったことがあった。「たいていのとき、彼はとてもいいやつですよ。しかしたまに、そうじゃなくなるときがある」とブラッドは言う。怒りの奔流がシュウォールの体を駆け巡った。それがどこから湧き出したのか、正確なことは本人にもわからない。しかし引き金を引いたのは何か、完璧にわかっていた。不正だ。「自分が何か手を打って、この国の人間を食いものにしてるあの連中をぶちのめせるなら、おれはそうする」。感情を爆発させるきっかけとなったのはソーだったが、もし水曜の朝、なぜ仕事に戻らないでまだスタテン島の図書館にこもっているのかときかれたら、シュウォールはソーを理由にはせず、こう言ったに違いない。「アメリカ史における、あらゆる形態のフロントランニングの起源を調べようとしてるんだ」と。

数日後、調査は一八〇〇年代終盤までさかのぼっていた。ウォール街の全史はさながら、しっぽと鼻をつないでずらりと一列に並ぶサーカスのゾウの列のような、スキャンダルに次ぐスキャンダルの物語に思えた。ある体系的な不正が規制によって正されると、その規制の抜け穴から次が生じるという連続だった。「当局が何をしようと、別の誰かが対応策を見つけ、次の形のフロントランニングが生まれるんだ」とシュウォール。スタテン島の図書館での調査を終え、彼は仕事に戻った。プロダクト・マネジャーが私立探偵並みの調査を行なうなど、何も珍しいことではないかのように。

　重要なことをいくつかつかんだ、とシュウォールは同僚に言った。第一に自分たちが戦っている敵の行動は目新しいものではない。アメリカの金融市場はいつでも腐っているか腐る寸前だ。第二に当局がこの問題を解決できる可能性はゼロだ。当局は超高速トレーダーによる株式市場でのフロントランニングという狭い問題は解決できるかもしれないが、何度問題を解決したところで、中間業者《ブローカー》はまた次の機会を作り出し、投資家をだしにして金を稼ぎ出す。

　最後の一つは見識というよりシュウォールの願望だった。今はウォール街の歴史上初めて、中間業者の需要を完全に消滅させるテクノロジーが存在する。アメリカ市場の株の買い手と売り手は、今では第三者の助けがなくともつながることができる。シュウォールは言う。「テクノロジーの発達を見て、おれは確信した。問題を解決するには今が唯一無二の好機なんだと。もう人間が介入する必要はまったくない」。もし買い手と売り手が、何世紀にもわたって栄えてきたウォール街のブローカーを何とか排除しようと思うなら、自分たちが描いている絵の外枠を広げなければならない。「おれがこだわりすぎたせいで、超高速取引への対抗策ばかり話し合っていた。話はもっと大きかった。どうすれば不必要な中間搾取をすべて排除できるかを目的にするべきだったんだ」

RBCナイスは暴露を嫌う

ブラッドにとっては、ウォール街のスキャンダル史の調査に乗り出すプロダクト・マネジャーの行動は奇異に映った。まるでオフェンスのラインマンが、練習をさぼって相手チームの控え室へ潜入するほうを選んだかのように思えた。それでもシュウォールの私立探偵という副業は、少なくとも最初は、害のない脱線といった印象だったし、会議でもよく脇道にそれることがあったシュウォールだから、そのたぐいのことだろうと思えた。「いったん脱線したあとは、とにかく好きにさせておくほうがいいんです」とブラッドは言う。「一日十四時間じゃなくて、十八時間も働いてるのは、彼自身なんですからね」

その一方で、ブラッドたちは前よりもはるかに大きな問題を抱えていた。二〇一一年半ばまでに、ソーの限界が見えていたのだ。「最初の一年は一気に急成長しましたが、やがて横ばいになりました」とブラッドは言う。オープンな市場では、性能のいい最新型の製品が登場すれば、消費者は古いものを捨ててそちらに乗り換える。ウォール街の投資銀行は、これまで通常のオープンな市場で商売をしてきたわけではなかった。投資家はウォール街の銀行に金を払い、そのことにいろいろと理由をつける。調査が必要だから、自分たちを喜ばせ続けてほしいから、企業の幹部に特別に会わせてもらいたいから、あるいは単に、今までもずっとそうやってきたから。つまり投資家は自分の取引を代行してもらうことで、ブローカーである投資銀行に報いる。つまり投資家は単に現在の関係を維持するためだけに、取引のかなりの部分をウォール街の投資銀行に任せなくてはならないと信じていた。RBCの顧客は今や、繰り返し電話をかけてきてはこう言った。

「こっちもソーはすごく気に入ってるんだけど、きみのところとは、あんまりビジネスができないんだよ。ゴールドマン・サックスやモルガン・スタンレーに金を払わなくちゃならないし」

カナダロイヤル銀行は、ウォール街の他の連中から投資家を守るためのツールを売ることだけで、最も人気の高いブローカーという名誉を手に入れた。投資家はRBC以外のウォール街との付き合いは大幅に減らすべきなのが明白になったわけだが、彼らはそれを認めようとしなかった。アメリカで最も評価の高いブローカーになったというのに、RBCの仲介料収入のランクは九位にとどまっていた。アメリカの株式市場ではごく断片的な取引しか任せてもらえず、そしてその断片だけでは、システムを変えるにはとても足りなかった。超高速取引大手のシタデルで働く、ローナンの知り合いの男が電話で言った言葉が、その状況をきわめて的確に表現している。〝きみらが何をしているかは知ってる。天才的だ。どうやったってかなわない。だけどきみらは市場のたった二パーセント、、、なんだよ。

何よりウォール街の投資銀行はRBCの成功を見てどうしたか。RBCの力を削ごうとするか、少なくとも真似をするふりをしようとした。「ほかのところの技術屋が電話をしてきて『うちもソーをしたい。ソーの仕組みはどうなってるんだ?』って訊くんだ」とアレン・チャンは振り返る。ローナンとロブのところには、RBCの数倍を払うからうちに来ないかという、他銀行からの引き抜きの電話がかかってきていた。当時はウォール街全体が二年にわたる雇用の凍結期に入っていた。それでも銀行は年俸百五十万ドルをちらつかせ、ローナンを引き抜こうとした。彼は過去十五年間、どの銀行からも門前払いされてきた男だったのに。ブラッドのところにもヘッドハント業者から連絡があった。そしてもし他行へ移るつもりなら年俸三百万ドルは堅いと請けあった。ブラッドはチームの解体をなんとか防ごうと、資金をプールしておくようRBCに頼んだ。三年も放っておいたら、チーム全員がほかから金を渡されて、自分の市場価値に見合った給料をもらえるところへ行ってしまいますよ。RBCは言うとおりにしたが、それはおそらく、ブラッドが自分自身の待遇改善は求めず、ほかのどの銀行よりはるかに少ない給料で、RBCにとどまったからだ。

RBCのマーケティング部が、メディアの注目をソーに集めるため、《ウォール・ストリート・ジャーナル》紙のテクノロジー・イノベーション・アワードに応募したらどうかとブラッドに提案した。賞自体については初耳だったが、ブラッドは、《ウォール・ストリート・ジャーナル》を使えば、アメリカの株式市場がどれだけ腐っているか、世界に発信できるかもしれないと考えた。RBCの上層部はブラッドの計画をかぎつけると、何度も会議を招集して《ウォール・ストリート・ジャーナル》で何を言うべきかを議論した。彼らが心配していたのは、ウォール街のほかの銀行や証券取引所と、RBCとの関係だった。「上層部は誰かを怒らせるのをいやがっていたんです」とブラッドは言う。「狭くて閉じた空間では、たいていのことは言ってかまわなかった。しかし彼らはそれを大っぴらにはしてほしくはないと思っていました」。ブラッドはすぐに理解した。RBCは賞に応募する許可はくれるだろうが、ソーが暴き出した真実を、公の場で詳しく語らせてはくれないだろう。超高速取引業者が一般投資家にフロントランする方法。注文を送る経路を決めるとき、取引所から金をもらうことでブローカーが抱える利益相反。市場のデータを誰よりも速く入手したい超高速取引業者から年間十億ドルを受け取ることで、取引所が抱える利益相反。流動性を〝取り除く〟ブローカーに取引所が金を払う意味。ウォール街が投資家へ請求書を送らずに代金を請求する方法を見つけたこと。「ジャーナルで言いたいことは、だいたい八つくらいありました」とブラッド。「会議を重ねたあとでは、言えることは一つもなくなっていた。しゃべってもいいと言われたのは、すべての取引所に注文が同時に届くようにする方法を見つけたという点だけでした」

それがRBCナイスの問題だった。たちの悪い連中と事を構えるのを許さない。ブラッドが《ウォール・ストリート・ジャーナル》に何か言う前から、RBCの経営幹部は、ブラッドが何を話そうとしているか、少しばかり証券取引委員会（SEC）に知らせておく必要があると感じた。そこでSECに提出するソーの報告書を用意するようブラッドに指示し、カナダを飛びたつと、SECのトレーディング・アンド・マーケット部との会合に出席するブラッドに合流した。ブラッドは言う。「会合の目的は、ソーに対するSECの出方を知ることではなく、ソーについて何も知らせず、向こうに恥をかかせるのを避けることでした」。SECとの会合がどんなものか、見当もつかなかったブラッドは、議会で証言するようなつもりで準備をしていた。テーブルを囲んだ面々は、ブラッドが用意してきた書類を読みあげているあいだじゅう、無表情で聞いていた。「恐ろしかったなんてものじゃなかった」とブラッドは言う。彼が話を終えると、SECの職員の一人がこう発言した。あなたたちがやろうとしていることは、超高速トレーダーに対してフェアじゃない。彼らを追い出すようなことはするべきではない。

何だって？　ブラッドは思わず尋ねた。

その男はこう主張した。超高速トレーダーは、リスクをおかしながら見せかけのビッドやオファーを出して、投資家の情報を引き出している。それが引き出せなくなるのはフェアではない。ソーを使うことによって、超高速トレーダーが、ソーを使う側の値を引き受けることを強いられるのは不公平だというのだ。ブラッドは、その男をまじまじと見つめた。インド出身の若いクオンツ〔訳注：高等数学を使って金融業界で働く者の総称」だった。

すると別のだいぶ年配の男が手を挙げて言った。超高速取引業者が投資家の本来のオファーをひきうけたくないのだったらば、そこにいなければいい。議論は白熱し、若手のSEC職員は超高速トレーダー側、年配者はブラッド側とまっぷたつに分かれた。「意見が一致することはありませんでした」とブラッドは言う。「しかし彼らがすぐに何かをするつもりはなさそうだという感じはしました【注3】」。会合のあと、RBCが調査を行なったところ（結果は発表されなかった）、二〇〇七年以降、二百人以上のSEC職員が官職を去り、超高速取引業者、あるいは超高速取引業者のエージェントとしてワシントンへのロビー活動を行なう企業へ移っていることがわかった。そのうちの何割かは、超高速取引をどう規制するか、あるいはそもそも規制すべきかを決定する際に、中心的な役割を果たした者たちだ。たとえばSECのトレーディング・アンド・マーケット部の副部長、エリザベス・キングは、二〇一〇年六月にSECを去ってゲッコーに移った。SECまでもが、公共の証券取引所と同じように、超高速トレーダーの将来の利益という株を買っていたのだ。

【注3】「SECには、やって来た人が誰であれ、個人とは対話を行なわない文化があるんです」。ブラッド・カツヤマのプレゼンテーションを聞いたある職員はそう語る。「SECは、一個人が委員会の考え方をのぞき見るのは不公平だと考え、それを好みません。しかし、これはひどく守りに入った文化です。自分が暗に批判している規則を、あらかじめ紙に書いておいてから、会合に臨む者もいます」

超高速取引業者は市場に何をもたらしたか

超高速トレーダー側はすでに一度、反対派を論破して規制当局を納得させていた。その主張はこうだ。ふつうの株投資家、つまり企業へ資本を供給する人々は、お互い顔を合わせることはない。株の売り手と買い手が同時に市場へ姿を見せることはないので、売り手から買い、買い手へ売るために、間に立って橋渡しをする業者を必要とする。完全にコンピューター化された市場はきわめて速く動いているため、人間が割って入るのは難しい。そこでその仕事の担い手として登場したのが超高速トレーダーだ。彼らの重要性は、その活動からうかがい知れる。二〇〇五年、公共の株式市場における取引のうち、四分の一が超高速取引業者によって行なわれ、二〇〇八年にはその割合が六五パーセントに上昇した。彼らが市場を新たに席巻したこと（ここではそう表現されている）は前進の兆候であり、単に必要というだけでなく、投資家のためにもなる。人間が株式市場のまんなかにいたころは、ある株のスプレッドが一パーセントの十六分の一になることもあった。コンピューターがその仕事を受け持つようになった現在、少なくとも比較的、取引が活発な市場のスプレッドは、通常一ペニー、すなわち一パーセントの百分の一にとどまっている。それこそ超高速取引がさかんになるほど、流動性が高まることの証左である。

反対派の主張は、これほどすばやく広まらなかった。いずれにしてもブラッドがＳＥＣ内部から聞くことはなかった。〝売買活動〟と〝流動性〟の間には、明確な違いが生まれつつあった。超高速トレーダーは市場に飛びこんで猛烈な勢いで取引を行なえるが、それで市場の価値が高まることはない。たとえばアメリカの株式市場に対して、システムの設定は現在のまま、すべての株式市場での取引は、株式会社さや取り《スカルパーズＩｎｃ》にフロントランされなければならないとする規則が施行されたとしよう。この規則の下では、あなたがマイクロソフト千株を買おうとするたび、その情報はスカルパーズＩｎｃに伝えられる。そして同社は、市場でオファーされているそのマイクロソフト千株を買いに動き、その株を所有するリスクを一瞬たりとも負うことなく、先ほどよりも高値で売る。スカルパーズＩｎｃは、ほんのわずかの市場リスクを取ることも禁じられている。買うときには売り手が、売るときには買い手が必ずいる。そして毎日の取引の終了時、この会社は株式市場でなんのポジションも取らない。スカルパーズＩｎｃが取引を行なう目的は、彼らがいなければ成立したはずの取引を邪魔することだけなのだ。あらゆる売り手から買い、あらゆる買い手に売るということは、つまり（ａ）市場での取引が倍になる、（ｂ）膨張量は正確には五〇パーセント、ということだ。彼らは市場に何ももたらさないが、市場の中心プレーヤーだとまわりに思わせることができる。

　偶然だが、この状況はＲｅｇ ＮＭＳが施行されたあとのアメリカ株式市場に似ている。二〇〇六年から二〇〇八年にかけて、株式市場全体での超高速トレーダーのシェアは、二六パーセントから五二パーセントと倍増し、以降は五〇パーセントを下回ったことがない。市場で取引される株の総量も劇的に増加し、二〇〇六年には一日あたりおよそ一千万株だったのが、二〇〇九年には一日二千万株強にふくれあがった。

〝流動性〟は、ウォール街の人間が議論を終わらせたいときや、思考を停止させたいとき、質問をすべて打ち切りたいときに振りかざす言葉だ。多くの人間が、流動性を〝活動〟や〝出来高〟の同義語として使うが、フロントランの数を増やすだけで、市場の活動量を操作できることを考えれば、もっと多くの意味を持たせる必要があるだろう。流動性を有益な形で理解し、超高速取引が流動性に与え得る影響を見極めるには、まずこの新種のフロントランニング集団にフロントランされていると気づいたとき、取引に対する投資家の意欲にどんな影響が出るかを研究してみるといいのではないか。ブラッド自身も、その影響を感じていた。画面に表示された市場が幻影になったとき、ブラッドの中ではその市場でリスクを負う気持ちは減った。つまり流動性はもたらさなかった。そしてリスクを負うほかのすべての中間業者――ほかのすべての有益な市場参加者――も、まったく同じように感じているはずだと思った。

超高速取引擁護派は、それが流動性をもたらしているというが、それはどういう意味なのだろう？「超高速取引業者は毎晩フラット（手持ちの株がゼロの状態）に戻るんです」とブラッドは言う。「ポジションを取らないんです。彼らがしているのは、買い手と売り手の間にある時間を橋渡しすることですが、本当に一瞬なので、誰もそんな時間があることさえ知りません」。二〇〇〇年に市場がコンピューター化され、端数の表記が小数に変更されると、市場のスプレッドは小さくなった。おおむね正しい言説だ。株式市場が自動化し、株価が分数ではなく小数表記になって、取引が簡素化すれば、どのみちスプレッドはある程度は小さくなっただろう。しかしこのスプレッドの縮小は、ある意味では幻だ。スプレッドに見えているものは、実際はスプレッドではない。表示価格で株を売り買いしようとした瞬間に値が動く。スカルパーズＩｎｃがやっているのは、まったく新しい種類の活動を、古い固定観念の仮面で覆うことだった。今までの考えかたでは、〝市場を動かす〟には必ず市場でリスクを負って〝流動性〟をもたらさなくてはならなかった。ところが、スカルパーズＩｎｃは一切リスクを負っていなかった【注4】。

スカルパーズＩｎｃは、市場を動かす存在ではなく、それまでなかった種類の市場の重荷と考えられる。金融仲介業は、資産にかかる税金だ。資産を持つ人間と、それを有効に運用する人間から支払われる手数料だ。税金を減らせば、経済のほかの部分は潤う。

【注4】二〇一三年初頭、超高速取引の最大手のひとつ、ヴァーチュ・フィナンシャルは、創業以来の五年半で、利益を上げられなかったのはわずかに一日だけであり、その日、損失が出た原因は〝人為ミス〟だと堂々と発表した。二〇〇八年には、トレードボットという超高速取引業者のＣＥＯ、デイヴ・カミングスが、大学生の前で、同社はもう四年間、一日たりとも取引で損失を出した日がないと語った。そのような業績をあげるのは、情報で大きく優位に立っているのでない限り、不可能である。

テクノロジーはこの税金を減らすはずだった。さらに投資家は人間のブローカーの助けがなくても取引相手を見つけられるようになったのだから、税金は全面廃止になっていてもよかったはずだ。ところが実際には、市場のどまんなかで新種の獣が起き上がり、税金は高くなった。しかもその額は何十億ドルにものぼる。それはその獣のせいなのか？　スカルパーズＩｎｃの経済コストを計算するには、彼らがどのくらい稼いでいるか知る必要がある。しかしそれは不可能だ。この新たな中間業者は、収入を隠すのが得意だ【注５】。秘密主義は、現在、市場のまんなかに居座っているものの代名詞とも言うべき特徴かもしれない。彼らが何を生み出し、そのためにどのくらいのものを費やしているかは推測するしかない。この状況を見つめる投資家は、希望を抱く理由を見つけられなかった。「証券取引所のこのフロアには、昔ヴィニーという男が働いていた」。市場を長年にわたって観察してきた、ある大物投資家は言う。「市場が閉まったあとはキャデラックに乗りこんで、ロングアイランドの豪邸まで飛ばしてたもんだ。今じゃ市場にはウラディミールなんてやつがいて、週末にはジェットに乗ってアスペンの別荘までひとっ飛びだ。昔もヴィニーの存在を少しは心配したものだが、今はウラディミールの存在を大いに心配している」

市場から大金を抜き取る。リスクを負うことも、市場に利益をもたらすこともない。それ以外にもスカルパーズＩｎｃは、思わぬ結果をもたらした。市場のまんなかに割り込んできたスカルパーズＩｎｃは、単なる不要な中間者ではなく、インセンティブを持った中間者であり、そのインセンティブが株式市場の機能不全を引き起こした。たとえばスカルパーズＩｎｃには、できるだけ市場の変動性を高めたいというインセンティブがある。彼らのマイクロソフト株を一株三十ドルで買う力の価値、またほんの数マイクロ秒だけ——たとえ値が下がり始めても、三〇・〇一ドルで売れることを見越して——手元に置いておく力の価値は、その魔法の数マイクロ秒のあいだに、マイクロソフト株がどれだけ値上がりする可能性があるかで決まってくるからだ。マイクロソフト株の変動性が高ければ高いほど、その数マイクロ秒のあいだに値動きする可能性も高くなり、スカルパーズＩｎｃもさや取りがしやすくなる。中間業者が市場の変動を利益につなげるのはいつものことだと思うかもしれないが、その認識は実際には正しくない。たとえば例のニューヨーク証券取引所のスペシャリストたちは、ある程度下げ相場で買い、上げ相場で売らなければならなかったので、特に変動の大きい日は最悪だと思っていた。彼らは比較的安定した市場で栄華を誇っていた。スカルパーズＩｎｃの次のインセンティブは、市場をばらばらにすることだ。同じ銘柄が取引される場所が増えるほど、彼らがある場所から別の場所へ、投資家にフロントランする機会が増える。そのためスカルパーズＩｎｃの上層部は、さかんに新しい取引

【注5】シタデルの元社員で、過去にペンタゴンで最高機密の取り扱い許可を得ていたこともある人物はこう言う。「ペンタゴンのわたしのいた区画へ入るには、二回の身分証の読み取りが必要だった。建物へ入るときと、自分の区画へ入るとき。シタデルで自分の席へつくまでには、何回だったと思う？　五回さ」

所を開こうとするし、しかも取引所どうしの距離をある程度あけようとする。また彼らは、自分たちだけが市場を見ることのできる時間と、広く一般の人たちが市場を見ることのできる時間の差をできるだけ大きくしたいという、あからさまな願望を持っている。スカルパーズIncが投資家の注文を待っていられる時間が長くなるほど、その間に値が動く可能性が大きくなる。そのため同社の熱心な社員は、一般市場の情報を遅らせる手段、あるいは自分たちがすばやく情報を手に入れる手段を探す。

スカルパーズIncが持ちこんだ新しいインセンティブの最後のひとつは、特に奇異なものかもしれない。ほかの投資家にフロントランするのに必要な情報がほしいとき、いちばん簡単な方法は、その投資家と取引することだ。場合によっては、取引をしなくても必要な情報だけ引き出すことができる。〝フラッシュ・オーダー〟スキャンダルの正体は実はこれなのだ。超高速トレーダーは、ほかの人たちの注文を誰よりも早く目にできるが、それで取引をする義務が生じるわけではない。しかし大口投資家の動きを探りたければ、少し取引する必要がある。たとえばT・ロウ・プライスがグーグル五百万株を買いたがっているかを確かめるには、T・ロウ・プライスにグーグル株を少し売ってみることだ。スカルパーズIncと投資家の最初の取引は、相手をおびき寄せるための餌、いわばおとりなのだ。スカルパーズIncが目指すのは、最小限の費用で必要な情報を手に入れること、つまり餌である最初の取引を、可能な限り小さくすることだ。

Reg NMSが施行されて以来、アメリカの金融市場は、驚くような規模で、スカルパーズＩｎｃという、ごく限られた者の利益に供する方向へ発展してきた。二〇〇〇年代半ば以降、アメリカ市場での平均取引額は落ち込み、市場は細切れにされ、一般投資家と超高速トレーダーが市場を見られる時間の差は広がり続けていた。二〇〇八年の金融危機で市場が混乱したところへもってきて、超高速取引が広がり、それにともなって株式市場の変動性も高まった。たとえば二〇一〇年から二〇一三年の一取引日内の価格変動性は、二〇〇四年から二〇〇六年のあいだの変動性と比べると、四〇パーセント近くも大きかった。二〇一一年には、ドットコム・バブル時代の最も変動が激しかったころよりも、大きく変動していた期間があった。

金融危機は、株式市場にすさまじいほどの変動性をもたらした。株式市場では、かつてないほどのドラマが起こっているはずだと考えたかもしれない。ところがそのあと危機は去り、ドラマは残った。これについて筋の通った説明はできなかったが、ブラッドは、かすかな手がかりをつかんでいた。フロントランナーの動きが関係しているとみて間違いない。フロントランナーは、あなたに何かの株を百株分売って、あなたが買い手であることを割り出すと、次は同じ株を手当たりしだい買って、値段をつり上げる（あなたが売り手であれば、この逆になる）。カナダロイヤル銀行はすでに、ソーが株式市場の変動性に与える影響をテストしていた。ソーはフロントランナーの企みを阻止する。これはウォール街で使われている標準的なルーターにはできないことだ。シークエンシャル・コストエフェクティブ・ルーターは、各市場の報奨金と手数料に反応し、報奨金がいちばん多い取引所へまず向かう。スプレー・ルーターは、名前が指し示すとおり、市場へとにかくスプレーを撒いて、目的の株があれば何でも拾ってくる、もしくは拾おうとする。つまり注文が別々の取引所へ同時に届くよう調整するようなことはしない。株を買った瞬間に株価を少しだけ上げてしまうのは、どのルーターでも同じだ。しかし株価が落ち着いたとき、たとえば十秒後の価格は、取引に使ったルーターによって変わってくる。株価の値上がり幅はシークエンシャル・コストエフェクティブ・ルーターのほうがスプレー・ルーターよりも大きく、そしてスプレー・ルーターは、ソーよりも大きい。「科学的な根拠はありません」とブラッドは言う。「純粋に理論上のものです。ですがルーターがソーの場合、超高速取引業者は損失を埋め合わせようとする。そんなつもりはないのに売っちまってる、こりゃあ早く買ってカバーしなきゃ、と」。ほかの二種類のルーターであればフロントランできるので、結局は株を買うことになる。「ほかの二つだと、超高速取引業者は勝てるポジションの近くに位置取りながら取引ができる。そして株価をさらにつり上げるための（引き金を引いた投資家が売り手であれば、押し下げるための）、あらゆることができます」。彼らが独占しているその数マイクロ秒の間、彼らは胴元の金で自由奔放に遊ぶギャンブラーとなる。

アメリカの公共株式市場に生まれた新たなさざ波は、ほかの金融市場へも波及していて、超高速トレーダーもそこへ進出した。投資家たちが何より感じていたのは、株をひとまとめに大口で売買するのがますます難しくなっているということだった。投資家たちは公共の証券取引所へのいらだちを募らせ、それがきっかけで、ウォール街の投資銀行は秘密の取引所、ダークプールを作るようになっていった。二〇一一年には、株式市場の全取引の約三〇パーセントが、公共の取引所の外で行なわれるようになり、そしてその場所はほとんどがダークプールだった。ダークプールの魅力は、大口の注文をさらしても、それを悪用されないかとびくびくせずにいられることだと、ウォール街の投資銀行は言った。

ある投資信託会社の実験

リッチ・ゲイツをうんざりさせたのは、少なくとも初めは、ウォール街の投資銀行の売り込みかただった。二〇〇八年と二〇〇九年を通じ、彼らはゲイツのオフィスに足繁くやって来ては、株式市場で身を守るには、自分たちのアルゴリズムがどうしても必要だと力説した。いわく、このアルゴは虎のようなもので、森に潜んでそのときを待ち、獲物が通りかかったら跳びつくんですよ。あるいは、このアルゴは樹上のアナコンダのようなもので……。アルゴには、伏兵《アンブッシュ》、夜鷹《ナイトホーク》、奇襲《レイダー》、闇討ち《ダークアタック》、そしてスモウなどの名前がついていた。シティはダガー、ドイツ銀行はスライサー、そしてクレディ・スイス銀行はゲリラという名のアルゴをそれぞれ持っていた。クレディ・スイスのプレゼンテーションでは、ベレー帽と険しい表情をまとったチェ・ゲバラの勇ましいイラスト付きフリップチャートまで見せられた。いったいこれはなんなんだ？　アルゴリズムの名前そのものが、リッチ・ゲイツの警戒心をかきたてた。売り込みに来た連中が、これがあなたを守ってくれるんですよ、とうるさく勧めてくるのも気に入らなかった。守るって何から？　なぜ防備が要る？　誰から守られなくちゃならないんだ？　「あなたの利益を守ってさしあげたいんですと言われて、すぐ不信感を抱きました」とゲイツは言う。「特に、ここはウォール街ですから」

ゲイツは投資信託会社、ＴＦＳキャピタルを経営していた。一九九七年に、彼がヴァージニア大学の友人とともにつくった会社だ。自分では田舎者だと思いたがっていたが、実はこのうえなく暮らしやすいフィラデルフィア郊外のウェスト・チェスターに住む、分析癖のある数学おたくだった。三万五千人の小口投資家から集めた二十億ドル近い金を管理していたが、自分は業界のアウトサイダーと位置づけていた。投資信託は賢い資金運用より、こそこそした取引で行なうことのほうが多いと信じ、ほかの投資信託経営者の多くは、別の生きる道を見つけるべきだと本気で思っていた。そのことを証明するため、二〇〇七年には、アメリカでいちばん業績の悪い投資信託、フェニックス・マーケット・ニュートラル・ファンドの業績表の山を掘り返してみたこともあった。過去十年間、ゲイツの会社は投資家の金を毎年一〇パーセントずつ増やしていた。同じ時期、フェニックス・マーケット・ニュートラル・ファンドは投資家の金を年間〇・〇九パーセントずつ失っていた。金を預けていた投資家としては、社長の家のフェンスを跳び越えて、庭に金を埋めておいたほうがましだったということだ。ゲイツはのちに、フェニックスの社長に宛てて手紙を書いている。内容はだいたいこんな感じだ。貴殿はどうみても金銭の管理には不向きなようですから、投資家のみなさんのためにも、あなたの資産を全部わたしに預け、運用を任せてみてはいかがですか。社長から返事はなかった。

ウォール街のアルゴリズムの支配力と、取引のスピードの大切さを訴える、無意味にしか思えない言葉の数々という組み合わせが、生来疑り深いゲイツの心を波立たせた。

「でたらめばかりだとすぐに気づきました」とゲイツは言う。ゲイツは同僚とともにある検査方法を考え出し、この新たな株式市場に本当に恐るべき何者かがいるのか、確かめることにした。その狙いは、ウォール街のダークプールに注文を入れたら、見えない捕食者によって本当に食いちぎられるのかを明らかにすることだった。ゲイツはまず、あまり頻繁に取引されていない株を選び出すところから始めた。たとえばチポトレ・メキシカン・グリル。それからウォール街のダークプールの一つへ行って、市場の〝中間価格〟でチポトレ株の買い注文を入れた。チポトレ・メキシカン・グリルが一〇〇～一〇〇・一〇で取引されているなら、一株一〇〇・〇五ドルで買うというビッドを提示したわけだ。すると普通なら、しばらく待っていると別の投資家がやって来て、値段を一〇〇・一〇から一〇〇・〇五へ下げる。このときのゲイツはそれを待たず、代わりに最初の注文から数秒後、公共の証券取引所の一つへ行って、一〇〇・〇一ドルでチポトレ株の売り注文を出した。

このとき普通なら、ダークプールに出した最初の買い注文が、市場における公式かつ最新の最良価格、一〇〇・〇一ドルで実行される。ゲイツは自分で出した一〇〇・〇一ドルの売り注文を自分で買うことになるわけだ。ところが、実際にはそうならなかった。まばたきもしないうちに、ゲイツは二つの取引を行なっていた。ウォール街のダークプールで誰かから一〇〇・〇五ドルでチポトレを買い、公共の取引所では一〇〇・〇一ドルで誰かに売っていた。実質的には、自分との取引で四セントの損失を出したことになる。自分と取引できなかったということは、公共の取引所に出した彼の売り注文の情報を、どこかの第三者がかすめとり、ダークプールでの買い注文につけこんだのは間違いない。

ゲイツと同僚は結局、いくつかのウォール街のダークプールで、自分たちの金を使って何百回という検査を行なった。二〇一〇年の前半、ダークプールの検査で陽性反応が出たウォール街の銀行はただ一つ、ゴールドマン・サックスだけだった。ゴールドマンのダークプール〝シグマX〟では、ゲイツは実施した検査の半分以上で、かもにされた。検査に使ったのはそれほど取引されていない株だった。超高速取引業者の食いつきが圧倒的にいいのは、さかんに取引されている株なので、偽陽性よりも偽陰性を示すことのほうが多いのは当然だ。それでもゲイツにとってはゴールドマンが、むしろゴールドマンだけがフロントランを許すプールを運営しているように見えるのは、ちょっとした驚きだった。ゲイツはゴールドマンのブローカーに電話をかけた。「その男は、フェアじゃないと言ってました。彼らだけじゃありませんでしたから。『どこだってやってる。うちだけじゃない』って」

わかってはいたが、やはりショックだった。検査の結果を最初に見た時点で、こんなのは間違っていると思った。ゲイツからすると、三万五千人の小口投資家が、ウォール街有数の投資銀行の中で捕食者の攻撃にさらされているというのに、誰もそれをたいして気にしていないように思えた。「なんでみんな疑問を持たないのかが不思議でした。どうしてもっと深く掘り下げないのか。ペンシルヴェニア州ウェスト・チェスターのうすのろにわかったんだから、ほかの人にだってわかるだろうと思いました」。怒りに燃えるゲイツは、知り合いの《ウォール・ストリート・ジャーナル》の記者に電話をかけた。ゲイツのところに来て、検査結果を見た記者は、興味を持ったようだった。しかしそれから二カ月たっても記事は一向に掲載されず、この先も掲載の可能性は低いことを、ゲイツは感じ取った(何よりも、記者はゴールドマン・サックスの名前を出すことをいやがった)。間もなく議会を通過するドッド＝フランク・ウォール街改革・消費者保護法に、不正の告発に関する条項が含まれていると気づいたのはそのときだった。「わたしとしては『なんてこった、どのみちやるつもりだったんだ。それで金がもらえるなら、すばらしすぎる』という感じでした」

ＳＥＣのトレーディング・アンド・マーケット部で働く人々は、実際にすばらしかった――一般的なイメージとはまったく違っていた。頭がよく、鋭い質問を発し、ゲイツが行なったプレゼンテーションの小さな間違いさえ指摘して、ゲイツを感心させた。もっとも、ブラッド・カツヤマのときと同じく、持ちこんだ情報に対してどう対応するかは、ゲイツにはひとことも話さなかった。彼らは抜け目なく、ゴールドマンのダークプールで投資家を食いものにしているのが何者なのかと考えていた。「取引のテーブルの反対側にいるのが、ゴールドマン・サックスの自己勘定取引グループなのかどうか、知りたがっていました」。ゲイツはその答えを知らなかった。「訊いたって教えてくれるわけはありませんからね」。ゲイツにわかったのは、市場の動きをリアルタイムで見られない者と見られる者がいる状況。そして予想していたとおりの形で、自分が食いものにされたということだけだった。

その件は、少なくとも数カ月はそのままだった。「不正を告発したあとは、目立たないようにしていました」とゲイツは言う。「とりあえず自分の事業に集中したくて。出ていって爆弾を投げることはしませんでした」。やがてフラッシュ・クラッシュが起こると、それが《ウォール・ストリート・ジャーナル》にふたたび火をつけた。そして同紙はリッチ・ゲイツの検査の記事を、ゴールドマン・サックスの名は出さずに掲載した。「火は世界中に燃え広がると思ってます」とゲイツは言う。「今のところは何も起こっていませんが。ウェブ記事についている十五件のコメントは、どれもロシア人の通販花嫁《メールオーダー・ブライド》〔訳註：通販カタログのように、ウェブ等に自分の情報を載せて、結婚相手として男性に買ってもらう女性のこと〕です」。それでも記事をきっかけに、ＢＡＴＳとクレディ・スイス銀行に近いある人物から連絡があり、こんな助言を受けた。検査をもう一度やってみるといい。今度はBATSと、クレディ・スイス銀行のダークプール〝クロスファインダー〟で重点的にね。とにかくやってみることだ。二〇一〇年末にかけて、ゲイツは検査をもう一回実施した。

当然ながら、ゲイツは以前にゴールドマン・サックスで食いものにされたときと、まったく同じ形で食いものにされた。BATSでも、クレディ・スイス内のダークプールでも、そのほかの場所でも。しかしこのとき、ゴールドマン・サックスは陰性だった。

「一回目は、ゴールドマンだけで検査が功を奏し、ほかはどこもだめだった。それが半年たったら、ゴールドマンはだめで、ほかではうまくいくようになった」

投資家のための取引所を創造する

二〇一一年五月、ブラッドが作った小さなチーム――シュウォール、ローナン、ロブ・パークそのほか数名――はブラッドの執務室でデスクを囲み、《ウォール・ストリート・ジャーナル》が主催するテクノロジー・イノベーション・アワードの過去の優勝作品の応募書類に取り囲まれていた。あとでわかったことだが、RBCのマーケティング部が賞のことをチームに教えたのは、申込締切の前日だった。そこで彼らは、いくつかある部門のどれに応募すべきか、どう書けばソーが人生を変える製品に見えるかといったことを慌てて考えていた。「そこらじゅうに紙がちらばってたよ」とロブは言う。「ぼくらみたいなのはいなかった。いたのは、がん治療を経験した人なんかだった」。ブラッドはこう言う。「ばかげたことに思えました。ソーがぴったりはまる部門さえなかったんですから。結局は〝その他〟で応募したはずです」

こんなことをして何になるんだ、という雰囲気が漂う中、ロブが言った。「ちょっとやばいアイディアがあるんだけど」。ロブのアイディアとは、自分たちの技術のライセンスを取引所の一つに与える、というものだった（シュウォールはRBCでソーの特許取得の手続きを担当していた）。

ウォール街のブローカー（投資銀行）と証券取引所とをへだてる垣根はすでにくずれていた。投資銀行はすでに自前の取引所ダークプールを持っていた。証券取引所は自分たちがブローカーになろうとしていた。大手の取引所はブローカーに対し、注文をどこに送るのか取引所のほうで決めるというサービスを始めていた。自分たちの取引所だけでなく、他の取引所にも注文をルートするサービスだ。サービスの利用者はおもに自前のルーターを持っていない地方の小さな証券会社だったが、この仲介風サービスは新たな可能性を（少なくともロブの頭の中では）開いた。もし取引所の一つだけに、捕食者から投資家を守る道具を渡したら、国じゅうの小さなブローカーがそこへ群がるかもしれない。もしかしたらそこがあらゆる取引所の母になるかもしれない。

「それじゃだめだ」とブラッドが言った。「ぼくらの取引所を作ろう」

「しばらく、なんにも言えなかった」とロブは言う。「顔を見合わせるくらいしかできなかったな。ぼくらの取引所を作る？　こいつは何を言ってるんだ、と思った」

数週間後、ブラッドはカナダへ飛び、RBCが運営する証券取引所のアイディアを上層部に売り込んだ。そのあとの二〇一一年秋には、世界有数のマネー・マネジャー（ジェイナス・キャピタル、T・ロウ・プライス、ブラックロック、ウェリントン、サウスイースタン・アセット・マネジメント）や、それらに対してとりわけ大きな影響力を持つヘッジファンド経営者（デイヴィッド・アインホーン、ビル・アックマン、ダニエル・ローブ）にも協力を求めた。反応はみんな同じだった。ウォール街の捕食者から投資家を守る取引所。誰もがそのアイディアを気に入った。ただし新しい証券取引所は、ウォール街からの独立性を確保するため、ウォール街の投資銀行によって作られることがあってはならない。たとえそれが、RBCほどの行儀のいい銀行であってもだ。もしすべての証券取引所の母を生みだしたいのであれば、ブラッドは仕事を辞めて独立しなければならなかった。

課題ははっきりしていた。まず金を見つけることだ。それからウォール街に高給で雇われている多数の人間を説得して、ほんの何分の一かの給料で働いてくれと頼むこと。さらに場合によっては、手持ちの資金を自分たちの給料を払うために提供してもらうことだ。「ぼくは考え続けました。必要な人材を集められるのか？　給料ゼロでぼくらは何カ月もつんだ？　家族は許してくれるだろうか？」。また株式市場の注文の七〇パーセント近くを支配しているウォール街の九つの大手投資銀行【注6】が、はたして真に安全な取引所へ注文を送りたがるか、たしかめておく必要があった。顧客の注文の大半を握っている銀行が不公平な取引に手を染めていれば、公平を前提とする取引所を作るのは、思うよりはるかに難しくなる。

意外なほど長い間、ブラッドは大手投資銀行についての最終判断を保留していた。「どの銀行も、顧客の注文を扱う行員は自己勘定取引のグループから外すんじゃないかという、多少の希望を捨てきれなかったんです」とブラッドは言う。その希望はおもに、自分自身の体験から生じたものだった。ブラッドが顧客の注文を処理していたRBCでは、自己勘定取引トレーダーはいなかったし、何をしているかもまったく知らなかった。これには理由があった。ブラッドが話を潰したため、RBCにはまだダークプールが存在していなかったのだ。ブラッドは、ウォール街の投資銀行の内部では権力争いがあることや、長期的利益に基づいて行動し、顧客を通じて正しいことをしたいという人間がいることも知っていた。そんな人物が、どこかの銀行で権力を握っている。それがブラッドの希望だった。

大手投資銀行はそれを利用していた

ブラッドのその望みを絶ったのは、ジョン・シュウォールの独自調査だった。二〇一一年秋、シュウォールはビジネス用ＳＮＳ、リンクトインを自在に使いこなし、超高速取引の内部や周辺にいる人間の情報を集めていた。シュウォールは超高速取引の顔を、もっと言うなら二つの顔を明らかにした。「おれはこのゲームに参加してるやつの目星がつくようになっていた」とシュウォールは言う。「それで人脈をつかむために、そいつらとつながりを作ったんだ。その中で何が起こってるか、しっかり把握してる連中が、たぶん二十五人くらいいた。おれはそいつらを五番ピン《キングピン》って呼んでいた」。食物連鎖の頂点にいるのは四十代の白人男たちで、その経歴は、多少の差はあれ、初期の電子証券取引所にまでさかのぼれる。時期としては、一九八七年の株価大暴落直後に規制が導入されたころだ。彼らはおそらく技術的なバックグラウンドを持ってはいるものの、プログラミングおたくではなく、トレーダーを自認するウォール街の男たちだ。

一方、金融市場に現れた新たなプレーヤーたち、市場を作り替える力量を持った将来のキングピンたちは、また毛色が違っている。十年をアメリカの大学で過ごした中国人もいれば、フェルミ研究所にいたフランス人の素粒子物理学者、ロシア人の航空宇宙工学者、インド人の電子工学博士もいた。「こっちは何千人もいた」とシュウォール。「基本的にみんな高学歴だ。こう思ったのを今でも覚えてるよ。こんなにたくさんのエンジ

【注６】この九つの銀行を、（かなり均等に分かれた）二〇一一年の市場シェアに照らし、大きいほうから小さいほうへ順に挙げていこう。クレディ・スイス、モルガン・スタンレー、バンク・オブ・アメリカ・メリルリンチ、ゴールドマン・サックス、ＪＰモルガン、バークレイズ、ＵＢＳ、シティ、ドイツ銀行。

ニアがああいう投資銀行の一員になって、社会的な問題を解決するんじゃなく、投資家から搾取してるなんて、ひどい損失だって」。この高度な訓練を積んだ科学者と技術者の集団は、投資銀行によってウォール街へ吸いこまれ、そこで仕事をおぼえると、もっと小さな超高速取引の会社へ移っていくことが多かった。彼らは大企業の従業員というよりも、フリーエージェントのように振る舞った。たとえば彼らのリンクトインのプロフィール欄では、雇い主が決して公開を望まないであろう、あらゆる種類の情報が公開されていた。ここでシュウォールは捕食者の弱点に気がついた。ウォール街の投資銀行の従業員は、銀行が彼らに向けるのと同じ程度の忠誠心しか、銀行に対して持ち合わせていない。

クレディ・スイス銀行の従業員が、いちばんわかりやすい例だった。クレディ・スイスのダークプール、クロスファインダーは、ゴールドマン・サックスのシグマXと、ウォール街最大の私設取引所の座を争っていた。投資家に対するクレディ・スイスの最大の売りは、投資家の利益を第一に考え、超高速トレーダーが何を仕掛けてこようとも守るというものだった。クレディ・スイスの先進約定サービス部部長、ダン・マシスンは、アメリカ上院の、銀行・住宅・都市問題委員会が実施したダークプールに関する聴取会で、こう証言している。「ダークプールが超高速取引の問題の一端を、何らかの形で担っているという意見は筋が通っていません。超高速トレーダーは、公の場で手に入る情報を他者よりも早く消化することで、金を稼いでいるのです。ダークプールでは、参加者の注文情報は誰も見ることはできません」

それは詭弁だ。ブラッドからひととおり説明を受けていたシュウォールは思った。たとえば、ある年金基金がウォール街の銀行にマイクロソフト十万株の買い注文を出し、銀行がその注文をダークプールへまわした時点では、それは真実だ。外の世界に注文のことは知らされない。ところがこれはまだ物語の始まりにすぎない。年金基金はダークプールの決まりごとを知らないし、内部で自分たちの買い注文がどう扱われるかもわからない。たとえば銀行が内部の自己勘定トレーダーにその大口の買い注文のことを漏らそうが、あるいはそうしたトレーダーが（ダークプールよりも速い）市場とのつながりを利用して、公共の取引所でその注文にフロントランしようが、年金基金の側には知るよしもない。仮にウォール街の銀行が、顧客ではなく自身の利益のために取引したいという誘惑は振り払えても、ダークプールの利用権を超高速トレーダーに売るという誘惑を振り払える可能性はほとんどゼロに等しい。ウォール街の銀行は、どの超高速取引業者が彼らに金を払ってダークプールの特別利用権を得ているか、あるいはいくら払っているか、明かそうとしない。しかし利用権の販売は当たり前に行なわれている。

ここで再び、当然の疑問が持ちあがる。ダークプール内の顧客の注文に手を出す権利に、お金を払う人間がいるのはなぜなのか？　正直に言ってしまえば、株式市場の注文は、ダークプール内のもののほうが、よく肥えてうまみがあるからだ。注文はたいていは大口で、特に動きが予測しやすい。ウォール街の銀行はそれぞれ、注文の扱いに独自のわかりやすいパターンがある。また、プールから外部市場へ出るには時間を要することから、ダークプール内の注文は遅い。ブラッドが言うには「ダークプールの中では自転車でフロントランできる」。マイクロソフト十万株を買おうとしている年金基金は、もちろん銀行に条件を出すことはできる。注文は公共の取引所へ絶対に出さないこと、ただプール内に置いて隠しておくこと。しかしプール内に隠された注文は、いつまでも隠されているわけではない。ある程度の腕を持った超高速トレーダーが特別入場料を払ってやって来る。まず偵察のためにプールのリストのすべての株に対し、極小の買い注文と売り注文を出して、動きを探るだろう。そしてマイクロソフトの買い手を見つけ出せば、あとはただ、公共の取引所でマイクロソフト株がほんの少し下がるのを待ち、ダークプール内の年金基金に、古ぼけて高くなった〝最良〟価格で売りつければいい（リッチ・ゲイツの検査で実証されたように）。リスクゼロ、狡猾、しかも合法――これを可能にしたのはＲｅｇ ＮＭＳだ。ブラッドの言葉を借りるなら、これは一人のギャンブラーだけに次週のＮＦＬのスコアを知ることが許されていて、その男が結果を知っていることを誰も知らない状況だ。その一人はカジノですべてのゲームにベットして、ほかの客が逆に張るのを待てばいい。誰もが必ずそうするという保証はないが、もしそうなれば、確実に勝てる。

クレディ・スイスのダークプールを管理する者たちの調査を進める中で、真っ先にシユウォールの目に留まったのは、電子取引の責任者を務めるジョン・スタンフリという男だった。スタンフリは、アメリカ最大級の金融詐欺事件を起こしたバーニー・マドフ（顧客がブローカーへ金を払い、注文を代行する権利を与えるやりかたはマドフの発案で、そこから人々は何か教訓を得るべきだったが、どうやらそうはならなかったらしい）の下で七年働いたのち、クレディ・スイスの一員となっていた。もちろん、そのことでシュウォールはスタンフリに疑いの目を向け、徹底的に彼の周囲を洗い、クレディ・スイスのダークプールに関する古い業界誌の記事にたどり着いた【注７】。シュウォールはその中に、クレディ・スイスが初めから超高速取引業者と深く関わることを計画していなければ説明がつかない内容を、さりげなく述べている箇所を発見した。例えば二〇〇八年の四月には、クレディ・スイスの流動性戦略統括部長、ドミトリ・ギャリノフが、ウェブサイトの〈セキュリティーズ・テクノロジー・モニター〉に対し、同行の〝顧客〟の多くが、ニュージャージー州ウィーホーケンという、クレディ・スイスのダークプールにより近い場所へサーバーを移したと語っている。ウィーホーケンのダークプールのそばにサーバーを置くと言えば、ローナンのかつての顧客、超高速取引業者に間違いない。取引時間を数マイクロ秒縮めるために、それだけの距離を移動させる者など、株式市場の投資家の中にはいない。

クレディ・スイスの〝顧客〟のカテゴリーには、〝超高速取引業者〟が含まれている

【注７】スタンフリは、今のところいかなる罪にも問われていない。

のではないか。シュウォールは思った。クレディ・スイスはそんなそぶりは見せないが、超高速取引を行ないたいのではないか。シュウォールのその疑念は、二〇〇九年十一月の《ニューヨーク・タイムズ》紙に掲載された、ダン・マシスンのインタビューを読んだことでさらに強まった。

Q：クロスファインダーはどういった顧客が利用するのでしょうか。また、単純にブローカーを通して取引所で取引するのと比べて、ダークプールを利用することには、顧客にとってどのような利点があるのでしょうか？

A：われわれの顧客は、投資信託会社や年金基金、ヘッジファンド、その他の大手ブローカー・ディーラー、つまりしっかりした組織の顧客ばかりで……

大手の超高速取引業者は、すべて〝ブローカー・ディーラー〟であることをシュウォールは知っていた。その形でなければ、彼らが持っている公共の証券取引所の特別利用権は手に入らなかったはずだ。つまりマシスンは、彼らと付き合いがある可能性を否定しなかった。断固として付き合いを否定しなかったただ一つの理由は、付き合いがあるからだ。それがシュウォールの考えだった。

リンクトインの捜索は、シュウォールが執念を燃やす新たな仕事となった。例のマドフの元部下のプロフィールを手がかりに、彼の下で働く連中、続けてその連中の下で働く連中のことを、次々と探り出していった。クレディ・スイスが必死で超高速取引とは関わりがないように見せかけていても、残念ながら、職員は逆のことを言っていた。シュウォールは、クレディ・スイスのコンピューター・プログラマーが、経歴欄で〝超高速取引のプラットフォーム構築〟や〝超高速取引戦略の導入〟、あるいは〝株式および株式派生商品の量的トレーダー、すなわち超高速取引〟の経験を誇示している例を、十以上も掘り当てた。ある男などは〝すべての超高速取引分野からの顧客を、クロスファインダーに参加させることが業務だった〟と解説していた。別の男は、以前はクレディ・スイスのクロスファインダーの開設に携わり、今は超高速取引の市場作りをしていると述べていた。クレディ・スイスは、自分たちのダークプールは超高速取引と関わりがないと言い張ったが、どういうわけか、そのダークプールの中や周辺では、超高速取引の達人が山ほど雇われていたのだ。

調査を終えたとき、シュウォールはクレディ・スイスのダークプールの完全な組織図を作りあげていた。「シュウォールはあそこの人物チャートを作ったんです」。ブラッドは信じられないというように言う。「まるで麻薬売買の大物を並べた、ＦＢＩの人物表みたいでした」。手を尽くして自行の安全性を売り込んでいるクレディ・スイス。その銀行の組織図を見て、ウォール街のすべての投資銀行で、内輪のゲームはおそらくもう終わっていると、ブラッドは結論づけた。大手銀行はどこも、程度の差こそあれ、市場で不適切なスピードを利用し、獲物の分け前に預かっている。ブラッドはさらにこう推測した。自分は超高速取引を使ったフロントランニングへの対抗策を見つけたわけだが、ウォール街の投資銀行も、実は同じものへ行き当たっていたに違いない。そしてそれを使わないほうを選んだのだ。理由は、フロントランニングが生む利益の分け前が、あまりに大きすぎるからだ。「なぜうちが最初にソーを発見したのか、その理由がものすごくはっきりしました。最初じゃなかったからです」とブラッドは言う。「つまり、問題は前よりもずっとずっと解決しづらくなるということです。顧客がなぜ何も知らないのかもわかりました。情報の入手をブローカーに頼っていたためです」。捕食者から獲物を守るための取引所を作るということは、ウォール街への宣戦布告を意味していた。始まるのは、投資銀行と、投資銀行の顧客である投資家との戦争だ。

シュウォールの独自調査では、技術屋が、金融の世界での自分の役割をほとんど理解していないことも明らかになっていた。「二つの土地をつなぐ橋を作るのとは違います」とブラッドは言う。「自分たちの仕事がどういう結果をもたらすかはわからないんです」。クレディ・スイスの技術者が、あまりにあけっぴろげに自分の仕事を公開しているのを見て、ブラッドは、その鈍感さはむしろおおらかで愛すべきものだとさえ感じた。「ジョンがあの経歴を引っ張り出し始めたころは、仰天してましたよ」。ブラッドはそう振り返る。「銀行は職員に対して、どんな仕事をしているのかについては、できる限り口をつぐんでいるという方針を示していた。新聞でコメントが引用された職員はクビにされた。それなのにあのリンクトインのページでは、その同じ職員が好き放題に書いていました」。新しい金融システムの中での役割を明かすその語り口からみて、技術者たちは、システムがもたらしている不正について、まったく思い至らなかったらしい。「あれを見れば、自分たちが何をしているのか、技術屋がまったく気づいていないのがわかります」とブラッド。「彼らは自分たちの仕事にいろんな意味づけをしてました。銀行がダークプールの中に市場を作る手助けをしているだとか、銀行が顧客相手に使う自動システムを作っているだとか。銀行のやっていることを理解していれば、あんな書きかたは絶対にしません。リンクトインのプロフィールで『わたしは泥棒の技をすべて身につけていて、この家のことはとてもよく知っています』と言ってるようなものなんですから」

シュウォールはすでに、自分たちの悪辣さを完全に自覚しながら、一般アメリカ人の貯蓄を脅かす犯罪に手を染める、悪党たちの捜索に取りかかっていた。シュウォールがやがて発見したのは、自分の仕事の意味をまったくわかっていない大勢の人々だった。シュウォールは別のことにも気づいたが、初めはそれをどう考えればいいのかわからなかった。ウォール街の投資銀行に引きこまれ、超高速取引の技術を確立した人間のうち、驚くほど多くの割合をロシア人が占めていたのだ。「リンクトインへ行って、ああいうロシア人のページを一つ見てみたら、そいつがほかのロシア人全員とつながってるのがわかるだろうよ」とシュウォールは言う。「ドミトリが見つかると、ミーシャだのウラディミールだのトルストイだのが見つかる」。ロシア人たちはもともと金融分野ではなく、通信や物理、医学研究、大学の数学科、そのほか数多くの有益な分野の出身だった。ウォール街の投資銀行は、分析的な思考を持つロシア人を、超高速トレーダーへ作りかえるマシンになっていた。これはあとでじっくり考えてみる価値があるかもしれない。そう思ってシュウォールは、この事実も心の整理棚にしまい込んだ。

第5章　ゴールドマン・サックスは何を恐れたか？

超高速取引業者の台頭は、ゴールドマン・サックスの取引システムに赤信号をともすことになった。つぎはぎだらけの巨大システムの速度はのろく、収益は圧迫された。そんな大投資銀行に雇われた一人のロシア人が、その投資銀行の告発によって逮捕されることになる。しかし、一体何を盗んで？

寒い国から来た技術者

セルゲイ・アレイニコフは、アメリカにどうしても移り住みたかったわけではない。ましてやウォール街なぞ。ロシアをあとにしたのは、ベルリンの壁が崩壊した翌年の一九九〇年、しかしそのときは希望より寂しさのほうを強く感じていた。

「十九歳のころは、ロシアを離れるなんて考えもしませんでした。国を愛する気持ちが、とても強かったんです。ブレジネフが亡くなったときは泣きました。それに昔から英語が大嫌いで……。自分には語学の才能がまるでない、と思っていました」

ロシアに対する不満といえば、自分の学びたいことを政府が学ばせてくれない点だった。どんな意味においても信仰深い人間ではなかったが、ユダヤ人だったので、ロシア政府発行のパスポートには、その事実がひと目でわかるように記されていた。旧ソ連では、ユダヤ人は、大学に進学するためには別枠の特に難しい試験を受ける必要があり、それに通れば、ユダヤ人を受け入れるモスクワの大学二つに進学が認められる。そして当局が認めた科目のみ履修が認められる。セルゲイは数学を選んだ。そんな制限だらけの状況にも進んで耐えるつもりはあったが、たまたまセルゲイは、コンピューター・プログラミングの才能にも恵まれていた。セルゲイが初めてコンピューターを手に入れたのは一九八六年、すでに十六歳になっていた。真っ先に行なったのがプログラムを書くことだ。正弦波の図を描くようコンピューターに命令し、実際にコンピューターがその命令に従うと、セルゲイは夢中になった。夢中にさせたのは、本人によると、「細部を追求しなければならないところです。さまざまな角度から問題を検討して、取り組まなければならないという性質。ただチェスに似ているのではなく、詰めチェスの問題を解くのに似ているんです。チェスをするより、チェスをするコードを書くことのほうが、やりがいがあります」。コードを書いていると、頭はもちろん、心も引き込まれるのがわかった。「プログラムを書くのは、子どもを生むようなものです。何かを生み出すこと。技術的なものなのに、芸術作品でもある。それほどの満足が得られるんです」

セルゲイは専攻を数学からコンピューター科学に変更しようとしたが、許可されなかった。「それがきっかけで、ぼくにとってロシアは最適の場所ではないかもしれない、という考えが強くなりました。コンピューター科学を勉強させてくれないとわかったときに」

一九九〇年にニューヨーク市に到着すると、九十二番街にあるユダヤ教青年会、いわばユダヤ版YMCAの寮に入った。新天地では、びっくりしたことが二つあった。街を行きかう人々の多種多様なこと、そして食料品店におびただしい数と種類の商品が並んでいることだ。セルゲイはマンハッタンでずらりと並んだソーセージを写真に撮り、モスクワに住む母のもとへ送った。「あんなにたくさんのソーセージは、見たことがありませんでした」。いったんはアメリカの豊かさに驚嘆したものの、そこから一歩引いてみると、それほどの数の食品が本当に必要なのか、疑問を感じ始めた。そして断食と、さまざまな制約を課す食事法の効果に関する本を読んだ。「少しよく調べてみて、何が有益で何がそうでないか、考えることにしたんです」と彼は言う。そして結局、こだわり派のベジタリアンになった。「人がすべてのエネルギーを食物から得ているとは思えません。環境からも得ているはずです」

セルゲイは無一文でアメリカにやってきた。何をして稼ぐかも、まるで頭になかった。そこで仕事の探し方についての講習を受けた。「ひどいものでした。英語なんて実際にはまるでしゃべれないし、履歴書というものを、まったく知らなかったんですから」とセルゲイは言う。最初の面接官からは、自分について話すように言われた。「ロシア人の考えでは、その質問は、〝生まれはどこか?〟〝親戚はどんな人々か?〟という意味です」。セルゲイは、自分がユダヤ系の学者や研究者の血を引いていることについて詳細に述べ、そのほかのことには触れなかった。「その面接官は、あとで連絡をくれると言いましたが、なしのつぶてでした」。しかしコンピューター・プログラミングの才能があるのは誰が見ても明らかだったので、すぐにその仕事が見つかり、ニュージャージーの医療センターで、時給八ドル七十五セントで働いた。そのうちもっと条件のよい、ラトガーズ大学のコンピューター科学部で働くことになった。そこでは仕事と奨学金をうまく組み合わせ、修士号を取得することができた。ラトガーズをやめたあとは、数年間、インターネット関連の新興企業をいくつか渡り歩いたあと、一九九八年に、ニュージャージーのIDTという大手通信会社から採用通知を受け取った。それから十年、コンピューター・システムの設計と、何百万という通話を最も安価な電話回線にスイッチするためのコードを書いてすごした。入社時の従業員数は五百人だったが、二〇〇六年には五千人に増えていた。そしてセルゲイは技術者の星だった。この年、ある人材スカウトから連絡があり、セルゲイの特殊技能、つまり膨大な量の情報を迅速に解析するコードを書く能力があれば、今のウォール街では引く手あまただと告げられた。

セルゲイはウォール街のことなど何も知らなかったし、しゃかりきになって知ろうとも思わなかった。コンピューターを速く動かすことには非凡な才能を持っていたが、本人はゆっくりと慎重に動くタイプだった。その人材スカウトは、ウォール街で使われるソフトウェアに関する大量の本と、ウォール街での面接試験必勝法が書かれた入門書を一冊、セルゲイに押しつけて、ウォール街に行けば、今の通信会社の年俸二十二万ドルをはるかに上回る金を稼げると説明した。セルゲイはうれしくなり、その人材スカウトに好意も持ったが、もらった本を読んでみたところ、自分はウォール街向きではないと思った。大手の通信企業で技術上の難題に取り組むのは楽しかったし、もっと多額の金を稼ぐ必要もさほど感じなかったのだ。一年後、二〇〇七年の初めに、再びそのスカウトから連絡があった。このときにはＩＤＴが深刻な財政難に陥っていて、セルゲイは経営者が会社をつぶしてしまうのではないかと心配し始めていた。自分にはたいした蓄えがない。妻のエリナは三人目の子どもをみごもっていて、もっと広い家を買う必要がある……。セルゲイは、特に自分と会いたがっているウォール街の企業の面接を受けることにした。それがゴールドマン・サックスだったのだ。

少なくとも表面上、セルゲイ・アレイニコフは、アメリカに来た目的を果たしたと思える生活を手に入れた。同胞であるロシアからの移民の美人と結婚し、家庭を築き始めた。ニュージャージー州クリフトンにある二寝室のこぢんまりとした家を売り、リトル・フォールズにあるもっと大きなコロニアル様式の家を買った。子どもを世話するナニーも雇った。友人と呼べるロシア人の集まりにも加わった。しかしセルゲイは仕事ひと筋の生活で、妻のほうは夫の仕事の内容をまったく理解していなかった。つまり二人の絆はそれほど太くなかったのだ。セルゲイは、自分をよく知ってもらうために他人に働きかけたり、他人を知ることに多大な関心を払ったりしなかった。多くのものを手に入れたが、そのどれにもほとんど興味がなかったのだ。クリフトンの家の芝生を例に取ると、すべてに共通する問題がよくわかる。初めて家探しを始めたとき、セルゲイは、芝生の庭を持つという考えに魅了されていた。モスクワではそんなものの存在さえ知られていなかった。そして、芝生の庭を手に入れたとたん、後悔に襲われた（「もう芝刈りはうんざりです」）。アレイニコフ一家を誰よりもよく知るロシア人ライター、マーシャ・レダーの見たところ、セルゲイは、知性の面では並外れた才能に恵まれているものの、そのほかの面では典型的なユダヤ系ロシア人のコンピューター・プログラマー、つまり、技術的な問題を口実に、現実のわずらわしさから目をそらすタイプだという。「セルゲイの生活は、すべてがある種の幻影です。あるいは夢ですね。実際のものごとが目に入らないんですよ。セルゲイの女性の好みは、踊りの好きなほっそりした娘でした。そんな娘と、よく知り合う間もなく結婚して、子どもを三人もうけた。セルゲイが猛烈に仕事をこなし、稼いだお金を奥さんが使う。セルゲイが家に帰ると、奥さんがベジタリアン料理を用意する。基本的には満たされていたと思いますよ」

そんなとき、ウォール街から連絡があった。ゴールドマン・サックスによる電話での質疑応答を何度かすませたあと、丸一日かけて、じかに面接を受けた。実際にやってみると、とても緊張し、少し気分が悪くなるほどだった。「あれほどエネルギーを注いで他人を評価する人たちとは、あまり会ったことがなかったので」と本人は言う。十二人ほどの面接官が入れ代わり立ち代わり、クイズ、コンピューター関連の難問、数学の問題、果てはちょっとした物理の問題まで出して、セルゲイを惑わせようとした。どうやら質問内容の大部分について、面接官よりセルゲイのほうがよく知っているということを、ゴールドマン側もはっきりと認識したらしく（セルゲイははっきりと認識していた）、初日の面接が終わると、二日目も来るように言われた。帰宅したセルゲイはよく考えてみた。自分がゴールドマン・サックスで働きたいのかどうか、いま一つ確信が持てなかった。「でも、次の日の朝になったら、負けん気がわいてきたんです。ハードルが高いからこそ、受かるように努力すべきだ、と」

意外だったのは、自分がその職場に合う条件を、少なくとも一つは持っていたことだ。ゴールドマンのプログラマーの半数以上がロシア人だったのだ。ロシア人たちは、ウォール街の最上級のプログラマーという評判だったが、その理由はセルゲイにもわかる気がした。ロシア人たちはコンピューターに向かう時間を贅沢に使えない環境で、プログラミングを覚えるしかなかった。移住して何年もたち、コンピューターに向かう時間をたっぷり使えるようになっても、セルゲイは新しいプログラムを機械に打ち込む前に、紙に書き出していた。「ロシアではコンピューターを使える時間が分単位で決められています。プログラムを書くときは、細切れみたいな時間帯を与えられて、そのなかで何とかするしかない。その結果、ぼくたちロシア人は手直し《デバッグ》を最小限に抑えるようなコードの書きかたを覚えます。だから紙に書く前に、ものすごく頭を使うんです。コンピューターに向かう時間がじゅうぶんにあると、浮かんだアイディアをすぐにタイプして、それを十回くらい削除する、というやりかたになってしまうでしょう。優秀なロシア人プログラマーは過去のどこかで、一度はそういう、コンピューターに向かう時間が限られている経験をしていることが多いんです」

セルゲイは、ゴールドマンの新たな尋問に再び立ち向かい、最後に幹部の超高速トレーダーで、やはりロシア人のアレクサンドル・ダヴィドヴィッチのオフィスに呼ばれた。このゴールドマンの常務取締役は、最終的に二つの質問を用意していて、それは、両方とも、セルゲイの問題解決能力を試すものだった。第一問は、〝3599は素数か？〟

セルゲイはすぐに3599という数字の特殊性に気づいた。3600にとても近い数字だ。セルゲイは次のような等式を書きとめた。

$$3599=(3600-1)=(60^2-1^2)=(60-1)(60+1)=59\times61$$

$$3599=59\times61$$

よって、素数ではない（1と自身以外の数で割り切れる）。

問題はさほどむずかしくなかったが、本人の言うとおり、「すぐに答えなければいけないと思うと、そんな問題でも解きづらくなるんです」。解き終えるまで、二分ほどかかったと思う。ゴールドマンの常務取締役による二つ目の質問は、もっとややこしくて、興味をそそるものだった。常務は直方体の部屋を描いて、三辺の長さも示した。「床に蜘蛛が一匹いる、と言って、その座標を教えてくれました。天井には蠅がいて、同じように座標を教えてくれました。で、質問はこうです。蜘蛛が蠅を捕らえるときの最短の距離を計算せよ」。蜘蛛は飛んだり、糸にぶら下がったりしない。平面上を歩くことしかできないという。二点の間の最短の道は直線だから、その直方体を開く、つまり、三次元の物体を二次元の平面に変えてから、ピタゴラスの定理を使って距離を出せばいい。答えを出すのに数分かかった。解き終えると、ダヴィドヴィッチから採用を伝えられた。初年度の年俸とボーナスは合わせて二十七万ドルだった。

ゴールドマン・サックスのつぎはぎシステム

セルゲイがゴールドマンに就職したのは、ゴールドマン・サックスとウォール街のどちらの歴史においても注目すべき時期だった。二〇〇七年の中ごろまでに、ゴールドマンの債権取引部は、世界規模の金融危機を助長し、悪化させていた。とりわけ不名誉だったのが、ギリシャ政府の粉飾決算と債務の隠蔽に手を貸したこと、そしてサブプライム・モーゲージ債の値崩れをもくろみ、その価格下落に賭けて利益を得ようとしたことだ。その一方で、ゴールドマンの株式部は、米国株式市場の急激な変化に順応しつつあった。その市場がまもなく暴落しようという時期だ。かつてはナスダックとニューヨーク証券取引所の支配下にあった活気のない寡占市場が、急速に何か別のものへと姿を変えようとしていたのだ。ニュージャージー州にある十三の証券取引所は、すべて共通の銘柄を売買していた。数年のうちに、そこに四十を超えるダークプールが――そのうち二つはゴールドマン・サックスの経営――現れて、やはり共通の銘柄を売買していた。

アメリカの株式市場の分裂に拍車をかける一因となったのがレギュレーションＮＭＳで、この規則もまた、莫大な量の株式市場取引を促進させることになった。新たな取引の大半を実行したのは古参の投資家ではなく、超高速取引を行なう投資銀行の、とてつもなく速いコンピューターだった。要するに株式取引の場が多くなれば多くなるほど、ある取引の買い手と別の取引の売り手との間に、超高速トレーダーの割り込むチャンスが増える、ということだ。これはまともな状態とはいえない。当初コンピューター技術に期待されたのは、金融市場から仲介業者を立ち退かせること、あるいはせめて仲介業者の利ざやを減らすことだった。ところが、いざふたをあけてみると、金融仲介業者の手もとに、年間百億ないし二百二十億ドル（誰の判断を信じるかで額が変わる）という金が転がり込んだ。金融仲介業者であるゴールドマン・サックスにとっては、いいことずくめだ。

悪い話はというと、ゴールドマン・サックスは、まだ新たな金をじゅうぶんに稼いでいなかったことだ。二〇〇八年の終わり、同行の取引部門がかかえる超高速取引のコンピューター・プログラマーたちは、およそ三億ドルを稼いでいたという。同じ年、一ヘッジファンドであるシタデルの超高速取引部門は、十二億ドルを稼ぎ出していた。超高速取引に携わる男たちが自分たちの儲けを隠していることは、すでに知られていたが、その一人のミシャ・マリシェフというロシア人と、元の雇用主シタデルとのあいだに訴訟事件が起きたせいで、二〇〇八年にマリシェフが現金で七千五百万ドルを受け取っていたことが明らかになった。またナイトを辞めた二人の男が、それぞれ年俸二億ドルでシタデルに移ったといううわさが流れた。それはのちに真実だとわかった。市場の真ん中に腰を据え、どの投資銀行がマニアックな才能に給料を払っていたかを見物していたある人材スカウトは「ゴールドマンは、気づきかけてはいたが、まだ気づいていなかった。ベストテンには入れなかったな」と言う。

株式市場で大金が生み出されているのに、ゴールドマンがあまり稼げなかった理由は、じつに単純なものだ。株式市場がすでにロボット同士の戦場となっていて、ゴールドマンのロボットがのろまだったからだ。金儲けの戦略の多くは、勝者がすべてをさらっていくタイプのものだ。すべてのプレーヤーが同じことをしようとするとき、すべての金を手にするのは、データを取り込み、それに対する明白な答えをいちばん先に出力するコンピューターを持ったプレーヤーだ。さまざまな競り合いで、ゴールドマンがトップになることはめったになかった。そもそもゴールドマンがセルゲイ・アレイニコフを探し出した理由もそこにある。つまり自分たちのシステムの速度を向上させるためだ。セルゲイの見たところ、ゴールドマンのシステムには多くの問題点があった。それはシステムというより、むしろつぎはぎの寄せ集めだった。「ゴールドマンにくらべると、IDTのコード開発業務のほうが、計画性でも、最新情報を採り入れている点でも、はるかに上でした」と彼は言う。ゴールドマンは、システムの基幹を、十五年前に初期の電子取引企業であるハル・トレーディングを買収したときに購入したのだった。莫大な量の古いソフトウェア（プラットフォーム全体で六千万行ものコードが存在していたと、セルゲイは推測している）と、十五年の間に修理した部位とが、いわば巨大な輪ゴム玉のようなコンピューターを生み出していた。輪ゴムが一本はじけると、それを直すのがセルゲイの役目だ。

ゴールドマン・サックスは、複雑さというものを利用することが多かった。たとえば、他行には理解できない複雑なサブプライム・モーゲージ債を考案し、知識を独占したその状態を、株式市場に持ち込んで利用した。株式市場の自動化は、それまでにない種類の複雑さと、それにともなう意図せぬ結果を数多くもたらした。一つ、ささやかな例として、ナスダックにおけるゴールドマンの取引を見てみよう。二〇〇七年、ゴールドマンは、ナスダックに最も近い（そして目立たない）ビルを所有していた。その中に、ゴールドマンのダークプールがあった。セルゲイがそこを訪れてみると、二つのビル内にあるコンピューターの間を、一秒に何万ものメッセージが行き交っていた。この距離の近さが、ゴールドマン・サックスに何らかの利益をもたらしているはずだ。そうでなければ、証券取引所に最も近いビルを買ったりするだろうか？　ところがよく調べてみると、信号がゴールドマンのビルから通りを渡ってナスダックに着くまでに、五ミリ秒もかかることがわかった。これは二、三年後には、最も速い通信網ならシカゴからニューヨークまで送信できる長さだ。セルゲイによると「理論上、シカゴからニューヨークの間を信号が往復するのにかかる時間は、最長でも七ミリ秒くらい。それ以上かかるとしたら、すべて人の手による負荷のせいです」ということだ。物理的な距離が原因で負荷がかかることもある。たとえば、カーテレットの通りを横切る信号が、直線ではなく曲線で移動する場合などだ。コンピューターのハードウェアも原因となりうる。しかし時代遅れの鈍いソフトウェアが原因となることもある。それがゴールドマンのかかえる問題点だった。ゴールドマンの超高速取引のプラットフォームは、典型的なゴールドマン方式、集中型のハブ・アンド・スポーク・システムで設計されていた。送信されたすべての信号が市場へ戻る前に、マンハッタンにある中枢《ハブ》を通過しなければならなかった。「でも、それだけの待ち時間《レイテンシー》（五ミリ秒）がかかる原因は、物理的な距離だけではありませんでした。何層にも重なった交換機を通過するせいだったんです」

大ざっぱにいうと、ゴールドマンがセルゲイを雇ったのは、三つの問題点を解決させるためだった。それらの問題点は、電子取引の三段階と合致する。一つ目は、いわゆるティッカー・プラント——十三の証券取引所のデータを単一の流れとして見られるように転換するソフトウェア——を作ることだった。ＲｅｇＮＭＳが、大手投資銀行に、新たな義務を課していたからだ。すなわち顧客から受けた注文は公定の最良の市場価格（ＮＢＢＯ）で執行できるよう、すべての取引所から情報を取り込むべしと。たとえば顧客の代理であるゴールドマン・サックスが、ＢＡＴＳで売られている単価十九ドル九十九セントのＩＢＭ株百株を先に買わずに、ニューヨーク証券取引所で同じ株を単価二十ドルで五百株購入したとすると、この規則にそむくことになる。大手投資銀行にとって、この問題に対する最も簡単でコストのかからない解決方法は、公設取引所によって作られる総合的なデータの流れ——証券情報プロセッサー（ＳＩＰ）——を利用することだった。それだけに頼る投資銀行もあった。しかし顧客のなかには、ＳＩＰでは速度が遅すぎて、鮮度の低い市場の情報しか入手できないという不安を持つ人々もいたので、そんな不安を抑えるために、もっと速いデータの流れを作ることを請け合う銀行もあったが、自分たちのためのシステムほど速いものを、顧客のために作ったりはしなかった。

セルゲイは、ゴールドマンの顧客が利用するシステムとはいっさい関わっていない。セルゲイの職務は、ゴールドマン・サックスに勤める自己勘定トレーダーたちが業務で使うシステムを構築することで、言うまでもなく、そのシステムは顧客が使うどのシステムよりも速くなければならなかった。ゴールドマンのロボットの速度を上げるにあたり、真っ先にやったのは、まさにセルゲイがＩＤＴで行なっていたこと、つまり何百万もの通話が最も安価な経路を見つけられるようにすることだった。セルゲイはゴールドマンの集中型システムを分散することにした。さまざまな取引所からゴールドマンの中《ハ》枢《ブ》へ信号を戻す代わりに、各々の取引所の内部に、ゴールドマンの中枢《ハブ》の小型版を個別に設置した。ゴールドマン専用のティッカー・プラントに流す情報を入手するには、自分たちのコンピューターをできるだけ取引所のコンピューターの近くに置く必要があった。専用のティッカー・プラントから取り込んだデータをもとに、市場での抜け目ない取引法を見つけ出すソフトウェアが、電子取引の第二段階だ。セルゲイは多くのコードを書き直し、ソフトウェアの速度を上げた。第三段階は〝受注処理〟と呼ばれる。その名のとおり、売買のデータを市場に戻して注文を執行させるソフトウェアだ。これも、セルゲイが担当した。当時は思いもよらなかったが、セルゲイは事実上、ゴールドマン・サックス内に超高速取引機関を築いていたのだ。セルゲイがゴールドマンのもとで生み出したスピードは、もちろん多くの目的に利用できる。たとえばゴールドマンの自己勘定トレーダーの抜け目ない戦略を、できるかぎりすばやく執行する。あるいは動きの鈍い顧客の注文を、自行のダークプール内で——もっと広い市場とは別に——売買する。セルゲイがもたらしたスピードは、たとえばダークプール内でチポトレ・メキシカン・グリルをリッチ・ゲイツに高値で売り、公設取引所でもっと安値でゲイツから買うのにも利用できた。

そのスピードをゴールドマンの自己勘定トレーダーがどう利用していたか、セルゲイは知らなかった。仕事を進めるうちに、自分と雇用主とのあいだに埋めがたい溝ができているのに気づいた。セルゲイが相手をしていたゴールドマンの行員たちは、セルゲイの業務の趣旨を理解してはいたが、自分たちの大きな目的を理解していなかった。たとえば同行のコンピューター・ソフトウェアの全体像を把握している行員が一人もいない。セルゲイがそれを見抜いたのは初出勤の日、コードベースを調べて異なるコンポーネントが互いにどう影響し合っているかを突き止めるよう指示されたときだった。その作業をしていると、コードを書いた人々が、あきれるほどわずかな記録しか残しておらず、さらにその理由を説明できる人間が、行内に一人もいないことがわかった。セルゲイのほうも自分の行動が商売上どんな効果を生むのか、まるでわかっていない状態だった。それはおそらく、上司たちが彼には知られたくないと思っているのが、理由の一つだと感じていた。「故意にそうしていたんだと思います。金の稼ぎかたを知っている人間が少ないほど、自分たちにとっては都合がいいわけですから」

しかしたとえゴールドマンの上司たちが、稼ぎかたをセルゲイに知らせたがったとしても、本人が知りたがったかどうかは別の話だ。「技術的な問題のほうが、ビジネスの問題より、はるかにおもしろいと思っています。金融というのは、単に誰が金を手に入れるかということでしょう。最終的に金が入るのは、右のポケットなのか、左のポケットなのか……。たまたま、金を稼いでいるのが、ゴールドマン・サックスみたいな会社なんです。そういうゲームでは、仲間に加わらないかぎり、ほんとうに勝つことはできません」。ゴールドマンの計量アナリストたちが、自分たちのロボットに取引を執行させるにあたり、アルゴリズム形式の新戦略を絶えず思い描いていること、そしてトレーダーたちがこの上なく賢く立ち回らなければならないことを、セルゲイは理解していた。それに加えて「そういう人たちのアルゴリズムが、すべてある種の予測――一秒先の未来に関する予測――を前提としていること」も把握していた。しかし、セルゲイが実際にしたように、ゴールドマン・サックスの内部から、二〇〇八年の株式市場暴落を観察していれば、予測可能に思えても実際はそうではない例が多いことがわかる。二〇〇八年九月、大混乱が巻き起こった日の翌日、腕利きと称されたゴールドマンのトレーダーたちは、数千万ドルを失いつつあった。セルゲイの記憶によると、「予想は一つ残らずはずれました。トレーダーたちは、自分たちが市場をコントロールしていると思っていましたが、それは幻想だったんです。全員が出勤してきて、自分には何ひとつコントロールできないという事実を突きつけられ、打ちのめされていました……。金融は賭けを楽しむ人たちのためのゲームです」。セルゲイはもともと賭けごとが好きではない。投機という偽りの予測可能な世界より、プログラミングという予測可能な世界を好んでいたし、自分の仕事とゴールドマンのトレーダーたちの仕事とのつながりを完全に把握したことは一度もなかった。

セルゲイがゴールドマンのビジネス面について知っていたのは、超高速取引の世界における立場が安定していなかったということだ。彼は「トレーダーたちは、小規模な超高速取引業者を、いつも警戒していました」と言う。セルゲイは扱いにくくて効率の悪いゴールドマンのシステムの速度を向上させたが、ゼロから――つまり裏に隠れた六千万行もの古いコードというお荷物がない状態で――築いたシステムの速度には、とても及ばなかった。さらに言えば、システムに変更を加えたい場合は、どんなによく知られた方法を使うときでも、六回もミーティングをしたうえ、情報セキュリティ担当者の署名まで要求された。ゴールドマンは小規模な超高速取引業者と同じジャングルで狩りをしていたが、一度として、そういう企業よりすばやく動いたり、機転を利かせたりすることはできなかった。そんなことができるウォール街の投資銀行は一つもなかった。大手投資銀行が優位に立っていたのは、獲物、つまり顧客との特別な関係があった点だ（ある超高速取引業者の経営者はこう言っている。「投資銀行の人間が転職しようとして、うちの面接を受けると、決まって自分のアルゴリズムがいかに優れているかを話し続ける。しかし結局、顧客がいないと一セントも金を稼げないと言い出すんだ」）。

ワン・ニューヨーク・プラザの四十二階で数カ月働いたあと、セルゲイが出した結論は、ゴールドマンの超高速取引用プラットフォームについて取りうる最善の策とは、それをほうり出してゼロから新しいものを築き上げることだった。しかし上司たちは耳を貸さなかった。「ゴールドマン・サックスのビジネス・モデルは、今すぐ稼げるチャンスがあるならそれをやる、というものです。長期的なものには、そこまで関心がなかった」と彼は言う。株式市場には変化が訪れ始め、たとえば証券取引所が新しくて複雑な規則を導入することになり、そのような変化が、目の前の金儲けのチャンスを生み出すことになった。「あの人たちは、いつも目の前のことをやりたがりました。でも考えてみると、それは既存のシステムを絶えず修正しているにすぎない。既存のコードベースは、扱いにくい〝象〟になってしまうんです」

オープンソースに戻してはいけない

セルゲイはゴールドマンでの二年間の大半を、そんなふうに〝象〟をつぎはぎしながら過ごした。修正材料として、セルゲイと同僚のプログラマーたちは、毎日オープンソースのソフトウェア——プログラマーの集団が開発し、インターネット上で自由に使えるようにしたもの——を利用した。セルゲイたちが使うツールとコンポーネントは、金融市場向けに特化して設計されてはいなかったが、ゴールドマンの〝配管〟の修復に応用できたのだ。意外なことに、ゴールドマンとオープンソースとの関係は一方通行だった。ウェブから莫大な量のソフトウェアを取り込んでいながら、部分的に修正したあとは、たとえその修正がごくわずかで、金融ではなく一般に使うものでも、ウェブに戻すということをしないのだ。「オープンソースのコンポーネントをいくつか手に入れて、ゴールドマン・サックスでも使わないような一つのコンポーネントに組み直したことがあります。これは二台のコンピューターを一台に見せる基本的なやりかたで、そうしておくと、片方が故障しても、もう一台が割り込んでタスクを実行してくれるんです」。セルゲイは、一台のコンピューターが互いの代理として機能する適切なやりかたを生み出した。新しく工夫することの楽しみを本人はこう語る。「それは、秩序のない状態から何かを作り出すことです。それを突き詰めると、この世のエントロピーを減らしていることになるんです」。セルゲイは、上司のアダム・シュレシンジャーのところへ行き、自分の意向によって、それをオープンソースに戻していいかどうかと尋ねた。「シュレシンジャーは、それはもうゴールドマンの所有物だ、と言いました。すごく神経をとがらせていましたね」とセルゲイは言う。

オープンソースとは、協力と共有をよりどころとするアイディアで、セルゲイは、これまで長きにわたってオープンソースに貢献してきた。なぜゴールドマンが他人の成果から大きな利益を得るのはかまわないのに、他人に対してそこまで自分勝手に振る舞えるのか、よく理解できなかった。「知的所有物を作っているわけじゃないんです。何かをしてくれるプログラムを作っているんです」。しかし、セルゲイはそのとき以来、アダム・シュレシンジャーの指示に従って、たとえオープンソースから移動させただけのものでも、ゴールドマンのサーバー上にあるものは、一つ残らずゴールドマン・サックスの所有物として扱った（のちに裁判になったとき、セルゲイの弁護士は、コンピューター・コードが書かれた紙を二枚提示した。一枚目はオープンソースのライセンスが記されていて、その複写である二枚目は、ライセンスが消され、代わりにゴールドマン・サックスのライセンスが記されていた）。

おかしな話だが、セルゲイは内心、アダム・シュレシンジャーにも、ゴールドマンでともに働いた大半の人々にも好意を持っていた。同行が生み出した環境に対しては、そこまでの好意を持てなかった。「みんな、年末の数字を生きがいにしていました。ボーナスがそれなりに大金なら満足するけど、数字が大きくないと満足しませんでした。あそこではみんな多くを欲しがっていました」。本来は集団で業績を上げていながら、その業績によって個人が支払いを受けるというやりかたには納得できなかった。「競争意識は強かったですね。みんなチームに対する自分の貢献度が、いかに高いかを示そうとしていました。ボーナスは、チームではなくて個人に出ますから」

もっと重要なのは、ゴールドマンの環境では、よいプログラミングができなかったことだ。よいプログラミングには互いの協力が欠かせない。「要するに行員同士のつながりがすごく希薄だったんです。通信会社にいたときは、社員同士で協力するのが当たり前でした。会議ではみんなでアイディアを交換し合う。そこではゴールドマンみたいなストレスはなかった。ゴールドマンでは、いつでも、〝コンポーネントかどこかにおかしいところがある、ほうっておくと儲けを失う、今すぐ直せ〟という状態でした」。コードの修復を担当するプログラマーたちは、それぞれ仕切られた席に着いて、互いに言葉を交わすことはめったになかった。「二人で話をしたいときも、すぐそこで話したりしません。同じ階の部屋の一つに入って、ドアを閉めるんです。通信会社や学校では一度もなかったことです」

金融危機が到来するころ、セルゲイは、本人も気づかないうちに有名人になっていた。ゴールドマンで最もすぐれたプログラマーとして、ゴールドマン以外の企業の求人担当者たちに、その名が知れ渡ったのだ。おもに超高速取引業者向けの人材を斡旋する、あるスカウトが言うには「ウォール街には、セルゲイと同じことのできる人間が二十人いた。セルゲイはトップではないにしても、トップレベルではあった」とのことだ。ゴールドマンもまた、プログラマーに関しては有名だった。自行の取引業務にとってプログラマーがどれほど価値があるか、本人に教えないということで評判だったのだ。プログラマーとトレーダーでは人種が違う。トレーダーのほうが、木より森を見ること、そしてその中で自分がどこにいるのかということに、とても敏感だった。業界内の自分の値打ちについて、実に細かく知っていた。自分たちがやっていることと稼いだ金額との因果関係を理解していたし、そのつながりの重要性を大げさに語るのが得意だった。セルゲイはそういうタイプではない。森より木を見て、間口を広げずに問題を解決するタイプだ。前述のスカウトによれば、「セルゲイは自分の価値を知らなかったと思う。間口の狭さを、優秀さで補っていた。それくらい優秀だったんだ」。

セルゲイの特性と立場を考えれば、業界がセルゲイに注目し、その評価を伝え続けたとしても意外ではなく、むしろ当たり前だった。新たな職務に就いて数カ月がたつと、人材スカウトたちからセルゲイのもとへ、一週間おきに電話がかかってきた。一年もすると、ＵＢＳ証券やスイス銀行からも誘いがあり、確実に給与を年間四十万ドルにアップするとも言われた。本人は特にゴールドマン・サックスを辞めてほかの大手投資銀行に移りたいわけではなかったし、ゴールドマンから同じくらいの昇給を提示されたので、そのままとどまることにした。しかし二〇〇九年の初めにまた連絡があって、それまでとはかなり異なる申し出があった。ミシャ・マリシェフが経営する新設ヘッジファンドで、トレーディング用のプラットフォームをゼロから作らないか、というものだ。

古いプラットフォームを何度も修復するのではなく、新しいものを作れると思うと、期待で胸が高まった。しかもマリシェフは、その業務に対する報酬として年間百万ドルを超える金額を喜んで支払ううえに、ニュージャージーのセルゲイの自宅そばに新たにオフィスを開設してもいいとまで言ってくれた。セルゲイはこの申し出を受けて、ゴールドマンに辞意を伝えた。「辞表を出したら、みんながひとりずつ、ぼくのところにやって来ました。みんな口を揃えて、自分だってチャンスがあればすぐゴールドマンを辞めると言うんです」。なかにはセルゲイの転職先で一緒に働きたいとほのめかす者もいた。上司たちは、どうすれば思いとどまってくれるのかとセルゲイに訊いた。「例によって上司たちは、お金の話に持ち込もうとしました。ぼくはお金の問題じゃないと説明しました。新しいシステムをじっくり作り上げるチャンスなんです、と」。セルゲイは通信会社の職場環境が恋しかった。「IDTにいたときは、自分の仕事の成果がちゃんと目に入ったのに、ここでは、ばかでかいシステムをかかえて、それをあちこち直し続けることになる。誰も全体像を教えてくれようとしない。ゴールドマンではシステム全体がどう機能しているのか、本当に誰も知らなかった。でもそれを認めるのは気まずかったんでしょう」

セルゲイは六週間とどまることに同意し、ほかの行員たちが引き続き巨大な輪ゴム玉の切れた箇所を見つけて直せるよう、自分の知っていることをすべて教えた。その作業を進めていた最後の月に、自分が取り組んでいたソース・コードをメールに添付し、四回にわたって自分あてに送信した。添付したファイルには、それまでの二年間でセルゲイが利用、修正した多くのオープンソースのコードと、明らかにゴールドマン・サックスの所有となるコードが混ざり合っていた。セルゲイはオープンソースのコードにどのように手を加えたか思い出せるよう、コードを一つ一つ分けておこうと考えた。あとでその必要に迫られるかもしれないからだ。コードを自分あてに送信するのは、ゴールドマンに就職して以来、ほぼ毎週使ってきた方法だった。「そのことでは、誰にも何も言われたことはありませんでしたから」とセルゲイは言う。ブラウザを立ち上げて〝無料サブバージョン　リポジトリー〟と打ち込む。するとコードを無料で預かってくれる便利な保管場所のリストが現れた。そこで、リストのいちばん上のリンクをクリックした。コードの送り先を見つけるまでに、八秒ほどかかった。そのあと、初めてコンピューターのプログラミングを行なったときからずっと、必ずしてきたことをした。それはｂａｓｈの履歴――ゴールドマンで使っていたコンピューターのキーボードに打ち込んできたコマンド――を削除することだ。そのコンピューターにアクセスするには、パスワードを入力しなければならない。ｂａｓｈの履歴を削除しないと、自分のパスワードが残り、システムにアクセスした人間なら誰でも見られることになってしまう。ゴールドマンの行員が、おもしろめたい気持ちがなかったとは言い切れない。「ゴールドマンの行員が、おもしろくないと思うのは、わかっていました」。というのも、ゴールドマンのサーバー上にあるものは何であれ、ゴールドマン・サックスの所有財産である、というのが彼らの流儀だったからだ。たとえセルゲイがオープンソースからコードを入手していても、それは変わらなかった。そのときどう思ったかを訊かれて、セルゲイはこう答えた。「スピード違反をしたみたいでした。車を運転していてスピードを出しすぎたときのような気分です」

突然の逮捕

シカゴからの空路の大部分を、セルゲイは眠って過ごした。飛行機を降りるとベビーカーと車椅子専用のスペースに、黒いスーツに身を包んだ三人の男が待っていた。三人はセルゲイの身元を確かめ、ＦＢＩの者だと名乗り、セルゲイに手錠をかけ、ポケットを探り、リュックを取り上げ、おとなしくしているよう伝えたあと、ほかの乗客とセルゲイの間に三人で壁を作った。最後の行為は、あまりうまいやりかたではなかった。セルゲイの身長は百八十センチを超えるが、体重は六十三キロくらいしかない。その体を隠したければ、セルゲイに横を向かせればよかったのだ。セルゲイはまったく抵抗しなかったが、茫然自失の態だった。黒ずくめの男たちは容疑を知らせようとしない。セルゲイはいったい何なのか思いめぐらせた。最初に思いついたのは、誰か別のセルゲイ・

アレイニコフと間違えられたということだ。次に頭に浮かんだのは、新しい雇用主のミシャ・マリシェフが当時シタデルに訴えられていたので、彼が何かまずいことをしたのでは、という疑念だった。どちらも違った。乗客がすべて降りたあと、ニューアーク空港の奥に連れて行かれたところで、初めて容疑内容を聞かされた。ゴールドマン・サックス所有のコンピューター・コードを盗んだ罪だという。

この事件の担当捜査官マイケル・マクスウェインは、司法機関で働き始めたばかりだった。妙な話だが、彼は二〇〇七年までの十二年間、シカゴ・マーカンタイル取引所で注文をつけあわせる為替の場立ちを務めていたという。マクスウェインとそのお仲間は、セルゲイとそのお仲間によって、業界から締め出された。もっと正確に言うなら、アメリカのあらゆる取引所のフロアで、場立ちがコンピューターに取って代わられたのだ。マクスウェインのウォール街でのキャリアが終わったその年に、同じ街でセルゲイのキャリアが始まったのは偶然ではなかった。

マクスウェインはセルゲイを黒い車に乗せて、マンハッタン南端部にあるＦＢＩのビルへと連れて行った。わざわざ銃をしまうところを見せてから、狭い取り調べ室に案内し、壁に取り付けた棒にセルゲイを手錠でつなぐと、そこでようやく、ミランダ警告を読み上げた。そして自分の知っていること、いや、知っているつもりのことを話し始めた。いわく、二〇〇九年四月、セルゲイは新しい超高速取引業者テザ・テクノロジーズに職を得たが、それから六週間はゴールドマンにとどまった。正式に辞めて、四月初旬から六月五日までの間に、いわゆるサブバージョンのリポジトリーを利用して、同行の超高速株式取引システムから三十二メガバイトのソース・コードを自分あてに送信した。マクスウェインは、セルゲイの使ったウェブサイトが〝サブバージョンのリポジトリー〟〔訳注：「破壊活動の宝庫」という意味にも取れる〕という名であること、さらにそれがドイツに存在することが、悪事の証拠になると思っているようだった。それに加えて、セルゲイの使ったサイトがゴールドマン・サックスによってブロックされていない点を重要視しているらしかった。ゴールドマンは自行のプログラマーたちの使うサイトを無差別にブロックしているわけではなく、単にポルノサイトやソーシャルメディアサイトのたぐいをブロックしているだけだとセルゲイが説明しても、聞く耳をもたない。あげくこのＦＢＩ捜査官は、ｂａｓｈの履歴を削除したことを認めさせたがった。セルゲイはいつもｂａｓｈの履歴を削除する理由を説明しようとしたが、これにも関心を示さなかった。のちにこのＦＢＩ捜査官は、こう証言している。「そのやり口は、きたないものに思えた」

そこまではすべて真実だったが、セルゲイにとっては、その〝そこまで〟がたいしたことではないように思えた。「とにかくばかげていると思いました。あの捜査官はいろいろなコンピューター用語を、わけもわからずつなぎ合わせていたんです。超高速取引やソース・コードのことなんて、何も知らないみたいでした」。たとえばサブバージョンのリポジトリーが物理的にどこにあるかなどわかるわけがない。それは、開発者たちが自分の取り組んでいるコードを保管するのに使う、インターネット上の場所にすぎないのだ。「インターネットの意義は、論理アドレスから物理的な位置を抜き去ることにあるんですから」。マクスウェインは、他人の受け売りで、自分ではまったく意味がわかっていない言い回しを繰り返しているようだった。「ロシアで〝壊れた電話〟と呼ばれるゲームそのものでした」。これは、アメリカでいう〝電話ごっこ〟〔訳注：日本でいう伝言ゲーム〕の一種だ。「あの捜査官は、〝壊れた電話〟で遊んでいるみたいでした」

このとき、まだセルゲイの知らないことがあった。それは自分あてに初めて一回分のコードを送ったのが数カ月前だったのに、ゴールドマンがセルゲイの行為――超高速の自己勘定取引に利用するとおぼしきコードをダウンロードしたこと――を発見したのがわずか数日前だったという事実だ。ゴールドマンはあわててFBIに連絡を取り、マクスウェインに、超高速取引とコンピューターのプログラミングに関して、いわば短期集中講座を受けさせていたのだ。のちにマクスウェインはセルゲイ・アレイニコフが盗んだコードの調査について、第三者の専門家の助言を求めなかったことや、盗んだ動機を突き止めようとしなかったことを認めている。「わたしはゴールドマンの行員の話を信じるしかなかった」というのがマクスウェインの弁だ。本人は盗まれたコードの価値など見当もつかず（「ゴールドマンの代表者の話では、大金に相当するということだった」）、コードのどれかが実際に、それほど特別なものかどうかもわからなかった（「ゴールドマンの代表者によると、そのコードには取引上の秘密が含まれているということでした」）。

この捜査官は、ニューアーク空港でセルゲイから取り上げたパソコンとUSBメモリの両方にゴールドマンのファイルがあることには気づいたが、そのファイルが開かれないまま保存されていたことには気づかなかった（そのファイルがそれほど重要なものなら、どうしてセルゲイはゴールドマンを辞めてからひと月のあいだ、それに目を向けなかったのだろうか？）。FBIによる逮捕前の調査内容は、ゴールドマンがマクスウェインに授けた複雑極まりない説明にすぎず、のちにこの捜査官は、その内容を十分理解していなかったことを認めている。ゴールドマンは理解していると信じていたのだ。ゴールドマンがFBIに連絡した四十八時間後に、セルゲイはマクスウェインに逮捕されている。ゴールドマン・サックスが大役を演じた金融危機のあと、ただ一人FBIに逮捕されたゴールドマンの行員は、ゴールドマンがFBIに逮捕を依頼した人物だった。

逮捕された晩、セルゲイは弁護士を呼ぶ権利を放棄した。妻に電話してことの次第を話し、FBI捜査官の一団がコンピューターを押収するために自宅に向かっているので、捜査令状がなくても家に通してほしいと伝えた。連絡を終えると、腰を下ろし、逮捕令状なしで自分を逮捕したFBI捜査官の混乱状態を、礼儀正しく解消しようと努めた。「これが窃盗事件なら、盗られたものが何なのかを理解しないで、どうやって解決できるんだ？」セルゲイはそう考えた覚えがある。セルゲイの考えでは、自分の行為は他愛のないことだった。しかし経済スパイ法と連邦窃盗財産法（NSPA）の両方に抵触するために逮捕されたというのは、他愛のないことではない。それでもセルゲイは、コンピューターと超高速取引の事業が現実にどう機能しているかを理解してもらえれば、この捜査官も謝罪して訴えを取り下げるだろうと踏んでいた。「ぼくがなぜ捜査官に説明したかというと、まったくの言いがかりだということを示したかったからです。あの捜査官はぼくの話の内容に、まるで関心を示しませんでした。ぼくに向かって、〝洗いざらい話せば、手心を加えてもらえるよう、裁判官に話を通してやる〟と言い続けていました。向こうは初めから、ひどい先入観を持っていたみたいです。いくつか達成目標があったんですね。その一つが、ぼくにただちに自白させることだったんでしょう」

自白を引き出すうえでのいちばんの障害は、おかしなことに、セルゲイが進んで自白しようとした事実ではなく、自白しようとしている行為について、当の捜査官に知識がなかったことだ。「あの捜査官が作っている供述書には、コンピューターの専門用語を始めとして、誰が見ても明らかな誤りがいくつかありました。ぼくは『あのう、これは間違っています』と言い続けていたんです」。セルゲイは、辛抱強く、順を追って自分の行動を説明した。七月四日の午前一時四十三分、五時間に及ぶやりとりのあと、マクスウェインは、米連邦検事局に浮わついた調子のEメールを送っている。いわく、〝やったぞ、ついに供述書に署名した！〟。

その二分後、マクスウェインは、セルゲイをメトロポリタン拘置所に送致した。検察官のジョセフ・ファッチポンティ連邦検事補は、セルゲイ・アレイニコフに保釈を認めるべきではないと主張。このロシア人コンピューター・プログラマーが持つコンピューター・コードは〝市場の不正操作〟に利用されるおそれがある、というのだ。セルゲイが署名した供述書は、かのFBI捜査官の手で削除され、書き直された痕跡が残っていて、それがのちに、用心深い発言をし、ともすると言い逃れの巧みな窃盗犯の供述として、検察官から陪審員たちに提示された。セルゲイによれば、「供述書は、この件について予備知識のない人間がでっちあげたものです」。

セルゲイ・アレイニコフが署名した供述書は、本人が言いたいこととは似ても似つかないものだった。セルゲイは、記者たちに話すことや裁判で証言することを拒否した。彼の話し方はたどたどしく、発音は風変わりで、体つきはエル・グレコが描く肖像画のようだった。つまり、街にいる人々を無作為に選んで並ばせたときに、ロシアのスパイかオリジナル版「スター・トレック」の登場人物と結びつけられてしまいそうなタイプだ。専門分野の話を交わすときは、きわめて正確に話す。そういう性向は、仲間の専門家を相手にするには最適だが、一般的な聞き手には、難解で退屈だと思われてしまう。アメリカの世論という法廷のなかでは、自己弁護に適しているとはいえない。だからセルゲイは弁護士の助言に従って、釈明をしなかった。仮釈放なしで連邦刑務所に八年収監されるという判決を受けたあとも、長いあいだ沈黙を守り続けたのだった。

第6章　新しい取引所をつくる

RBCを辞めたブラッド・カツヤマは、七人の侍よろしく、人集めを始める。91万ドルの報酬を捨てて、新取引所のプロジェクトにまず馳せ参じたのは、同じ職場のローナンだった。ロブ、ナスダックにいたボラーマン、パズルマスターのフランシスなどが次々に雇われていく。

ローナンの帰郷

ローナンは自分の正確な年俸や、自慢たらしいことを父親に話すつもりではなかった。ただ、もう息子のことを心配しなくてもいいと知ってもらいたかっただけだった。

二〇一一年、クリスマス休暇にアイルランドに帰国した。その年はいつもと違って、親と話をすることが目的だった。母国に特別な愛着は感じなかった。「あそこは自分の居場所じゃない」。ローナンはさらに続けた。「太ったガキがごろごろいやがる。自分が子どものころは、太ってるやつなんか一人もいなかった。あの国の魅力は失われたんだ」。ローナンはただ家族に会いたいと思っただけだった。ダブリン郊外の実家に帰宅すると、修理やセットし直す必要があるもののリストを抱えた両親が、息子を待ち構えていた。パソコンをリブートさせたり、衛星放送を再受信できるようにしたりしてから、腰を落ち着けて両親と話をした。「アメリカでは親が子どものことに口をはさむ」とローナン。「アイルランドではそんなことはない。自分以外の人間をかまったりしない」。ローナンの父親は息子が口に糊するために何をしているのか、さらに言えば、ウォール街の大手投資銀行がどうして息子を有用な人材とみなしているのかもよくわからなかった。「親父はぼくが銀行の窓口に座っているとは思っていなかっただろう。でも、『ぼくはトレーダーだ』と言ったところで『おまえはトレーディングの何を知ってるんだ？』と言われるのが落ちだったろうさ」。親は親、子どもは子どもだった。「親父とお袋が愛情を注いでくれているのはわかっていた。アイルランド流のな。だから親父には、息子がこのビジネスで立派にやってることは知っておいてもらいたかった。親父を安心させることが大事だった。家族を危険にさらすような真似をしているわけじゃないってな」

アイルランドの経済は、アメリカの金融政策の重荷と米国投資銀行の無益な忠告のせいで、その三年前に破綻していた。ローナンの子どものころの友人の多くは、まだ失業中だった。リスクを冒すのにふさわしい時期には思えなかった。ところが、アイルランドに帰省するわずか数日前、ブラッド・カツヤマから呼ばれて、ジョン・シュウォールとロブ・パークとともにミーティングに出席した。ブラッドは証券取引所を新設するためにRBCを辞めようとしていて、誰がついてきてくれるか知りたがっていた。

きみは参加する？

その同じ問いに彼らは順番に答えた。ある部分で、ローナンは耳に入ってくる言葉が信じられなくて、自分の心の声に耳を傾けた。それまでの人生すべてをウォール街で職を得るために費やし、ようやくそれを手に入れたというのに、その職を自分に与えてくれた男が、それを捨ててほしいと自分に頼んでいる。別の部分では、この問いに対する答えは自ずと明らかだった。「あのころは多くのことを背負い込みすぎてた。それにブラッドには恩があった。ブラッドがチャンスをくれたんだ。ぼくはブラッドを信頼していた。あいつは決して大ばか者じゃない」

二〇一一年の終わりには、ローナンには別の気持ちも生まれていた。彼はもう、ウォール街を内側から眺めるようになっていた。そこはかつて期待していたほど魅力あるところではなかった。「あそこにいつまでもいたら、ほら吹きになりそうだった」

全員が参加するとブラッドに答えたが、何に参加するのかはまだ判然としていなかった。それに新しい証券取引所を創設するための資金提供者を見つけるまでは、彼らも仕事を辞めるわけにはいかない。ローナンのブラッドへの返事は、ただちに行動に出るという約束ではなくて、無期限の約束手形だった。しかしブラッドたちには何と言っても目標があった。アメリカの株式市場に公正さを取り戻すこと——ひょっとするとウォール街史上はじめて、公正さを制度化することだ。それに大まかな構想もあった。その新しく奇抜な証券取引所の主力として配備し、ブローカーが株式の注文を送ったら、ソーがその注文をほかのあらゆる取引所に回送できるようにするのだ。ソーを、ローナンは、ソーだけで証券取引所を変えられるとは考えていなかった。ただ誰も、特に大手投資銀行が最も価値ある商品（顧客の株式の注文）を第三者に渡して、執行させるかどうか疑わしいと思ったからだ。またブラッドたちは、別の不公平も市場に蔓延していて、ソーでは対処できなくなる問題が出てくる可能性も考えていた。「今やっていることがうまくいく見込みは一〇パーセントだ」とローナンは同僚たちに言った。「でも四人でやれば、それをできる見込みは七〇パーセントになる」

ブラッドのオフィスを出たあと、ローナンは父親と話したい内容が変わったことに気づいた。父親の助言が必要になったのだ。ローナンはすでに、五十万ドル近い年俸をもらっていた通信会社を辞めて、その三分の一の年俸でウォール街の仕事に転職している。リスクは大きかったが、その決断は報われた。RBCからは百万ドル近い賞与が出たばかりで、さらに実入りのいい株取引業務の半分を率いてみないかと勧められていた（ローナンによれば、「給与はこちらが額を決めていいと言われた」という）。飛行機がアイルランドの海岸に向けて急激に高度を下げる間、ローナンは心の中でこう考えていた。年俸九十一万ドルの仕事を辞めて月収二千ドルの仕事に転職するなんて、自分はどうかしてるんじゃないか？　しかもその月収も、新会社のために自分が投資した資金の中から支払われる可能性が高かった。ローナンの父親は詳しい事情をあれこれ詮索はしないだろうが、自分がなぜ苦しい立場にいるのか、その主旨はわかってくれるはずだ。「親父に聞きたかった。『一か八かの勝負から身を引くのに、いい時期ってのはあるんだろうか？』。RBCを辞めるのがそのときなのか、わからなかったんだ」。しかし、いざ父親と腰を落ち着けて話をしようとすると、いくら稼いでいるか打ち明けないと、自分が置かれた苦しい立場について、主旨すら説明できないことに気づいた。「年俸九十一万ドルだと告げると、親父は心臓麻痺を起こしかけた。つまり、椅子に座ったまま体をくの字に折り曲げたんだ」

父親はようやく気を取り直すと、息子の顔を見上げて口を開いた。「なあ、ロー、おまえの取ったリスクは、これまで報われてきたみたいじゃないか。やってみたらどうだ？」

二〇一二年一月三日火曜日、ローナンはニューヨークに舞い戻り、ブラックベリーの電源を入れて、あふれかえる新着メッセージに目を通した。最初はブラッドからで、カナダロイヤル銀行を辞めたと伝えるメッセージだった。ローナンはこのときのことを振り返った。「次の十件はどれも同じ。『信じられん、ブラッド・カツヤマが銀行を辞めた！』という内容だった」。在職中に温めた構想を追求するために、ブラッドは自分が辞めるだけでなく、貴重な人材を何人か連れて行こうとしていた。それが結局は、関係者全員にとって望ましいことだというのが、ブラッドの考えだった。しかしRBCのカナダ本社の上層部は、それをやんわりと拒絶したことを、ローナンは知っていた。上層部がブラッドの主張のどこをとっても気に入らないことは、火を見るよりも明らかだ。結論を引き延ばしていれば、ブラッドもやがて正気に戻るのではないかと銀行は踏んでいたのだ。年俸二百万ドルを超える安定した仕事を捨てて、リスクのあるビジネスに乗り出すウォール街のトレーダーなんているはずがない。しかも資金調達さえ目処《めど》が立っていないというのに。
空港の手荷物受取所で、ローナンはブラッドに電話をかけた。「あいつに聞きたかったんだ、『いったいどうなってるんだ？』って」。ブラッドは言葉少なに答えた。もうあきあきしたんだ。一個人、一銀行の問題ではない、何よりも重要な話を自分がしているとき、社会的に重要であるはずの銀行を運営する、社会的に重要であるはずの人々が、ただ慇懃にうなずきながら聞きおくだけの状況に。「銀行側は、本当にやるわけないと思ってたんだろう」とローナン。「だがブラッドは、『そうかい、舐めんなよ』って気になったのさ。それで本当にやりやがった！」。電話を切ったときローナンは思った。これで自分も完全に引っ張り込まれたな、と。

資金を集める

ブラッドは毎朝六時半ごろに出社した。クリスマス休暇明けの最初の出勤日、直属の上司のところに行って、今日で辞めると告げた。それから自分のデスクに戻って、ローナンとロブ・パーク、ジョン・シュウォールに宛てたメールを一通、カナダの上級管理職三人に宛てて違うメールを一通書いた。五分後、電話が鳴った。それはカナダからで、激高した声が響いた。いったいどういうことだ？　受話器の向こうで上級管理職が尋ねた。辞めるなんて許されないぞ。ブラッドは答えた。もう遅いですよ。

ブラッドは何も持たずに投資銀行を辞めた。文書も、コードも、同僚の誰かが自分を追って辞めるという確信も。しかもビジネスの明確な構想さえもなかったことが、あとになってわかる。株式市場に関わる者なら誰でもそうだったように、ゴールドマン・サックスの超高速プログラマーが自分宛てにコンピューター・コードを転送したかどで刑務所に送られたというニュースに、ブラッドもショックを受けた。ゴールドマン・サックスの過敏な反応から、二〇〇九年ごろ、金融危機の混乱を経たウォール街の大手投資銀行は、自行のダークプール内で生じる顧客注文の価値に目覚めたのではないかというブラッドの疑念が裏づけられた。顧客の注文の持つ価値を利用できるのは、最終的には技術者だが、銀行は恐怖心をあおり、脅威を感じさせることで、彼らを支配していた。そのため金融界の風土がにわかに閉鎖的で秘密主義に変わっていったのだ。それは何かを物語っていた。たとえばかつてローナンが大手投資銀行や超高速取引業者のために手がけたことを今も行なっている人たちは、かつてローナンが見聞きを許されたことでも、見聞きが許されなくなっていた。しかも銀行は法体制を盾に取り、技術関連の仕事をする多くの行員が辞職しづらくなるように仕向けていた。「ロブ（パーク）に言ったんだ、『バカな真似はしないでくれ』って。ロブは『心配するな。どのみち、ここから持ち出したいものなんか何もないよ』と答えた」

ゼロからの出発だった。ソーによって得られた株式市場についての知識を利用することもできたが、ソーそのものはカナダロイヤル銀行の所有物だった。彼らの大きな強み――ただ一つの持続可能な強み――は、投資家からの信頼だった。ウォール街の売り込みトークに慣れている投資家たちは、他人を信用しない性分だったし、信用する性分だったとしても、環境によって変えられていた。ウォール街で働く人たちは、嘘をつき、真実を隠し、ひとをごまかすことで大金をもらっているようなものなので、金融市場で信頼感が生まれても、そのあと必ず延々と疑念が続くということになる。投資家が警戒心を緩めて、ブラッドを信頼したのは、彼が何かを持っていたためだ。それが何であれ、非常に強力だったことはたしかだ。だからこそ世界最大の投資信託会社やヘッジファンドの経営者たち、つまりアメリカ株式市場のおよそ三分の一を支配する人たちが、ブラッドがRBCを辞めたあと、彼の辞職を認めるよう、当時の上司に頼んだのだ。ブラッドが金融市場に対する信頼を、大幅に回復させる可能性に期待してのことだった。

何百万ドルという報酬を得ていたウォール街の仕事を捨てても、金融界の大物の間で、ブラッドの動機に対して疑問の声があがることもあった。新しい市場の構築に必要な人材や、市場運営の基盤となるコンピューター・コードを書く人材を確保するために、ブラッドは一千万ドルほどの資金が必要だった。自分を信頼してくれた大口投資家が、必要な資本を提供してくれるはずだと期待していた。それを前提に動いていたところもある。しかし売り込みをかけたミーティングの十回のうち八回で、最初に同じような質問を受けた。「なぜこんなことをしているのか？」、「きみはこの仕組みのおかげで金持ちになったし、これからもさらに金持ちになれるだろう。それなのに、なぜその仕組みを攻撃しているのか?」。ある投資家は陰で「ブラッドについてわからないことがある。どういうわけで、ロビン・フッドを演じているんだ?」と言っていた。

当初ブラッドはその疑問に対して、自分自身に言い聞かせていたことを答えた。つまり株式市場はおぞましいほど不公平な場となり、なんとしても変革が必要である。自分がやらなければ、ほかに誰もやる人がいない。「でもそれでは受け入れてもらえなかった」とブラッドは振り返る。「彼らは『そんな話は、まるでいんちきくさい』と言うんです。最初の二、三回は本当にまいりました」。やがてブラッドはそれを乗り越えた。この新しい証券取引所が盛況になれば、創設者は金を稼げるだろう——おそらく多額の金となるはずだ。ブラッドは修道僧ではないが、多額の金を稼ぐ必要性をまったく感じていなかった。ところが不思議なことに、新しい証券取引所でどのくらい稼げそうか強調すると、投資家候補らは好意的になることに気づいた。そこでブラッドはその線で話を進めることにした。「こんなことをしている理由を問われたときに、どんな人でも安心させる、ある言い回しを見つけたんです」と、ブラッド。「わたしたちは長期的に大きな利益をあげることを目指しています、というんです。これはすごくよく効いた……。最初の説明より必ずいい反応が得られました」

ブラッドは半年間、金融関係者を安心させるため、利益など目指していないくせに、目指しているふりをしながら、ニューヨークを駆け回った。もどかしかったのは、本来ブラッドに資金提供してしかるべき人たちが資金を出さず、資金提供したがっている人たちからの資金は、受け取れないことだった。ウォール街のほぼすべての大手投資銀行が、新しい取引所の株式を購入できないか、ブラッドに単刀直入に訊ねてきたし、せめて資本参加の候補とみなされたいと望んでいた。しかし投資銀行から資金を受け取ったら、新しい取引所の自主性も、投資家からの信頼も失うことになるだろう。トロントにいるブラッドの友人や家族も、こぞって新会社に投資したいと言ってきた。これは別の問題を引き起こした。足を棒にして新株式市場の資金集めをしていることを、ブラッドがメールで知らせた二時間後、家族と友人たちから合計百五十万ドルの資金提供の申し出があった。彼らのなかには経済的なリスクを負えるだけの余裕がある者もいたが、たった数千ドルの貯金しかない者もいた。ブラッドは資金を受け取る前に、その金を失っても問題ないことの証明として、銀行の取引明細書を送らせることにした。古くからの友人の一人は、ブラッドの兄のクレイグに宛てて「あなたの弟さんがこれまで手がけたことは、何一つ失敗に終わっていません」と手紙を書き、ブラッドの新規事業を危険なものとは思っていないと訴えた。自分の金を受け取ろうとしないブラッドに、その決意を翻すよう、クレイグに口添えを頼むためだ。

ブラッドが必要としていたのは、彼にＲＢＣを辞めて株式市場を改めてもらいたいと言っていた株式市場の大口投資家、つまり投資信託会社、年金基金、ヘッジファンドらが、口先だけでなく行動で示してくれることだった。こうした投資家たちは、どうしてブラッドに手を貸せないのか、あらゆる言い訳を並べ立てた。新興企業《スタートアップ》への投資を目的とした事業ではないから。投資部門のマネジャーはブラッドの構想を認めているが、コンプライアンス部門のほうでブラッドを評価する体制がまったく整っていないから。その他いろいろだ。「ぼくらが要求した金額が少なすぎたために、投資する名目を見つけ出すのがやっかいだったみたいです」とブラッドは語った。彼らはブラッドに取引所を開設してもらい、その取引所から利益を享受したいと切望しながら、ほかの誰かがその元手を提供するだろうと、たかをくくっていたのだ。多くにはもっともな理由があった。たとえば大規模な年金基金の使命は、確かに新興企業《スタートアップ》に投資することではない。それでもやはり期待を裏切られた気分になった。「ケンカのときは加勢すると言ったくせに、何ひとつしない友達みたいなもんだ」と、資金集めに奔走してイライラが募る長い一日の終わりにローナンが漏らした。「こっちが血だらけで地面に倒れているとようやく飛んできてパンチを繰り出す」

しかし全員がそんなふうだったわけではない。投資信託会社最大手のキャピタル・グループのマネジャーは投資を約束した。ただし一社ではなくコンソーシアム〔訳注：企業や個人などの複数の参加者が、それぞれの担当範囲を定めたうえで、共通の目的のために活動する団体〕の一員として参加するという条件が提示された。コンソーシアムのもう一つの参加者は、ブランデス・インベストメント・パートナーズだ。また健全な異議を唱える投資家もいた。

ブラッドが売り込んでいるビジネスは、つかみどころのない代物だ。株式注文を、ほかの取引所に回送することに重点を置く証券取引所。そんなものがうまくいくのだろうか？　ソーは確かに効果があったが、公設でも私設でもアメリカの取引所で放逸にふるまう捕食者《プレデター》がそのうちソーの機能に順応して、その効果を減じる可能性はないのだろうか？　それにウォール街の大手投資銀行が、株式注文の回送をブラッドの新取引所に下請けに出すなどと、なぜブラッドは考えたのだろうか？　そのほうが〝公正〟だから？　投資銀行のセールスマンは毎日、独自のルーターを販売するのに奔走していた。その連中が急に態度を変えて、こんなふうに言ったりするわけがなかった。「そうですとも、われわれはこれまであなたがたを超高速取引トレーダーに売り渡して莫大な報酬をもらっていました。しかしこれからは株式注文をすべてブラッドに送ります。そうなれば、もう顧客であるあなた方をこれ以上売り渡すことができません」

自分がやろうとしている事業についてブラッドが完全に理解したのは、資本が集まらないために、市場を理解せざるをえなかったからだ。完全なる理解の瞬間が訪れたのは、二〇一二年八月、グリーンライト・キャピタルというヘッジファンドの経営者、デイヴィッド・アインホーンとの会合のときだった。ブラッドの売り込みプレゼンテーションを聞いたあと、アインホーンは単純な問いを投げかけた。なぜわれわれは、同じ取引所を選ばないのだろう？　自分たちの利益を保護し、ウォール街の捕食者からの防護を任せられる、どこか一つの証券取引所を投資家が一致団結して後援していないのはなぜなのだろうか？　投資家が一体となって、株式注文をどこか一つの取引所に回すよう、大手投資銀行に圧力をかけた例はこれまで一つもなかった。しかしそれは、一つの取引所をほかのところよりもひいきにする、これといった理由がなかったからにすぎない。株取引が行なわれている五十かそこらの場所は、金融仲介業者《ブローカー》が金融仲介業者《ブローカー》のために考案したものだ。「その指摘はいたって当たり前だったので、恥ずかしいくらいでした」とブラッド。「本来なら、それはぼくたちの売り込み文句であってしかるべきだったんです。ソーを用いて注文を回送するということではなくて、投資家が選択する唯一の場所を、ぼくたちが創り出さなくてはいけないということだったんです」。つまり既存の証券取引所の投資家を守ろうとするだけではいけない。ほかのすべての証券取引所が、事業を継続できなくなるようにしなくてはいけないのだ。

二〇一二年の十二月半ばまでに、ブラッドは大手資産運用会社九社から九百四十万ドルを獲得した【注1】。半年後、新たな投資家四社を加え千五百万ドルに増やした。それでも足りない分は、ブラッドの自己資金でまかなった。二〇一三年一月一日までに、ブラッドはそれまでの貯えをすべてこれにつぎ込んでいた。

それと並行して人材探しも始めた。システム構築のためにソフトウェア開発者、ハードウェア技術者、ネットワーク・エンジニア、システム運用作業担当者、ウォール街に説明するセールスマンなどだ。ブラッドを知る人たちを説得するのには、何の苦労もしなかった。むしろ逆だ。ＲＢＣでともに働いていた行員のうち、尋常でない数の人たちが、自らのキャリアをブラッドに委ねようとした。数十人もが、どんな仕事でもいいからブラッドの新事業に参加したいと、それとなく伝えてきた。ブラッドはそれから、何とも奇妙な会話を繰り返すことになった。ウォール街の大手投資銀行で年俸数十万ドルをもらっているほうが、明確な計画も資金調達の当てもない自分の新事業に賭けるよりもずっといいと、彼らを説き伏せようとしたのだ。それでもブラッドを追ってきた者もいた。金の卵を産むガチョウと呼ばれたアレン・チャンは、RBCのコンピューター・コードを自分宛てに送ったためにクビになり、その足でブラッドのもとに駆けつけた。ビリー・ジャオは複雑な業務の自動化に成功し、銀行側がその業務にもう彼の手を借りる必要がなくなったとしてリストラされた。ジャオもメンバーに加わった。しかしブラッドは、自分の知り合いではなく、かつブラッドが知らないことについてよく知っている人間を必要としていた。とりわけ、超高速取引と証券取引所を深く理解している人材がほしかった。そして最初に見つけた人物は、ドン・ボラーマンだった。

【注1】最初に出資を決めた投資家のなかには、グリーンライト・キャピタル、キャピタル・グループ、ブランデス・インベストメント・パートナーズ、セネター・インベストメント・グループ、スコッギン・キャピタル・マネジメント、ベルファー・マネジメント、パーシング・スクエア、サード・ポイント・パートナーズがいる。

常に感情をコントロールしたいと思っていた男

ドン・ボラーマンについて誰もが気づくこと（必ずしもそう口に出すわけではないが）、それは自分の人生に驚かされたくないと、本人が痛切に思っていることだった。それに加えてドンはブロンクス育ちで、感傷はごめんだという雰囲気を身にまとっていた。煙草を吸うときはフィルターをはがして吸う。標準体重を四十キロ以上も上回り、同僚から運動や健康管理をするよう強く言われても取り合わなかった。「おれはどのみち早死にするんだ」とよく言っていた。自身の繊細な感情を、自身の身体と同じように、ほとんど価値のないもののように扱っていた。「多くのことは優しい心から作られるもんだ。おれはむしろ、自分一人で生きられないなら死んじまえってタイプの人間だ」とドンは言う。

驚かされる可能性を取り除くには、驚くようなことがないほうがいいというわけではない。どれほど驚くようなことが起こっても、自分の感情をコントロールしなくてはならないということだ。ドンがどれほど感情をうまくコントロールしたいと思っていたか、とりわけ手に負えない事態に遭遇したときの話から理解できる。

二〇〇一年九月十一日、ドンは世界貿易センターから五百メートルほど離れた、ブロードウェイ一〇〇のオフィスビルの十二階にある、設立されたばかりの小さな電子証券取引所で仕事をしていた。その日は午前七時に出社した。株式市場が開く前にドスンという音が耳に入ったが、ビルの上の階から聞こえたような気がした。「そのときは、重機の作業員が出した音だと思った。五分たったら、書類が空から降ってきた」。窓際に駆け寄ったドンと同僚たちは、オフィスのテレビで、飛行機が世界貿易センターのツインタワーの一つに突っ込んだというニュースを聞いた。「すぐ、攻撃されたんだと思った」。だからドンは、ほかの人たちほど、次に起きたことに驚かなかった。職場からはトリニティ教会墓地の向こう、アメリカン証券取引所の最上階の上に、まっすぐツインタワーが見えた。二機目が衝突した。「窓を通して顔面に熱を感じた。バーベキューグリルの蓋を開けたときに、思わず顔をうしろに引くだろう？　あんな感じだ」。ドンたちは、もしツインタワーが横倒しになったら、自分たちのところまで倒れてくるかどうか話していた。そのとき一つのタワーが倒壊した。「それを見て、おれたちは階段のほうに駆け出したんだ」。六階まで降りたときには、目の前にかざした自分の手が見えなかった。ビルの外に出て、人々が殺到する中、ドンは東へ向かった。黙々とたった一人で三番街まで行き、ハーレム川にかかる橋を渡り、ブロンクスのアパートまで三十キロ近く歩いた。その日からずっと心に残っているのは、ハーレムに着いたとき、女性たちが自宅の外で、フルーツジュースをふるまっていたことだ。「ジュースをのんだがむせちまった」とドンは言い、それからすぐに言い添えた。「まあ、ちょっとケツの穴が小さい感じもするが、それぐらいまいっていたということだ」

同時多発テロとそれに続く市場の激しい動揺のせいで、ドンの勤めていた新設の電子証券取引所はつぶれた。ドンはもともと、その取引所はどのみちつぶれるだろうと思っていた。ニューヨーク大学（NYU）に戻って学位を取得し、ナスダック証券取引所で職についた。ナスダックでの七年間、ドンは取引発生後に生じるあらゆることに対処してきたが、個々の仕事の能力よりはるかに重要だったのは、ドンが持つ総合的理解力だった。ローナンとシュウォールから見ても、ドン・ボラーマンは証券取引所の内部構造について、ふたりがそれまでに会った誰よりも詳しかった。ドンはナスダックの内部で起こったことほぼすべてに通じていた。うまくいかなかったことだけでなく、どうやって正しい状態にするかについても、ブラッドたちの理解を深めてくれた。

ものごとがうまくいかない原因は、ドンの考えによると、意外でもなければ複雑でもなかった。それは人間の本性と、インセンティブの力に関係があるという。超高速取引の台頭――それと市場で優位に立つ能力――によってBATSグローバル・マーケッツやダイレクト・エッジなどの新興の取引所にチャンスが生まれた。超高速取引業者に求められるもの（ほかよりも速いスピード。超高速取引業者だけが把握できる複雑さ。顧客の注文――超高速取引業者が罠を仕掛ける材料――に対するブローカーへの報酬）を与えることによって、新興の証券取引所が老舗の証券取引所から市場のシェアを盗んだのだ。ドンはNYSEについて語ることはできなかったが、ナスダックが超高速取引業者の望むものを授けて対応しているところを観察していた。その後、ナスダックは超高速取引業者に課金する方法も見つけ出した。「こればかりはどうしようもないと思った」とドンは言う。「とにかくスピードは上げたが、何のために使われているのか完全には理解していなかったと思う。おれたちはただ、新しいルールができたことで、人々が新しい経験をするようになり、そこから新しい要求とニーズが生まれたんだと思った」。二〇〇五年、ドンが入社して一年後に、ナスダックは公開会社になった。利益目標が設定され、取引所の性質上、短期の結果に重点を置いて意思決定や変更がなされるようになった。「企業国家アメリカ全体の目的が次の四半期の売上げになっているとき、未来を先取りした考えをするのは難しい。考え方が、『市場にとってよいことだろうか?』から、『市場にとって悪いことだろうか?』に変わった。それから『これは証券取引委員会（SEC）に通るだろうか?』というほうに傾いていった。不道徳であっても自分さえよければいいということだ」。二〇一一年の終わり、ドンが仕事を辞めたころ（ドンによれば、「あそこにはリーダーシップが欠けていると感じた」）、なんだかんだ言っても、ナスダックの収益の三分の二以上は超高速取引業者が稼いでいた。

ドンはそうした事態にショックを受けなかったし、それほど動揺もしなかった。ショックを受けたとしてもそれを表には出さなかっただろう。ウォール街の現実は、もともと情け容赦ないものだと、ドンは考えていた。ウォール街の人間がすることで、想像できないことなど何一つなかった。超高速トレーダーが投資家を食い物にしていること、しかも取引所とブローカーはそれに手を貸して報酬を得ていること、ドンはすべて承知していた。しかし道徳的な憤りを感じたり、独善的な見方をしたりしないようにしていた。「こう自分に問いかけるんだ。『サバンナで、ハイエナやハゲワシは悪者なのか？』って。サバンナでは死骸が大人気。それがどうした？　そいつらのせいじゃない。チャンスが目の前にあるんだ」。ドンの考えでは、人の本性を変えることはできない。しかし人間の本性が自ずと現れる環境を改めることはできるかもしれない。しかしそれは、ドンが信じたがっていたことにすぎないのかもしれない。「ドンは殺しのあとに、ときおり泣き叫ぶギャングみたいなんだ」と語るブラッドは、ドンこそまさに自分が必要としていた人物だと思っていた。ブラッドは独善的な人間や、自らを優れた道徳心の持ち主だとみなしている人間を求めてはいなかった。ブラッドは言う。「幻滅を感じたところで、何の役にも立たない。ぼくに必要なのは戦士なんだ」。そしてドンこそが戦士だった。

パズルマスター

ブラッドたちの新しい取引所には名前が必要だった。インベスターズ・エクスチェンジ（Investors Exchange）と呼ばれていたので、それを短くしてＩＥＸで落ち着いた【注2】。新取引所の目的は、ハイエナとハゲワシを絶滅させることではなく、もう少し控えめで、ハイエナとハゲワシが獲物を仕留める機会を取り除くことだった。そのためには金融の生態系《エコシステム》が獲物より捕食者に恩恵を与えている手口を見つけ出さなくてはならなかった。ここでパズルマスターの出番となる。

さかのぼって二〇〇八年、株式市場がブラックボックスと化して、その内部の働きが普通の人間には理解できなくなった年に、ブラッドはブラックボックスを開けて中身を理解するのを助けてくれる、テクノロジー分野で優れた才能をもつ人材を探し始めた。最初がロブ・パークだ。その後、ロブのときほど確信を持てないまま、ほかの人材も集めた。その一人が、二十歳のスタンフォード大学三年生ダン・アイゼン。RBCの山積みになっていた書類の山から、彼の履歴書を発見したのだ。ブラッドの目に飛び込んできた文字は「マイクロソフト　大学生パズル選手権の優勝者」とあった。これは毎年マイクロソフトが主催して、一年に一日、十時間かけて全米で行われる難問クイズマラソンで、何千人もの若き数学マニア、コンピューター・サイエンス好きの若者の人気を集めていた。アイゼンと友人三人は、二〇〇七年に千チームと競い合って完全優勝を果たした。このパズルはアイゼンによれば「暗号法と暗号と数独がごっちゃになったようなもの」だという。各パズルの解答が、ほかのパズルのヒントになっていて、このパズルをすらすら解くためには、数学や工学の技術だけではなく、ずば抜けたパターン認識能

【注2】意図を明確にするために、ブラッドたちはフルネームを残したいと思っていたが、ドメイン名を決める段になって、それでは差し障りがあることが判明した（Investorsexchange.com となる）。このような混乱を避けるため、別のドメイン名を作った。

力が求められた。「機械的に解く技術が求められる要素もあれば、ひらめきが求められる要素もある」とアイゼンは言う。ブラッドはアイゼンに、仕事とともにパズルマスターというニックネームも授けた。RBCのトレーダーたちはすぐにこれを短くして、パズと呼ぶようになった。パズはソーの開発に関わった一人だった。

パズルを解く彼の特別な能力は、突然、それまで以上に仕事との関わりが深くなった。新しい証券取引所を創ることは、カジノを創ることと少しばかり似ている。創設者は常連客に食い物にされないよう、万全を期さなくてはならない。最悪の場合でも、食い物にしようとする現場を監視できるように（カジノがブラックジャックのテーブルで、〝カードカウンティング〟を監視しているように）、システムがどのように食い物にされる可能性があるか、きちんと把握しておく必要がある。「システムを構築しているなら、そのシステムをつけこまれやすいものにはしたくないと思うはずだ」とパズは言う。困ったことに、証券取引所は――公設であれ私設であれ――救いようがないほどつけこまれやすく、しかも実際につけこまれてきた。最初は小規模なプロップ・ショップ（自己売買取引業者）の頭の切れる連中に、続いてウォール街大手投資銀行の自己勘定トレーダーたちに。そこが問題だ。パズはそう思っていた。裏も表も知り尽くしたトレーダーにしてみれば、株式市場は資本を生産的事業に投じる仕組みではなく、解くべきパズルなのだった。「投資はシステムにつけこむことが目的であってはならない。別のことが目的であるべきなんだ」というのがパズの主張である。

食い物にされない証券取引所を構築する最も簡単な方法は、食い物にする腕がある連中を雇い入れて、取引所の構築に全力を尽くしてもらうことだった。ブラッドはパズルの全米チャンピオンをほかに知らなかったが、パズはもちろん知っていた。パズが最初に紹介したのは、スタンフォード大学時代にチームを組んだフランシス・チャンだった。チャンは超高速取引業者でトレーダーとして働いていたが、仕事が好きではなかった。ブラッドはチャンに採用面接を受けるよう誘った。フランシスは姿を見せて——ただその場に座っていた。

ブラッドはテーブル越しに相手をじっと見つめた。丸顔の若者は、内気で優しい人柄だったが、基本的に会話に乗り気ではなかった。

「どうしてパズルが得意なんだい？」とブラッドが尋ねた。フランシスはしばらく考えた。

「自分がどのくらい得意なのか、よくわかりません」。フランシスが答えた。

「全米のパズル選手権で優勝したじゃないか！」

フランシスはさらに考えを巡らせた。

「ええ、そのようですね」

ブラッドは多くの科学技術者たちとこんな面接をしてきたが、その場でスキルを判断することはできなかった。彼らが本当に使えるコードを書けるかどうか見きわめる役割は、ロブに任せていた。ブラッドとしては、彼らの人柄を知りたかった。ブラッドはこに、確かめるようにう言う。「ぼくはただ彼らが、ここでうまくやっていけないタイプか、確かめるようにしていた。そういう連中はだいたい、自分の経験について語るときや話題なんかが、すごく自己中心的だからわかるんです。『自分の功績は十分に認められていない』とか『わたしは蔑《ないがし》ろにされている』とか、自分に関することばかり。そういう人は肩書や本来重要ではないことにこだわりすぎる。ほかの人たちとどんなふうに仕事をするのか、ぼくは見きわめるように努めている。知らないことに直面したら、どのように対処するのか。スポンジみたいに知識を吸収する人を求めているんです」。ブラッドはフランシスに関しては見当もつかなかった。どんな質問をしても、奥歯に物が挟まったような返事しか得られなかったのだ。何でもいいから、フランシスから何かを引き出そうと業を煮やしたブラッドは、ついにこんな質問を投げかけた。「よし、じゃあ教えてくれ。きみの趣味は？」。フランシスは考えを巡らせた。

「ダンスが好きです」。そう言ったきり、すっかり押し黙ってしまった。

フランシスが去ったあと、ブラッドはパズをつかまえて問いただした。「あの男で本当に大丈夫なのか？」

「保証するよ」とパズは請け合った。

およそ六週間が過ぎたころ、フランシスはようやく言いたいことを気楽に言えるようになった。ひとたびそうなると、今度は口を閉じようとはしなかった。その後、取引所のルールすべてを、コンピューターが実行できるように順を追ったインストラクションに翻訳したのはフランシスだった。彼一人だけが、新たな取引所のロジック全体を頭に入れていたのだ。フランシスは誰よりも熱心に、本人の言葉によれば、「つけこまれる余地がないほどシステムをシンプルにする」ために闘った。そのうえフランシスは、ドン・ボラーマンから壊し屋《スポイラー》というあだ名をつけられた。というのも、ほかの人たちが何かを解明したと思うたびに、フランシスが口を出してきて、そのロジックの穴を指摘するからだ。「あの若造が問題を攻略するレベルは、ほかのやつらと段違いだった」とドンは言う。「誰の理論を台無しにしようが、そもそもあいつにとってはどうでもいいんだ――自分自身の理論だってそうさ」

パズルマスターに関してただ一つ問題だったのは、パズとフランシスの二人とも証券取引所内で仕事をした経験がないという点だった。ボラーマンはナスダックからコンスタンティン・ソコロフという男を引き抜いていた。彼はナスダックでマッチング・エンジンの構築に携わっていた。「パズルマスターには指南役が必要だった。その役目にコンスタンティンがぴったりだったんです」とブラッドは言う。コンスタンティンもロシア出身で、ボルガ川沿いの小さな町で生まれ育った。こんなに大勢のロシア人が超高速取引の仕事に就いている理由について、彼には持論があった。旧ソ連の教育制度《システム》は、国民を人文科学から引き離して数学や科学に向かわせた。またおかしな話だが、旧ソ連の文化を身につけた国民は、なぜか二十一世紀初頭のウォール街の文化になじむ下地ができていた。旧ソ連の統制経済は悲惨で複雑だったが、抜け穴だらけだった。あらゆるものが不足していたが、入手方法を知ってさえいれば、あらゆるものが入手可能でもあった。「そんなシステムが七十年も続いていたんだ」と、コンスタンティンは説明した。「人はやがてシステムをすり抜けるようになる。システムをすり抜ける方法を知るタイプの人々を育成するほど、それに磨きをかけた方法を知る人々が増えることになる。七十年間続いたソ連の産物は、システムをすり抜けることに熟達した人々だった」。だからロシア出身者は、コンピューターでもアメリカの金融市場でも、巨大な潮流に乗るのは得意だったのだ。ベルリンの壁の崩壊後、大勢のロシア人がさして英語もできないままアメリカに逃れた。地元の人たちに溶け込まずに生計を立てる方法の一つが、コンピューターのプログラミングだった。「ぼくの知っている人のなかにも、それまでコンピューターのプログラミングなんかしたことなかったのに、アメリカに来てから、コンピューター・プログラマーだと名乗ってる人がいる」と、コンスタンティンは明かした。またロシア人は、アメリカの証券取引所にあけられた穴を、それが意図的にあけられたものでなかったとしても、ほとんどの人より早く見つけられるのだ。そのロシア人を育てた両親、そしてそのまた両親も、システムの欠陥には、ためらわずつけこむように教えられて育ったからだ。

パズルマスターの役割は、新たな証券取引所にパズルの性質が含まれないようにすることだった。つまり取引所の歯車の内部に〝解かれる〟可能性のある問題が存在しないようにすることだ。ブラッドたちは手始めに、既存の証券取引所の特徴を列挙して、厳しい批判を加えた。既存の証券取引所には、たしかに悪行を助長する側面があった。たとえば報奨金の問題。手数料と報奨金が発生するメイカー・テイカー・システムは全取引所で採用されているが、ウォール街の大手投資銀行に金を払って、本来ならその利益を守るべき投資家から金を巻き上げさせる方法にすぎなかった。報奨金は超高速トレーダーによって、一瞬の罠に仕掛けられた餌だったのだ。罠の可動部は注文の形式にあたる。〝成行《なりゆき》注文〟や〝指値《さしね》注文〟といった形式は、株式の売買注文を出す人が、市場に参加してからもある程度、注文をコントロールできるように存在している【注3】。このような形式が存在するのは、投資家が取引所で実際に指示できないという事実があるためだ。もう一つの理由は、それほどわかりやすいものではないが、株式の売買注文を

【注3】成行注文は、最も簡単な形式だ。たとえばある投資家がP&G株を百株買いたいと考えている。注文を出したとき、気配値は八〇——八〇・〇二ドルだった。このとき成行注文を出せば、一株あたり八〇・〇二ドル払うことになる。しかしこの注文法にはリスクがともなう。注文を出してからそれが市場に届くまでの間に、価格が変動することがあるからだ。フラッシュ・クラッシュがその顕著な例となった。P&G株を一株あたり十万ドルで買って、一セントで売るという事態が発生したのだ。成行注文のリスクを抑えるために指値注文が生み出された。P&G株の買い手は、たとえば「百株を一株あたり八〇・〇三ドルで買う」と指定できる。これにより買い手は一株あたり十万ドル払うことはなくなるが、チャンスを逃す場合もある。希望価格にならず、株をまったく購入できないおそれがある。もう一つ簡単で長く用いられている注文形式が、〝グッド・ティル・キャンセルド注文〟（GTC注文）だ。P&G株を百株、八〇ドルで買いたい場合、〝グッド・ティル・キャンセルド注文〟（GTC注文）なら、取引が成立するかキャンセルするまで、指値のままで特に考える必要がないというものだ。

出す人が、一度の簡単な指示の中に、ほかのさまざまな細かい指示を埋め込むためでもある。

従来の注文形式は、わかりやすくて端的で、たいていは理に適ったものだった。超高速取引の急増にともなって登場した新しい注文形式は、細かい部分も、その考え方も、従来の注文とはまるで異なっている。二〇一二年の夏に、パズルマスターの二人が、ブラッドやドン、ローナン、ロブ、シュウォールとともに、この件について検討するため一室に集まったときには、おそらく百五十種類の注文形式があった。それぞれの形式の目的は何なのだろうか？ どのように利用されているのだろうか？ ニューヨーク証券取引所が編み出したのは、トレーダーと逆の注文が、トレーダー自身の注文よりも小さい場合にかぎり取引する、という形式だった。目的はどうやら超高速トレーダーが、巨額の売りで市場を暴落させそうな投資家から、わずかしか株式を購入しないことを防ぐのが狙いらしかった。ダイレクト・エッジが編み出した形式は、誰かがその注文に応じようとしたとたんに、超高速取引業者がその注文の半分を取り消すことを認めるというものだった。そこにはさらに複雑な理由が絡んでいる。そしてすべての取引所が、ポストオンリー注文という方法を設けていた。たとえばポストオンリー注文でＰ＆Ｇの株式百株を一株八〇ドルで買うということは「Ｐ＆Ｇの株式百株を一株八〇ドルで買いたい。ただし自分が、取引所から報奨金を受け取る、取引のパッシブサイドにいる場合のみにかぎる」という意味になる。まるでこれだけでは奇天烈さが足りないとでもいうように、ポストオンリー注文には、さらに多くのいかがわしい組み合わせが生じた。その一つがハイド・ノット・スライド注文だ。この場合は、超高速トレーダーが（ほかに利用する者などいないだろう）「P&Gの株式百株を、一株あたり八〇・〇三ドルで、ポストオンリー、ハイド・ノット・スライドで買いたい」と注文する。パズルマスターに喜びをもたらすもの、それは意味不明な事柄の意味を突き止めることだった。一つの注文形式でも、SECに提出された説明文は二十ページに及ぶことも珍しくなく、その文章自体がもはやパズルだった。英語とは似ても似つかぬ言語で記され、読もうとする者を困惑させるかのようにつくられていた。「ぼくは自分のことを市場構造の専門家だとみなしていました。でもそれがどういう意味なのか理解するには、そばで説明してくれるパズルマスターが必要だったんです」

ハイド・ノット・スライド注文は、パズルマスターが解明した五十ほどの問題のひとつで、その仕組みは次の通りだ。トレーダーは、現在の売り気配（八〇・〇二ドル）よりも〝高値〟（八〇・〇三ドル）でなら買う。ただしそれは自分が報奨金を受け取れる、パッシブサイドにいる場合のみだ。トレーダーがそんなことをする理由は、その株式を購入したいからではない。実際の買い手――資本を生産的な事業に投じる、本物の投資家――が現れて、八〇・〇二ドルで売りに出されている株式すべて買う場合に備えているのだ。これで、超高速トレーダーの出したハイド・ノット・スライド注文は、次に投資家が現れてP&G株の売り注文を出した場合に、購入待ちの順番の最前列を確保できる。これは、すでに八〇・〇二ドルでP&G株を購入した投資家が、それ以上の値で購入したいという意向を示した場合でもそうだ。ハイド・ノット・スライド注文は、超高速トレーダーが列に割り込み、最前列にいる人に支払われることになっている報奨金を受け取る手口なのだ。

パズルマスターは何日もかけて、数多くの注文形式と格闘した。すべての形式には一つの共通点があった。投資家を犠牲にして超高速取引業者が有利になるように作られているということだ。「ぼくらはいつも『取引したいなら、なぜこの注文を出しているのだろう?』と問いかけていました。注文形式の大半は、取引〝しない〟ように、少なくとも取引を思いとどまらせようとする意図を感じました。一つ一つを白日のもとにさらすたびに、実際に取引目的で市場に参加している人にとって不利な点が見つかるんです」とブラッドは言う。これらの注文は取引所の中枢に、超高速取引業者以外の全員を犠牲にして、彼らの利益を生むシステムを埋め込むためにつくられたものだった。超高速トレーダーたちは、株式市場の投資家がどのような行動に出ようとしているのかについて、情報を手に入れたいと考えた。しかも、金をかけず、リスクも冒さずに。アメリカ株式市場で、超高速取引業者の取引量が占める割合は半分にすぎないのに、発注数で占める割合が九九パーセント以上にのぼるのも、それが理由だ。そもそも彼らの注文は、一般投資家についての情報を得るためのツールだった。「パズルマスターのおかげで、取引所がどこまで、超高速取引業者のためにやろうとしているかがわかりました」とブラッドは語った。

捕食者の三つの手口

パズルマスターは当初そんなふうに考えていなかったかもしれないが、投資家の安全を守る取引所を考案するにあたっては、超高速トレーダーが獲物をつけ狙う手口の研究にも取り組んだ。注文形式を検討するうちに、二人は株式市場における捕食行動をどう分類すればいいかもわかってきた。大まかに言って、おぞましいほど不公平で、膨大な量の取引につながる活動は、三つに分けられるようだった。一つ目は〝電子フロントランニング〟。投資家がある場所で行動を起こそうとしたら、その投資家と次の場所まで競争するのだ（ブラッドがRBCで取引しているときに起きたことだ）。二つ目は〝報奨金さや取り〟。複雑になった制度を利用して、取引所が払う報奨金を抜け目なく獲得する。報奨金は市場に流動性を呼び込むように設けられたはずだが、実際にそれを市場に提供することもしない。三つ目はおそらく最も広く行なわれている手口で、〝スローマーケットさや取り〟である。これが発生するのは、ある株価が変動するところを見て、取引所が反応するよりも前に、超高速トレーダーがすかさずほかの市場に出ているその株式を取得することができた場合だ。たとえばP&Gの気配値が八〇ドル──八〇・〇一ドルで、すべての市場で売り手と買い手が取引の売買両サイドに存在したとする。大ロの売り手がＮＹＳＥに現れて、気配値は七九・九八ドル——七九・九九ドルに下がる。超高速トレーダーはＮＹＳＥで七九・九九ドルで買い、相場が公式に変動する前に、その他すべての取引所で八〇ドルで売る。これが毎日、一日じゅう行なわれ、ほかの戦略で生み出される総額よりも、さらに年間何十億ドルも多く生み出されるようになった。

これら三つの捕食行動はすべてスピード頼みなので、形式の検討を終えたあと、パズルマスターたちはスピードに目を向けた。ブラッドたちはどの一ドルにも等しい機会がある、安全な場所を作ろうとしていた。どうすればそんなことができるのだろうか？　市場のひと握りの連中が、ほかの人より常に速く行動できる状況なのに。どう考えても、自分たちの取引所だけが超高速トレーダーの参入を禁止するわけにはいかない。あらゆるブローカー・ディーラーが、公平にアクセスできる場所でなければならないのだ。それに害をなすのは超高速取引そのものではなく、彼らの捕食行為だった。超高速トレーダーを排除する必要はない。必要とされるのは、スピードと複雑さから生じる、不公平な特権を排除することだけだった。ロブ・パークが本質を突いた発言をしている。「ある人が、ほかの誰よりも早く何かを知ることができる。その人は優位に立っている。優位な立場を排除するのは不可能だ。いつでも最初に情報を入手する人はいるのだから。そしていつも情報を最後に入手する人もいる。それは避けられない。かろうじてコントロールできるのは、超高速取引業者が利益を確定させるために、どこまで動けるかということだけだ」

最初の一歩は間違いなく、超高速トレーダーがほかの取引所でしてきた行為を禁じることだった。つまり取引所内にコロケーションを設けること、取引所の動きについて誰よりも早く情報を手に入れることだ【注４】。確かにそれは問題解決の一助にはなるが、完全に解決できるわけではなかった。超高速トレーダーはどの取引所でも、常に誰よりも速く情報を処理し、それを誰よりも速くほかの取引所で利用していた。ブラッドたちの新しい取引所は、自ら取引を執行することも、自ら執行できない注文をほかの取引所に回すこともできなければならない。そこでは大口注文と大規模な取引を促し、超高速取引業者を間に入れずに、大量の売り注文のある誠実な投資家が、大量の買い注文のある誠実な投資家と出会えるようにしたい。パズルマスターはそう考えた。たとえば大手年金基金がＰ＆Ｇ株を百万株買おうとＩＥＸに来たものの、十万株しか売りに出されていなかったら、その情報は超高速トレーダーにさらされ、Ｐ＆Ｇ株の需要が満たされて

【注４】取引所に近い場所を獲得して短縮したマイクロ秒の価値から、取引所から人間が姿を消したあとに、なぜか取引所が拡大した理由が透けて見えた。証券取引所が丸ごと、何千人ものトレーダーを収容できるフロアから、一個のブラックボックスに収まるのだから、取引所の建物の規模は縮小してもいいのではないかと思われるかもしれない。しかしよく考えてみてほしい。ウォール街とブロード街の角にある従来のニューヨーク証券取引所の面積は、およそ四千三百平方メートル、マファアにあるＮＹＳＥデータセンター、つまり取引所の収容所は、およそ三万七千平方メートルだ。ブラックボックス周辺の空間の価値はきわめて大きいため、取引所はその空間を売るために、膨大な空間を取り込んで拡張した。ＩＥＸは幸いにも、子ども用遊具のプレイハウスほどのスペースで役目を果たすことができた。

いないと気づかれることになる。パズルマスターは、どの超高速取引業者よりも先に、ほかの取引所でこのP&G株の買い注文の情報を伝えることができるようにしたいと考えていた。

ブラッドたちは、スピードの問題を解決する方法を考えるために、あらゆるアイディアを受け入れた。「何人かの大学教授と、定期的に連絡をとっていました」とブラッドは明かした。たとえばある教授は〝ランダム遅延〟を提案した。新取引所に送られてきた注文すべてに、市場に入るまでの時間を無作為に遅らせるという方法だ。ある超高速トレーダーが、大口の買い手をあぶり出すためだけに百株の売り注文を出しても、取引所に到着するのが遅れれば意味がなくなるはずだ。注文は宝くじと同じく運任せということになる。しかしパズルマスターはただちにこの問題点を見抜いた。頭のいい業者なら、大量の宝くじを購入するだろう。そうすれば百株の売り注文が大口の買い注文とぶつかるチャンスは高まる。「市場に注文をあふれさせるだけだ」と、フランシス。「結局、そのたびに取引が大幅に増えることになる」

最初に大まかな構想を示したのはブラッドだった。誰もかれも、できるだけ取引所の近くに入り込もうとしている。そういう連中をできるだけ遠ざけることはできないか？ ぼくらは遠くへ行く。しかも誰も側に近寄らせない。取引所をつくるときは、規制当局がどこまで許容するか考えなければならない。自分たちの望むことすべてを実行に移せるわけではないのだ。ブラッドは当局がどのようなことまで承認しているか、ずっと注視してきた。ニューヨーク証券取引所がマフアで奇妙なことをして、それをSECが承認したことには特別な関心を寄せた。ニューヨーク証券取引所はへんぴなところに敷地面積二万七千平方メートルを超える要塞を建てて、自社のマッチング・エンジンへのアクセス権を超高速トレーダーに売る予定だった。ところが彼らがこの計画を発表したとたん、超高速取引業者が要塞周辺の土地を買い占めるようになった。NYSEのマッチング・エンジンの近くにいながら、NYSEにその特権代を払わずにすまそうというわけだ。これに対してNYSEはSECをなんとか説き伏せて、自分たちに都合のいい規則を作ることを認めさせた。投資銀行、ブローカー、超高速取引業者、なんであれ要塞内部の（高額な）空間を購入しない者については、次の二つのいずれかを通さなければ、NYSEへの接続を認めないというものだ。その二つとは、ニュージャージー州ニューアークとマンハッタンだ。そこからマフアまで信号を伝送するのにかかる時間は、超高速取引業者の戦略を根底からくつがえすほど長い。そのため投資銀行もブローカーも超高速取引業者も、要塞内の空間をNYSEから購入せざるをえなくなった。ブラッドはそのとき思った。超高速トレーダーのコンピューターを同じ建物内に設置する権利を売る代わりに、超高速取引業者の戦略を、根底からくつがえす距離を生み出してはどうか？「前例はあったんです。NYSEに同じことを許したんだから。規制当局から『貴社はコロケーションを受け入れるべし』と言われないかぎり、IEXがコロケーションを禁止するのを認めるしかありません」とブラッドは言った。

ブラッドの案は、売り手と買い手をつけあわせるコンピューター（マッチング・エンジン）を、トレーダーがIEXに接続する場所（〝存在点〟と呼ばれる）から、ある程度の距離を置いて設置し、取引を希望する場合は、一律にこの点に接続しなければならないというものだった。市場への参加者すべてを取引所から遠い場所に追いやれば、スピードが生み出す強みのほとんど、もしかするとすべてを排除できるかもしれない。IEXのマッチング・エンジンは、ニュージャージー州ウィーホーケンに設置されることがわかっていた（データセンターの安価な空間を与えられた）。あとは存在点をどこに定めるかだ。「ネブラスカにしよう」と誰かが言った。しかしそうなると銀行は、オマハに人を派遣しなければならなくなる。ただでさえ乗り気でないウォール街の投資銀行を、自分たちの市場に接続させるのが、さらに難しくなるのはみんなわかっていた。ところが実のところ、誰もネブラスカ州に行く必要はなかった。IEXからすれば、顧客の買い注文の一部を執行したら、超高速取引業者との競争を制し、市場にあるほかの株についても同じ価格で買えるよう、市場にたどり着くまでの時間を稼げればよかったのだ。つまり電子フロントランニングを防ぐことができるだけの時間だ。さらにほかの取引所で株価が変動するたびに、その変動を処理して、気配値を動かせるだけの時間だ。リッチ・ゲイツがウォール街の大手投資銀行が運営するダークプールで金を巻き上げられていることを確かめる実験をしたとき、狙い撃ちされたような事態を招かないためだ（つまり、〝スローマーケットさや取り〟を防ぐため）。そのために必要な遅延は三百二十マイクロ秒だとわかった。これはIEXから最も離れているマファのNYSEに、信号を伝送するのにかかる最長時間だった。念には念を入れて、彼らは三百五十マイクロ秒という時間を設定した。

新取引所では、確認できる捕食者の食料源もすべて断ち切った。ブラッドがトレーダー時代カモにされていたのは、BATSグローバル・マーケッツに送った注文から超高速取引業者に意図を察知され、ほかの取引所で先回りされていたからだ。ニュージャージーを通る光ファイバーの経路は、ローナンが吟味して、IEXからほかの取引所に送られる注文がきっかり同じ時間に到着するように選んだ（ローナンはこうして、ソーソフトウェアで成し遂げたことを、今回はハードウェアで成し遂げた）。リッチ・ゲイツがウォール街のダークプールで狙い撃ちされたのは、ダークプールがゲイツの注文に対して、価格を付け直すほど、迅速に動けなかったからだ。ダークプールは値付けに時間がかかるため、超高速トレーダー（あるいはウォール街の投資銀行のトレーダー）がダークプール内部の注文を食い物にすることができた。しかも合法的にだ。自分たちの取引所でこの事態を防ぐためには、IEXは、どの取引所よりもすばやく動くことが必要だった（IEXの取引すべてのスピードを落とすと同時に、自分たちはスピードを上げる）。

ほかの取引所の価格を〝見る〟ために、IEXはSIPやSIPの不正な改良版を利用するのではなく、自分たち専用の、株式市場の全体図を作り上げた。ローナンはウィーホーケンにあるIEXのコンピューターからその他すべての取引所までの道筋を決めるために、ニュージャージーをくまなく調べたところ、何千もあることがわかった。「うちは一番速い地下経路を選んだ」と、ローナン。「うちが利用した光ファイバーは全部、超高速取引業者が自分たちのために作ったものだった。一〇〇パーセント、そうだった」。三百五十マイクロ秒遅らせたことは、徒競走で一人だけ先にスタートするような効果があった。これでIEXが最速の超高速トレーダーよりも先に、広い市場を眺めて反応できる。つまり投資家の注文が悪用される事態を食い止められるようになった。また超高速トレーダーが、誰よりも速くIEXに発注する事態も食い止められた。

三百五十マイクロ秒だけ遅らせるためには、ブローカーが新取引所への接続を認められている場所から、およそ六十キロの距離をとる必要がある。これが問題だった。取引所をウィーホーケンに設置する契約を好条件で結んだあと、もうひとつ、存在点をニュージャージー州シーコーカスにデータセンターをつくることを勧められた。二つのデータセンターは二十キロも離れていなかったうえに、ほかの証券取引所や超高速トレーダーですでに混み合っていた(「虎穴に乗り込むってところだな」とはローナンの弁だ)。そのとき絶妙のアイディアが、超高速取引業者から転職してきたばかりのジェームズ・ケープという社員から出された。光ファイバーをぐるぐる巻きにしたらどうだ？　二か所をまっすぐつなげるのではなく、長さ六十キロの光ファイバーを巻いて靴箱ほどの大きさの容器に詰め込み、距離をかせいで同じ効果を生み出すのだ。ブラッドたちはこの案を実行した。IEXとそこで取引するすべてのプレーヤーに流れる情報は、魔法の靴箱の中で、何千回も小さな円を描いてぐるぐると回ることになった。超高速トレーダーから見ると、情報がニューヨークのウェストバビロンに消えてしまったかのように思えただろう。

公平性を生み出す方法は、ごく単純だった。IEXはどんなトレーダーや投資家にも、取引所の隣にコンピューターを設置する権利や、取引所のデータに特別にアクセスできる権利を売ろうとしなかった。IEXに注文を出すブローカーや投資銀行に、報奨金を払うことは一切せずに、取引の両サイドに同額の手数料を課した。その額は一株あたり〇・〇九セント（九〝ミル〟）だった。IEXでは、成行注文、指値注文、ミッドペグ注文の三つの注文形式しか認めていない。ミッドペグ注文とは、どんな株式でも、投資家の注文が現在の買い気配と売り気配の中間の価格に留まるというものだ。たとえばP&Gの気配値が、IEXより大きな市場で八〇ドル――八〇・〇二ドルだった場合、ミッドペグ注文は必ず八〇・〇一ドルで取引する。「まあ公正な価格と言えるだろう」とブラッドは言った。

そして最後になるが、ブラッドたちは自分たちのインセンティブができるかぎり株式市場の投資家と一致するように、取引所と直接取引ができる者に対して、IEXの所有権を一切認めなかった。取引所のオーナーはすべて一般投資家で、彼らは注文をまずブローカーに送るしかない。

このような形の新しい証券取引所には、アメリカ株式市場の内部の仕組み、さらに金融システム全体に関する、ありとあらゆる新情報がもたらされるはずだ。たとえばそこでは超高速トレーダーを禁ずるのではなく歓迎していた。もし超高速トレーダーが金融市場で得難い働きをしているのならば、不公平な強みが取り除かれた状態で、その働きを続けるべきだ。ブラッドたちの新証券取引所が営業を開始すれば、超高速取引業者の活動がどれほど役立つものなのか、この取引所、つまり捕食が不可能な場所で、彼らの行動を観察すれば理解できるはずだ。パズルマスターが唯一わからなかったのは、市場におけるありとあらゆる形態の捕食行為を、設計段階で把握していたかどうかだった。何か見逃していなかっただろうか。それだけは、彼らですらわからなかった。

投資家の注文情報を無価値にする

隠し通路や秘密の抜け穴が満載の市場では、ひと握りの人間がその他すべての人たちを食い物にすることができた。その他すべての人たちは、そのゲームがひと握りの人間のために作られていたことを理解すらしていなかった。ブラッドが言うように「これはカジノ経営みたいなものです。ほら、大勢のプレーヤーを引きつけるためには、まず何人かのプレーヤーに来てもらわなくてはならないでしょう。数人のプレーヤーを招いてテキサス・ホールデムを始めるとき、カードにはジャックもクイーンも入っていないことを、彼らには告げておく。けれどもあとから参加するプレーヤーには、それを知らせないと言っておくんです。どうやってカジノに大勢の人を呼び込むか？　ブローカーに金を払って連れてきてもらうんです」。二〇一三年の夏を迎えるころには、世界の金融システムは、一般投資家と超高速トレーダーとの衝突が最大になる仕組みが構築されていた。犠牲になるのはいつも一般投資家で、利益を得るのはいつも超高速トレーダー、ウォール街の投資銀行、オンライン証券会社だ。そのような衝突を取り囲むようにして、一つの生態系が発生していた。

ブラッドはこの生態系の性質について、直接の体験談を多く耳にしていた。一つはクリス・ネイギーという、二〇一二年までＴＤアメリトレードというオンライン証券会社で注文を執行する権利、いわゆるオーダーフローの販売を担当していた男性から聞いた話だ。彼は毎年、ＴＤアメリトレードの拠点のあるオマハまでやって来る、投資銀行や超高速取引業者の社員との交渉を行なっていた。「契約はほとんど握手契約、いわば口約束です」とネイギーは明かした。「一緒にディナーに行ってステーキでも食べて、『わが社は一株あたり二セント払いますよ。万事うまくいきます』。これで終わりです」。交渉は必ず、直接顔を合わせて行なわれる。それは関係者が証拠となる書類を残したくないからだ。さらに続けた。「オーダーフローの支払いは、できるかぎりオフレコにします」。ネイギーは「メールや電話も絶対に使いません。飛行機でこっちまで会いに来てもらうしかありませんでした」。ＴＤアメリトレード側は、一株あたりいくら得ているのかは公表しなければならなかったが、総額を公表する必要はなかったので、その額は損益計算書の〝雑収入〟の項目の中に埋もれていた。「だから入ってくる金額はわかっても、その詳細はわからないんです」

オーダーフローの販売に携わっていたころ、ネイギーは二つのことに気づいた。それについてブラッドとそのチームに語ったのは、IEXという風変わりな新顔についての話がたえず聞こえてくる理由を突き止めるために、ブラッドたちのもとを訪れていたときだった。一つ目は、RegNMSによって市場が複雑になり――つまり、株式市場や超高速取引の急増――株式市場における顧客の注文の価値が高まったことだ。「わが社のオーダーフローの価値は、少なく見積もっても三倍になりましたよ」とネイギーは言った。もう一つ、オンライン証券会社すべてが、販売しているものの価値を認識しているわけではないことも、すぐにわかった。TDアメリトレードが顧客の注文を執行する権利を超高速取引業者に売るときは、年間数億ドルの値がついた。大手のチャールズ・シュワブのオーダーフローは、TDアメリトレードよりさらに価値が高かったが、二〇〇五年、UBSと八年契約を結び、わずか二億八千五百万ドルで販売した（UBSは超高速取引業者のシタデルに、額は明かされていないが、シュワブの取引の執行料を課した）。「シュワブは少なくとも十億ドルを取り損ないましたね」。ネイギーから見たところ、顧客の注文を売っている連中の多くは、そこに含まれている情報の価値をまったくわかっていなかった。ネイギーでさえも確信が持てなかった。それを知るには、超高速トレーダーが鈍足の個人投資家に不利になる取引をすることで、どのくらい稼いでいるか突き止めるしかない。「わたしは何年にもわたって『どのくらいの利益が超高速取引で上げられているのか』突き止めようとしてきました」とネイギー。「マーケットメイカーは、自分たちの業績を教えたがらないものなんです」。ネイギーが知っていたのは、超高速トレーダーにとっては、単なる株式の販売など赤子の手をひねるようなものだということだ。「誰のオーダーフローが最も価値があるか。それはあなたやわたしのものです。わたしたちにはブラックボックスがありませんからね。アルゴリズムもありません。わたしたちの取引価格は、市場に遅れているんです。まるまる一秒もね」【注5】

超高速トレーダーは注文を出すのに時間がかかる一般投資家と、できるだけ多く取引しようとした。そんなことが可能だったのは、投資家側が自分たちに何が起きているのか、まったくわかっていなかったからであり、たとえ大手の世慣れした投資家であっても、自分が出した注文をコントロールする力がなかったからだ。たとえば投資会社のフィデリティ・インベストメンツが、大口注文をバンク・オブ・アメリカに送ると、同行はその注文を自分の注文のように扱い、フィデリティではなく自分たちがその注文につ

【注5】二〇〇八年にシタデルは、信用危機で苦境に陥っていたオンライン証券会社のEトレードの株式を取得した。契約にはEトレードが顧客注文の一定の割合をシタデルに回送することが定められていた。同時にEトレードは、のちにG1エグゼキューション・サービス部門と呼ばれる、超高速取引部門を社内に創設して、顧客注文の価値を不当に利用した。シタデルの創業者兼CEOのケネス・グリフィンは激怒し、顧客の注文を適切に執行していないとしてEトレードを公然と非難した。

いての情報の所有者であるかのように振る舞った。個人の投資家がオンライン証券で株を購入する場合も、同じことが起こった。パソコンの画面で購入ボタンを押した瞬間、取引は投資家の手を離れ、その注文の意図に関する情報は、事実上、EトレードやTDアメリトレード、シュワブなどのものになった。

しかし注文全体の七〇パーセントをコントロールする、ウォール街大手投資銀行九行の役割は、TDアメリトレードの役割より、さらにややこしかった。ウォール街の投資銀行は、注文やその注文に付随する情報の価値だけではなく、注文が執行される可能性のあるダークプールもコントロールするからだ。銀行はさまざまなアプローチで、顧客の注文が持つ価値を搾り取った。どこも、まずは自行のダークプールに注文を送り、その後、外部の広い市場に回すことが多かった。ダークプール内では自分たちで注文をつけあわせることができるし、そこへの特別なアクセス権を超高速トレーダーに売ることもできる。どちらにしても、顧客の注文の価値が、ウォール街の大手投資銀行による、ウォール街の大手投資銀行のための通貨となっていたのだ。自行のダークプールで売買注文を執行できない場合、銀行はその注文をいちばん高い報奨金を払う取引所に送っていた。しかしその報奨金は、超高速取引の罠におびきよせる餌にすぎないというのだ。パズルマスターたちの言うとおり、スピードが有利にならない構造をIEXで実現できれば、注文情報が持つ価値をゼロにすることができる。この新取引所では注文に付随する情報が役立たず、つまり悪用されることはない。それが知られるようになれば、ほかの場所で注文執行の権利を得るために金を払おうとは、誰も思わなくなるだろう。ウォール街の大手投資銀行とオンライン証券会社は、顧客から注文をＩＥＸに回してほしいと委託されたら、何十億ドルもの収入を捨てることになる。つまり戦いが起こるのは必至だと、関係者は誰もが理解していた。

ガラス張りの取引所

二〇一三年夏のある日の午後、取引所の営業開始予定の数カ月前に、ブラッドはミーティングを招集した。その日のテーマは、どうすればウォール街の大手投資銀行に、監視されていると気づかせることができるか。ＩＥＸはさらに資金を集めて人を雇い入れ、セブン・ワールドトレードセンターの三十階にある、以前より大きなオフィスに移っていた。ただ会議用の独立したスペースはまだなかったので、大きな部屋のすみに集まった。ホワイトボードと向き合う窓からは、9・11メモリアルが一望できる。ドンとローナン、シュウォール、ロブ・パークは窓に寄りかかり、ブラッドはホワイトボードの前に立って、専用のマーカーを箱から取り出す。二十人ほどのほかの社員たちは、オフィスの自分の席についたまま、彼らの声が聞こえないふりをしていた。

そのとき、マット・トルドーが現れて、ミーティングに加わった。マットはこのオフィスの中でただ一人、証券取引所を創設した経験があったため、ビジネスについて議論にはいちばんビジネスマンらしくない。おかしな話だが、トルドーはこの中で、性格的にはいちばんビジネスマンらしくない。大学では絵画を専攻していたが、画家になる才能はないと見切りをつけ、研究者の道に進もうと考えて人類学に転科した。しかし人類学者にもならなかった。大学卒業後は、自動車保険の苦情処理の仕事――世界一、心が萎える仕事と感じたらしい――に就いた。あるとき、昼休みにテレビのCNBC放送を目にして、「どうして違うテロップが二つ流れているんだろう?」と不思議に思い、それから株式市場を勉強するようになった。五年後の二〇〇〇年代半ば、彼はチャイエックス・グローバル(Chi-X Global)という、理解に苦しむ名前の会社で、外国にアメリカ式の新しい証券取引所をつくる仕事をしていた(「これはマーケティング的に失敗だった。顔合わせのミーティングで、最初の十五分はいつも、この名前について説明する羽目になったんだ」とトルドーは言う)。彼はそこでは、ビジネスマンであると同時に伝道師としての役割を果たした。さまざまな国で官僚と面会し、白書を書き、討論会のパネリストとして、アメリカの金融市場がいかに優秀かを吹聴する。チャイエックス・カナダを開設したあと、シンガポールや東京、オーストラリア、香港、ロンドンで証券取引所を開設したいと考える企業に助言を与えていた。「布教活動だと思っていたかって?」。トルドーはのちにこう語った。「そんなことはない。でも、市場の効率性が経済にとって重要なものだとは、たしかに思っていた」

アメリカ金融の教えを広めるにつれ、いやでもあるパターンに気づくようになった。

新取引所が開設されて、しばらくは穏やかに時間が過ぎる。しかしやがて超高速トレーダーが現れ、コンピューターを取引所のマッチング・エンジンのそばに据えて、取引所を一変させてしまうのだ。そのうちさまざまなことが彼の耳に入ってきた。超高速取引業者はうさんくさいとか、証券取引所には構造上の欠陥があり、超高速取引業者はそれを利用して一般投資家を食い物にできるとか。トルドーは何が悪いのか指摘できなかったが、この世における自分の役割に、しだいに不安をおぼえるようになってきた。二〇一〇年、彼はチャイエックスで、製品部門グローバル責任者という新たな要職に昇進したが、その仕事を引き受ける前に、インターネットでサル・アーヌクとジョゼフ・サルッツィの投稿をたまたま読んだ【注6】。それはＢＡＴＳグローバル・マーケッツとナスダックの二つの公開取引所が提供した投資家の注文データを、超高速取引業者がどのように利用して投資家の意図を察知しているのかを、詳《つまび》らかにしていた。アーヌクとサルッツィによれば、ほとんどの投資家は「マーケットセンターに委ねた取引の個人情報を、取引所がもらしていることなど知る由もなかった。取引所はこれをクライアントに伝えないばかりか、オーダーフローを手に入れるため、情報を超高速取引業者に積極的に広めている」。トルドーはこう言う。「これは、謎の大男《ビッグフット》の存在を証明する、はじめて

【注6】アーヌクとサルッツィはテミス・トレーディングの共同経営者で、新しい株式市場の捕食行為について、誰よりも熱心に説明に努めてきた。本書でもっと取り上げるべき内容だが、このテーマについては、彼ら自身が『壊れた市場』という本を著している。

見つかった信頼に足る証拠だった」。彼は独力でさらに調査を進め、超高速取引業者の利益を優先して、市場をめちゃくちゃにしたBATSグローバル・マーケッツとナスダックの欠陥を見抜いた。これは偶然などではなく、システムの問題が症状として表に出てきているのだ。「市場にはほかにもちょっとした癖があって、それらも利用されるおそれがあった」

こうなるとトルドーは微妙な立場に立たされる。アメリカ式の画期的な株式市場の公式スポークスマンでありながら、その市場の完全性に疑問を持つという立場だ。「もう超高速取引を本心から擁護できないと感じるところまできていた。自分たちのビジネスモデルをさまざまな国に輸出するところを見て思った。これじゃ病気を輸出してるのと同じだって」。当時三十四歳だったトルドーには妻と一歳になる子どもがいて、チャイエックスでは四十万ドル以上の年俸をもらっていた。しかし自分が何をしたいのか特に考えもないまま、トルドーは突然、退職した。「ぼくは理想主義者なんかじゃないけれど、この世にいられる時間は限られているだろう。二十年後に振り返って、誇れるような人生ではなかったなんて思いたくないからね」。それから一年のほとんど、好きでもない仕事をだらだらしていたが、あるときローナンに連絡してみようと思い立った。彼とはカナダの取引所内に、超高速取引業者のケーブルを引いたときに知り合った。二〇一二年の十月、ワン・リバティ・プラザ近くのマクドナルドで落ち合い、コーヒーを飲みながら話をした。ローナンはちょうど新しい証券取引所を開くために、RBCを辞めたところだった。「それを聞いてまず、何て気の毒にと思ったよ」と、トルドー。「この男は自分の将来を棒に振ってしまった。失敗するに決まってる。でもしばらくして『年間百万ドル稼いでいる連中が、なぜ辞める気になったんだろう？』と思った」。トルドーは十一月に再びローナンと会い、その新取引所についていくつか訊ねた。十二月、ブラッドはトルドーを雇った。

ブラッドはホワイトボードの前に立ち、当面の問題点を洗い直していた。投資家が自分の注文を、特定の取引所に送るようブローカーに指示するなど普通ではない。しかしＩＥＸは、それをするための場所だ。ただウォール街のブローカーが、注文を実際にＩＥＸに送ったのかどうか、投資家には確かめる術がなかった。ブローカーから投資家のもとに送付される報告書――取引コスト分析（ＴＣＡ）――は、まったくの役立たずだ。まとめ方がずさんで一貫性がなく、とうてい分析とは言えない。なかには取引が秒単位、あるいはマイクロ秒単位で記録されているものもある。しかし利用した取引所を記載しているものはないのだ。そのため取引の背景、つまり取引の直前と直後に何が起こったのか、確認する方法はまったくなかった。株式市場での取引注文を知ることさえできないなら、公正な値で取引されたことを確かめるなど、とうてい無理だ。「ばかばかしさが詰まったパンドラの箱ですね」とブラッド。「どこで取引されたか知りたいだけなのに、それが現実には不可能だというんですから」

「投資家に取引した注文をこっちに送ってもらい、本当に届いていたかどうか、ここでチェックするのはどうだ？」と、ロブ・パークからもっともな質問が投げかけられた。

「そりゃ無理だ」と、ドン・ボラーマンが答える。「ブローカーとの秘密保持契約に違反する」

その通りだった。投資家がバンク・オブ・アメリカに注文を出すとき、同行のブローカーにその注文をＩＥＸに回すよう依頼するのはいい。さらにＩＥＸから結果を知らせるよう依頼することも認められる。しかしＩＥＸが投資家に、指示通りに取引が行なわれたと通知することを、バンク・オブ・アメリカは、原則的には拒否できるのだ。バンク・オブ・アメリカの秘密が漏れる可能性があるからというのが、その理由だった。

「どういうわけで、起こったことを公表できないんだ？」と、ローナンは質問をぶつけた。

「それは銀行の情報だからだ」。ドンが答える。

「投資家の取引に何が起こったのか、うちが公表できないのは、投資家に起こったことがゴールドマン・サックスの情報だからということか？」。ローナンは信じられない思いだったが、自分がほかの人たちほど、この件についてよく理解していないのはわかっていた。

「その通りだ」

「ぼくらがその手に打って出たら、向こうはどんな手に出る？　閉鎖に追い込むか？」

「最初は軽い警告だけだろう」と、ドンが答えた。

ブローカーが注文をどこに送ったか、投資家がリアルタイムで通知を受け取るメカニズムの構築は可能だろうか。ブラッドは考えた。「監視カメラみたいに。実際に稼働していなくてもかまわない。それが存在するという事実だけで、行動を変えられるかもしれない」

「そりゃ、ブローカー連中の目に指を突っ込むようなものだ」とドンが言う。〝水中生活が大好き〟と書かれたTシャツ姿で、ラグビーボールを空中に放り投げていたドンだが、内心では見かけほどのんきに構えていなかった。自分以外はみな、ウォール街の大手投資銀行に勤めていた。だから銀行を顧客として対応する必要はなかった。大手投資銀行が市場でどのくらい大きな力を持っているか、彼らは知らないのだ。ドンはのちにこう語っている。「ブローカー連中がおれたちを憎むべき敵とみなしたら、おれたちは逃げられない。一巻の終わりだ」。ドンはここまであからさまには言わなかった。おそらくそんなことは、みんなわかっていると感じ取ったからだろう。

「つまりそれは『ぼくはオフィスで誰かが盗みを働いていると思っている』と宣言するようなものなんだ」。ブラッドの話はしだいに熱を帯びてきた。「そいつを捕まえるためには、ぼくがオフィスを出たり入ったりして、ずっと見張っているという手もある。あるいは防犯カメラを設置するかだ。カメラのコンセントは入れておいてもいいし、抜いておいてもいい。ただカメラはずっとそこにある。コーヒーポットを盗もうとするやつは、カメラがオンなのかオフなのかはわからない」

「こっちとしては、投資家がそれを使っても使わなくてもかまやしない」と、ローナンが言い添える。「監視されていると、ブローカーを怖がらせるだけでいいんだ」

大部屋のどこかで電話が鳴る。小さな町で真夜中に車のクラクションが鳴ったように、大きく響きわたった。部屋には仕切りがなかったが、職場の若い男たちは、壁に囲まれて仕事をしているかのようにふるまっていた。従業員は、一人を除いてみんな若い男性だった。その一人の例外であるタラ・マッキーは、RBCで研究員をしていた。二〇〇九年にブラッドが彼女に目を留め、自分のアシスタントになってもらえるよう頼んだ(『ブラッドとはじめて会ったとき、『どんな仕事でもかまわないから、彼のもとで働きたい』と言いました』)。ブラッドが投資銀行を辞めたとき、タラもあとを追った。ブラッドは銀行を辞めるのは危険すぎると、彼女を説得しようとした。ついてきても満足のゆく給料を払えないだろうし、タラ自身、リスクに耐えられないだろう。しかしタラは意に介さなかった。タラの目から見ると、ブラッドが新しい取引所に集めた技術者たちは、彼がRBCで編成したチームに輪をかけて風変わりに映った。「あの人たちはすごく頭がいいのに、本当におバカさんなのよ」とタラは評した。「自分のしたいことしかしない人もいる。段ボール箱だって組み立てられないんだから。自分が何かをしようなんては思わない。誰かを呼べばいいと思ってるのよ」

また、彼らはあきれるくらい、周囲と関わろうとしなかった。このミーティングは社員全員に関わるものだ。ウォール街の大手投資銀行の協力を無理やりにでも取りつけることが、成否を左右するかもしれない。それなのに誰もが興味がないふうを装っていた。ここでの作法は、意志による無関心とでもいうべきものだ。それはお互いに対してもそうだった。「ここでは大勢とコミュニケーションを取ることは、それほどすばらしいとは思われていませんでした」とブラッドは言った。「なんとかこなさないといけない仕事みたいなものです」。おかしなものだ。パズルを解くのは得意中の得意な連中なのに、お互いにとっては、依然として解けないパズルのままだったのだ。

シュウォールが部屋のデスクを見渡して声を張り上げた。「誰の電話だ？」

「すみません」と声が聞こえて、電話のベルは止んだ。

「子供の見張り役みたいなもんだな」と、監視カメラのアイディアを、シュウォールはそう評した。「投資銀行の面目は丸つぶれだ。関係に緊張をもたらしかねない」

「空港のボディーチェックのとき、ボディーチェックをしてくれる人を嫌ったりするかい？」。ブラッドが尋ねた。

「おれは大嫌いだね」とドン。

「ぼくなら『荷物をチェックしてくれてありがとう。ほかの人の荷物もチェックしているということだから』と言うだろうさ」とブラッドは答えた。

「問題なのは、どいつもこいつもマリファナを持ったまま、検問所を通過していることだ」と、シュウォール。

「怒り出すやつがいたら、そいつはクロなんだ」。ブラッドが熱っぽく言った。

「悪いね」とドン。「おれはデブだし白人だし、空港を爆破するつもりもない。余分な身体検査なんてごめんだね」。もうラグビーボールを空中に放り投げてはいなかった。

「ブローカーを監視する以外にも、使い方があるか？」とシュウォールは問いかけた。

「ブローカーに気づかれないよう、監視できないものか？」。メンバーの中でも他人の秘密を暴くことに最も長けているこの人物は、IEXがこの業務を秘密裏にしておくことが可能だと考えていた。

「いいや」とブラッドが言う。

「じゃあ、やっぱり見張り役のナニーだな」。シュウォールはため息をつきながら答えた。

「ブ、ブ、ブローカー・ナ、ナ、ナニーだ」とドン。「いい名前だ。商標登録できなくて残念だ」

ミーティングは沈黙に追い込まれた。これは取引所の構想を決めるときに交わされた、千回もの話し合いのうちの一回にすぎなかった。彼らは大ざっぱに二つのグループに分かれた。ウォール街の大手投資銀行を相手に、戦いを挑もうとする者（ローナンと、ローナンほど乗り気ではないがブラッド）と、戦いを挑むなんて正気ではないと考える者（ドンと、ドンほどでないがシュウォール）。ロブとマットはまだ態度をはっきりさせていなかったが、それにはまた別の理由があった。自分の最初の提案が退けられてから、ロブはだんまりを決め込んでいた。「ロブはこうした混乱からいちばん縁遠いんです」とブラッドは説明する。「ロブはブローカーとは顔を合わせない。ウォール街のブローカーの問題解決策が非論理的なのは、問題自体が非論理的だからです」

もうひとり口をつぐんでいたマット・トルドーは、一歩下がって観察することが多かった。「ぼくは一緒に行動するグループから、いつも少し外れているように感じていました」と明かす。自然に調停役になっていることも多かった。自らの主義に基づいて仕事を辞めたかもしれないが、対立は好まなかったし、それは内輪のことでも同じだった。「素人考えかもしれないけど」と、マットは慎重に切り出した。「たとえば事業に乗り出してすぐ、大成功を収めれば、この件は公表する必要ないんじゃないか」

これは最初から議論にもならなかった。乗り出したとたんに大成功を収めるなどと、誰も信じていなかった。とりわけマット自身が信じていなかった。新しい取引所が営業を開始するとき、どんなことが起こるか、彼は身をもって知っていた。何も起こらないのだ。チャイエックス・カナダは絶大な成功を収めていた――カナダの市場の二〇パーセントを占めていた――が、最初の一カ月の取引は七百株しかなかった。取引が一度もないまま丸一日が過ぎることもあったし、その後の数カ月間も大差はなかった。成功といっても、実際はそのような状況なのだ。ＩＥＸは、何カ月間も活動しないで過ごす贅沢など許されなかった。ブラッドたちの新しい取引所は、いきなりセンセーションを巻き起こす必要はないが、ある程度の取引を行ない、正直であるというポジティブな印象を植え付ける必要があった。公平が目に見える取引所のほうがよい結果をもたらすと、投資家に証明しなければならなかったのだ。そのためにブラッドたちにはデータが必要であり、そのデータを生み出すために取引が必要だ。ウォール街の大手投資銀行が結託して、ＩＥＸで取引をさせないようにしたら、この新しい取引所は死産ということになる。そしてブラッドらは全員、それを理解していた。

「あいつらはむかっ腹を立てるだろうよ」。シュウォールがようやく口を開く。

「これは戦いだ」とブラッド。「どのクライアントも、自分たちの指示通りに取引が行なわれていると感じていたら、こんな議論はせずにすんだはずだ。これはＩＥＸが理由もなく、ブローカーの顔をぶん殴るということじゃない。『おれたちの敵は誰だ？』と言って回るわけではない。ぼくたちが誰の側に立っているのかを示すのが目的だ。ぼくたちは投資家の側に立つ」

「それでもあいつらはむかつくだろうよ」と、シュウォール。

「本当におれたちは警察ばりの仕事をするのか？」とドンが質問をぶつけた。

「実際にそんなものいらないのかもしれない」。シュウォールが付け加えた。「ただそう思わせるだけでいいんじゃないか？　おれたちは持ってるんだぞとバイサイドに話して、彼らがブローカーにささやく。それで十分じゃないか？」

「しかし、いずれ全部わかっちまう」とドン。「おれたちがブローカーの事情を明かせないことを、やつらは知っている。それにブローカーはクライアントの事情を明かせない。そしてクライアントは、下りることができない」

ブラッドは最後に一つアイディアを出した。チャットルームを設けて、取引の最中に投資家がブローカーと会話できるようにするというものだ。ブラッドが言う。「投資家はいつも電話で『今どうなってるか教えてくれ』とブローカーと話すことができる。本当はそうすれば万事解決なんだ」

「でも投資家は誰もそんなことしない」。ローナンが指摘した。

「そうするよう仕向けられたことがないんだ」。マットも加勢した。確かにそうだ。投資家はそれまで、ブローカーがなぜその取引所を使うのか、納得のいく説明をされたことなどなかった。

「ゴールドマン・サックスとのチャットルームには、ダニー・モーゼスが必要だな」。ブラッドは、ヘッジファンドのシーウルフでヘッドトレーダーを務める人物を引き合いに出した。「やつなら何でも訊くはずだ」

「でも、ダニーはちょっとやかまし屋《アーギーバーギー》じゃないか」とローナンが言った。

「やかまし屋《アーギーバーギー》、そりゃいい」とドンが言う。

ローナンはドンに、アイルランドの形容語句を一つずつ伝授していた。「変態《ウォンカー》にぼんくら《トッサー》を教えただろう。今度はやかまし屋《アーギーバーギー》だ」とローナン。

「ぼくらが何もしなければ、ほかの連中が好き勝手なことをする」。ブラッドは言う。

「何かをすれば、誰かの行動に影響を及ぼすことができる。でもツールを作ることで、自分たちが排除しようとしている行動を増やすことにならないかな。光を当てることで、その横にグレイゾーンを作り出していないか？　ＲｅｇＮＭＳみたいに、取り除きたいと思っていることを、作り出してしまわないだろうか？」

「光を当てたら影ができる」とドン。「明るい場所を作ろうとすれば、両脇にグレイゾーンができるさ」

「それで暗い場所が増えすぎると本気で思ったら、そんな行動は起こしたくなくなるだろう」とブラッドは言った。

「ナニー代を請求しておいて、そのナニーがソファで酔っ払ってたら、おれたちはひどい間抜けに見えるだろう」。ドンが付け加えた。「だったらナニーなんていないほうがいい。ガキだけで留守番させればいいんだ」

「そいつのほかの使い道を考え出せるんなら、そのほうが助かるだろう」とシュウォールが言った。彼はまだ、自分たちの行動を偽装できるという希望にすがりついていた。秘密警察になれるかもしれないという希望に。

「ぼくはこの件について、以前ほど楽観視していないんだ」とブラッド。「正直に言おう。酔っぱらったナニーでもいないよりまし、というわけではないかもしれない」

「ナニーはどのくらい酔っ払えるんだ？」とローナンが意味のない質問をする。

ブラッドはマーカーを投げて箱に戻し「どうしてクライアントがいいように扱われているのかわかるだろう？　それはシステムが、クライアントをいいように扱えるようにできているからだ」。そして彼はドンのほうを向いた。「ナスダックでは、こんな話をしていたか？」

「いいや」。ドンは窓に寄りかかったまま答えた。

しばらくの間、ブラッドはドンを見つめ、それからドンのうしろに見える外の景色を眺めた。その瞬間、ブラッドは新しい取引所の内側から外を見ているのではなく、外から中をのぞき込んでいたのかもしれない。自分たちはほかの人たち、むこうの人たちからは、どう見えているのだろうか？　むこうでは、かつてそびえ立っていたアメリカ資本主義の双子《ツイン》のシンボルが、ものの数時間で廃墟となり、そこに書類の嵐が降り注いだ。むこうでは、理想主義は誰かを騙すためのものか、愚かさの一種だった。むこうにいる人こそ、ブラッドたちの成功を必要としているというのに、存在していることすら知らなかった。しかしむこうでは多くのことが起こった。人々は古いタワーに代わる新しいタワーを建てた。人々は自分たちさえ知らなかった強さを見いだしていた。そして人々はすでにブラッドらを助けに来て、戦いに備えていた。むこうでは、どんなことでも可能だったのだ。

第7章　市場の未来をかいま見る

ブラッドたちの新しい取引所はＩＥＸと名づけられたが、開設前から様々な妨害工作をうける。アイルランドのマフィアと関係しているとうわさを流され、そしてそもそも顧客が望んでも投資銀行は注文をＩＥＸに送らない。そうしたなか、ゴールドマン・サックスに変化のきざしが見え始める。

あの危機のなかで目覚める

二〇〇一年九月十一日の朝、ゾラン・ペルコフは地下鉄に乗り、クイーンズの自宅からウォール街へ向かった。それはふだんと変わらなかった。いつものようにヘッドホンをつけて音楽を聴き、まわりに誰もいないと思いこもうとした。いつもと違うのは時間に遅れていたことで、そのせいで周囲が気になった。しかも乗客どうしがしゃべっていた。「電車で乗客どうしがしゃべるなんて普通はない」とゾランは言う。「気味が悪かった。なんか普通じゃないと感じたんだ」。ゾランは二十六歳、大柄で、はれぼったい目の瞳には、すべてが灰色の陰におおわれて見えた。クロアチアの代々続く漁師と石工の家に生まれ、幼いころ両親に連れられてアメリカへやって来た。クイーンズで育ち、ニューヨーク証券取引所のすぐとなり、ブロード街三〇番地にあるウォール・ストリート・システムズという謎めいた名前の会社で、ヘルプデスクとして働いていた。仕事は退屈だった。ウォール・ストリート・システムズのヘルプデスクが何をする仕事なのか、詳しく説明してもしかたがない。ゾランはこの仕事にあまり長く留まるつもりはなかった。数時間後、ゾランは別のことをする動機を見つける。そしてこの発見と、そのとき生まれた明確な目的意識により、彼はやがてブラッド・カツヤマにとっておおいに役立つ男となる。

地下鉄の車内はサイレント映画だった。まわりの乗客は、ウォール街へ着くまでひたすら何事かを話していた。トリニティ教会前の出口から朝の日差しの中へ出ると、そこでは大勢の人が頭をうしろへそらせ、上を見つめていた。ゾランも同じように上を見た瞬間、南塔に二機目の飛行機が突っ込んだ。「飛行機自体は見えなかった。見えたのは爆発だけだ」

ゾランはヘッドホンを外して音を聞いた。「まわりはみんな泣いたり、叫んだり、吐いたりしてた」。通りを渡って職場へ向かった。「おれにとって、職場は単に仕事をする場所じゃない。そこに友だちがいたんだ。みんなの様子を知りたくて行ったのさ」。玄関の外で、いつも見かける美女がたばこを喫っていた（「ほら、あのビルにいるかわいこちゃんだ」）。彼女はたばこを喫い、そして泣いていた。階上へ行き、職場の友人に無事を知らせたあと、ウォール街近辺で働く幼なじみたちへ電話をかけた。一人はツイン・タワーで働いていたが、どちらの塔か思いだせなかった。タワーのすぐそばの建物で働いている知り合いも何人かいた。全員と連絡がつき、ゾランのオフィスで落ち合うことになった。ツイン・タワーからやってきた友人は、途中で人間の体が地面に激突する音を何度も聞いたと言った。

五人の小さなグループは、脱出することを考え始めた。まずは作戦会議だ。ゾランは歩いてブロードウェイまで行こうと言ったが、残る四人は地下鉄で逃げることを主張した。「多数決だ」とゾランは言い、地下のウォール街駅へ戻った。ところが地下鉄で逃げようとしたのは、五人だけではなかった。人だかりの中で、五人は二手にはぐれてしまった。三人が一つの車両に身体を押しこみ、ゾランともう一人は、となりの車両へ乗りこんだ。「ものすごい数の人だった。乗ってる人間の顔ぶれもちがってた」。乗っているのはみな、ウォール街の人間だった。地下鉄ではついぞ見かけない、派手なジャケットを着た証券取引所の連中もいた。列車がのろのろと駅を離れ、暗いトンネルへ入り、そのあと止まった。「そのとき耳が遠くなった。水の中に跳びこんだときみたいに」

トンネルに煙が充満した。なぜ耳が遠くなり、トンネルが煙でいっぱいなのか。ゾランにも何が起こっているか見当がつかなかった。しかし一人の男が窓を開けようとしているのに気づき、やめろ、と叫んだ。あ、あ、あんたに何の権限があるんだ？　男が叫び返した。「煙だぞ」。ゾランも負けじと叫ぶ。「吸いこんだら死ぬぞ。くそ単純な話だ」。窓は閉じられたままになったが、車両内は混乱し、殺気立ったままだった。はぐれた三人の乗った車両は静まりかえっていた。誰もがうつむき、祈っていた。

車掌から、列車をやむなくウォール街駅へ戻すとのアナウンスがあった。運転士は先頭車両から最後部の車両までやって来て、あらゆる手段を使って列車を逆に動かして、元来た場所へ戻そうとした。しかし完全には戻らなかった。プラットフォームに入ったのは先頭の二両だけだった。今や後部車両となった部分にいた乗客は、列を作って車内を歩き、出口へ向かわなければならなかった。

そのときゾランは、列をなす人々の中に近所の老人を見つけた。「杖をついていた」とゾランは言う。「昔と同じスーツを着てたが、前より痩せて小さくなってたから、ぴったり合っていないんだ。こう思ったのを覚えてる。押されて下敷きになったりしないよう、気をつけてやらないとな。だからおれは、ずっとその人のうしろにいるようにした。なんだか責任を感じていたんだ」。なかば老人を導くようにしながら、ゾランは少しずつ進み、地下鉄の階段を上がって再びウォール街へ出た。すると、あたりが真っ黒になった。「地上へ出たはずなのに、本当に地上なのか確認しなきゃならなかった。それに老人も見失った。その瞬間から、まわりのすべてに注意を向けるようにした」

何も見えなかったが、叫び声は聞こえた。「こっちよ！　こっち！」泣きわめく声もした。ゾランと、同じ車両に乗った友人は声のほうへ向かい、アメリカン・エキスプレスの建物へ入った。もっとも、なんの建物か気づいたのは中へ入ってまるまる一分がたってからだった。そこでは身重の女性が、床に座って壁にもたれていた。ゾランは女性に近づき、産気づいているわけではないことを確かめると、まだ使える自分の電話を渡した。まだ黒い外の空気に色がつきはじめていた。「どういうわけか、何もかもがベージュ色っぽく染まってた」。ゾランはそのときのことを、そう振り返る。少なくとも、いまどこにいるのか、どちらがどちらなのかはわかるようになっていた。中にいた警官が「ここにいてください」と言う。ゾランは友人を引っぱって外へ出た。東へ、そして北へと向かい、ロウアー・イースト・サイドの、似たようなアパートが建ち並ぶ一画へたどり着いた。「大変だったよ」とゾランは言う。「そしたら、近所の住民がコップの水とコードレス電話を持って出てきてくれた。おれたちのために。その時初めて声をあげて泣いたよ」

ふたりはやがてFDRドライブへ至り、さらに北を目指した。その日の午前を通していちばん奇妙な感覚を抱いたのは、まっすぐ伸びるFDRに沿って進んでいた、そのときだったかもしれない。まわりには誰もいなかった。静かだった。信じられないほど長い時間だったのに、すれ違ったのは崩壊現場へバイクを飛ばす半裸の警官だけだった。やがて、頭上から紙が舞い落ちてきた。そこには世界貿易センターの住所が記してあるのが読めた。

不謹慎な言い方になるが、ゾランはこの間ずっと、ぞくぞくするような高揚した気分を味わっていた。彼自身も「この話をするのには、ちょっとやましさを感じる」と言っている。それだけでなく、この日、次に何をすべきかわからないと感じたことは、一瞬たりともなかった。今までにないたぐいの感覚と、周囲の人への意識が目覚めた。ゾランはその感じが気に入った。その反応に驚いて、自分を客観的に見るようになった。「自分が動揺しなかったことに、おれは感激した。それを何かの言い訳にしたりしなかった。自分があの状況を恐れてなかったことがわかったんだ。おれは前線や中心に立つのが好きなんだ。ドラマの中にいるのが好きなんだ」。自分には思っていた以上に、危機への対応能力が備わっていることに気づいたその瞬間を、正確に指摘することさえできた。「まわりの連中に気を遣いだしたときだ」

複雑系をコントロールする

二日後、ゾランは仕事へ戻ったが、進みたい道はもう切り替わっていて、明確な目標も定まっていた。危機に力を発揮する能力を求められる仕事に就きたかった。ウォール街の技術分野でプレッシャーを求めるなら、電子化された株式市場の中枢コンピューターのオペレーションをすることだ。二〇〇六年の初頭、ゾランはナスダックでまさにその仕事をしていた。「おれは四台のマシンの前に座らされた。そのマシンには、押せばすべてをぶち壊せるボタンがついてるんだ」とゾラン。「世界最高の場所さ。毎日がスーパーボウルだ。自分がすごくでっかい仕事をしてると感じた」。それは技術者以外にはわかりにくい感覚かもしれないが、はっきりした手ごたえがあった。「こう考えてくれ。もし何かへまをやらかしたら、おれのことがニュースになる。壊せるのはおれだけ、壊れたら直せるのもおれだけだ」

もちろん大失敗もあった。ナスダックで働きだしてすぐ、ゾランは市場の一つ（ナスダックは、ナスダックOMX、ナスダックBX、INET、PSXといくつか市場を有している）を壊した。ゾランがコマンドを入力すると、システムを変更しているときに起こった。それは取引時間内に、ゾランがシステムを変更しているときに起こった。しかしすぐに自分の仕事と悲鳴を結びつけられなかった。ナスダックでの元同僚は、そのときの狂騒をこう振り返る。「あのときはみんな、走りまわったり叫んだりしてたのを覚えてるよ」。ゾランは目を上げて画面の株式市場を見た。凍りついている。数秒でゾランは理解した。自分のやっていた作業はリアルタイムの市場とは関係がなかったはずだが、どういうわけか、市場全体をシャットダウンしてしまったのだ。続く数秒で、自分のどの行動がこの事態を招いたかを正確に把握した。修正を施すと市場は取引を再開した。危機が訪れてから去るまで二十二秒の出来事だった。その二十二秒間、すべての取引は完全に止まっていた。「やっちまった。座ったまま、そう思ったのを覚えてる」とゾランは言う。「救ってくれたのはCTO（最高技術責任者）だ。『間違いを犯しても、それを止めて直した男を、追い出すわけにはいかない』と言ってくれた」

それでもこの事件は、彼に大きな影響を与えた。「おれは『こんなこと二度と起こしません』と言ったんだ。本当の意味で、複雑で大規模なシステムを制御する道へ跳びこんだのはそこからだ。おれは複雑系を学ぶ生徒になった。複雑系ってのは予測できないもののことだ。もともと予測できない性質を持つシステムを、どうすれば安定させられるんだ?」。ゾランはそのテーマに関する本を、片っ端から読んだ。なかでも気に入ったのがM・ミチェル・ウォルドロップの本で、そのものずばり『複雑系』というタイトルだった。気に入って人にすすめていた論文は「複雑なシステムはいかにして止まるか」という表題で、十八の項目が箇条書きにされていた。著者のリチャード・I・クックは現在、教授としてスウェーデンの医療制度の安全性を教えている(要点その六:崩壊は常にすぐそこにある)。「みんな、複雑っていうのは〝ややこしい〟の進んだ状態だと思ってる。だがそうじゃない。車のキーは単純。車はややこしい。路上に出た車は複雑だ」

株式市場は複雑なシステムだ。複雑なシステムの定義の一つは、ゾランいわく「くそは漏れるもので、それはどうしようもない」場所だ。くそが漏れないようにすることが仕事の人間には、二つのリスクがある。自分がコントロールできるくそが漏れるリスクと、くそが漏れることをコントロールしきれないというリスクだ。ゾランはナスダックの市場のひとつの運営を続けていた。やがてもっと大きな複数の市場の運営を任されるようになり、リスクも大きくなった。二〇一一年末には、ナスダックのすべての市場の運営を監督するようになっていた(肩書きは運用統括部長だ)。ほぼ六年間、市場の複雑性を増やしてきたが、その理由を常に理解できているわけではなかった。営業側の人間が何か変更を加えることを決め、それを実行するのがゾランの仕事だった。「最初に気になったのは、受け取りのみって注文形式だった」。これはトレーダーが取引所から、報奨金を受けとれるときにのみ約定されるタイプの注文だった。「ポスト・オンリー《ポスト・オンリー》の意味はいったいなんなんだ？」。ゾランはこの先、ナスダック最大の顧客（超高速トレーダー）からの市場に対する要求を満たしながら、市場を安全で安定した状態に保つことを求められると予感していた。それはちょうどモーター・スポーツのピット・クルーに似ている。彼らはレーシング・マシンを軽くし、座席の安全ベルトを外し、車を速く走らせるために全力を尽くす。それと同時に、ドライバーが事故死する可能性をできるだけ減らすよう求められる。ところがドライバーが死んだ場合、その責任は勝手に一人のピット・クルーへ押しつけられる。それがゾランだ。

こんな状況では、ピット・クルーが臆病になるのも無理はない。超高速トレーダーが、自分たちだけが得する変更を求めるだけではすまない。システムに手を加える行為そのものが、システムに頼っているすべての人のリスクを高めることになるのだ。取引のシステムにコードや機能を足すのは、ハイウェーの交通量を増やすのと似ている。それで何が起こるか、結果は予測できない。ただ自分が状況をどんどん理解しづらくしていることはわかる。「知らないことをコントロールしようとする人間はいない。そして知らないことは増えていく」。自分は危機に強いタイプだとゾランは思っていたが、その能力を発揮するために、危機を生み出そうとは思わなかった。また彼は、自分で市場を運営するのは得意だったが、多数の市場運営者を監督することにはまるで向いていなかった。企業内政治の才能はなかった。日を追うごとに仕事への愛着は薄れていった。そして二〇一二年三月に解雇された直後、IEXのドン・ボラーマンから電話がかかってきた。ドンはゾランに、IEXの市場を運営してほしいと思っていた。「今すぐってわけじゃないんだ。こっちには金がないし、自分たちが何をするつもりなのかもよくわかってないんだ」とドンは言った。「だがそのうち説明に行くと思う」。ドンはゾランが企業内政争の犠牲者となったこと、そして何より、自分の知る中でおそらく最高の取引所運営者であることをわかっていた。「ゾランはあらゆる資質を備えていた」とドンは言う。「重圧下での落ち着き。複雑で広範なシステムを理解する能力。そしてじっくり正確に考え、さまざまなケースを想像できる。問題の原因を突きとめ、問題を予見する力もあった」

今の金融市場を運営するおたくには、テスト・パイロットの度胸も求められているというのは、どこか不安な話だ。しかしドンがゾランに連絡したころには、投資家たちがアメリカ株式市場への信頼を失っていることは明白だった。フラッシュ・クラッシュが起こった二〇一〇年五月以降、S&Pの指数は六五パーセント上昇していたが、出来高は五〇パーセント減少していた。投資家の取引意欲が株価にあわせて上昇しなかったのは、歴史上初めてのことだった。フラッシュ・クラッシュ以前、六七パーセントあった一般家庭の株所持率は、二〇一三年末には五二パーセントにまで落ちこんだ。危機後の夢のような上げ相場も、市場に参加しないと決めた多くのアメリカ人にとっては無価値だった。なぜ金融市場の信用が崩壊したのか、理由を特定するのは難しい。アメリカの株式市場は、わかりやすさを失うにつれ、おそろしく不安定になった。株価だけでなく、市場そのものが予測しづらくなった。そして株式市場が生んだこの不確実性は、遅かれ早かれ多くの海外株式市場へ、債券市場へ、オプション市場へ、そしてアメリカ株式市場の構造をまねてきた貨幣市場へと、広がっていくのは間違いなかった。

それは本当に技術上の不具合か？

二〇一二年三月、BATS取引所は"技術的な不備"によって、自社株の新規公開をとりやめることを余儀なくされた。翌月、ニューヨーク証券取引所は"技術上の不具合"によって、大量の取引を中止した。五月にはナスダックが、フェイスブックＩｎｃ株の新規株式公開で大失態を演じた。その原因は、簡単に言ってしまうと、買い注文を入れた何人かの投資家が、価格の合意前に考えを変え、そして顧客の心変わりを認めたナスダックのコンピューターの速度に、別のナスダックのコンピューターがついていけなかったことだった。二〇一二年八月には、大手の超高速取引業者、ナイト・キャピタルのコンピューターが錯乱した。ナイトは株式市場で四億四千万ドルの損害を出し、同社の株が投げ売りされることになった。十一月にはNYSEで"マッチング・エンジンの暴走"と呼ばれる現象が起こり、二百十六銘柄の取引が停止に追いこまれた。その三週間後、ナスダックの職員が画面のとあるアイコンを誤ってクリックした結果、ホワイトホース・ファイナンスという会社の株式公開が止まった。二〇一三年一月初めには、BATSが原因不明のコンピューターの誤作動があったことを発表した。それによってBATSは、二〇〇八年以降、全米ベスト・ビッド・アンド・オファー（NBBO）よりも（顧客にとって）劣る価格での取引を認めるという、違反を犯していたという。

自動化した新しいアメリカ株式市場では、これらはいつも〝技術上の不具合〟と説明される。先の例は、一年間に起きたものの中から選んだ一部の例にすぎない。合計では、フラッシュ・クラッシュ後の二年間で、それまでの十年間の倍の暴走が起こっている。技術上の不具合には、とんでもない株価の異常がともなう。たとえば二〇一三年四月、グーグルの株価は一秒の四分の三で七九六ドルから七七五ドルに値下がりし、続く一秒で七九三ドルに反発した。五月には、公共事業部門がミニ・フラッシュ・クラッシュに見舞われ、数秒で五〇パーセント以上も値を下げると、その後に元の価格まで戻した。個々の銘柄でのこうしたミニ・フラッシュ・クラッシュは、多くが気づかれない、あるいは気にされないというだけで、今では日常的に起こっている【注1】。

ゾランはこれに異を唱える。彼いわく、二〇〇六年と比べたときの二〇一二年の〝技術上の不具合〟は増加しておらず、実際には減っている。増えているのは、システムの崩壊が金融面にもたらす影響の結果だ。またゾランは〝不具合〟という言葉にも不満がある（「この世で最悪の言葉だ」）。ある機械が誤作動を起こして株式市場が危機に陥っても、市場の責任者は普通、状況も修正のしかたもまったくわからない。責任者は、技術者に翻弄されるだけの立場だ。それでも何か言わなくてはいけないから〝技術上の不具合〟があったと言う。まるで金融市場の機能、あるいは機能不全を説明するには、あいまいな暗喩や無意味な言葉を使うしかないというかのようだ【注2】。株式市場のコンピューター絡みの問題を、一つのフレーズにまとめて表現するなら、ゾランとしては〝起こるべくして起こる事故《ノーマルアクシデント》〟のほうを好む【注3】。

技術者はなぜ臆病になるのか？

ボラーマンが再びゾランに電話をかけた二〇一二年の晩夏、ＩＥＸは一つのアイディアと、資金集めについてひと筋の希望を見いだしていた。そのアイディアは非現実的すぎて、ゾランは信用できなかった。公平な金融市場など、本当にできるものだろうか。しかし、自分が運営する市場の設計に自分も加わる、つまりコントロールできないことの数を限定するというアイディアは、心の底から気に入った。ゾランはＩＥＸを訪れ、ブラッドとロブ、ジョン・シュウォール、ローナンに会った。ブラッドとシュウォール、そしてロブはゾランを気に入ったが、ローナンはそうでもなかった。「ちっともだまりくさろうとしないところが、うっとうしくてさ」とローナンは言う。

ゾランがＩＥＸで働きだしてからの数カ月、まわりの職員はみんな頭がおかしくなりそうになった。市場に危機感が足りない分、ゾランが職場に危機を生み出していた。誰かがゾランに、システムへの搭載を検討している新機能について訊ねる。「この機能を足したら管理は前より大変になるか?」それに対してゾランはこう答える。「あんたがどういう意味で〝前より大変になる〟と言ってるかによるな」。あるいは、システムを少し変更したら安定性は下がるかという問いに対しては「〝安定性〟の定義によるよ」と答える。何を訊いても、返ってくるのは不愉快な含み笑いと、ゾランからの全く別のいくつかの質問だった。数少ない例外は「なんでおまえはいつも、質問に質問で返すんだ?」と訊かれたときだ。「問題を明瞭にするため」とゾランは答えた。

【注1】株式市場のデータ収集企業、ナネックスの創業者であるエリック・ハンセダーは、この話題にだんまりを決めこむ人間が多い中で奇跡的な例外だ。フラッシュ・クラッシュの発生後、ハンセダーは、自社のデータを使って原因を調査することを思いついたが、調査はいつまでたっても終わらなかった。「岩をひっくり返すたび、必ずといっていいほど、下から邪悪な虫が見つかるんだ」ハンセダーは言う。彼は市場の機能不全について絶妙かつ辛辣な解説を行ない、得体の知れない株価のミクロな動きが無数にあることを指摘した。超高速取引について最後の歴史が書かれるとき、ハンセダーは、テーミス・トレーディングのジョゼフ・サルッツィとサル・アーヌクとともに、特別な位置を占めてしかるべき人物だ。

【注2】〝不具合〟は〝流動性〟、さらに言えば〝超高速取引〟と同じカテゴリーに属する言葉だ。どれも意味を明確にするのではなく、あいまいにするために用いられ、思考を早々と停止させる。

【注3】チャールズ・ペロウ著の同名の書籍〝Normal Accidents〟より。

またゾランは、自分にコントロールできることとできないことを、新たな同僚たちはわかっていないと思っているらしかった。入社後、ゾランが三十日の間に、一つのテーマについて十五件のメールを送信したことがある。それは株式市場の技術的障害につきものの秘密について、そのからくりを徹底的に理解させることだ。応援のために、外から講演者を招きさえした。「オフィスで首の絞め合いが起こりそうになったことが何度かありますが、あれはその一つでしたね」とブラッドは言う。「技術屋はみんなゾランの味方をする。営業側は『何かがダメになってるのに、なんで責任者がいないってことになるんだ？』とまくしたてていました」。ブラッド自身は、講演者が帰ったあと、ゾランが〝人為ミスに関する短いお話〟と題したブログ記事を回覧したところで臨界点に達した。記事の要点はこうだ。複雑なシステムが壊れることがあるが、それは決して特定の人間のせいではない。記事はいくつかのコンピューターの崩壊を解説し、こう締めくくられていた。「……原因はたった一つの小さなことではないとわかるだろう。消してはいけない表を消してしまったプログラム製作者ではないのだ。問題は原因の多さにある。原因は数が集まることで衝突しやすくなり、個人の問題というより、もっと大きな組織の課題となる可能性も大いに高まる」。ここに至って、ブラッドもついに約十メートル離れたゾランのデスクへ行き、こう叫んだ。「こういうくそみたいなメールを送るのはもうやめろ！」

それでようやくゾランはやめた。「おれは近くで爆発が起こったときに何をすればいいかはわかってる」と、のちにゾランは語った。「だけど爆発がないときは、考えすぎる性格が出てきちまうんだ」

ブラッドは初め、困惑した。プレッシャーをものともしないこの男が、なぜ不手際の責任を問われることを、これほど恐れるのか。「危機にあっては本当に優秀です」。ブラッドがのちに言った。「実戦中やプレッシャーの下ではね。それはぼく自身の目で見ました。だけど彼は、言ってみれば、試合中は最高のクオーターバックだけど、残りの六日間は、インターセプトを食らったのが自分のせいじゃない理由を説明し続ける選手なんです。『おまえのパサー・レーティングが一一〇なのはわかったから。もう勘弁してくれ』と思いました」。しかしブラッドはあることに気づいていた。「あれは一種の不安感からきてるんです。うまくいったときよりも、まずいことになったときに注目される仕事ですから」。さらに、これはゾランに特有の問題ではなく、ウォール街の技術者全般に当てはまるものだということも理解した。市場はいまやテクノロジーが動かしているのに、技術者はまだ道具扱いされている。誰もビジネスの説明はしてくれないのに、要求に応じるよう強いられ、失敗の責任は取らされる。目を引く失敗が一気に増えた理由は、おそらくそこにあった（唯一の例外は超高速取引業者で、そこでは技術者は王様だった。しかし当時、超高速取引業者には顧客がいなかった）。能力の高さで知られるナスダックのエンジニアは、その最も極端な例だ。ナスダックの技術屋は、市場のコードを書き換え、超高速トレーダーの要求を満たすことを強いられ、その重圧が政治色の強い悲惨な職場環境を生む。ナスダックのビジネス屋は、理不尽な要求を次々と技術屋に突きつけ、そしてその要求がシステムを吹っ飛ばせば、技術者のせいだと責め立てた。そのため技術者はみんな、虐待された動物の特徴を備えるようになったのだ。「とにかく責めてはだめです」とブラッドは言う。「そして、不具合があったという理由だけで責めたりしないと、彼らにもわからせる。間違いは起こるもので、それは必ずしも誰かが悪いわけではないと、みんなわかっているんだと」

ロブとジョン・シュウォールも、これこそがナスダックから引き抜いた技術者との、正しい接しかただと同意したようだ。何が起こってもきみたちを責めたりしないと繰り返し伝え、ビジネスの話し合いにも加わってもらい、自分たちの役割をわからせた。ローナンにはそのすべてが気に食わなかった。「おい、あいつらはアメリカ企業から来たんだろ。別にアウシュビッツから来たわけじゃない」。一方でそのローナンでさえも、ゾランには、初めは見えなかった便利な能力があると気づいた。「市場の運営がうまい人間は、世界一の偏執狂にならなきゃいけない」とローナン。「そしてあいつは、世界一の偏執狂だ。失敗する可能性があるものについて、あいつは十歩先まで考える。実際に失敗したとき、自分がどうなるか考えてるからだ。それに関しては、本当に優秀だよ」

IEX始動

二〇一三年十月二十五日の朝、ゾラン・ペルコフは地下鉄に乗り、自宅からウォール街へ向かった。それはふだんと変わらなかった。いつものように本や報告書《ホワイトペーパー》を読み、まわりに誰もいないと思い込もうとした。いつもと違うのは早めに仕事へ向かっていることと、開場を待つ株式市場があることだった。その市場はゾランがこれまで運営してきたどの市場ともちがっていた。つつましくきれいで、一致団結している。それを一から築き上げた人々に、ゾランは心服するだけではなく、今では信頼していた。「毎朝、システムはデータを持たないステートレスな状態に戻る」。取引所のマッチング・エンジンの概要について、ゾランは言う。「これから何をするかを知らない。九九パーセントの時間、システムは前の日と同じことをする」。この説明は、その日に限っては正しくなかった。ＩＥＸのマッチング・エンジンはまだ何もしていなかったからだ。自分の席についたゾランはボタンをいくつか押し、画面を流れるコードを見つめた。使い込んだおんぼろのマウスを動かしたが、操作できないことに気づき、顔をしかめた。「おれの戦友マウスだ」とゾランは言う。「十年間、どの市場もそのマウスで開いてきた」。何度かデスクにぶつけて、おそらく電池切れだと突きとめたところでふと思った。どうやって交換するのだろう。「妻には電子レンジも使えないってばかにされるけど、市場は運何もない。

新しい市場も、その時から開場する。ゾランは待ち、何かまずいことがないか注視した。カ株式市場の開場時間である九時三十分が近づく。アメリカ市場の変革を狙うＩＥＸの営できる」。結局、別のマウスに交換し、画面を確かめた。刻々と時間は進み、アメリ

（※）

九時半の一分前、ブラッドがゾランのデスクへ来た。全員一致で、最初の日に市場を開くのは、ブラッドと決まっていた。ブラッドはキーボードを見つめ戸惑っていた。

「どうするんだ？」

「エンターを押すだけだ」。ゾランは言った。

部屋の全員で、開場までの最後の数秒をカウントダウンした。

「五……四……三……二……一」

六時間半後、市場は閉まった。ゾランには、その日、市場全体が上げて引けたのか下げて引けたのか、まったくわからなかった。その十分後、９・11メモリアルの外を、煙草を喫いながらひとり歩くゾランの姿があった。「自己満足との戦いの始まりだな」とゾランはつぶやいた。

透明なダークプール

二カ月半後、世界に名だたる株式市場マネー・マネジャーのＣＥＯや筆頭トレーダー

十六人が、マンハッタンの摩天楼の最上階にある会議室に集まっていた。彼らが国中から駆けつけたのは、IEXが取引を開始してから現在までに、ブラッドがアメリカ株式市場の何を学んだか、その説明を聞くためだった。ブラッドは取引から新たな情報を得ていた。真実を知りたい者に、ほんの少しでも真実を伝えようとすることが、今やちょっとした治安紊乱《びんらん》とみなされるようになっていた【注4】。「ぼくはすべてを明らかにするのに、申し分のない席にいます」とブラッドは言った。「外に立って眺めているだけではいけない。理解するにはゲームに参加してみなければなりませんでした」

十六人の投資家は、合計で約二兆六千億ドルの株式投資を行なっていた。言い換えるなら、アメリカ市場全体の約二〇パーセントを動かし、ウォール街の銀行が得る年間百十億ドルの仲介手数料のうち、合計二十二億ドルを支払っていた【注5】。全員が一つの意見や精神の下にまとまっていたわけではない。IEXで投資を行なっていた人はごく一部だ。理想主義でウォール街へ一石を投じるなどという考えはナイーブすぎるという、おとならしい世慣れた見解を持っている者もいた。テクノロジーによって、数十年前より取引の費用が下がったことを忘れるべきではないと考える人も多く、そのためウォール街の中間業者が離れ業を使って、費用をさらに下げるのを邪魔していることには、半ば目をつぶっていた。しかしどういう素地があるにせよ、何年か前から米国市場の内幕についてブラッドから聞かされてきた彼らは、全員が、少なくとも多少は、腹を立てていた。そして彼らはブラッドを、何かを売りつけてくる男としてではなく、パートナーとして見ていた。そして歪みきった金融システムを正そうという、ドンキホーテ的な試みに加わろうとしていたのだ。「何が起こっているか、だいたいのことは知っていたが、うまい説明が見当たらなかった」。集まった一人が言った。「その説明をしてくれたのがブラッドなんだ」。別の一人はこう言った。「これは断罪ではない。運動だ。わたしはだまされるのにうんざりしている。もうたくさんだ。行くならきれいだと思える市場へ行きたい」。三人目がこれに続いた。「あるとき突然、市場はアルゴとルーターがすべてになった。このからくりを解き明かすのは容易ではない。参考になるような本はない。誰かに電話をかけて話を聞くしかない。だが何を訊いても、銀行の連中からははっきりした答えは返ってこない。『空は青い』と言ったら『空は緑です』と返され、こっちは『何を言ってるんだ?』となる。そして三十分後には、向こうが〝空〟の定義をすでに変えていたことがわかる。こっちは自分の質問の意味をわかっている。向こうもその意味はわかっている。しかし答えたがらない。ブラッドが初めてぼくのところへ来て真相を話している間、ぼくのあごは床まで落ちていただろうさ」

別の投資家は、ブラッドについてこんな疑問を抱いた。「どうしてわざわざ苦労するほうへ行くんだ? 普通とは違う状況だ。たしかにうまくいけば金を稼げる。だがRBCに残っていたら、もっと稼げたはずだろう」

十六人は全員が男だった。ほとんどがスーツ姿で、ジャケットの背中には、鞭《むち》でたたいたような深いしわがついている。ウォール街の大手投資銀行の連中とも、超高速取引業者の連中とも違っていた。仕事を転々とするよりは、ひとつの職場でキャリアを築くタイプ。独立独歩の気質も強く、投資家同士で知り合うこともなければ、ブラッドが話を持ちかけるまで、自分たちが何らかの戦闘部隊を組織する理由も持っていなかった。多くがニューヨークに着いたばかりで、何人かは明らかにぐったりしていた。口調はくだけていて親しみやすく、地位のために策を巡らせる手合いはいなかった。誰もが激しい性格というわけではないが、好奇心が旺盛なタイプではあった。今程度の違いこそあれ、彼ら全員が気づいていた。この三十五歳のカナダ人の男は、今の立場に身を置くことで、これまで誰もできなかった形で、アメリカ株式市場を理解するに至った。「このゲームの全貌が、今のぼくにははっきり見えます」とブラッドは言

【注4】二〇一三年三月、金融派生商品の規制当局である商品先物取引委員会は、外部の調査団体に市場データの閲覧を認めるという、作成途中だったプログラムを終了した。その前に調査団体のひとつ、ハーバード大学のアダム・クラーク＝ジョセフが、そうしたデータを使って超高速トレーダーを研究していた。さらにシカゴ・マーカンタイル取引所の要請を受けた弁護士たちが委員会へ書簡を送り、クラーク＝ジョセフが収集したデータは超高速トレーダーに帰属するため、共有は違法だと主張すると、調査を中断した。退場を強いられる前、クラーク＝ジョセフは、超高速取引業者が採算の取れない小さな取引を使って、ほかの投資家から情報をかすめ取り、それに基づいて価格の動きを予測する手法を明らかにした。業者はその情報を使って、もっと大きな注文を出し、先の赤字を補って余りある利益を得ていた。

【注5】二〇一三年にウォール街の銀行へ支払われた仲介料は、推定で九十三億ドル（グリニッチ・アソシエイツ試算）から百三十億ドル（タブ・グループ試算）。

った。「理解できないプレス・リリースはひとつもありません」。二〇一三年八月二十二日、ナスダックはSIPの技術上の不具合なるものが原因で、三時間にわたる取引停止に見舞われていた。その理由も、ブラッドは理解できると思った。ナスダックは超高速取引業者が使うクールな新技術に膨大な資金をつぎ込み、取引のスピードを上げる一方で、一般投資家が使う市場については、基本の配管にさえほとんど資金を投入していなかったのだ。「ナスダックは超高速取引業者のために、あの最新設備を作りました。十七キロワットの液体冷却キャビネットや、あらゆる場所のクロス接続。しかし開かれた市場の中のSIPという隘路《あいろ》には手を入れない。SIPはBチームが担当しています」。四日後、BATSとダイレクト・エッジという二つの取引所が、合併の意志を明らかにした。普通の業界であれば、同じ機能を持つ二社の合併の意図は、整理統合による費用の削減だ。ところが続けて発表されたプレス・リリースでは、両取引所は合併後もそのまま営業を続けると説明されていた。その理由もブラッドには明白だった。両取引所は多少なくとも一部が超高速取引業者の所有で、超高速取引業者からすれば、取引所は多ければ多いほどいいのだ。

数週間後、ナスダックとニューヨーク証券取引所の双方が、超高速取引のコンピューターと取引所のマッチング・エンジンとの間の、情報を運ぶパイプを拡張すると発表した。新しいパイプの価格は月額四万ドル。超高速取引業者が古くて小さなパイプにこれまで払っていたのは月額二万五千ドルなので、大幅な増額だ。スピードの増加は二、マイクロ秒だった。ブラッドにはこの理由も理解できた。超高速取引業者が情報を二マイクロ秒速く運べるようになれば、市場がよくなるからではない。超高速トレーダーは誰もが同業者にスピードで劣ることを恐れている。そして取引所が、その不安からうまみを搾る方法を思いついたというだけだ。技術的な出来事によって左右される現在の市場で、偶然はあり得ない。このうえなく奇妙な現象にも理由がある。たとえばある日、投資家が目を覚まし、自分たちが三〇・〇〇〇一ドルである会社の株を買っていたと知る。なぜ？　どうやったら、一ペニーの百分の一単位で買うなんてことができる？　簡単だ。超高速トレーダーが、小数点の右側でもっと細かく数字を刻める注文形式を求めたのだ。こうすれば、三〇・〇〇ドルの値を付けた人よりも、行列の前に割りこむことができる。変更の理由はめったに説明されず、ただ変更が行なわれる。「これほど不透明な産業だというのは恐ろしいことです」とブラッドは言う。「そしていちばん金を稼いでいる者たちが、できるだけ不透明にしておこうとするのも、恐ろしいことです」

ブラッドが新たな取引所で行なったことはすべて、透明性を上げて、ウォール街がそれに従わざるをえなくするためだった。十六人の投資家はＩＥＸの事業戦略の基本を理解した。まず私設市場を開き、規制当局から課される何百万ドルという手数料を支払えるまで出来高が増えたところで、公共の取引所に変える。解釈上はダークプールだが、ＩＥＸは、ウォール街のダークプールが決してしなかったことをした。規則を公表したのだ。投資家はそこで認められる注文タイプや、特別入場を許されるトレーダーの有無を知ることができた。そんなことはこれまでになかった。ＩＥＸはダークプールとして、透明性の新たな基準を定めようとしたのだ。そうすればみずからを恥じて追随するダークプールも出てくるかもしれない。あるいは出てこないかもしれない。「ぼくはＩＥＸにならって規則を公表するプールが現れるはずだと思っていました」。ブラッドは今、投資家にそう語る。「隠すものなど何もないというところが、必ずあるはずだと信じていた。予想としては四十四のダークプールのうち、六つか七つは出てくると思った。ところがそんなものは、なし。ゼロです。現在は四十五の市場があります。そのうち四十四では、どのように取引が行なわれているかわからない。市場の仕組みを伝えるのが、実はいいアイディアだと思う人は本当にいないのでしょうか？　金融危機を振り返れば『証拠書類なしでモーゲージ・ローンを組むなんてことが、どうしてできる？　非常識だ』と思うでしょう？　ところが銀行はそれをやった。そして今、何兆ドルもの取引が実行されている市場の仕組みが、誰にもわからない。証拠書類がないからです。どこかで聞いた話だと思いませんか？」

投資銀行のサボタージュ

それからブラッドは、市場が実態を隠し続けようとしていること、そしてその中心にいる人物たちが、ＩＥＸの失敗を願っていることを説明した。取引が始まる前から、ウォール街の大手投資銀行のブローカーは、ＩＥＸを貶《おとし》める工作を仕掛けていた。ある投資家がブラッドのところに電話してきて、バンク・オブ・アメリカの関係者から、ＩＥＸは超高速取引企業の所有だと聞いたと言った。開場の日の朝には、ＩＮＧという投資会社のマネジャーが、各方面にメールを送った。それはあたかもウォール街の大手投資銀行の誰かの代理で書かれたように見せかけたもので、次のように記されていた。「目前に迫ったＩＥＸの取引開始に際して、ＩＮＧの取引はすべてＩＥＸ以外の市場で約定くださるようお願いいたします……。彼らのビジネス・モデルに内在する利益相反を、わたしはいまだ解決できておりません。そのためＩＥＸでの取引は拒否されるようお願いいたします」

ＩＥＸの職員は、収入を失う危険を冒して、株式市場での利益相反を非難していた。ウォール街の大手投資銀行の豊富な資本を拒否したのは、そもそも利益相反を避けるためだ。ＩＥＸの後ろ楯となった投資家たちも、自分たちが取引所に注文を送ることで、個人的な利益を得ないような形で投資をしていた。投資の利益は、その資金の預け主のところに流れるようにしていたのだ。また取引所を支配できるだけの存在感を持たないよう、それぞれの持ち分は五パーセント未満に抑えるという了解があった。開場前にニューヨーク証券取引所の新オーナー、インターコンチネンタル・エクスチェンジ（通称ＩＣＥ）から、数億ドルでの買収の提案を受けたが、ブラッドはこれを断固はねつけ、手っ取り早く金を得ることには背を向けていた。自分たちの利益と広い市場の利益とを同調させるため、IEXを利用するすべての人を対象に、出来高の増加に合わせて手数料を減らすことを考えていた。そして開場当日、INGのマネジャー――以前、IEX側と会うのを拒否し、説明の機会を与えなかった――は、IEXには利益相反があるとのうわさを広めた【注6】。

とはいえ当時は、IEXのアメリカ株式市場参入にともなって、とっぴな振る舞いがいろいろと見られたものだった。たとえばローナンが私的な商業会議に出席したときのことだ。その会合はメディア出入り禁止、ウォール街の大物が多数、出席していた。ローナンはこうした内輪の集まりに招待されるのは初めてだったので、おとなしくしていようと思っていた。会場の外の廊下を歩いてトイレへ向かっていたとき、誰かが言った。「おい、中でIEXのことを話すみたいだぞ」。ローナンは会議室へ戻り、いくつかの大手取引所の責任者からなるパネル討議に耳を傾けた。IEXは市場最大の問題、すなわち市場の細分化を悪化させるだけだということで、全員の意見が一致していた。市場にはすでに十三の公共の取引所と、四十四の私的な取引所がある。これ以上、増やす必要がどこにある、というわけだ。やがて質疑応答の時間が来て、ローナンがマイクを握った。「どうも、ローナンです。どうやら肝心なときにおしっこへ行ってたみたいですね」。ローナンはそう言ってから、ちょっとしたスピーチをぶった。「われわれはあなたがたとは違いますよ」。ローナンは最後にそう言った。「というか市場の誰とも違う。われわれは目的を一つにする軍隊なんです」。ローナン自身は、冷静で行儀のいいスピーチだと思っていたが、聞いていたほうは、そう感じなかったようだ。会場は沸き、拍手が起こった。「いやはや、こっちとしては、おまえが今にも殴りかかるんじゃないかと思ったよ」と、ある男がのちに言った。

取引所がＩＥＸを嫌うのには明確な理由があったが、ウォール街の大手投資銀行には、それほど明確な理由はないはずだった。それでも大銀行は、大物投資家がブラッドを、ウォール街の振る舞いの断罪者とみていると感じ取るにつれ、ＩＥＸとの対立には慎重になっていった。ＩＥＸ批判をそのまま口にするのではなく、ほかの大銀行から聞いたという体《てい》を取ったのだ。ＩＥＸは投資家にうまいこと吹き込んで、ＩＥＸへ注文を送らせようとしているらしいが、シティグループはそのことにおかんむりだと、ドイツ銀行の人間が言って回る、というようなことだ。「訪問すると、どこも友好的なんです」。ブラッドは言った。「それで兵糧攻めにするつもりだなと感じました」。ただしそうは見えないように。ＩＥＸの取引開始の前日、バンク・オブ・アメリカの男から電話があった。い、よう相棒、どうしてる？　うちが協力的だって言ってくれたら、うれしいんだけどな。バンク・オブ・アメリカは、ＩＥＸと接続するのに必要な書類を最初に受けとった銀行

【注6】なんとも奇妙なことに、ＩＥＸの当時三十名の職員の四〇一ｋ（確定拠出年金）プランを管理していたのは、このＩＮＧだった。これを見てジョン・シュウォールは副業の私立探偵を再開した。そして細かい調査を行なった結果、顧客が市場へ入場するのを勝手にはばんでいるマネー・マネジャーは、みな受託者責任を放棄していると考えるに至った。これを根拠に、シュウォールは社の四〇一ｋをＩＮＧから引き上げた。

だ。ところが取引初日になっても、ぐずぐずして接続していなかった。ブラッドは、バンク・オブ・アメリカをその状態のまま放っておいた。「恥の意識こそが、ぼくらにとっての大きな戦略でした」とブラッドは言う。

コンピューターの目から株式市場を見る

IEXが取引を開始してから九週間で、状況はすでにかなりはっきりしていた。IEXへ注文を送るよう顧客が指示しても、投資銀行は従わない。すでにそれを知っていた投資家もいたが、その場で知った人もいる。一人はこう言った。「IEXへ送ってほしいと伝えると、こう言うんだ。『なんでそんなことをおっしゃるんですか？　できませんよ！』ってな。〝泣きわめく豚〟というフレーズが頭に浮かぶね」。IEXの誕生から六週間後、スイスの大銀行UBSは、ある大物投資家にうっかりこう漏らした。IEXに注文を送れとはっきりした指示をもらったが、実際には一つも送っていないと。ある大手投資信託会社のマネジャーが計算したところ、IEXへ送れとの指示に、大手投資銀行は「最大でも一〇パーセント」しか従っていなかった。別の投資家は三つの異なる投資銀行から、月三百ドルの接続手数料を払いたくないから、IEXとは接続しないと言われていた。

注文をIEXへ送るよう顧客に言われてから、急に歩みがのろくなった投資銀行のうち、いちばんまともな言いわけをしたのはゴールドマン・サックスだった。コンピューター・システムに、今まで出したことのない指示を出すのは恐ろしいと。二〇一三年八月、ゴールドマンの自動取引システムは大量の異常かつ厄介な取引を発生させ、銀行に数億ドルの損害を与えていた（この後、驚いたことに公共の取引所が、取引のキャンセルに同意した）。ゴールドマンは、マシンが従来の指示に従わなくなった理由を突きとめるまで、新たな指示を与えたくなかったというのだ。ゴールドマンのオフィスを訪れたときの対応にも、ブラッドは感じ入った。彼の話に耳を傾け、ドアの外に追い出すのではなく、上層部に会わせてくれたので、ブラッドも言いわけを信じる気になった。ゴールドマンはブラッドの話をまじめに受け取ってくれていると感じた。たとえばブラッドが株式市場の人間と初めて会談したあと、ゴールドマンのアナリストは顧客に対し、ナスダックでの投資には気をつけたほうがいいと話していた。

そのほかの投資銀行（モルガン・スタンレーとJPモルガンは例外）は、ほとんどが受動攻撃型だったが、単に攻撃的になることもあった。クレディ・スイスの行員は、IEXは実際には独立した組織ではないといううわさを広めた。実はカナダロイヤル銀行が所有しているので、大手投資銀行の道具にすぎないというのだ。IEXの職員の一人が、ある晩、マンハッタンのバーでクレディ・スイスのシニア・マネジャーと鉢合わせた。彼は「しくじったらうちへ来い。仕事をやるぞ」と言い、すぐにこう続けた。「いや、待て。みんなおまえらを心の底から嫌ってるからな。やっぱりやめだ」。また取引が開始された日、別のＩＥＸの職員はバンク・オブ・アメリカの上級幹部から電話を受け「ＩＥＸの中にはアイリッシュ・マフィアとつながっているやつがいるから、そいつらを怒らせないほうがいい」と言われた。ブラッドに報告すると「そんなことを言うやつは、どうしようもないろくでなしだ」と言っただけだ。いっそう不安になった彼は、テキストメールでやり取りを続けた。

ＩＥＸ職員：気をつけたほうがいいかな？
バンク・オブ・アメリカ幹部：ああ。
ＩＥＸ職員：まじめに言ってるのか？
バンク・オブ・アメリカ幹部：ＪＫ（冗談だよ《ジャスト・キディング》）。
ＩＥＸ職員：アイルランド人につけられてるなんてことはないと思うけど。
バンク・オブ・アメリカ幹部：次に車に乗るときは気をつけろよ。
ＩＥＸ職員：車を持ってなくて幸いだね。
バンク・オブ・アメリカ幹部：そうか、なら彼女の車かもな。

ブラッドはまた、ウォール街の大手投資銀行が、ＩＥＸへ注文を送るのを投資家に思いとどまらせるために、どんな理屈を使っているかも聞いていた。ＩＥＸは遅すぎます、数年前から、銀行はスピードとアルゴの強さを投資家に売り込むとともに、「遅いことは悪いこと」という考えを植えつけていた。市場に新たに持ち込まれたスピードが顧客の助けになると、銀行は自分で自分を納得させているように見えた。そしてスピードが遅いことを指す、〝デュレーション・リスク〟という、専門用語のような言葉まででっちあげていた（「正式な用語のように聞こえれば、みんな真剣に受け止める必要があると信じこむものだ」）。ＩＥＸが導入し、株式市場の捕食者を撃退した三百五十マイクロ秒の遅れは、だいたい瞬きの千分の一の時間だ。しかしその瞬きの千分の一の時間が大問題であり、注文はできるだけ速く、積極的に動かすことが重要だと、投資家は何年もかけて信じこまされてきた。ゲリラ戦！　奇襲！　こんなスピード競争は、まったく無意味だった。投資家がどれだけ速く動こうと、超高速トレーダーを抜くことは決してできない。注文の速度を上げても、超高速取引業者が仕掛けたさまざまな罠にかかるまでの時間を、短くすることにしかならないのだ。「しかし、どうすれば一ミリ秒の差は関係ないと証明できるのか」とブラッドは問いかける。

ブラッドはこの問題をパズルマスターたちへ投げかけた。チームにはラリー・ユーという男が新たに加わっていた。ブラッドから見たユーは、デスクの下にルービックキューブをしまっている男だった（一般的な三×三のキューブを、ユーは三十秒かからずに揃えることができ、よく回転するように、しょっちゅう潤滑油のＷＤ－40をさしていた。四×四や五×五、巨大でいびつな形のものなど、もっと難しいキューブもしまっていた）。そのユーが二つのチャートを作った。ブラッドはそれをスクリーンに映して投資家に見せた。

株式市場で何かを見るには、自分の目ではなく、コンピューターにはどう見えるかを想像する必要がある。最初のチャートには、アメリカのすべての公共取引所で、最も活発に売買されている株（バンク・オブ・アメリカ・コープ株）の十分間の動きが、一秒刻みで示されている。これが人間の目で見たときの動きだ。取引は絶え間なく、盛んに行なわれているように見える。ほぼ毎秒、何かが起こっていた。取引が成立することもあるし、新たな買い注文や売り注文もどんどん入ってくる。ふたつ目のチャートは、同じ動きを今度はコンピューターの目で、一ミリ秒刻みで一秒間、追ったときのようすを示していた。その一秒の間で、市場の活動すべてが、ある一帯――わずか一・七八ミリ秒の間――に極端に集中し、グラフはまるで砂漠にそびえるオベリスクのように見えた。残りの九八・二二パーセントでは、まったく何も起こっていなかった。世界で最も活発に株が取引されている市場でさえ、コンピューターにとっては平穏な、ほとんど眠たい場所だった。ブラッドは言う。「そう、人間の目には、市場はすばやく動いて見える。しかし、実際にはそんなに速くないんです」。そのため三分の一ミリ秒の間に何か重大なことが起こり、投資家がそのチャンスを逃す可能性は、最も活発な市場でも、ほとんどゼロに近い。「ミリ秒を心配しても無駄なんです」とブラッド。「ミリ秒が問題なら、すべての投資家がニュージャージーに行っていたはずです」

「その突出した部分は何を表してるんだ？」一人の投資家が、オベリスクを指して言った。

「みなさんの注文の一つが、市場に到達しようとしているところです」とブラッドは言った。

何人かの投資家が身じろぎした。株式市場がパーティー会場なら、投資家はそこで出されるカクテル入りのボウルだということが、さらにはっきりしつつあった（まだわかっていなかったらの話だが）。三分の一ミリ秒ほど遅れたところで、動きを見逃す可能性は低い。なにせ、すべての動きのきっかけは自分たちなのだ！　ブラッドは言う。「取引所で取引が行なわれるたび、信号が発生します。信号が届くまでの五十ミリ秒は、完全な静寂です。そこに何かが起きる。するとこういうすさまじい反応がある。さらにその反応への反応がある。相手側の超高速取引業者のアルゴは、たった今、起こったことをもとに、みなさんの次の動きを予測します」。このような動きは、投資家の注文によってすさまじい餌の奪い合いが起きた、わずか三百五十マイクロ秒後に頂点へ達する。言い換えると、投資家の注文が到着した取引所から、超高速取引業者がほかの全取引所へ自分の注文を送るのに、それだけの時間がかかるということだ。「本当に何が起きているか、目で見て確かめることは絶対にできません」とブラッド。「ぺてんの瞬間は見えない。たとえサイボーグでも見えないんです。ですが反応することに価値がなければ、誰も反応などしなくなるでしょう」。獲物の到着で捕食者は目を覚まし、さまざまな戦略を発動させる。報奨金さや取り、レイテンシーさや取り、スローマーケットさや取り……。それ以上、続ける必要はなかった。以前の発見については、それぞれの投資家に一から説明してあった。ブラッドが注目してほしかったのは、新しい発見だった【注7】。

投資銀行の百株単位の注文から見えてきたもの

IEXの開場初日の出来高は、五十万株にすぎなかった。コンピューター上の注文の動きはあまりに速すぎて、人間の目でそこから何かを読みとることはできなかった。ブラッドは一週間ほど端末にかじりつき、見えるものはすべて見ようとした。その一週間にも、画面を一秒に五十行のペースで流れ去る情報の意味を理解しようとしていたのだ。『戦争と平和』を一分で速読する気分だった。一つ見えたのは、驚くほどの数の百株ロットの注文が、ウォール街の投資銀行から送られてきていることだった。超高速取引業者は、百株ロットを餌として取引所へ撒き、できるだけ少ないリスクで情報をかすめ取る。ところが今回の注文は、超高速取引業者のものではなく、投資銀行のものなのだ。ある日の終わり、ブラッドがある投資銀行の注文数を数えてみたところ、八七パーセントが百株ロットの小さな注文だった。いったいなぜ？

カナダロイヤル銀行を辞めて一週間後、ブラッドは医師から血圧がほぼ標準レベルに下がったと言われ、薬を半分にした。ところが理解不能な状況が新たに訪れたことで、再び血圧上昇と偏頭痛に見舞われた。「なんとかパターンを見つけだそうとしました」

とブラッドは言う。「パターンは示されていた。けれども、ぼくの目はそれをとらえられなかったんです」

ある日の午後、ジョシュ・ブラックバーンというIEXの職員が、ブラッドがこの問題について話すのを耳にした。ジョシュは静かな――単におとなしいのではなく、非常に静かな――男で、初めは何も言わなかった。しかし問題の解決法はわかると思っていた。図を使えばいいのだ。

ジョシュのこのキャリアは、ゾランと同じく二〇〇一年九月十一日から始まった。大学に入ったばかりのとき、ジョシュは、テレビをつけろという友人のメッセージで、ツイン・タワーの崩壊を知った。「あれこそまさに〝今このとき、自分に何ができるのか〟的瞬間だった」。数カ月後に地元の軍の募集事務所へ行き、入隊を申し込んだ。担当者は一学年目が終わるまで待つよう告げた。その学年が終わり、ジョシュは再び事務所へ向かった。空軍へ入隊してカタールへ派遣され、そこで一人の大佐から、コンピューターのコードを書く特別な才能を見いだされた。そこから次々と仕事がつながり、二年後にジョシュはバグダッドにいた。そこでは遠隔地の全部隊へメッセージを届けるシステムを構築したり、グーグル・マップふうの地図を作成するシステムを、本家に先ん

【注７】公共の取引所での獲物の奪い合いのうち、六〇パーセントの時間は、なんの取引も記録されない。奪い合いはどこかのダークプールで起こった取引に反応して起こる。ダークプールは取引をリアルタイムで報告する必要がないので、公式の記録では奪い合いが発生していないように見える。実際は違う。

じて作ったりしていた。バグダッドの次はアフガニスタンへ派遣され、やがてある任務の責任者を務めるようになった。軍支部から全戦闘地域のデータを吸い上げ、将軍の意思決定の助けになるよう、それをひとつの図にまとめる仕事だ。「その図を見れば、壁にかけられた六メートル四方の地図に示された範囲で起きていることが、リアルタイムですべてわかった」とジョシュは言う。「トレンド、ロケット弾攻撃の始点、午後の祈りのあとで（陸軍基地の）キャンプ・ビクトリーが攻撃されるパターン。いつ、どこが攻撃されるかの見込み、それと実際の攻撃位置や時間と比べてどうだったかもわかる」。肝心なのは、単にコードを書いて情報を図に変換することではない。どのような図が最適なのか見つけること、ぱっと見て意味がわかるような形や色を選ぶことだった。「材料が揃ったら、それを最良の形で提示するんだ。パターンがわかるように」とジョシュは言う。

それは続けるのが難しい仕事だった。しかしやめるのはもっと難しかった。最初の配属先で任期が終わると別の場所に配属され、その任期が終わるとさらに別の場所に配属された。三つめが終わったところで、戦争は終結しつつあり、自分の価値も減っていた。「戦地から戻るのはとても難しい」とジョシュは言う。「戦地では自分の仕事がどう役立っているか、自分の目で見られる。だから帰ったあとは、何に対しても情熱や意義を見いだせなかった」。帰国したジョシュは、自分の技術を生かせる場所を探した。そして金融業界の友人のつてで、新しい超高速取引業者に仕事の空きがあることを知った。

「戦地では敵を出し抜くために図を使っていた」とジョシュ。「今回、出し抜こうとするのは市場だった」。会社はジョシュが働きだしてから六週間でつぶれたが、その仕事はジョシュにとっては飽き足らなかった。

ＩＥＸには、ほかの人と同じような成り行きで入った。リンクトインを漁っていたジョン・シュウォールから、面接を持ちかけられたのだ。そのころ、ジョシュのところにはほかの超高速取引業者から誘いが殺到していた。『われわれはエリートだ』と何度も言われた。ひたすらエリート意識をくすぐってくるんだ」。彼自身は、自分がエリートかどうかという問題に、さして関心はなかった。意味のあることをやりたいだけだった。「金曜に面接して、土曜には来てほしいと言われた。ブラッドは市場の仕組みを変えると言っていた。けれどこっちは、彼の話していることの意味を、あまりわかっていなかった」。入社してからは沈黙を守り、自分が望んでいた、裏方という地位に身を置いていた。「とにかくまわりの言ってることを受けとめて、不満に耳を傾けようとだけ思っていた」とジョシュは言う。「おれはこうしたい、わたしはああしたいというのを聞いたら、意見をまとめて解決策を考える」

ブラッドはジョシュの過去をほとんど知らなかった。軍で何をしていたにせよ、話題にしづらい類のことだと思っていた。「知っていたのは、アフガニスタンのトレーラーにいて、将軍たちの下で働いていたことだけでした」とブラッドは言う。「ぼくが自分の問題、たとえばデータが見えないことを話すと、ジョシュは『更新ボタンを押してください』と言うだけです」

ジョシュは静かにその場を去って、ブラッドのためにＩＥＸの活動図を作った。ブラッドは更新ボタンを押した。すると画面は別の形と色に整えられた。奇妙な百株ロットの注文は突如としてまとめられ、わかりやすくハイライトされていた。パターンが見えた。そしてそのパターンの中に、ブラッドも投資家も想像だにしなかった捕食行動が見えていた。

新しい図が示していたのは、ウォール街の大手投資銀行が、投資家の注文をどのように扱っているか、その典型的な方法だった。具体的にはこうだ。たとえばあなたが投資信託か年金基金の大物投資家だとして、プロクター・アンド・ギャンブル（Ｐ＆Ｇ）へ大きな投資をしようと決めたとする。あなたは、あなたに資産運用を任せている、ごくふつうの多数のアメリカ人の代理として行動している。適当なブローカー、たとえばバンク・オブ・アメリカへ電話をかけ、Ｐ＆Ｇ十万株を買いたいと伝える。Ｐ＆Ｇは八二・九五～八二・九七ドルで取引されていて、千株ずつ売りと買いが出ている。そこであなたは一株八二・九七ドルまでなら払う気があると伝える。その瞬間から基本的に、自分の注文とそこに含まれる情報がどう扱われるかを知る手立てを失ってしまうのだ。ブラッドはこう見ていた。こういうときにブローカーつまり投資銀行は、偵察のためＩＥＸへ百株ロットの注文を出して、売り手がいるかを確認するはずだ。これはわかる。売り手を見つけるまでは、誰だって自分が大口の買い手を抱えていることは明かしたくないからだ。まるでわからないのは、売り手を見つけたあとのブローカーの行動だった。彼らはその売り手を避けていた。

たとえばIEXに、実際そのような買い手を待つ売り手がいるとしよう。彼は八二・九六ドルでP&G株十万株を売ろうとしている。しかし大手投資銀行は、IEXへやって来てP&Gを大きく買うのではなく、ひたすら百株の注文を投げ続ける。そうでなければ完全に姿を消す。もし銀行が単純に、上限八二・九七ドルでP&G株十万株の買い注文をIEXに送っていれば、投資家は八二・九六ドルで、ほしいだけの数をすべて購入できていたはずだ。それなら株価は上がらない。しかし銀行は少しずつ、しつこく注文を出しながら、代理をしている投資家の利益を犠牲にして、P&Gの株価をつり上げる。なお悪いことに、たいていの銀行は最後まで、顧客がほしがっている量の一部しか買わない。「この図のおかげで、これまでになかった新たな動きの全体像が明らかになりましたが、ぼくからするとひどくばかげたことに思えました」。ブラッドは十六人の聞き手に語りかけた。ウォール街の大手投資銀行は、まるで大口の売り手との取引を避けるために、IEXに大口の売り手がいるかを確かめているようだった。「いったいぜんたい、なぜそんなことをするのか。そんなことをしたら、超高速取引業者が信号を拾う機会が増えるだけなのに」

大手投資銀行のすべてがこのように振る舞うわけではない。百株の注文に続いて本格的な買い注文を出し、顧客が指示したとおりに取引を実行するところもある（いちばん品行方正なのはカナダロイヤル銀行だった）。それでも全体としては、ＩＥＸに接続していたウォール街の大手投資銀行——最初の週に取引をしていたグループで、バンク・オブ・アメリカやゴールドマン・サックスは除く——には裏があった。株式市場全体と関係があるように見せかけて、自分たちのダークプール以外での取引を、一つ残らず阻止しようとしているようだった。

この場に集まった投資家も、当然、こうした行動の代償を払わされていた。ブラッドは彼らに、なぜ投資銀行がこんなことをするのか、その理由を説明している。いちばんわかりやすい理由は、投資家から出された注文が、自行のダークプールで約定される確率を最大限に高めるためだ。ダークプールの外では、Ｐ＆Ｇ株をまじめにさがそうとしない。当然、見つかる可能性も低くなる。そうやってのらりくらりしていられたのは、最終的に相手をプール内で見つける投資銀行の能力が、とてつもなく高かったからだ。アメリカ株式市場全体の売り買い注文のうちわずか一〇パーセント以下の注文しか扱わない投資銀行が、顧客の注文の半分以上を、自らのダークプールの中で約定させている。こうしていまや投資銀行は、自分たちのダークプールで、市場全体の三八パーセントを動かすようになった。これこそ投資銀行がしていたことだったのだ。「市場がつながり合っているというのは、うわべだけのことです」とブラッドは言う。

ウォール街の大手投資銀行がプール内で取引をしたがるのは、そのほうが金を稼げるからというだけではない。確かにそこでなら、手数料が入るという以上に、超高速取引業者にプール内の注文を食い物にする権利を売りつけることができる。しかし銀行がプール内で取引をしたがるのは、何よりも、プールの見た目の出来高を水増しするためだ。ダークプールの実績を示すのに使われる統計は、公共の取引所のものと同じように、少しどころではなくねじ曲がっている。株式市場は出来高と、その出来高の性質で判断される。たとえば市場は、平均的な取引の規模が大きいほど、投資家にとっていい場所だと広く信じられている（取引の回数が少なくなったほうが、投資家の意図が超高速トレーダーにかぎつけられる可能性も減る）。そのためダークプールと取引所はどこも、見栄えのいい統計をつくりあげる技を持っている。ここまで見事にデータを歪曲できるのかと思うほどだ。たとえば取引所は大口の取引を引き受ける力があると示すため、一万株以上の〝ブロック〟取引の件数を公表している。ニューヨーク証券取引所は、ＩＥＸから回されてきた注文について行なったという、二十六回の取引記録を送ってきた。ところが電光掲示板で流れる情報では、一万五千株のブロック取引一回として発表された。ダークプールはさらにたちが悪い。管理している銀行以外、中のようすを詳しく見ることができないからだ。投資銀行はどこも、自行のダークプールについてはみずから統計を取って発表している。どこも自分たちが一位だ。ブラッドは言った。「データの粉飾は業界全体で行なわれています。簡単にいじれますから。そして本当のデータを手に入れるのはとても難しい」

投資銀行は自行のダークプールのデータを操作するだけではない。競合相手を貶める工作も、ひんぱんに行なっていた。銀行がＩＥＸへ百株ロットを送りつけるもう一つの理由がこれだ。彼らはダークプールと競合するＩＥＸ市場の平均取引規模を下げようとしていたのだ。規模が小さくなれば、統計の見栄えも悪くなる。まるでＩＥＸが超高速トレーダーであふれているように見えるのだ。ブラッドはこう話す。「顧客がブローカーに『いったいどうなってるんだ？　なんで百株の注文だらけなんだ』と文句を言う。そうしたらブローカーは『まあ、注文をＩＥＸへ送りましたから』と答えればいいんです」。この戦略は、顧客の金と売買の機会を犠牲にすることで成り立っているのだが、顧客には知るよしもない。わかるのはＩＥＸの平均取引規模が下がっていることだけだ。

ダークプールさや取りのからくり

取引開始から間もなく、ＩＥＸもみずからの統計データを発表した。市場で何が起こっているかを、おおまかに示すことが目的だった。「ある特定の行為を全員がしている限り、誰の行為が特にひどいのかを突きとめることはできません」とブラッドは言った。今のブラッドはそれを突きとめていた。各投資銀行の懸命の努力もむなしく、ＩＥＸの取引の平均規模は、公設、私設を問わず、どの取引所よりも大きかった。さらに重要なのはＩＥＸの取引がランダムであること、つまりほかの市場の活動と同調していないことだ。たとえばＩＥＸで、ある株の価格が変化したあとに取引される割合は、ほかの市場の半分だった（ペンシルヴェニア州ウェスト・チェスター出身のマネー・マネジャー、リック・ゲイツの例のように、投資家が取引所で搾取されるのは、その取引所が株価の動くスピードに合わせて、すばやく注文を動かすことができないからだ）。またＩＥＸでは、注文が現在の市場のビッドとオファーの中間点、つまりほとんどの人が公平だと認める価格で取引される確率が、ほかの取引所の四倍にのぼった。ウォール街の大手投資銀行がＩＥＸへ注文を送るのに乗り気でなかったにもかかわらず、この新しい取引所のおかげで、ダークプールや公共の取引所の統計データは、彼ら自身のねじ曲がった基準で見てさえ悪くなっていた【注8】。

ブラッドの戦略家としての最大の弱点は、他者の振る舞いがどこまでひどくなるか、想像する能力に欠けていたことだった。ブラッドは当初、大手投資銀行はＩＥＸへ注文を送ることに抵抗するだろうとは考えていた。しかし顧客を助けるために作られた取引所に、自分たちの顧客の注文を利用し、顧客を犠牲にしてまで、破壊工作をしかけるとは想像していなかった。ブラッドは言った。「正しい振る舞いが報われるシステムを作りたいとする。ところがシステムはその正反対のことをしている。これではブローカー

【注8】金融取引業規制機構（ＦＩＮＲＡ）は、公設、私設を問わずすべての取引所を対象に、独自の奇妙なランキングを発表している。順位付けの基準は、全米ベスト・ビッド・アンド・オファー（ＮＢＢＯ）の外で（おそらくうっかり）取引するという法律違反の少なさである。取引開始からの二カ月、ＩＥＸはこのランキングで一位を獲得した。

の振る舞いがひどくなるのも無理はありません」

超高速トレーダーにとって、そのような振る舞いは、予想以上の大きな利益をもたらしていたのだ。ある日ブラッドが、ジョシュ・ブラックバーンが作った図を見つめている間に、ある投資銀行からIEXへの百株ロットのマシンガン攻撃が起こり、二百三十二マイクロ秒のうちに、ある株の値段が五セント上がるのを見た。IEXの三分の一ミリ秒の遅れも、ブローカーが自分の管理する大口注文を、もっと長い時間、周囲に知らせ続ければ、注文を隠す役には立たない。超高速取引業者はその信号を拾い、先行して飛び出す。ブローカーはほかの場所でもそうやって、自分の買い注文の知らせを広めているのだろうか。気になったブラッドは、アメリカ株式市場で起こった、すべての取引と価格を調べてみた。「こう思ったんです。ブローカーはウォール街全体を攻撃しているのか。それともぼくらのところだけなのか」。ブラッドは集まった投資家に言った。

「それでわかったのは、ひどくショッキングなことでした」

ブラッドは、IEXで取引が一回行なわれるたびに、それとほぼ同じ取引が、ほぼ同じタイミングで、別の市場で行なわれていることを発見した。「気づいたのは取引規模が変に一致していることでした」。たとえばP&G百三十一株分がIEXで取引されていると、数ミリ秒以内にまったく同じ取引――P&G百三十一株分――が、別の取引所で、わずかに違う値段で行なわれるのだ。そのようなことが繰り返し起こっていた。ブラッドは、この取引に関わっているのが、超高速トレーダーへ回線を貸し出すブローカーらしいことにも気づいていた。

このときまでは、ブラッドたちが暴き出した捕食行動のほとんどは、株価が動いたときに起こるものだった。株価が上下すると、超高速トレーダーはそれを誰よりも早く察知して、市場に付け込む。株式市場の取引の約三分の二は、価格の変動をともなわずに行なわれる。つまり売り手のオファー価格か買い手のビッド価格、あるいはその間で取引され、その後もビッドとオファーの価格は、取引以前と同じに保たれる。しかしこのときブラッドが発見した手口では、超高速取引業者は投資銀行の助けを得て、株価が安定しているときにさえ投資家を食い物にできた。たとえばＰ＆Ｇ株の市場価格が八〇・五〇～八〇・五二で、クォートは安定している、つまり値動きの気配はないとしよう。全米ベスト・ビッドは八〇・五〇、全米ベスト・オファーは八〇・五二で、株価はそのあたりにとどまっている。そのときＰ＆Ｇ一万株分の売り手がＩＥＸへやって来る。ＩＥＸはその注文に中間点（公正な価格）の値をつけることにして、一万株分を八〇・五一ドルでオファーする。そこへ超高速トレーダーがやって来て――やって来るのはいつも彼らだ――その注文を少しずつ削り取っていく。こっちから百三十一株、あっちから百八十九株というように。ところが市場の別の場所では、同じ超高速取引業者がその株を売っている。こっちで百三十一株、あっちで百八十九株、八〇・五二ドルで。表面上、超高速取引業者は売り手と買い手の橋渡しという、有意義な機能を果たしている。ところがその橋は不条理そのものだ。なぜ顧客の代理で買い注文を管理しているブローカーは、自分でIEXへ来て安いオファー価格で買おうとしないのか？

リック・ゲイツが例の実験を行なったとき、ゲイツはウォール街のダークプール内で思惑通りの略奪行為に遭ったが、それはあくまでゲイツが株価を動かしたあとのことだった（ダークプールは遅いので、そこにある注文の価格はあわせて動かすことができない）。今回、ブラッドが気づいた取引は、市場をまったく動かさずに行なわれていた。どうしてそんなことが起こるのか、ブラッドには理由がはっきりわかった。ウォール街の投資銀行は、外の市場へ顧客の注文を送っていないのだ。ある投資家がウォール街の銀行へ、たとえばP&G一万株の買い注文を出したとする。その銀行は自分たちのダークプールへ注文を送り、外へ出さないよう指示して、八〇・五二ドルという強気な値を付ける。銀行はそうやってダークプールの統計の数値を大きくする――そしてほかの取引所へ手数料を払うのではなく、超高速取引業者に手数料を請求する――その一方で、市場で何が起ころうとも無視している。きちんと機能している市場であれば、投資家どうしは中間点で出会い、八〇・五一ドルで取引するはずだ。価格は一ペニーたりとも動かす必要がない。市場の歪曲がもたらす不必要な価格の動きは、超高速取引業者の有利に働く。値動きがあったとき、まっさきに検知できるのは超高速トレーダーなので、価格が動いた事実を知らない一般投資家を出し抜くことができるのだ。最初にウォール街の大手投資銀行から発された欺瞞《ぎまん》の音――ダークプール外での取引の回避――は、さや取りという交響曲のプレリュードとなる【注9】。「われわれはこれを〝ダークプールさや取り〟

と呼んでいます」とブラッドは言う。

IEXが作った取引所は、捕食的な取引が行なわれる可能性を排除し、投資家が食い物にされることを防ぐためのものだった。開場からの二カ月、IEXでは、このほかに超高速トレーダーの活動は見られなかった。金融の中間業者は、現在、完全に不要になったはずなのに、これほど積極的に保護されているとは。少し立ち止まって考えてみると、これは驚くべきことだ。投資銀行はほとんど魔法のような手法で、金融中間業者のニーズを生みだしてきた――自分たちの不実な仕事ぶりに対して、報酬を支払うために。

ブラッドは質疑応答の時間を取った。最初の数分間、投資家たちは誰がいちばんうまく怒りを抑えこみ、投資家らしい節度ある態度を維持していられるかを、お互いに競い合っていた。

「IEXを開く前とは、超高速取引業者に対する見方が変わったということか？」一人

【注9】読者のみなさんは、こんなささいなごまかしを、さや取りと称することに疑問を感じるかもしれない。ところが、こちらの一ペニー、あちらの一ペニーといった少額ずつでも、アメリカの株式市場全体では、とてつもない金額となる。IEXのパズルマスターたちは、超高速取引業者がダークプールさや取りで年間いくらぐらい稼いでいるか、ざっと計算してみた。十五日という期間を設定し、その中でのすべてのダークプールさや取りの事例を合計し、数字をはじき出した。するとアメリカ株式市場だけでも、超高速取引業者の儲けは、年間十億ドル以上にのぼることがわかった。しかもこれは彼らが用いている戦略の一つにすぎない。あるIEXの大物投資家は言う。「開場から十週間で、IEXはこうした戦略を四つ見つけだした。あといくつ見つかるか想像もできない」。こちらの十億ドル、あちらの十億ドルなら、合計はいったいいくらになるのか。

がきいた。

この問いには、ローナンのほうがうまく答えられたはずだ。ローナンはちょうど大手超高速取引業者を巡る遠征から戻ってきたところで、この日は部屋の横で壁にもたれていた。すでに、この話の技術的な部分――IEXが三百五十マイクロ秒の遅れや、魔法の靴箱などを作り出した経緯――と遠征の詳細については、ブラッドの指示で投資家に話していた。しかし超高速取引業者に関しては、前に出るのを控えていた。この場で胸のうちを語るには、グレーのスーツを着込んで、なかば公式な場で講演をするような心持ちにならなければいけない。しかしもちろん、彼にそんな気はなかった。別の言いかたをすれば、ローナンにとって、思っていることを〝くそ《ファック》〟を使わずに話すのは、きわめて難しいことなのだ。罵り言葉なしで言葉を紡ぐローナンを見るのは、腕も脚も使わずに河を泳ぐ人間を見るようなものだ。おもしろいことに、汚い言葉づかいで聞き手を不快にすることは心配していなかったと、彼はのちに語っている。「なにしろああいう場では、自分がボスとして悪態をつきたがる連中がいるからさ」とローナンは言う。「ぼくが『くそ』と言ったら、主役の座を奪おうとしてると思われちまう。だから集団の前に出るときは、できるだけおとなしくしてるんだ」

「IEXを始めてから、超高速取引業者への嫌悪感はだいぶ薄れました」とブラッドは言った。「ああなったのは彼らのせいじゃない。思うに彼らのほとんどは、市場が効率の悪さを改善せず、自分たちはそれに乗じているだけだと、正当化しているのでしょう。

たしかに彼らが規制の範囲内でやってきたことは見事だった。超高速取引業者は思っていたような悪党じゃない。システムのせいで堕落しているんです」

寛大な言葉だ。ところがそのとき会議室に集まっていた投資家たちは、寛大な気分にはなれないようだった。「われわれをはめるのに、投資銀行もぐるだったとは、今でもショックを引きずっている」。投資家の一人はのちにそう言った。「つまり、全員が悪役だったわけだ。そのうえ、われわれがＩＥＸへ注文を送るよう指示しても拒否されるということは、状況はさらに悪化している。事前にある程度は聞いてはいたが、それでも怒りはおさまらんよ。もしあの場で初めて聞いていたら、発狂していただろう」

一人の投資家が手を挙げ、ブラッドがホワイトボードに書き殴った数字に言及した。それはある投資銀行を例に、ダークプールさや取りの仕組みを解説したときに書いたものだった。

「それはどの銀行なんだ？」投資家がきいた。穏やかな声ではなかった。

ブラッドは一瞬、困った表情を見せた。その質問はもう何度も受けていた。その日の午前にも、説明の予行演習を聞いていた投資家が怒りを爆発させ、ブラッドを呼びとめて「最悪な銀行はどこなんだ？」と訊ねた。「言えません」とブラッドは答え、ＩＥＸはウォール街のすべての大手投資銀行と、許可なく名前を出してはいけないという契約を結んでいると説明した。

「座って話を聞いてるだけで、それがどのブローカーだか教えてもらえないなんて、どれだけうっぷんがたまるかわかってるのか?」別の投資家が言った。

ブラッド・カツヤマは、何か変化を起こすときには、大きな混乱がともなわないよう配慮する男だ。しかし今回ばかりは、それは難しかった。この問題で今すぐ変化を起こそうと思うなら、社会秩序を大胆に、全面的に作り替えなくてはならない。ブラッドは生来、過激な人間ではない。過激な事実を手にしているというだけだった。

「こちらとしては善良なブローカーに光を当てるようにしたい」とブラッドは言った。「必要なのは、正しいことをしているブローカーが報われるようにすることとです」。問題の解決に至る道は、それしかなかった。ブラッドはすでに、比較的、行儀のいい銀行のよい行ないについては、名前を出して構わないという承認を得ていた。「名前を挙げて称賛するのは、名前を挙げて非難するのは認めないという条件には抵触しません」

聴衆は、その言葉をかみしめた。

やがて、一人の投資家が訊ねた。「善良なブローカーってのは、どのくらいいるんだ?」

「十です」というのがブラッドの答えだった(IEXと取引があったのは九十四)。その中にはカナダロイヤル銀行、サンフォード・C・バーンスタイン、さらには、その二つよりさらに小さい会社がいくつか含まれていた。「重要なのが三つ」とブラッドは続けた。その三つとは、モルガン・スタンレー、JPモルガン、ゴールドマン・サックスだった。

「行儀のいいブローカーが現れるのはなぜだ？」

「長期的な利益です。このスキャンダルが世間に知られれば、誰がよい決断をして誰が悪い決断をしたか、すぐにわかりますから」ブラッドは言った。

ブラッドもよく考えていた。この話はどう受けとめられ、いつ世間にばれるのか。株式市場は奥深いところで操作されていること。世界の資本主義の象徴が、詐欺に手を染めていること。それを知って、行動的な政治家や原告側弁護士、各州の司法長官はどう反応するだろうか。そんなことを考えても、ブラッドの気分はさして晴れなかった。自分はただ問題を解決したかっただけなのだ。ブラッドはまだ、よくわからなかった。ウォール街の投資銀行は、なぜ彼の仕事をここまで困難なものにする必要があるのだろうか。

「名前を公表することで、対立が深まる心配はないのか？」とある投資家が訊ねた。彼が知りたがっていたのは、よいブローカーを世間に知らせたら、悪い連中がもっと悪くなりはしないかということだった。

「悪いブローカーは、どうがんばっても、これ以上は悪くなりようがありません」とブラッド。「そういうブローカーは、あらゆる手を尽くして顧客の望むことを阻止しようとしています」

ある投資家が再びホワイトボードに走り書きされた数字に注意を戻そうとした。ある銀行がダークプールさや取りをどのようにして行なっているかを示す数字だ。「それでこの数字を見せたとき、連中はなんて言ってたんだ？」

「何人かは『あなたは一〇〇パーセント正しい。このとおりのことが起こってる』と言いました。『いつも、どうすればほかのダークプールをくそまみれにできるかばかり話し合ってる』とまで言う人もいた。ただ『きみが何を言ってるのか、さっぱりわからないな。うちは経路を決定するのに、ヒューリスティック・データどうたらや、ほかのなんとか、かんとかというものを使ってるんだ』と言う人もいましたよ」

「そいつはテクニカルタームってやつだな。〝ヒューリスティック・データどうたら〟だの、〝ほかのなんとか、かんとか〟だの」。ある投資家が言うと、何人かから笑い声があがった。

壊れたスロット・マシン

テクノロジーとウォール街とは、特殊な形で衝突した。テクノロジーは効率を高めるために使われるべきもので、かつてはそのとおりの使われ方をしていた。ところがそれはまた、特殊な種類の市場の非効率を作り出すのにも用いられた。その新たな非効率は、金融市場が簡単に正せるものではない。たとえば大口の買い手が市場へ来てブレント原油の価格を上げたあと、投機家が市場へ跳びこみ、北テキサス原油の価格も上げるのは、健全でよいことだ。トレーダーが原油価格と石油会社の株価との関連を見て、株価を上げるのも健全でよいことだ。抜け目ない超高速トレーダーが、シェブロンとエクソンとの株価の間に必ずある、統計的な関連を予想し、関連が乱れたら反応することさえ、健全でよいことだ。しかし公共の取引所が注文形式やスピードの優位性を導入し、超高速トレーダーがほかの全員を食い物にできるようにするのは、健全でもなければよいことでもない。この種の非効率は、発見して対処した瞬間に消せるものではない。いわば壊れてコインが出っぱなしのスロット・マシンだ。誰かが何か言うまでその台は出続けるが、プレーヤーが得をしているかぎり、壊れていると指摘する人間はいないだろう。

ウォール街がテクノロジーを使ってしてきたことの大半は、ただ金融市場の外の人間が知らない何かを、内部の人間は知っているという状況を作るためだった。かつてどんな投資家にも理解できない、サブプライム・モーゲージ債にもとづく債務担保証券をもたらしたのと同じシステムが、今では、どんな投資家にも理解できない注文形式を駆使した、危険な速さで行なわれる、一ペニー単位の取引をもたらしている。他の多くの人々が理解できるようにものごとを説明しようとするブラッド・カツヤマの態度が、体制の秩序を乱すとみなされるのはそのためだ。ブラッドは自動化された新たな金融システムの核心を攻撃した。それはシステムの不可解さから生みだされている金である。

それまで黙っていた別の投資家が手を挙げた。「最初に正しいことをしようと動く者にリスクがあるように思えるね」。正しい意見だった。わりあい行儀のいい銀行であっても、申し分なく行儀がいいわけではない。大手投資銀行がＩＥＸに対して誠実に振る舞い、顧客の注文をそこで約定しようと思えば、自行のダークプールでの取引や、自分たちの利益を大幅に減らしてしまう。悪い銀行はここぞとばかりに、よい銀行を非難してこう言うだろう。おまえのダークプールはどこよりも悪いのだから、そもそも注文を受けるべきじゃない。それがいちばんの懸念材料だったと、ブラッドは投資家たちに話した。数年先を見通す能力と、先陣を切る勇気をあわせ持つ銀行はあるだろうか？　ブラッドはスライドをクリックした。そこには、二〇一三年十二月十九日という日付が記されていた。

ゴールドマン・サックスの決断

ウォール街の大手投資銀行の内情について、確信を持って正確に語ることは誰にもできないが、銀行を一貫した事業体とみなすことは誤りである。銀行は気分屋で、非常に政治的だ。ほとんどの行員の頭の中は年末のボーナスのことで占められているが、そうではない者が一人もいないわけではないし、大手投資銀行の全員が同じ動機で働いているわけでも、もちろんない。誰かのポケットに一ドルが入れば、誰かのポケットから一ドルが失われる。たとえば顧客の何に関心を抱くかは、顧客の利に反する取引をダークプールで行なう自己勘定取引組と、顧客に何かを売ることが仕事のセールスマンとでは違っている。何か特別な理由がない限り、直接、顔を合わせる相手から金をむしり取るほうが難しい。だから投資銀行は自己勘定トレーダーとセールスマンがいるフロアを分けるし、まったく別の建物に入れることも多い。そのほうが統制役の職員が喜ぶというだけでなく、関係者全員が、この二つの集団が会話を交わさないことを望んでいるからだ。自己勘定組が何をしようと無頓着でいたほうが、セールスマンは仕事がうまくできる（彼らとの関係を否定することもできる）。つまりルーターとアルゴリズムの常軌を逸した愚かさは、セールスマンの意図的な無関心が、コンピューターの世界へ拡張されただけの話なのだ。

ブラッドの仕事は、本人からすると、セールスマンと自己勘定トレーダーとの間に議論を引き起こし、同時にセールスマンを優れた理論で武装させることだった。その中には、株式市場の投資家が、自分たちが何をされてきたか、気づきかかっている可能性があること、そしてそれをしてきた相手と、戦おうとしていることなども含まれる。いずれにしても、ブラッドにはその試みが成功したのか見当がつかず、結局うまくいっていないのではないかと感じていた。

そもそもの始まりから、ゴールドマン・サックス内部からの光景は、ほかの大手投資銀行からの光景ほど雑然とはしていなかった。ゴールドマンはほかの銀行とは違っていた。たとえばブラッドが会った大手投資銀行の職員のうち、ゴールドマン以外の人間はいつも、他行がＩＥＸを敵視していること、また他行のダークプールがいかに邪悪なものであるか、彼に伝えようとした。ゴールドマンは超然としていて、競合相手がＩＥＸ

をどう言い、どう思おうと気にしていないように見えた。ゴールドマンの株式市場取引部門、あるいは他部門でも、ある種の移行が始まっていた。二〇一三年二月、ゴールドマンの電子取引部門の責任者であるグレッグ・トゥーサーは、超高速取引大手のゲッコーへと移った。その後、ゴールドマンの世界市場での役割を見いだす仕事を任された二人のパートナー、ロン・モーガンとブライアン・レヴァインは、超高速トレーダー寄りの人間ではなかった。その仕事に就くまでは、超高速取引の連中が何をしていようと、彼らが大きな責任を担うことはなかった。モーガンはニューヨークで働く営業部長、レヴァインは取引責任者として、ロンドンで働いていた。二人は新しい役職に就いてわかってきたことに、不安を感じているらしかった。ブラッドがそれを知ったのは、なぜかロン・モーガンが彼に電話をかけてきたからだ。「顧客の希望について話しているとき、うちを知ったそうです」とブラッドは言う。初めて顔を合わせてから一週間後、モーガンはブラッドをふたたび招き、自分よりもさらに上の幹部たちに引き合わせた。「そんなことは初めてでした」。彼が帰ったあと議論が交わされ、話は「最高幹部」にまで届いたと知らされた。

着任にあたって、モーガンとレヴァインに課された任務は、ゴールドマンの経営陣から投げかけられた大問題に答えることだった。モルガン・スタンレーはなぜこれほど急成長したのか？　モルガン・スタンレーの市場シェアがふくらむいっぽうで、ゴールドマンは停滞していた。ライバル銀行の中で何が起こっているかを知りたいときに、ウォール街の人間なら誰もがすることがある。二人も当然、それをやった。ライバル銀行の職員何人かに、引き抜きの誘いをかけて面接したのだ。それでわかったのは、モルガン・スタンレーが、ニューヨーク証券取引所の出来高の三〇パーセントに相当する、一日三億株を取引していて、そのために〝スピードウェイ〟という方法を使っているということだった。スピードウェイは、モルガン・スタンレーが超高速トレーダーに提供しているサービスだ。モルガン・スタンレーは超高速取引のインフラ、たとえばさまざまな取引所でのコロケーションや、各取引所の間の最速の経路、銀行のダークプールへの直線路といったものを整備し、その後はそうした設備を、自前のシステムの構築に先行投資できるほどの資金を持たない、小さな超高速取引業者にリースしていた。モルガン・スタンレーは超高速トレーダーがモルガン・スタンレーの管内で行なうすべてをみずからの手柄とし、またそこから手数料を取った。面接にやって来たモルガン・スタンレーの職員は、ゴールドマン・サックスでの職を得るため、幹部に対してこう言った。スピードウェイは今やモルガン・スタンレーに年五億ドルをもたらしていて、しかも成長を続けている。この話にゴールドマン・サックスでは当然の疑問が持ちあがった。われわれも独自のスピードウェイを作るべきなのか？　そして、超高速取引をもっと取り込むべきなのか？

ゴールドマンの顧客の一人がモーガンに、決断を下す前に話すべき相手として、三十三人の大物投資家のリストを渡した。そのリストに載っている以外の人々はいざしらず、モーガンがその三十三人と個別に話したのを、その顧客は確認していた。当然の疑問を抱くようになっていた。ゴールドマン・サックスの株式事業について、自分たちよりも鋭敏な超高速取引企業と同じくらい、速く賢くなれるのだろうか？　ゴールドマンが株式市場のわずか八パーセントの注文しか管理していないのに、その三分の一以上をダークプールで取引することなどできるのだろうか？　流れがほとんど見えない中で、投資家にとっての最良の価格が、ゴールドマンのほかの顧客で見つかる可能性はどのくらいあるのだろうか？　ウォール街のダークプールはどう互いとつながり、どう取引所と関わっているのだろうか？　ますます複雑になっていくこの金融市場は、どのくらい安定しているのか？　そしてアメリカの株式市場のモデルが、他国の金融市場へ輸出されたのは、はたしていいことだったのか？

これらの疑問の大半について、二人はすでに答えを知っていた。あるいは推測できた。宙に浮いたままの疑問について尋ねる相手として、投資家たちが一人の男を紹介してくれたからだ。彼らが信頼を寄せる、並はずれて率直で聡明で、新しい証券取引所を始めようとしている男。それがブラッド・カツヤマだった。

ゴールドマン・サックス訪問でブラッドが驚いたのは、レヴァインとモーガンが自分との会談に時間を割こうとしていることだけでなく、ブラッドとの話し合いで出たアイディアを、さらに上の人間へ伝えていることだった。レヴァインは、とりわけ市場の不安定さを心配しているようだった。「何かを変えないかぎり、いずれすさまじい崩壊が起こる」とレヴァインは言った。「フラッシュ・クラッシュの十倍のやつだ」。話し合いやプレゼンテーションの中で、レヴァインはゴールドマンの最高幹部にその点を強調し、こうも訴えた。「市場で差をつけるのに必要な要素は、本当にスピードだけでしょうか？　そう見えているだけではありませんか？」。ゴールドマン・サックスの経営陣には、さして苦もなく問題の出所が、つまりなぜシステムの内にいる人間が問題を指摘しないのかがわかった。「そんなことをしても、いいことは一つもないからでしょう。だから誰もそこから出ようとしないんです」とレヴァイン。「将来が安泰という人などいない時代です。ずっと先のことなど誰も考えられない。見ているのは次の給与明細だけです」

連綿と続いてきた近視眼的な決断が、アメリカ株式市場に新たなリスクを発生させていた。市場の複雑さはその一つの表れにすぎないが、ゴールドマンの二人のパートナーは、その中に将来の大惨事が内包されていることを、確実に感じとっていた。騒ぎになった技術上の不具合は、異常ではなく症状だった。そしてロン・モーガンとブライアン・レヴァインの考えでは、株式市場の崩壊の責任は、ウォール街の大手投資銀行全体、とりわけゴールドマン・サックスが負わされることになるはずだった。ゴールドマンは株式事業で年七十億ドルを得ている。危機が起これば、その事業が危険にさらされるのだ。

しかし、それだけではなかった。それぞれ四十八歳と四十三歳のモーガンとレヴァインは、ウォール街の基準からいえばすでに年配の域に入る。ゴールドマンのパートナーになったのはモーガンが二〇〇四年、レヴァインが二〇〇六年だった。二人はIEXから選択肢を与えられ、それに対する答えが金融史の重大な瞬間になるかもしれないと、友人に打ち明けていた。ロン・モーガンを知る投資家はこう言う。「彼は『この世界で二十五年働いてきて、その世界を変える機会なんてどのくらいあった?』と自問していた」。ブライアン・レヴァインもこう語っている。「これはビジネス上の決断です。しかし同時に、道徳上の決断でもある。これは賭けです。わたしはブラッドが正しいと思う。問題を解決するには、この機に賭けるのがベストの選択なんです」

未来をかいま見る

IEXが開場する前の二〇一三年十月二十五日、IEXの職員三十二人が、開場初日、第一週の出来高についてこっそり予想し合った。予想の平均は、初日が十五万九千五百株、第一週が二百五十万株だった。いちばん低く予想したのは、社内で唯一、新しい市場を一から作ったことのあるマット・トルドーという男で、初日が二千五百株、第一週が十万株だった。さまざまな規模の九十四のブローカーが、IEXとの接続に合意していたが、ほとんどが小さなブローカーで、初日から取引に参加できるのはわずか十五ほどだった。「ブローカーはつながったと顧客に言っていますが、こちらには書類さえ届いていません」とブラッドは言う。一年目の終わりには、市場規模はどのくらいになっているか、予想を訊ねると、ブラッドは一日に四千万株から五千万株の取引があるはずだと答えた。あるいはそれは願望だったかもしれない。

運営費をまかなうには、一日約五千万株の取引が必要だった。それをまかなえないのであれば、いつまで続けられるかという話になる。「二つに一つだ」とドン・ボラーマンが言う。「とんでもない大成功を収めるか、完全にコケるか。六カ月か十二カ月で勝負はつく。十二カ月後には、新しい仕事を探さなきゃならないかどうか、判明してるってわけだ」。公正な金融市場の模範を作れるか、そして場合によってはウォール街の文化を変えられるかどうかの戦いは、判定にもう少し時間がかかる。そして泥くさいものになる。ブラッドはそう考えていた。彼の予測では、最初の一年は、二十一世紀の無人機攻撃というより、十九世紀の塹壕戦に近い争いになるはずだった。「こちらはとにかくデータを集めます」とブラッドは言う。「データがなければ立証できません。そして取引をしないかぎりデータは手に入らない」。そんなブラッドでさえ「資金が尽きたらおしまいです」と認める。

開場初日、IEXの出来高は五十六万八千五百二十四株だった。そのほとんどが地方のブローカー企業と、ダークプールを持たないウォール街のブローカー（カナダロイヤル銀行とサンフォード・C・バーンスタイン）によるものだった。第一週に取引されたのは千二百万株強だった。週を追うごとにその数は少しずつ増えていき、十二月の第三週には、約五千万株が取引されるようになった。十二月十八日水曜日の出来高は千百八十二万七千二百三十二株。そのころにはゴールドマン・サックスも接続していたが、その注文の送りかたには、ほかのウォール街の大手投資銀行と同じく、疑い深い性質が表れていた。ロットは小さく、わずか数秒だけとどまり、すぐに去っていく。

それまでとは様相の異なる注文が、初めてゴールドマン・サックスから送られてきたのは、二〇一三年十二月十九日の午後三時九分四十二秒、六百六十二ミリ秒、三百六十一マイクロ秒、四百六十ナノ秒のことだった。そのときIEXのワンルームのオフィスにいれば、何か今までと違うことが起こっているのにいやでも気づいただろう。コンピューターの画面がジルバを踊り、情報が今までとはまったく違う形で市場へ流れこむ。ひとり、またひとりと、職員が椅子から腰を浮かせた。大波が起こってから数分後には、ゾラン・ペルコフ以外の全員が立ち上がっていた。それから、彼らは叫び始めた。

「千五百万いったぞ!」大波の発生から十分後、誰かが叫んだ。それまでの三百三十一分で、IEXが取引していたのはおよそ五百万株だった。

「二千万!」

「ゴールドマン・くそサックス!」

「三千万!」

熱狂はぎこちなく、ほとんど不自然だった。まるでチェス・クラブの集まりの最中に、床を突きやぶって油田が噴きだしたかのようだった。

「今、ＡＭＥＸを抜いたぞ」ジョン・シュウォールが、アメリカン証券取引所を引き合いに出して叫んだ。「おれらは市場シェアでＡＭＥＸの上に行ったんだ」

「百二十年も先に始めさせてやったのに！」ローナンがいいかげんな数字を叫ぶ。〔訳註：ＡＭＥＸは一九二一年開設〕。ローナンは以前、一本三百ドルのシャンパンを、誰からかもらっていた。しかしシュウォールが、社外の人間から四十ドル以上の贈り物をもらうのを認めなかったので、彼には四十ドルと伝えていた。ローナンはデスクの下からこの禁制品を取り出して、紙コップを見つけてきた。

別の誰かが受話器を置いて言った。「ＪＰモルガンからだった。『いま何が起こった？』だとさ。自分らも何かしなきゃって言ってた」

ドンも受話器を置いた。「ゴールドマンからだ。きょうのは序の口だそうだ。あしたは本物のでかぶつが来るってよ」

「四千万だな！」

ゾランは静かに自分のデスクにつき、トラフィックのパターンを見つめていた。「誰にも言うなよ。だけど、おれらはまだ退屈してる。こんなのは、へでもない」と彼は言った。

ゴールドマン・サックスが、ウォール街の顧客への誠意を見せる最初の注文を放ってから五十一分後、アメリカ株式市場は閉まった。ブラッドはフロアを離れ、ガラス張りの小さなオフィスへ入った。そして、今しがた起こったことをじっくり考えた。「必要だったのは『きみたちは正しい』と、ぼくらを買ってくれる一人の人間でした」とブラッドは言う。「つまり、ゴールドマン・サックスはうちに賛同したんです」。それから別のことも考えた。ゴールドマン・サックスは一人の人間ではない。お互いの意見が常に一致するわけではない、無数の人間の集まりだ。その中の二人が新たな権限を与えられ、ゴールドマンにできるとは誰も想像しなかった、それまでとは異なる長期的なアプローチを選んだ。すべてを変えたのは、この二人だった。「ブライアンがブライアンで、ロンがロンでよかった。彼らのおかげです。これでもう、よそもこの状況を無視できない。目をそらし続けるわけにはいかなくなった」。ブラッドはそう言い、目をしばたたいた。

「もう泣きわめきそうだよ」

　自分はたった今、未来をかいま見ることができた――ブラッドはそれを確信していた。ゴールドマン・サックスは、アメリカ株式市場には変化が必要だと主張し、その変化を起こすのはＩＥＸだった。公平性と安定性がいちばん期待できるのはＩＥＸだ。ゴールドマン・サックスがそれを投資家へ知らせようとすれば、追随する投資銀行も出てくるだろう。ＩＥＸへ流れこむ注文が増えるほど、顧客がよい思いをすることも増え、ほかの銀行がこの新しい公平な市場を避けるのも難しくなっていく。ゴールドマンの注文がＩＥＸへ流れこんだそのとき、株式市場は水が土手《バンク》からあふれそうになっている川のように思えた。必要だったのは土手をシャベルで掘る一人の人間だけ、あとは押し寄せる水の圧力が仕上げをしてくれる。かつてミシシッピ川流域の一部の地域では、土手を掘ろうとしているのを見つかると、その場で射殺された。ブラッド・カツヤマはシャベルを手にした男であり、いちばんもろい川の湾曲部に立った。そこへゴールドマンが激流となってやってきて、彼に手を貸した。

三週間後、ブラッドは、団結して行動すればウォール街を変えることも可能な、投資家の一団の前に立った。変化は起こせると証明するため、十二月十九日の五十一分間に起こったことの抜粋データを、巨大なスクリーンに映しだした。データが示していたのは、何よりも、信頼の力だった。実際のところ、ゴールドマンからの注文は、前日の十二月十八日のほうが多かった。しかし取引された量は、十二月十九日のほうがはるかに多かった。それは、その日、五十一分間だけ、ゴールドマンはほとんどの注文を、十秒以上もIEXへ預けていたからだった。信頼は報われた。市場は公平性を感じとり、注文の九二パーセントが中間点——公平な価格——で取引された。ウォール街のダークプールでは、中間点で取引されるのは一七パーセントにすぎない（公共の取引所では、割合はもっと低い）。平均取引規模は、投資銀行の妨害工作があったにもかかわらず、市場平均の二倍に達していた。

IEXは選択肢を示した。そして証明した。作為的に過度に複雑にされたこの市場も、理解できる可能性があると。自由金融市場は、特定の誰かが有利になる操作をしなくても、まともに機能するのだと。市場には注文の流れを操作する報奨金や手数料などの不健全なシステムや、コロケーションや、その他ひと握りのトレーダーだけが得をする不公平な特典は必要ない。必要なのは、そこにいる人々やほかの投資家たちのために、責任を持って市場を理解し、しっかり管理することだけだ。「市場を支えるのは、集まってきて取引をする投資家なのです」とブラッドは言った。

ブラッドが話し終えると、一人の投資家が手を挙げた。「十二月十九日のことはわかった」と言う。「それで、そのあとはどうなったんだ?」

第8章　セルゲイはなぜコードを持ち出したか？

ゴールドマンからコードを持ち出したとして逮捕起訴されたセルゲイの裁判では、検事も陪審員も誰一人として、超高速取引や投資銀行でなぜセルゲイのような技術者が必要となったのか理解していなかった。わたしは、実務を行なっている人々に声をかけ、私設の裁判を開くことにした。

法廷は真実を掘り起こす場ではない

二〇一〇年の十二月、十日間にわたって行なわれたセルゲイ・アレイニコフの裁判で特筆すべきは、見識ある第三者がいなかったことだろう。超高速取引の世界は小さく、それに携わる人々や、それについて知っている人々は、自分の財産を増やすのに夢中で、裁判で証言することにはほとんど興味を持てなかったらしい。政府がこの件で召喚した鑑定証人のひとりが、イリノイ工科大学のベンジャミン・ヴァン・ヴリエット准教授だった。ヴァン・ヴリエットがこの分野の専門家になったのは、そこにジャーナリストのニーズがあったからだ。彼はコンピューター・コーディングの課程を教えていたとき、学生がプログラミングするのに興味を持ちそうなテーマを探しまわって、超高速取引のプラットフォームにたどり着いた。二〇一〇年半ば、思いがけず『フォーブス』誌から連絡があって、スプレッド・ネットワークス社がシカゴからニュージャージーまで敷いた光ファイバー・ケーブルについての意見を求められた。ヴァン・ヴリエットは、スプレッド・ネットワークス社という名を聞いたこともなければ、そのケーブルについて何ひとつ知らなかった。しかし結局、彼の名が誌面に出ることになり、その後、当然ながら、超高速取引の専門家を求めるジャーナリストたちからの連絡が増え始めた。そんなときにフラッシュ・クラッシュが起こり、ヴァン・ヴリエットの電話は鳴りっぱなしになった。そして連邦検事局が彼に目を留め、元ゴールドマン・サックスの超高速プログラマーの裁判で、鑑定証人として法廷に立つよう依頼したのだ。当時のヴァン・ヴリエットは、自分で超高速取引を行なったこともなかったし、セルゲイ・アレイニコフがゴールドマン・サックスから持ち出したものの価値や重要性について、それまでにわかっていたこと以上を知っていたわけでもない。市場自体についても、ひどい誤解をしていた（彼はゴールドマン・サックスを、超高速取引界の〝ニューヨーク・ヤンキース〟と評した）。実は以前にも、超高速取引用コードの窃盗にかかわる裁判で証言したことがあり、その証言を聞いた担当判事は、超高速取引用プログラムが科学の一種であるという考えは、〝まったくのたわごと〟だと断じた。

セルゲイ・アレイニコフの裁判の陪審員の学歴は、大半がハイスクール卒業で、コンピューター・プログラミングの経験を持つ者はいなかった。「ぼくのコンピューターが法廷に持ち込まれたんです。そこからハード・ドライブが抜き出されて、陪審員に提示されました。証拠品としてですよ！」セルゲイは、信じられないという口調で語った。セルゲイの元雇用主ミシャ・マリシェフを除けば、証人台に立った人々のなかに、超高速取引について、つまりどのように金が生み出され、どのような種類のコンピューター・コードが価値を持つのか、確かな知識を持つ者はいなかった。検察側の証人だったマリシェフは、セルゲイを採用して作らせたシステムの中では、ゴールドマンのコードはまったく役に立たないと証言した。ゴールドマンのコードは異なるプログラミング言語で書かれている、速度が遅くて古くさい、顧客相手の取引を行なう企業用である、そしてマリシェフが経営するテザ社に顧客はいない。けれどもマリシェフが見渡したところ、陪審員の半分は眠っているようだった。セルゲイはこう言う。「もしぼくが陪審員で、プログラマーでなかったら、なぜあのようなことをしたのかを理解するのは、とても難しかったでしょうね」

ゴールドマン・サックスは裁判において、きちんとした理解を推し進めるどころか、さらに難しくした。証言台に立ったゴールドマンの社員は、アメリカ国民というより、検察側のセールスマンのように振る舞った。「あの人たちは、嘘をついてはいませんでした。でも自分の専門ではないことを話していました」とセルゲイは言う。彼の元上司アダム・シュレシンジャーは、コードのことを訊かれて、ゴールドマンにあるものはひとつ残らず社の財産だと答えた。「嘘とは言えませんが、自分が理解していないことについて話をしたものだから、聞き手に誤解されたと思います」

真実を語るレストラン法廷

われわれの司法制度は、奥深い真実を掘り起こすためには、お粗末な道具である。本当に必要だったのは、セルゲイに自分がしたことその動機を説明させて、それを本当に理解できる人々に聞かせたうえで、判断を下してもらうことではなかったか。ゴールドマン・サックスは一度もセルゲイ自身に説明する機会を与えず、FBIは、コンピューターや超高速取引ビジネスに本当に詳しい人物の助力を求めなかった。そこでわたしはウォール街のとあるレストランの個室で、二夜にわたり、もうひとつの裁判を主催することにした。陪審と検察の両方の役割を果たしてもらうため集まってもらったのは、ゴールドマン・サックス、超高速取引、そしてコンピューター・プログラミングを熟知する六人だ。全員が新しく難解な株式市場に関する第一人者で、超高速取引のコードを書いたことのある人物もいたし、一人は実際にゴールドマンの超高速取引トレーダーのためのソフトウェアを開発した。全員が男性。異なる四つの国の出身者がいたが、今はみんなアメリカ合衆国に住んでいる。また全員がウォール街で働いているので、忌憚《きたん》なく話してもらうため、名前は伏せることにした。六人のなかにはIEXの社員もいた。

彼らはみんな、当然ながらゴールドマン・サックスとセルゲイ・アレイニコフの両方を疑っていた。懲役八年を宣告されたのだから、セルゲイは何か悪いことをしたに違いない。ただそれが何か、わざわざ突き止めようとはしなかった。すでに全員が新聞でこの件を読んでいて、それがウォール街のソフトウェア開発者たちを震撼させたことには気づいていた。セルゲイが投獄される前は、ウォール街のプログラマーが転職するとき、それまで作成したコードを持ち出すのは当たり前だった。新たな陪審員の一人はこう述べた。「誰も理解していないものを持ち出したことで、一人の男が投獄されたんだ。ウォール街のプログラマーたちは一人残らず、コードを持ち出せば刑務所送りになりかねないと解釈しただろう。この影響はでかいよ」。セルゲイ・アレイニコフの逮捕劇がきっかけとなり、大勢の人間が〝超高速取引〟という言葉を使うようになった。二〇〇九年にある大手投資銀行で働いていたという、別の一人が言った。「セルゲイが逮捕されたとき、われわれは電子取引部門の全員を集めて会議を開いた。顧客とその〝超高速取引〟について話すときのために作っていた、対応マニュアルの草案について検討するためだ」

そのレストランは、ウォール街の古株たちが集う店で、個室を使うには千ドルかかるが、その値に見合った食欲が要求される。唖然とするような量の食べ物と飲み物が出てくるのだ。巨大な皿に盛られたロブスターと蟹、デスクトップ・コンピューターの画面と同じ大きさのステーキ、湯気を立てるじゃがいもとほうれん草の山。それは数十年前、昼間は自分の度胸を頼りに過ごし、夜はその報酬を味わうトレーダーたちのための食事だった。しかし今、この膨大な量のごちそうを前にしているのは、やせ細った技術者たばかりか、業界の大物を見るだけでも、取引所や投資銀行といった場所を支配する人々、そして業界から古株を追い出した人々だ。そんな顔ぶれがテーブルに着き、食べ物の山を眺めている。そのようすはまるで勝利軍の宦官《かんがん》の一団が、たまたま敵側のハーレムに踏み込んでしまったかのようだ。料理はほとんど減らない。セルゲイはほとんど手を出さないうえ、食べる気もなさそうなので、わたしはその身体が椅子から離れ、天井まで浮かび上がるのではないかと、半ば期待してしまった。

おもしろいことに、新たな陪審員たちはまずいくつも個人的な質問をした。セルゲイがどんな人間なのかを知りたかったようだ。彼らはたとえば、求人市場におけるセルゲイの仕事の選び方に関心を示し、彼の行動がほぼ一貫して、おたく気質を示していることに気づいた。つまりその仕事で得る賃金よりも、仕事そのものに興味を持つタイプなのだ。また彼らはかなり早い時点で、セルゲイがただ賢いだけでなく、真の才能に恵まれていると見抜いた。ただ何をもってそう判断したのか、わたしにはわからない。一人はのちにこう語った。「技術畑の人間は、ふつうごく狭い領域の能力が秀でているものなんだ。あれほど多くの領域で、すべてに秀でるっていうのは本当に珍しいね」

次に彼らは、ゴールドマン・サックスにおけるセルゲイの職歴について探り始めた。そして、セルゲイがゴールドマンの中で〝スーパー・ユーザー〟の地位にあったのを知って驚いた。つまり管理者としてシステムにログインできる、ひと握りの行員（同行に当時在籍していた三万一千人超の行員のうち、およそ三十五人）の一人だったのだ。その特別なアクセス権があれば、いつでも好きなときに、安価なＵＳＢメモリを自分の端末につなぎ、誰にも気づかれることなく、ゴールドマンのコンピューター・コードを根こそぎ持ち出すことができたはずだ。しかし彼らにとって、その事実は何の証拠にもならない。一人がセルゲイにじかに指摘したことだが、ずさんでうかつな泥棒はたくさんいる。ずさんでうかつだからといって、泥棒でないとは言えないのである。その一方で、セルゲイがコードを持ち出したやりかたに疑わしい点はなく、まして不正などではないことには、全員が同意した。サブバージョンのリポジトリーを使ってコードを保存するのと、自分のｂａｓｈ履歴を削除するのは、当たり前のことだ。特に後者は、コマンドラインに自分のパスワードを打ち込んでいる場合は、きわめて筋の通ったやりかたとなる。要するにセルゲイの行為は、悪事の痕跡を残さないようにするためのものではなかったのだ。出席者の一人が、当然の疑問を口に出した。「ｂａｓｈ履歴を削除するのが、それほどずる賢く不正なことなら、なぜゴールドマンは、セルゲイが何かを盗んだとわかったんだ？」

ＦＢＩが説得力に欠けるとしたセルゲイの言い分、つまりファイルを持ち出したのは、そこに含まれるオープンソースのコードをあとで解析したくなるかもしれなかったから、という説明は、そこにいた陪審員にとっては納得のいくものだった。手直しや改良を加えたコードを公開することを、ゴールドマンによって禁じられたとすれば（元の無料のライセンスには、改良したものは必ず公開し共有することと記されている場合が多いにもかかわらず)、セルゲイがそれらのファイルを入手するには、ゴールドマンのコードを持ち出すしかないからだ。オープンソースではないいくつかのコード、つまりたまたまオープンソースのコードと同じファイルに入っていたコードを持ち出したことも、意外に思う者はいなかった。たとえオープンソースのコードにしか関心がなかったとしても、オープンソースのコードとそうでないコードの両方が含まれるファイルをまとめて入手するほうが効率的だ。オープンソースのコードがサイバー・スペースのいたるところに散らばっていることを考えれば、望みのものを入手するためにネット上を探し回るというほうが、彼らにとっては説得力に欠ける。セルゲイがオープンソースのコードにしか関心がなかったというのもおかしなことではない。それらはのちのち別の目的で使える多目的のコードだからだ。ゴールドマン所有のコードは、ゴールドマンのプラットフォーム用に書かれた限定的なもので、セルゲイがどんなシステムを新たに構築しても、それを利用することはできなかっただろう（セルゲイが逮捕前にテザ社のコンピューターに送った二つの小さなコードには、両方ともオープンソースのライセンスが付いていた）。「たとえゴールドマンのプラットフォームを丸ごと持ってきたとしても、セルゲイが自分で新しいプラットフォームを書いたほうが、速さも質もすぐれていただろうさ」と一人が言った。

彼はセルゲイの回答の中で、その場の出席者たちが驚いたことがいくつかある。たとえば彼はゴールドマンに初めて出勤した日から、まわりの人間に何ひとつ言われることなく、毎週自分あてにコードを送ることができたという。「シタデルでUSBメモリを作業端末に挿し込んだりしたら、五分とたたないうちに誰かがデスクのとなりに立って、いったい何をしているのかと訊くだろう」と、かつてシタデルに勤務していた男が言った。

特に彼らが驚いたのは、セルゲイの持ち出したものが全体からすると非常に少なく、千五百メガバイト近いコードを含むプラットフォームのうち、八メガバイトにすぎなかったことだ。特に皮肉屋の男は、もっぱらセルゲイが持ち出さなかったものに驚いていた。

「戦略に関わるものは、持ち出さなかったのか？」一人が、ゴールドマンの超高速取引戦略のことに触れて訊いた。

「ええ」とセルゲイ。検察官に責められなかったのは、そのことくらいだった。

「でも〝秘伝のソース〟なんてものがあるなら、まさにそれだろう？　何か盗む気なら、戦略に関わるものを盗るはずだ」

「戦略には興味がなかったんです」

「でもそれは、宝石の入っていない宝石箱を盗むようなものだ」。別の一人が言った。

「きみは〝スーパー・ユーザー〟の地位にいたんだぞ！　戦略に関わるものを簡単に持ち出せたはずだ。なぜ持ち出さなかった？」と最初の陪審が言う。

「ぼくにとっては、戦略より技術のほうが、はるかにおもしろいですから」。セルゲイはそう答えた。

「やつらがどうやって数億ドルの金を稼ぎ出しているのかには、まったく興味がなかったのか？」別の誰かが訊く。

「特にありませんでした。なんだかんだ言っても、大きなギャンブルにすぎないから」

彼らはほかにもプログラマー気質の人物を知っていたので、セルゲイがゴールドマンの取引業務に無関心なこと、あるいはゴールドマンがセルゲイを、いかに実際の業務から引き離していたかを知っても、さほどびっくりしなかった。プログラマー気質の人間に取引業務について語るのは、地下室で作業している配管工に、マフィアの親玉が上階で開いている賭場のことを語るのに少し似ている。二晩にわたる夕食会のあとで、二回とも参加した陪審員の一人が「セルゲイは、ビジネスの実情について、ほんの少ししか知らない。あれほど知らないでいるのは、逆に難しいんじゃないか？」と言うと、別の一人がこう続けた。「セルゲイは金の稼ぎかたについて、ゴールドマン側が望んだ程度しか知らなかった。つまりほぼ何も知らなかった。彼はそこにたいして長くいたわけじゃない。入ったときは自分の仕事の背景も知らなかった。そしてすべての時間をトラブルシューティングに費やしていたんだ」。さらに別の一人は、セルゲイはウォール街の大手投資銀行に、その価値を過小評価されるプログラマーの典型だと評した。銀行はプログラマーのスキルを利用するだけで、ビジネスについてじゅうぶん知らせることはない。

「ここに投資銀行に勤める二人の履歴書があるとしよう。そこに書かれた経歴には、一〇パーセントの違いがある。ところが一人は三十万ドル、もうひとりは百五十万ドルの給料をもらっている。それほどの違いが出るのは、一人には全体図が与えられていて、もう一人には与えられていないからだ」

セルゲイは全体図を与えられたことが一度もなかった。なぜ当時ゴールドマンがセルゲイを雇ったのか、セルゲイにはわからなくても、彼らにははっきりとわかった。二〇〇七年にレギュレーションNMSが導入されると、どの金融仲介業者の取引システムにおいても、速度こそ最も重要な特性となったからだ。市場のデータを取り込む速度と、そのデータに対応する速度だ。その夜の陪審員の一人はこう言う。「本人が知っていたかどうかはともかく、セルゲイは市場におけるゴールドマンの視界を確立するために雇われたんだ。レギュレーションNMSがなかったら、セルゲイは金融界にいなかっただろう」

セルゲイがゴールドマン・サックスのビジネスの本質を知らないままでいた理由の、少なくとも一部には、セルゲイの心がほかの場所にあったからだと全員が気づいていた。「情熱の問題なんだろうな。コードのことを話し始めたとたんに、セルゲイの目が輝き出したよ」と言ったのは、やはりずっと仕事でコードを書いていた男だ。別の一人がこう言い足した。「ゴールドマンにいるときでさえ、オープンソースなんていう面倒なものに取り組んでいたんだ。それだけでもセルゲイの一面がわかる」

セルゲイの持ち出したものが、本人にとってもゴールドマンにとっても価値のないものだという考えには、全員が同意したわけではない。しかし新しいシステムを作るうえでの価値はごくわずかで、しかも間接的なものでしかなかった。「彼は何かほかのシステムに利用するためにコードを盗んだわけじゃない。それだけは間違いないね」という言葉には、誰も異議を唱えなかった。わたしとしては、なぜゴールドマンのシステムのある部分を、ほかのシステムに利用できないのか、よく理解できなかった。彼らの説明によると「ゴールドマンのコードベースを使うのは、大昔の家を買うようなものだ。性能を上げるのに手間がかかりすぎる。おまけに大昔の家につきものの問題点もある。テザ社は新しい土地に新しい家を建てようとしていた。なんでおれの新しい家に、百年前の銅管を使うのかって話になるだろう？　使えないわけじゃないが、使えるようにするには、半端じゃない手間がかかるってことさ」。また別の男がさらに言い足す。「ゼロから始めたほうが、はるかに楽だ」。ゴールドマンのコードは、ゴールドマン以外ではたいして役に立たないと、彼らは確信していた。のちに（夕食会でセルゲイが言いそびれたため）セルゲイの作ろうとした新しいシステムが、ゴールドマンのコードとは異なるコンピューター言語で書かれたとわかり、その確信はいっそう強まった。

少なくともわたしにとって謎だったのは、そもそもセルゲイがコードを持ち出した理由だった。ゴールドマン・サックスを辞めて丸一カ月が過ぎても、セルゲイはそのコードに触れもしなかったのだ。そのファイルを開いて吟味するでもなかった。そのコードが扱いにくい、あるいはゴールドマン特有のもので、ほかではほぼ役に立たないというのなら、なぜそれを持ち出す必要があったのか？　不思議だが新しい陪審員たちにとって、それは理解しがたいことではなかったらしい。一人がこう言った。「Aという人物がBという人物のオートバイを盗んで、それで学校に行き、Bは歩いて行った。つまりAはBを犠牲にして、いい目を見た。これはわかりやすい事例で、ほとんどの人間がこれを泥棒行為と考える。

セルゲイの場合は、こう考えてみたらどうだろう。あなたは一つの会社に三年勤めて、その間ノートを常に持ち歩き、あらゆることを書き留めていた。会議の内容、自分のアイディア、製品や販売、顧客との打ち合わせの内容。すべてがそのノートに書き留めてある。転職するときには、そのノートを持って行くだろう。たいていの人はそうするはずだ。ノートに書かれていることは、元いた会社での仕事には関係があるけれど、新しい職務とはほとんど関わりがない。たぶん読み直すこともないだろう。たぶんアイディアとか、ひな型とか、意見とか、参考になることはあるかもしれない。でもそのノートは過去のものだ。新しい職場では新しく買ったノートを使い始めるだろうから、古いノートは重要でなくなる。プログラマーにとって、コードとはノートなんだ。それを見れば、自分が何に取り組んでいたかを思い出せる。しかし次に取り組むこととはほとんど関連がない。つまりセルゲイは、ゴールドマン・サックスの外ではほとんど意味を持たないノートを持ち出したんだ」

この情報通の陪審員たちにとって本当に謎だったのは、セルゲイがなぜあんなことをしたのかではなく、ゴールドマン・サックスがなぜあんなことをしたのかだ。いったいなぜFBIに連絡したのか？ 複雑な金融の問題のことなどよく知らない大衆と司法制度を利用して、この非力な人物に罰を与えたのか？ なぜいつも蜘蛛が蠅を食べなくてはならないのか？〔訳注：マザーグースのなかに、甘言を弄し蠅をとらえる蜘蛛の詩がある〕

金融業界にいる人間たちは、この件をめぐってさまざまな説を唱えた。あれは事故だった。ゴールドマンはあわててFBIに連絡をしてから、はっと目を覚ましたものの、法律上の手続きが進んでいて止めようがなかった。二〇〇九年のゴールドマンは超高速取引部門における人材流出にひどく神経質になっていた。そこでどれほどの金が生まれるか予想して、自分たちもそこでの競争に参加するつもりでいたからだ……などなど。われらが陪審員たちにも、もちろんそれぞれの持論があった。その中にとりわけ興味深い見解があった。それはウォール街の大手投資銀行の性質と、テクノロジーとトレーディングが交差する場所で働く人々が、出世するための方法に関わるものだ。一人はこう語った。「ウォール街で技術者グループを率いる人間は、誰でも自分の部下を天才に見せたがる。それがロシア人でも何でもね。そのリーダーが同僚たちに見せようとするのは、自分と自分のチームはよそで真似のできないことをしているということだ。自分たちのコードの九五パーセントがオープンソースだと知られたら、その印象が台無しになってしまう。そういうリーダーは、セルゲイが何かを持ち出したと聞かされたとき『彼が何を持ち出そうと問題ない。彼らは自分たちで、これからもっとすぐれたものをつくるだろうから』とは言えない。だからセキュリティの担当者がやってきて、セルゲイがダウンロードした件を報告しても、『たいしたことじゃない』とも言えないし、『何を持ち去ったかわからない』とも言えないのさ」

これを言い換えるとどうなるか。最終的にセルゲイ・アレイニコフが危険な犯罪者を収容する二つの施設、そして連邦刑務所に送り込まれることになったのは、ゴールドマン・サックスのマネジャーか誰かが、自分のボーナスを心配したせいかもしれないということだ。「煙のにおいがする前に、火災報知機のスイッチを押そうとするのは誰だ？」と、この説の提唱者が問う。「それは政治的な動機のある人間に決まってる」。彼はセルゲイとの夕食会のあと、ウォール街を歩きながら、そのことをさらに考えてみたという。「吐き気がするよ。そのことを考えると気分が悪くなるんだ」

なぜセルゲイは怒らないのか？

セルゲイ・アレイニコフの同業者ともいえる陪審員たちにとって、もっと不可解な謎は、セルゲイ本人だった。この男は完璧に現実の世界とうまくやっているように見える。あるいは、ほんとうにうまくやっているのかもしれない。もしこの二夜の夕食会に出席した人々を並べて、たった今、結婚生活と家と仕事と老後の蓄えと名声を失った男を当てろと、アメリカの一般大衆に投票させたら、セルゲイに集まる票数はいちばん少ないだろう。夕食会の席で出席者の一人が、コンピューター・コードに関する会話を中断してセルゲイに尋ねた。「なぜきみは怒らないんだ？」。セルゲイは微笑みを返しただけだ。「いや、ほんとうに……どうして、そんなふうに落ち着いていられる？　ぼくだったら、めちゃくちゃ腹が立つよ」。セルゲイはまた微笑んだ。「でも、腹を立てることが何を与えてくれますか？　否定的な態度が、人としてのあなたに何を与えてくれますか？　何一つ与えてくれないでしょう。何かが起こったのはわかっています。自分の人生がたまたまふつうとは違う筋道をたどったということです。自分が無実だと思えば、そのとおりなんです。それとは反対に、自分がトラブルに巻き込まれたと思えば、きっとそんなふうになってしまいます」。そしてこう言い足した。「ぼくは、自分がこういう目に遭ったのを、いくらか喜んでいます。生きるとはいったいどういうことなのか、理解するのに役立ったと思いますから」。裁判が終わり、本来の陪審団が有罪の評決を下したとき、セルゲイは自分の弁護士であるケヴィン・マリノのほうを向いて、「こちらの望んだようには行きませんでした。でもかなりいい経験になったということは、認めないといけませんね」と、まるで本人とは別のセルゲイがそこにいて、第三者としてその状況を受け入れたかのような態度だった。「あんなのは、見たことがありません」とマリノは言っている。

ウォール街の豊かで心地よい環境のなかでは、そういう考えかた――地獄のような経験が自分にとってはいい方向に働いたという見解――は、あまりに浮世離れしていて、先を続けられそうになく、われらが陪審員たちはすぐにコンピューター・コードと超高速取引のほうへ話を戻した。しかしセルゲイは、自分の言ったことを本気で信じていた。逮捕される前、つまり生きるうえで大事だと思っていた多くのことを失う前、セルゲイは朝も晩も、ある心理状態に陥った。自分のことばかり考えすぎるきらいがあり、不安を感じたり、自分の社会的な地位について心配になったりした。「逮捕されたときは、眠れませんでした。新聞記事を読んだときは、名声を失うのが怖くて、体が震えたものです。今は微笑むだけです。もうパニックも起こしません。何かまずいことが起こるかもしれないという、パニックの元になる考えとは縁が切れたんです」。最初に投獄されたとき、すでに妻は三人の幼い娘を連れて、セルゲイのもとを去っていた。セルゲイには金もなく、頼れる者もいなかった。同胞、つまり、ロシアからの移民であるマーシャ・レダーは、こう思い起こす。「セルゲイには親しい友人がいませんでした。いためしがないんです。社交的な人じゃありませんから。代理人になってくれる人さえいませんでした」。ロシア人としての連帯意識と同情心から、マーシャはその役目を引き受けた。それはつまり収監中のセルゲイを頻繁に訪ねることだった。「面会に行って帰るたびに、いつもこちらが元気づけられてるんです。あの人はエネルギーと前向きな気持ちを大量に放出していたので、わたしにとっては、面会が一種の癒《いや》しになってました。セルゲイには世界の本当の姿がしっかり見えてるんです。そして他人に話しかけるようになりました。生まれて初めてのことですよ！　セルゲイはよくこう言ってます。刑務所にいる人々は、最も役に立つ話を聞かせてくれるって。セルゲイは自分の不運を嘆いてもおかしくはなかった。でもそうしなかったんです」

刑務所も悪いものではない

セルゲイの体験のなかでも最もつらかったのは、何が起こったかを子どもたちに説明することだった。逮捕されたとき娘たちは、五歳、三歳、そして、一歳弱だった。「娘たちに理解できそうな、いちばん簡単な言葉で伝えようとしました。肝心なのは、あんなことが起こってしまったという事実を、申し訳なく思っていたことです」。収監中のセルゲイには、月に三百分間の電話の使用が許されていた。セルゲイが電話をしても、娘たちは長いこと電話に出ようとしなかった。

セルゲイが初めの四カ月を過ごした収容施設は、暴力的で、基本的に言葉が使われない場所だったが、そこで面倒に巻き込まれないようにするのは難しくはなかった。話のできる相手を見つけて、会話を楽しむことさえあった。ニュージャージー州フォートディックスにある、軽警備の刑務所に移されたときには、何百人もが詰め込まれた監房でじっとしていたが、のちに仕事をするスペースが確保できた。身体的な苦痛をかかえたままだったのは、おもに肉食を拒否していたせいだ。マーシャ・レダーによると、「身体のことでいえば、あそこでは、ひどい時間を過ごしてましたね。豆と米だけで生きてたんです。いつもお腹をすかせていました。ヨーグルトを買っていくと、次から次へ、がつがつと食べるんですよ」。とはいえ頭の働きに問題はなく、仕切られた狭いブースで長年プログラミングをしてきたおかげで、刑務所という環境でも集中力を発揮できた。数カ月が過ぎたころ、セルゲイからマーシャ・レダーに宛てて、分厚い封筒が送られてきた。中を見るとおよそ百枚ほどの紙に、セルゲイらしい丁寧で小さな文字が裏と表の両方に記されていた。それはコンピューター・コードだった。超高速取引のある問題点を解くものだ。それが看守に見つかったら、理解されずに疑わしいと決め付けられて、没収されることを心配したのだ。

そこに送致されて一年がたったころ、第二巡回区控訴裁判所によって、ようやくセルゲイ・アレイニコフの再審が行なわれた。審議は弁護士ケヴィン・マリノも経験したことがないほど迅速に進んだ。当時のマリノは、一セントも持たない依頼人のために、すでにただ働きをしていた。マリノが陳述を行なった当日、判事はセルゲイが違反したとされる法律は本件には適用されないとの理由で釈放を命じた。二〇一二年二月十七日の朝六時、セルゲイはケヴィン・マリノから、きみは自由の身になるというEメールを受け取った。

その数カ月後、マリノは政府がセルゲイのパスポートを返却していないことに気づいた。そこで当局に連絡を取って、返却するよう依頼した。しかしパスポートが戻ってくるどころか、当時ニュージャージーの友人宅に滞在していたセルゲイが再び逮捕され、投獄されたのだ。このときも、彼自身は何の容疑で逮捕されたのか見当もつかなかった。そして今回は警察側も同様だった。セルゲイを連行したニュージャージーの警察官は起訴内容も知らず、ただセルゲイは逃亡の危険があるので、拘束しなければならないとだけ聞かされた。マリノは当惑するしかなかった。「連絡があったときは、セルゲイの子どもの養育費に関わることかもしれないと思いました」。しかしそれは違った。数日後、マンハッタン地区検事サイラス・ヴァンスが、報道機関に向けて発表を行ない、〝ゴールドマン・サックス所有の複雑な専有性と高度な機密性を持つコンピューター・ソース・コードにアクセスし、複製したかどで〟、ニューヨーク州はセルゲイ・アレイニコフを起訴する、と伝えた。さらに、〝そのコードは高度な機密性を持ち、業界内では秘伝のソースとして知られている〟と続け、協力したゴールドマン・サックスへの感謝が述べられた。この件の担当検察官ジョアン・リーは、セルゲイには逃亡の危険があるので、ただちに再勾留する必要があると主張したが、これは妙な話だった。なにしろセルゲイは、最初の逮捕と最初の勾留との間に、ロシアを往復しているのだ（この事件から逃亡したのはリーのほうで、シティグループに転職した）。

マリノは、〝秘伝のソース〟という言葉が使われていることに気づいた。この言葉は〝業界由来〟ではなく、セルゲイの最初の裁判で、ゴールドマンのコードを〝秘伝のソース〟のように扱う検察官をからかって、マリノが冒頭陳述で使った言葉だ。そのほかの点で、再逮捕される意味が、彼にはわからなかった。一事不再理〔訳注：同一の犯罪について重ねて刑事責任を問われないとする原則」を避けようとしたマンハッタン地区検事局が、前回と同じ行為でセルゲイを起訴するために、新たな罪状を見つけ出したらしい。しかし新たな罪状に対する量刑基準によれば、たとえ有罪判決を受けたとしても、刑務所に戻る可能性は低い。すでにセルゲイは刑務所を出ていたし、最終的な裁判所の判断によれば、セルゲイはその罪を犯していないのだ。マリノはヴァンスに電話をかけた。「向こうは、これ以上セルゲイに刑罰を科す必要はないが、責任を取らせる必要がある、と言うんです。セルゲイに罪を認めさせて勾留期間を延ばしたいと。こちらはできるかぎり丁寧な言い回しで、くそくらえ、と伝えました。あの連中はセルゲイの人生を台無しにしたんです」

ところが台無しにはならなかった。セルゲイは再逮捕された晩のことを、こう語っている。「ぼくは心のなかで事態を冷静に見ていました。恐れもいだかず、パニックも起こさず、否定的にもなりませんでした」。娘たちは再び愛情を示してくれていたし、身近に感じられる人々との新たな輪も築いていた。自分はこれまでずっと生きてきたのと同じように生きていると思った。自伝の執筆まで始めた。何があったのか、興味を持ってくれそうな人々に説明するためだ。それはこんなふうに始まる。

投獄されたことに気持ちをくじかれなければ、あなたには変化が訪れ、多くのことが怖くなくなるだろう。自分の人生がエゴや野心によって決まるわけではないこと、いつ終わってもおかしくないと感じ始める。それならなぜ心配する必要があるだろう。刑務所の中にも、街なかと同じように人生があり、どんな人でも、システムの危機のためにそこに送り込まれる危険があるとわかる。刑務所には法に触れた人々がたくさんいるが、誰か他の人の計画のために、たまたま状況によって選ばれ、つぶされた人も大勢いる。その一方で、明らかにいいこともある。物質的な所有物からすっかり解放され、陽の光や朝のそよ風など、生きるうえでごく単純な喜びを味わえるようになる。

終章　光より速く

スプレッド・ネットワークス社が極秘裏に敷設した光ファイバーの道。その道にそって自転車をこぐと奇妙な電波塔を見つけることができる。シカゴからニュージャージーをつなぐ38の電波塔。誰がいったい何のために？　10億分の1秒を走るフラッシュ・ボーイズの物語は終わらない。

自転車に乗って

ペンシルヴェニア州のセンター郡女性アドベンチャー・クラブの会員にとって、天候はさほど問題ではなかった。このクラブを創設したのはリサ・ワンデルというペンシルヴェニア州立大学の職員で、そのきっかけは多くの女性が森の中を一人で散策するのが怖いと感じているのを知ったことだった。クラブはいまや七百名以上の会員を擁し、〝アドベンチャー〟の意味も、森の散策をはるかに超えて広がっている。わたしがペンシルヴェニアの路傍で落ち合った、自転車にまたがる四人の女性たちは、空中ブランコを習ったり、チェサピーク湾を泳いで渡ったり、マウンテンバイクのダウンヒル競技世界大会で銀メダルを獲得していたりする。最近もグランフォンド〝マゾ度測定〟大会と呼ばれるロードバイクレース、タフマダーという過酷な障害物競走、三回の二十四時間マウンテンバイクレースを走っていた。彼女たちはレーシングカーの教習所を修了し、真冬の川で行なわれる寒中水泳大会に十三回も参加している。この女性アドベンチャー・クラブのウェブサイトを見ていたローナンは言った。「ここはいかれた女たちが集まって、どうしようもなく危険なことをするところだ。うちのカミさんを入会させないと」

寒々とした一月の陽ざしの中、わたしたちはペンシルヴェニア州ボールズバーグから自転車のペダルを踏んで四十五号線を走り、東に向かった。ここはかつてフィラデルフィアからエリーに向かう駅馬車が走っていた道だ。朝の九時で気温はまだ氷点下、かなり強い風が吹いているせいで体感温度はマイナス十一度まで下がっていた。目の前に広がる光景は、農場と茶色くなった休閑地で、道路は閑散としている。ときおりピックアップトラックが激しい怒りのこもった轟音とともに、わたしたちの脇を通り過ぎて行った。「あの人たちは自転車乗りが嫌いなの」。一人の女性が穏やかな声で説明した。「どのくらい自転車に近づけるか試してるみたい」

女性たちはよくこの道路を走っているので、二〇一〇年に道路わきで光ファイバー・ケーブルの敷設工事が行なわれていたことにも気づいていた。片側車線が、建設作業員によって通行止めにされることもあった。そんなときには、自転車、自動車、ピックアップトラック、アーミッシュの馬車、農機具などの入り混じった列が、対向車の最後尾が通り過ぎるのを待っている光景がよく見られたという。建設作業員は舗装道路と農場の間の土地を掘っていたので、馬車に乗ったアーミッシュたちが帰宅するのに難儀していた。アーミッシュの子どもたち、あのきれいな紫色のワンピースを着た少女たちが、馬車から飛び降りて溝を飛び越えていくこともあった。アドベンチャー・クラブの会員たちは地元の役人から、この光ファイバー・ケーブルは高速インターネット回線を地元の大学に引くための政府事業だと聞いていた。実際には、三ミリ秒分優位に立つための民間事業だったと聞いて、女性たちの間に新たな疑問が湧き上がった。「民間のケーブル業者が、どうやって公道の敷設権を得られるの？」と、一人が問いを投げかけた。

「ぜひとも知りたいものだわ」

超高速取引の市場コスト

われわれは今、過渡期にいる。

会社の超高速取引のコンピューター・コードを自分宛てに転送したとして、セルゲイ・アレイニコフに対する激しい怒りをアメリカの検察官の間に駆り立てておきながら、今度はいったいどういう了見で、ブラッド・カツヤマがアメリカの株式市場にもたらそうとする変革に手を貸すのか。そんなことをしたらゴールドマン・サックスの超高速取引用コンピューター・コードの価値がなくなってしまうというのに。その疑問をゴールドマン・サックスの行員に単刀直入に訊ねたところ、このような答えが返ってきた。

セルゲイ・アレイニコフと、二〇一三年十二月十九日のゴールドマン・サックスの行動にはつながりがあった。裁判とその内容が公表されたことで、ゴールドマン・サックスの超高速取引用コンピューター・コードの価値について、多くの人が以前より厳密に考えるようになった。超高速取引には、勝者がすべてを手に入れるという面がある。いちばん迅速な捕食者がいちばん大きな獲物を持ち帰るのだ。二〇一三年には、ゴールドマン・サックスの株式戦略担当者が、自分たちはこの新しいゲームにはあまり強くないし、今後も強くなる見込みはあまりないという結論をくだしていた。超高速トレーダーはどんなときでもゴールドマン・サックスどころか、ウォール街のどの大手投資銀行よりも速い。ゴールドマンの株式部門の上層部も、セルゲイが持ち出したものに盗む価値はなかったと理解するようになっていた。少なくともスピード至上主義者にとっては意味のないものだ。

ウォール街の大手投資銀行にとって厄介だったのは、官僚主義が急速な技術の変化についていく妨げになったというだけでなく、ふつうなら有利に働く大手投資銀行の強みが、超高速取引ではほとんど役立たなかったことだ。大手投資銀行の最大の強みは、安価なリスクキャピタルを大量に利用できるため、リスクをともなうビジネスの浮き沈みも乗り越えられることだった。逆にビジネスにリスクがともなわないとき、また大量の資本が必要ないとき、その強みにはほとんど意味がなくなってしまう。超高速トレーダーは一日の取引を終わるとき、株式市場でのポジションを持たない。彼らの取引のしかたは、カードカウンターがカジノでブラックジャックをするのと同じだ。自分が有利なときだけゲームに参加する。だからこそ五年もの間、一日たりとも損を出すことなく取引ができたのだ。

かつてないほどスピードが増す金融市場において、ウォール街の大手投資銀行の強みは、実は一つしかなかった。自分たちの顧客の株式市場での最初の一撃だ。顧客が自行のダークプールにとどまっていれば、その暗闇《ダーク》の中で、顧客を食い物にして利益を得ることができた。しかしダークプール内でさえも、投資銀行は本当に優秀な超高速取引業者ほど効率的、あるいは徹底的に仕事をこなすことはできない。自分より狩りに長けた捕食者に譲ろうという圧力に逆らうのは難しい。そのほうがすばやく確実に獲物を仕留めてもらえるし、仕留めたあとにはジュニア・パートナーとして饗宴のお相伴にあずかれる。ただその場合は、パートナーというより後輩《ジュニア》に近い立場になるだろう。たとえばIEXが目撃したダークプールでのさや取りでは、超高速取引業者が利益の八五パーセントを獲得し、銀行はたった一五パーセントだった。

ウォール街の大手投資銀行は、歴史的に実入りのいい仲介者の役割を担ってきたが、株式市場の新しい構造によって、その役を奪われることになった。そしてどの銀行にとっても不愉快なリスクがいくつか生み出された。それは顧客が自分の株式売買注文に何が起きているのか気づくかもしれないこと、そしてテクノロジーは故障する可能性があることだ。市場が崩壊したり、再びフラッシュ・クラッシュが起こったりしても、超高速トレーダーはその責任の八五パーセントを負うわけでもなければ、その後必ず起きる訴訟コストの八五パーセントを負担するわけでもない。その責任とコストの大部分は、銀行が負担することになるのだ。ウォール街の大手投資銀行と超高速トレーダーとの関係は、社会全体と銀行との関係に少しばかり似ていた。ことがうまく運んでいるときには、超高速取引業者が利益のほとんどを得て、ことがうまく運ばなくなると、超高速取引業者は姿を消して、銀行が損失を被る。

ゴールドマン・サックスは、これらすべてを突き止めた。IEXへの対応から判断すると、おそらくウォール街のほかの銀行が気づかないうちから知っていたのだろう。二〇一三年十二月十九日には、ゴールドマン・サックスの株取引事業で新トップに就任したロン・モーガンとブライアン・レヴァインは、市場が機能する仕組みを変革したいと考えていた。二人が誠実な人物であるのは誰にもわかった。二人とも、世界最大の経済の中心にある市場は複雑になりすぎて、やがて壊滅的な失敗を経験するおそれがあると信じていた。しかしそれと同時に、決して勝ち目のない、または支配できないゲームを終わらせようともしていた。そこでスイッチを切り替えて、顧客の注文を大量にIEXに送ったのだ。これはウォール街から何十億ドルも引き出して、投資家に返却するプロセスを開始したということになる。またこれで公平性も生み出されるはずだった。

ウォール街の大手投資銀行は複雑な環境だ。ゴールドマン・サックスの中には、レヴァインとモーガンの行為を、あまりよく思わない人もいた。十二月十九日以降、ほんの少しではあるがゴールドマン・サックスは後退した。ブラッド・カツヤマにもその理由はよくわからなかった。集団としての意向が変わりつつあるのだろうか？　先駆者が負うコストを低く見積もり過ぎていたのだろうか？　短期の利益ばかりを見るのではなく、その先へ目を向けることを求めるのは、ゴールドマン・サックスには荷が重すぎたのだろうか？　当のゴールドマンも、こうした問いへの答えはわからなかったのかもしれない。答えが何であれ、ブライアン・レヴァインのこの発言には、やはりうなずかざるをえない。「多くの抵抗にあうはずだ。この周囲にはこれまで巨大なインフラが築かれてきたのだから」

このインフラについて、それが本来、経済の中で果たすべき役割という観点から、ゴールドマン・サックス流に費用便益分析を行ない、その利益とコストを考えてみる価値がある。まず利益だが、それがないときより数ミリ秒速く、株価が新しい情報に順応することだ。コストはもっとたくさんある。まず明らかなのは不安定さ。これは安定ではなくスピードを目指すシステムには付きものだ。もう一つは金融仲介機関に回収される巨額の金。これはいわば投資にかかる税金で、経済活動によって支払われる。生産力のある企業が、資本に対してこの税金を払わなくてはいけなくなると、生産力のある企業の数は減っていく。さらにこのような金が政治プロセスだけでなく、人々の人生についての決定に及ぼす影響がある。金融市場に付けこむことによって金が生み出されるならば、ますます多くの人たちが金融市場に付けこもうとする。そしてそのような人生の意味について、現実離れした物語を作り上げて自分を納得させようとするのだ。そして頭の切れる人たちが金融システムの欠陥を悪用して巨額の報酬を得るようになると、さらにシステムをめちゃくちゃにしたい、あるいはほかの人がシステムをめちゃくちゃにしていても口を閉ざしたままでいたいという、ひどく危険な動機を持つことになる。実はこれがいちばん大きなコストかもしれない。

コストとは結局、もつれた金融システムだ。そのもつれをほどくためには、商業上の英雄行為が求められる。しかしそれでも正すことはできないかもしれない。システムがうまく働くときより、働かないときのほうが、エリートたちは楽に金を生み出すことができるのだ。正そうとするなら、業界全体が変わりたいと望む必要がある。「ぼくたちは、それを治す方法を知っている」とブラッドは語る。「患者がそれを望むかどうかの問題なんだ」

光ファイバーより早く駆ける者

スプレッド・ネットワークス社のケーブルに沿った長い直線コースには、自転車乗りが立ち寄って楽しめそうなところはまったくなかった。路肩は狭いし、道路脇のトウモロコシ畑には「立ち入り禁止」の看板がいくつも立っていた。炭酸ジュースのペットボトルと、スピードを出したピックアップトラックに轢かれたシカの死体、一、二軒の店をべつにすれば、そのあたりの風景は、かつてフィラデルフィアとエリーの間を走っていた駅馬車から見えた風景とよく似ているはずだ。昔はなかった物で、最も目立つのは、三、四百メートルおきに立つ、鮮やかなオレンジ色と白の柱で、三年半前に設置されたという。二十キロ近く走ったところで、標識の一つもない開けた場所を見つけて、白とオレンジの柱のそばに自転車を停めた。ポールは両方向のはるか彼方まで点々と続いていた。ハイキングやサイクリングに来たとき、このポールをずっとたどっていけば、ニュージャージーのナスダック証券取引所のそばの建物まで、方向転換して西を目指せば、シカゴ・マーカンタイル取引所まで行き着けるだろう。

道路の反対側には、地元の歴史的建造物であるレッド・ラウンド・バーン〔訳注・壁が赤く円錐形の納屋〕があった。同行していた女性の一人が、その土地に伝わる話として、この納屋はネズミが隅に隠れることができないように丸い形になったのだと、繰り返し話してくれた。「人間は透明な世界では、どうやって暮らせばいいかわからないんだ」と、かつてブラッド・カツヤマが言ったことがあったが、おそらくネズミもさして変わらないのだろう。納屋の向こうに山があった。山頂にマイクロ波の電波塔が立っている。光ケーブルが埋まっている谷を見下ろす山に、点々とその塔が連なっている。

シカゴとニューヨークの間を往復するのに、マイクロ波信号はおよそ八ミリ秒かかる。つまり光ファイバーを伝わるより、四・五ミリ秒速い。スプレッド・ネットワークス社がこの光ファイバー・ケーブルを敷設しているころは、マイクロ波が光ファイバーに取って代わる可能性はないだろうと考えられていた。マイクロ波のほうが速いかもしれないが、ニューヨークとシカゴの間では、膨大な量の複雑なデータを送受信する必要があり、マイクロ波信号では、光ファイバー・ケーブルの信号で送れるほどの量のデータは伝送できなかった。マイクロ波信号は、どんな場合でも、途中に遮るもののない、まっすぐな見通し線が必要だった。しかもマイクロ波は悪天候のときは伝送がうまくいかなかった。

しかし、マイクロ波の技術が改善されたらどうだろう？　超高速トレーダーが市場で投資家より優位に立つために欠かせないデータが、実はそれほど複雑ではなかったら？　山頂で、遠く離れた金融市場間を結ぶ直線の見通し線が利用できたら？

超高速トレーダーが負うリスクは、市場の中心に陣取っているつもりで売り手から買い、買い手に売っている人々が負う、普通のリスクとは異なっていた。彼らは下落している株を大量に買ったり、上昇している株を大量に売り払ったりというリスクは冒さない。きわめて慎重で、じゅうぶんな知識を持っている。しかし株式市場全体が大きく変動するリスクは常に存在している。大物の超高速トレーダーは、ニュージャージーで何千もの異なる銘柄株で〝マーケットメイク〟しているかもしれない。そのような売買注文の目的は、株式の売買ではなく、他者から市場の情報を引き出すことであり、各銘柄の注文は、買い注文百株、売り注文百株など、一般的にごく少数だ。個々の取引にリスクはないが、全体では大きなリスクがある。たとえばある悪いニュースが市場に飛び込んできて、株式市場全体が下落した場合、全銘柄で株価が下落する。事前に警告されていなければ、どんな超高速トレーダーでも、所有するつもりのなかった何千もの銘柄の株式を百株ずつ、それぞれ大きな損失を抱えたまま所有するという事態に陥ってしまう。ところがアメリカの株式市場には、自分が優位に立っているときだけ取引を望むトレーダーにとって、思いがけない利点があった。大きな変動はまずシカゴの先物市場で起こり、それから各市場の銘柄に押し寄せる。この動きを察知して、ニュージャージーのコンピューターにシカゴの価格変動を事前に知らせることができたら、市場が下落に気づく前に、各銘柄の買い注文を取り消すだけでいい。だから超高速トレーダーにとっては、誰よりも速く、シカゴの先物取引所からニュージャージーの株式市場に情報を送ることがとても大切だ。それができれば、ほかの人より先に市場から逃げだせるからだ。これは一般投資家、さらに言えばウォール街の大手投資銀行との競争であるだけではなく、ほかの超高速トレーダーとの競争でもあった。警告に反応して最初にニュージャージーに着いた超高速トレーダーは、何千もの銘柄を百株ずつほかの人に売ることができる。

レッド・ラウンド・バーンをいくらかお義理で眺めてから、わたしたちは再び自転車にまたがってペダルを踏み続けた。数キロほど走り、電波塔が立つ山の頂上に至る道路に入った。マウンテンバイクのダウンヒル競技世界大会で銀メダルを取った女性がため息をついた。「上るより下るほうが好きなんだけど」。そう言って、猛スピードで自転車をこぎ出して、ほかの人たちを置き去りにした。わたしはすぐに、どんどん坂道を上って行く、ほかの女性たちの背中を見守ることになった。もっとひどい状況になる可能性もあったが、アパラチア山脈はありがたいことに、古くてくたびれた山だ。今のぼっているこの山は、かつてはスイスアルプスと同じくらいの大きさだったが、五億年もの間、厳しい気候にさらされて小さくなった。今では女性アドベンチャー・クラブの会員たちが、登れなければ威信に関わると思うくらいの高さだ。

二十分ほどかけて、息を切らしながら道路の先まで登ると、そこで女性たちが待っていてくれた。そこからは森の中に続く狭い道に入り、山頂を目指して進む。森の中を数百メートル走ると、行き止まりになった。というより、新しく設置された金属の門で道が封鎖されていた。そこで自転車を降り、さまざまな危険を警告する看板を乗り越えて、山頂に続く砂利道を歩いて行った。女性たちはどの行動にも、まったく躊躇することがなかった。彼女たちにとって、それもまた冒険の一つにすぎなかったのだ。数分後、マイクロ波の電波塔が視界に入った。

「前にこの塔の一つに登ったことがあるのよ」。一人が少しばかり切なげに話した。塔の高さは約五十メートルで、はしごはなく、電気機器がついている。「なぜそんなことをしたんですか？」とわたしは質問した。

「そのときは妊娠していて、登るのがとても大変だった」と、彼女はまるでそれがわたしの質問への答えであるかのように言った。

「だからあなたの赤ちゃんには足の指が七本あったのね！」。別の女性がからかうと、みんなから笑い声があがる。

もしそこにいた誰かが塔の周囲に張り巡らされたフェンスを乗り越えて、塔のてっぺんまで登ったとしたら、彼女は何にも遮られずに隣の塔を、さらにその向こうにも同じ塔があるのを眺めることができただろう。この塔は株式市場の動向をシカゴからニュージャージーへと伝える三十八の塔のうちの一つにすぎなかった。上がるか下がるか、買うか売るか、出るか入るか……。わたしたちは塔の周辺を歩き回った。塔の外観からは、やや年月がたっていることがうかがえた。しばらく前に、何か別の目的で建設されたのかもしれない。しかし塔の付属品――発電器や中身のわからないコンクリート製の箱など――はどれも、ぴかぴかの新品だった。塔の側面には、金融情報の信号を増幅する、外見はティンパニに似た、リピーターと呼ばれる装置が取り付けられていた。これも新しかった。信号を伝送するスピード、そして三十八の電波塔の両端のコンピューターが信号を金融行為に変えるスピードを理解するのは難しい。かつて自然の力を理解するのが難しかったように。電波塔についてのうわさはどんなことでも、信じようと思えば信じられた。人はもう市場で起こることについて責任を持てない。コンピューターがすべてを決めているのだから。そして神ははじめに天と地を創りたもうた。

帰途につく前、わたしは電波塔周辺のフェンスに金属プレートが取り付けられていることに気づいた。そこには連邦通信委員会登録番号１２１５０９５とあった。探究心旺盛な人なら、この番号とインターネットを使い、電波塔の背後にある物語を調べたくなるだろう。マイクロ波信号送信のために塔を利用する申請書は、二〇一二年七月に提出されている。それを提出したのは誰かというと……この件を秘密にしておくことはもはや難しい。サイバー空間を一日旅すれば、このことについて知りたいと思っていた人は、もう一つの信じがたい、しかし真実のウォール街の物語へと行き着くだろう。偽善、隠蔽、そして不確実な世界で、確実に優位に立つことを、人間が果てしなく求め続ける物語だ。この電波塔の真実を見つけ出すために必要なものは、知りたいという欲求だけだった。

謝辞

アメリカの金融システムは、わたしが初めてその中に入ったときから、多くの変化を経験してきた。そのひとつが、システムとその中で何が起こっているかを明らかにしようとする書き手との関係だ。大銀行に限らずウォール街の企業はどこも、一九八〇年代後半よりもはるかに、ジャーナリストから何を言われるかを気にするようになっている。彼らの行動だけから判断すれば、彼らは以前より多くのものを恐れている。そして以前よりはるかに、自分たちについて悪く書かれないようにしている。同時にそこで働く人々は、以前よりも会社に対してシニカルになり、自分の名前が出ないという条件であれば、自社の内幕を明かしてくれる。その結果、自社について率直に語ってくれた、銀行や超高速取引業者、証券取引所で働く多くの人々に対し、ここで名前をあげて感謝の意を示すことができない。彼らはわたしには理解不可能に思えたことを、わかるよう手助けをしてくれた。

本文での言及はないものの、本書を完成させるのに重大な役割を担ってくれた人々がいる。ジェイコブ・ワイズバーグは初期の草稿を読み、鋭い意見を述べてくれた。ダチャー・ケルトナー、タビサ・ソーレン、ダグ・スタンフは、さまざまなとき、さまざまな形で、執筆中の作品についてのわたしの長広舌に付き合い、わたしには決して思いつかないアイディアを提供してくれた。ジェイミー・ラリンドには、セルゲイ・アレイニコフについての調査で、計り知れないほど助けられた。W・W・ノートンのライアン・ハリントンには、図表を探してあちこち走りまわらせてしまったことを謝りたい。あれば便利かと思ったのだが、結局はばかげたアイディアだとわかった。しかしライアンはとてもよくやってくれた。

スターリング・ローレンスは、ずっとわたしの本を担当してくれている編集者で、激励と放置という独特の手法を持っている。本書もスターリングが担当してくれたが、ほんの一瞬の自己満足すら許さないその姿勢から、かつてないほどの恩恵を受けた。われわれのチームの第三のメンバーであるジャネット・バーンは、これまで一緒に仕事をしてきた人々の中でも特に優れたコピー・エディターだ。彼女の熱意のおかげで、朝ベッドから出られ、彼女の勤勉さのおかげで夜ベッドにもぐりこまずにすんだことが何度もあった。

最後にIEXの職員には感謝の意を述べるだけでなく、ここに名前をあげさせていただきたい。そうすればいつの日か人々が過去を振り返って、彼らを知ることができる。彼らの名は以下のとおりだ。ラナ・エイマー、ベンジャミン・アイゼン、ダニエル・アイゼン、ジョシュア・ブラックバーン、ドナルド・ボラーマン、ジェームズ・ケープ、フランシス・チャン、エイドリアン・ファチーニ、スタン・フェルドマン、ブライアン・フォーリー、ラモン・ゴンザレス、ブラッドレー・カツヤマ、クレイグ・カツヤマ、ジョー・コンドル、ジェラルド・ラム、フランク・レノックス、タラ・マッキー、リック・モラカラ、トム・オブライエン、ロバート・パーク、ステファン・パーカー、ゾラン・ペルコフ、エリック・クウィンラン、ローナン・ライアン、ロブ・サーマン、プラク・サングヴィ、エリック・シュミット、ジョン・シュウォール、コンスタンティン・ソコロフ、ボウ・タケヤマ、マット・トルドー、ラリー・ユー、アレン・チャン、ビリー・ジャオ。

訳者あとがき

巨大なシステムに挑む孤高のアウトサイダー。マイケル・ルイスは、近年、複雑化する現代社会で、そうしたアウトサイダーを見つけ出し、次々にノンフィクションの名作をものしてきた。

ブラッド・ピットの主演で映画化された『マネー・ボール』では、ニューヨーク・ヤンキースの三分の一以下の予算で、互角の成績をあげているオークランド・アスレチックスのゼネラル・マネージャーのビリー・ビーン。また『世紀の空売り』では、世界中がアメリカ発の住宅好況に酔っていた二〇〇〇年代半ば、そのまやかしを見抜き、世界経済のシステム自体が破綻するほうに賭けた隻眼の相場師マイケル・バーリら。そして、この『フラッシュ・ボーイズ』では、リーマン・ショック後の電子化された株式市場で、とてつもなく巨大な詐欺が行なわれていると直感したウォール・ストリートの二軍投資銀行に勤めるブラッド・カツヤマ。

そしてマイケル・ルイスほど、これらの巨大システムを、その陥穽とともにわかりやすく描く書き手はいない。『マネー・ボール』では、今日、ビジネスマンの常識にもなったデータクランチング（ビッグ・データ）の世界を、そのさきがけとなった大リーグの貧乏球団を舞台に描き、『世紀の空売り』では、サブプライムローンの仕組みを、その仕組みゆえに、構造的に破綻がくることを市場のアウトサイダーの側から描いた。

本作『フラッシュ・ボーイズ』で描かれる巨大システムの陥穽は、世界の市場はリーマン・ショック後こんなことになっていたのか、と読み進めるうちに息を呑むほどのスケールだ。

わたしたちは株式市場を、証券取引所で場立ちが、大声をあげ、時に手サインをおくりながら、つけあわせているものだとばかり思っていた。しかし、そうした世界は、二〇〇八年前後から消え、すべてはコンピューターにおきかわっていた。

そしてリーマン・ショック後、証券取引所はニューヨーク証券取引所やナスダックだけではなく、いくつもの取引所が設立されるようになった。

人の手による不正が排され、取引所も分散化し、真の公正な市場が訪れるはずであった。ところが、そのころから、投資銀行のディーラーたちは顧客の注文で株を買おうとすると、その時まで画面に点滅していた売り物がふっと消え、結局すこしずつ高い値段で買わされてしまうことに気がつく。

カナダロイヤル銀行に勤めるブラッド・カツヤマもその一人だった。カナダロイヤル銀行は、投資銀行にしてはその作法はおだやかで、ウォール・ストリートでは二軍扱いされている。しかしそうしたアウトサイダーだからこそ、ゴールドマン・サックスやクレディ・スイス、バンク・オブ・アメリカといった一軍の投資銀行では決してやろうとしないことをやった。

なぜ、取引画面のスクリーンが現実の市場を反映しない蜃気楼になってしまったのか。そのからくりを仲間たちと本気で調査をすることにしたのだ。

調査のなかから少しずつそのからくりが浮かび上がってくる様は、どんな推理小説よりも面白い。そして、そのからくりが判明してから、カツヤマらが投資銀行をやめ、個性豊かな人材を集めて、巨大システムの詐欺を無効にする自らの取引所をたちあげる物語は、『七人の侍』を彷彿とさせる血湧き肉躍る冒険譚だ。

カツヤマらの敵は、分散化した取引所の信号の伝わるその一瞬の時間差を利用して、一般投資家の注文をかぎとり先回りしていく超高速取引業者すなわち「フラッシュ・ボーイズ」たちである。そしてフラッシュ・ボーイズに、取引所の空いたスペースを売り、コンピューターサーバーを置かせて時間差を売って利益を得ているのはニューヨーク証券取引所やナスダックなどの取引所自身。クレディ・スイスらの投資銀行もダークプールなる私設取引所をもうけ、投資家の注文情報をフラッシュ・ボーイズに売っている。

そして本来はこれらをとりしまるはずのＳＥＣ（証券取引委員会）も、幹部が超高速取引業者に天下り、「超高速取引は市場に流動性を与えている」とのレポートを出しお墨付きを与えるなど、システム自体がぐるになっている。食い物にされているのは、なけなしの年金や給与を年金財団や投資信託にあずけている普通の人々である。

この『フラッシュ・ボーイズ』はアメリカで二〇一四年三月末に発表されるや否や大反響をよび、ナスダックや超高速取引業者は一斉に、本書の内容を否定するコメントを発表、ニューヨークの司法長官は調査を約束するなど、上を下への大騒ぎとなった。

さて、本書ではナスダックが、超高速取引業者とセットで海外進出し、現地の投資家が食い物にされることにちらりと触れているが、読者は当然のことながら、日本はどうなのだろう、と疑問に思ったことであろう。

その日本でも超高速取引業者は跋扈している。しかも、日本の証券取引所も、取引所のマッチングエンジンのすぐそばのスペースを年間二五億六六〇〇万円もの金で売って、コンピューターサーバーを置かせている。その仰天の内幕については、オリンパスの不正を暴いた調査報道誌『FACTA』の阿部重夫氏がこのあとの「解説」でつまびらかにしているので、お楽しみに。

この訳者あとがきでは、マイケル・ルイスがなぞをかけているようにして描いている二カ所について若干の説明をくわえることにしよう。

まずは、序章の最後の「おかしな話だが、その賭け金がどれほど莫大だったか知るには、機内から眼下に広がるアメリカの景色を見下ろすだけでよかったのに」について。

これはルイスの処女作である『ライアーズ・ポーカー』へのオマージュになっている。『ライアーズ・ポーカー』ではルイスが勤めていたソロモン・ブラザーズが八〇年代に住宅ローンを証券化して大儲けするさまが描かれている。ここで、ソロモンのモーゲージ部門の創設者ラニエーリが飛行機からアメリカの住宅街を眺めて、これを証券化すれば大儲けできる、と思いつくくだりが出てくるが、本作で逮捕されたセルゲイ・アレイニコフが飛んだ二〇〇〇年代後半には、八〇年代のソロモンの証券化などかわいいぐらいに、もっと巨大で複雑な住宅ローンの小口債券化金融商品サブプライムローンによる巨大損失が膨らんでいたことが示唆されているのだ。そしてそのごみくずをまぜこぜにして、外見だけよくして、世界中に売りまくったのはアレイニコフが勤めるゴールドマン・サックスが右代表だった。この崩壊に際しては、当然のことながら生贄が必要であったということになる。

そして本書のラストの謎の電波塔と「連邦通信委員会登録番号１２１５０９５」。これはググってみるとすぐにルイスの謎かけはわかる。電波塔を伝わるマイクロ波は光ファイバーより速い。そしてその登録をしたのは、ＳＥＣにも技術供与している超高速取引業者と証券会社のジョイント・ベンチャーである。このあらたなフラッシュ・ボーイズの物語は機会があれば、いずれ書くということであろうか。

最後に、本書の翻訳にまつわる事情について、少しお話しさせていただきたい。訳者名が渡会圭子、東江一紀となっているのを見て、おや、と思ったかたもいるかもしれない。マイケル・ルイスの『ライアーズ・ポーカー』『ニュー・ニュー・シング』『世紀の空売り』『ブーメラン』といった代表作は、東江一紀氏が訳してきており、本書も東江氏の訳書となるはずだった。けれども残念ながら、今年（二〇一四）の六月半ば食道がんのため亡くなった。享年六十二。あまりにも早い死を惜しむ声が、出版業界、翻訳業界にあふれている。ミステリ小説やユーモラスなエッセイなどの翻訳でも有名で、東江訳だからその本を読むという、熱心なファンも多かった。マイケル・ルイスの『ライアーズ・ポーカー』は、東江氏にとっても初のノンフィクション翻訳書で、愛着も強かったはずなので、この『フラッシュ・ボーイズ』を訳しきれなかったことは、さぞ無念だったと思う。

東江氏はさまざまなジャンルの本を精力的に訳す一方で、後進の指導にも熱心であり、翻訳学校で教えるだけでなく、独自の勉強会も開いていた。氏の教えを受けてデビューした翻訳者は何人もいる。私もその一人であり、もう十五年前になるが、私にとって初めての訳書は、東江氏との共訳だった。

そのような縁で本書の翻訳を私が引き継ぐことになったのだが、翻訳作業を始めて十日もしないうちに訃報が入った。恩師を亡くした悲しみとともに、なんとしてもこの翻訳を完成させなければというプレッシャーが重くのしかかった。これまで経験したことのない緊張感の中で作業を続けてきたが、こうして出版され世に出たことで、ようやく安堵するとともに、多少の恩返しができたのではないかと感じている。

もちろんそれは私ひとりの力ではできなかった。文藝春秋の下山進氏をはじめ、同じ東江門下の庭田陽子、高崎拓也、柳沢伸洋の各氏に助けていただいた。その助けがなかったら、翻訳を完成させるのは難しかっただろう。この場を借りてお礼を申し上げたい。そして本書が多くの人に読んでもらえることを願わずにはいられない。

渡会圭子

※このあとがきは、二〇一四年刊行の単行本のものをそのまま掲載したものです。

解説　日本のフラッシュ・ボーイズ

阿部重夫

天はときどき二物を与えるらしい。

プリンストン大学で学士号、ロンドン・スクール・オブ・エコノミクス（LSE）で修士号を得て、ウォール街を経験したノンフィクション作家、マイケル・ルイスがまた新しい鉱脈をみつけた。今度はアメフトでも野球（『マネー・ボール』）でもなく、認知心理学（『かくて行動経済学は生まれり』）でもなく、リーマンショックを描いた『世紀の空売り』から一歩進んで、その裏で人知れず進んでいた最先端の「超高速取引」（HFT、高頻度取引ともいう）である。

勝率一〇〇パーセント！　ギャンブラーとて、それが徒夢《あだゆめ》に過ぎないことは知っている。だが、超高速取引なら、一〇〇パーセントという勝率が〝手品〟のように可能になるのだ。

まさか！

だが、本書にも登場する米国の超高速取引業者ヴァーチュ・フィナンシャルが「創業五年半で負けは一日だけ。それも発注ミスが原因」と自慢して袋叩きにあい、二〇一四年四月予定のナスダック上場を一時中止したほどだ。

もちろん、「不敗」の手品にはからくりがある。要は、フロントランニング（先回り）もどき――顧客から注文を受けた証券会社などの仲介業者が、その売買が成立する前に注文情報をもとに有利な条件で自己売買して儲けるのに類した手口だからだ。

その仕組みはまさしく、東京大学工学部の石川正俊教授の研究室が開発した「勝率一〇〇パーセントじゃんけんロボット」と同じだ。人間の手のひらと、三本指の機械の手が対峙する。ジャンケンポン！　人間がグーを出しても、パーを出しても、チョキを出しても、ロボットは絶対に負けない。

その種明かしは――ポンのタイミングで人間の出した手の形を認識し、一ミリ秒後にそれに勝つ手をロボットハンドが出す「後出しジャンケン」なのだ。悲しいかな、人間のニューロンを電気信号が伝わるスピードは、光ファイバーを伝わる機械の信号のスピードに及ばないから、後出しに気づかない。たったそれだけの錯覚から、無知な顧客を幻惑して「勝率一〇〇パーセント」の非常識を編みだすところが、ウォール街の破天荒なところだろう。

まさしくここに「フラッシュ・ボーイズ」のミソがある。単純な後出しなら、日本でも金融商品取引法で禁止されている。だが、筋肉の初動だけで先読みするタイプなら、予め仕込んだ計算式（アルゴリズム）によって、仲介業者などのもたつきが予測でき、ミリ秒、マイクロ秒の空隙を突いて先回りが可能になる。

例えば本書にもあるように、ショットガンのように小口注文を大量に散らして、それを撒き餌に大口の魚影が浮かぶと、ピラニアのように先回りで買い占めるといった手口だ。このアルゴリズムに創意ありとみなせば、規制する法はない。

「超高速取引をする連中にとって、リスクなしで利益を上げるのに必要なのは正確な情報ではない。必要なのは、自分たちに有利になるよう、体系的にオッズを歪ませることだけだ」（本書百十六ページ）

オッズ（的中確率）を歪ませて「壊れたスロット・マシン」（本書三百三十六ページ）のようにジャラジャラ出っ放しになっても、現行法では違法と言えない。正直、困った！　というのが、米証券取引委員会（ＳＥＣ）や日本の金融庁などの偽らざる本音だろう。

「フラッシュ・ボーイズ」は日本にも上陸している。東京証券取引所は二〇一〇年一月、立会場を廃止して超高速の現物株式売買システム「アローヘッド」を導入した。同時に「コロケーションサービスを提供する」と謳っている。

コロケーション。証取が取引所のデータセンターのすぐ傍に、超高速業者などのサーバーを有償で設置させるサービスのことである。日本のある大手証券会社によれば、すでに約定（成約）の四割、発注の六割がコロケーション経由で占められている。「そのすべてが超高速取引業者ではないにしても、実感ではマイクロ秒を争う業者のシェアは約定ベースでおよそ三割、欧米の水準に近づいている」という。

明らかに取引所と超高速取引業者はグルなのだ。東証と大証が合併した日本取引所グループ（JPX）の二〇一九年三月期決算でコロケーション利用料として営業収益に計上されたのは三十八億八千七百万円だが、前年度比一〇・九パーセント増と他の現物や先物取引が軒並み前年度比マイナスの中で大健闘している。ところが、その利用状況も契約者数も内訳も、データセンターの所在地についても「一切明かせません」（JPX広報・IR）とひた隠しなのだ。

国家機密、と言わんばかりの箝口令だが、どうも〝黒目〟（日本人）のフラッシュ・ボーイズはまだまだ海外勢に遅れをとっているらしい。一九八〇年代からロケット・サイエンティストたちが金融市場に流れこんで、アルゴリズム取引の基礎ができあがったアメリカとは、残念ながら理系の天才秀才の層の厚さが違うのだ。

「日本のフラッシュ・ボーイズ」とは、太平洋を渡って上陸したヴァーチュ、XTXマーケッツなど、本書にも顔を出す外来種の〝猛者〟たち十社が中心なのだ。ただ、上陸したとはいっても、日本にオフィスもおかずに、JPXとコロケーション契約を結び、彼ら独自のアルゴリズムを仕込んだサーバーが、データセンター近くの一角に置いてあるだけだ。オペレーターは香港、シンガポール、オーストラリアなどにいて、遠隔操縦でサーバーのプログラムをときおり微調整している程度。売買注文はすべてこの〝青目〟の「無人ロボット」がプログラムに従って自動的に出している。海底に身を潜めるアンコウのように市場の動きに目を光らせ、大きな獲物がみつかるやいなや、東証や大証会員の日系証券会社を通じて大量の注文を浴びせかけては、広く薄く荒稼ぎしている。

なのに、取引所が「国益」を主張するなど笑止の極みである。

コロケーションという「出島」を設けて、超高速取引業者という「黒船」の埠頭にしておきながら、「いやいや、あそこは日本でござる」と言い張る長崎奉行所のようなものだ。実は「利用料」という名目の貸座敷代で潤っているのは奉行所なのに、口をぬぐって知らん顔である。

本書の衝撃が飛び火すると見てか、JPXは二〇一四年、立て続けにワーキング・ペーパーで、超高速取引が流動性を供給し、株価変動を緩やかにする、と予防線を張った。ブラックボックス化で人間の恣意が介入する余地がなくなり、かつてのように場立ちの囁きや、小耳に挟んだ電話情報から、フロントランやインサイダー取引に手を染める「原始的な」証券犯罪は成り立たなくなった、という効用論ばかり吹聴する。

だが、それでは二〇一〇年五月六日にニューヨーク・ダウ工業株三十種平均が、十分で六〇〇ポイントも急落した「フラッシュ・クラッシュ」を説明できない。

実は取引所の売買記録は秒単位しかなく、マイクロ秒単位で起きたデータがないからだ。微視的にはオベリスクのように売買の一点集中が起きても、巨視的には凪《なぎ》の水面としか見えず、量子力学をニュートン力学で解くにひとしい。アローヘッド導入の前後を比較したJPXのペーパーも同じ轍を踏んでいる。本書の指摘にはグウの音も出まい。

例えば二〇一八年の東京市場は外国人による日本株売りに見舞われ、売り越し総額は五兆七千四百億円と三十一年ぶりの水準に達した。二〇一二年十二月のアベノミクス開始からの外国人の累積買い越し額がほぼ帳消しとなり、日経平均株価は一万円台に逆戻りするはずが、下落率は一割強にとどまった。そのミステリーは、売り越しの本尊が、東証売買高の五割を占める「フラッシュ・ボーイズ」勢のもうけだったとすると、ツジツマが合う。

ルイスのウォール街摘発を「極論」と貶す人の正体は、たいがい超高速取引業者のお仲間である。いまや市場自体がグルの構造になっている。それを証拠づけるのが、もうひとつの暗部「ダークプール」である。

大口注文をこなすために複数の取引所に注文を分散させると、超高速取引業者に探知されてしまうため、ゴールドマン・サックスやクレディ・スイスといった大手金融機関が私設取引所（PTS）を設けて内部で売買を成立させる仕組みをこしらえた。受け皿になる客をみつけて納得する価格で売買を成立させる、という意味では広義のマーケットメイキングだが、注文情報が外に漏れない代わりに、公正な値付けも透明性も保証されず、当事者の腹ひとつで決まるから、まさに「藪の中」、ダークプールなのだ。

もはや立会場で場立ちが声をからす場面は昔語りになった。市場が目に見えなくなるばかりか、ニューヨークやロンドン、シカゴなどの巨大証券取引所はどんどんシェアを食われ、世界で取引所合併ブームが起きたことは記憶に新しい。実は老舗の証取が、BATSなど新興取引所の台頭とダークプール拡大で窮地に立たされていたのだ。

野村や大和といった日本の証券会社も、私設取引所という「隠れ蓑」を設けている。

「価格は公開市場とリンクするようセットされているから、ダークプールではあってもアメリカのようにダークではない」と強調するが、いかに分散させ目くらましをかけても、大口注文を探り出すアルゴリズムとのいたちごっこは続く。公開市場と私設取引所という二重底も、現実の需給を反映しない株価形成の要因となる。いわば市場が「建前」と「本音」に分裂してその機能が歪み、やがては信頼を失うことになるだろう。

ルイスは超高速取引業者をプレデター（捕食者）と呼ぶ。彼らに食われるのは、主に生命保険や投資信託などの大手機関投資家だろう。その大口注文を先回りして、気づかれないように後出しで薄く利を剝ぎとる――コストを支払わされるのは、年金を積み立てているあなた、ＮＩＳＡ（少額投資非課税制度）口座を開いたあなたなのだ。

フロントランは株式取引に限らない。日本ではまずＦＸ（外国為替証拠金取引）で横行した。規制緩和により銀行だけでなく中小商品取引業者にも外貨取引を開放したせいで、ＦＸ業者がサイトに載せている外貨の気配値は、実は見せ球だったケースが少なくない。何も知らないデイトレーダーがそれを信じてクリックした注文が、フロントランの餌食にされてもほとんど気づかれなかった。こっそり無痛で生皮を剝ぐのを得意とする捕食者から見れば、かつての〝眠れる巨人〟ＧＰＩＦ（年金積立金管理運用独立行政法人）がアベノミクスで積極運用に転換、株式運用を二〇一八年末時点で国内株二三・七パーセント、外国株二四・三パーセントに膨らませた日本は付け入る隙が十分にあるおいしい市場だろう。

だが、日本のフラッシュ・ボーイズは、金融庁が二〇一八年四月から登録制としたため、見えざる実態がようやく把握の緒についたばかりだが（二〇一九年春時点で日本のダルマ・キャピタル含め登録業者は約六十社）、まだ厚いヴェールに包まれている。

そこへいくとHFT先進国の米国では、才人ルイスが、捕食者の手品を見破る「凡人」のヒーローを見つけだした。それが、本書の日系カナダ人、ブラッド・カツヤマとその仲間たちである。蛇の道はヘビ。トレーダー出身の彼らがイカサマを実証する場面は、アルキメデスならずとも「エウレカ！」（みつけた！）と叫びたくなる。

もうひとつは、〇・〇〇一秒（ミリ秒）、いや百万分の一秒（マイクロ秒）、十億分の一秒（ナノ秒）を節約するため、光ファイバー通信回線をひたすら一直線に敷設するイカれたベンチャー「スプレッド・ネットワークス」のエピソードである。地形がデコボコだろうが、頑固な地主が立ちはだかろうが、札束で顔をはたき、掘削禁止の国立公園も政治の裏ワザを使って、野越え、山越え、川越え、農地の地下も貫通して、一攫千金ならぬ一「直」千金のいかにもアメリカらしい無茶苦茶な猪突猛進が笑える。そしてディスプレー画面で無数の数字が瞬くだけの無機質なHFTを可視化するには、これほど分かりやすいものはなかったろう。「冒険」とも「暴挙」ともいえるエピソードで本書の冒頭を飾り、読者を思わず釣り込むルイスのストーリーテラーぶりに「うまい！」と脱帽するばかりである。

このスプレッド・ネットワークス社はいまも実在する。日本では二〇一九年九月公開のベルギー・カナダ合作映画『ハミングバード・プロジェクト／0・001秒の男たち』は、このエピソードを巧みなドラマ仕立てにしてあって、『ソーシャル・ネットワーク』でザッカーバーグを演じたジェシー・アイゼンバーグ、『ターザン REBORN』主演のアレクサンダー・スカルスガルドのコンビに、二人を邪魔する元女上司の悪役に『フリーダ』のサルマ・ハエックと、なかなかの手練れを集めて面白い。ハミングバード（ハチドリ）とは、あの小刻みな羽ばたき一回の〇・〇一六秒を意味するタイトルだ。この「トンデモ」プロジェクトに巨額のカネを出させる、投資家殺しの決め台詞がじつに絶妙だった。

「つまり、タイムマシンで未来へ行き、当選番号の宝くじを知って、事前に買うようなもの」

まさに一言で超高速取引の本質、いや、そのアンフェアを言い当てている。映画の主人公たちは、その罪を贖わなければならないが、現実は異なる。証券・金融市場のほとんど非人間的な技術革新と、時差トリックによる見えざる搾取はいまも健在なのだ。

（『FACTA』ファウンダー）

〈訳者略歴〉

渡会圭子《わたらいけいこ》

1963年生まれ。上智大学文学部卒。訳書に『the four GAFA　四騎士が創り変えた世界』（スコット・ギャロウェイ）、『YouTube革命　メディアを変える挑戦者たち』（ロバート・キンセル／マーニー・ペイヴァン）、『かくて行動経済学は生まれり』（マイケル・ルイス）など。

東江一紀《あがりえかずき》

1951年生まれ。北海道大学卒。『世紀の空売り』や『ブーメラン』などマイケル・ルイスの処女作『ライアーズ・ポーカー』以来の訳者で、東江訳の『ライアーズ・ポーカー』を読んでマイケル・ルイスを読むようになった読者も多い。2014年6月逝去。

〈著者略歴〉

マイケル・ルイス（Michael Lewis）

1960年ニューオリンズ生まれ。プリンストン大学から、ロンドン・スクール・オブ・エコノミクスに入学。1985年ソロモン・ブラザーズに職を得る。ちょうど、ソロモンが住宅ローンの小口債券化を開発した時期に立ち会い、その債券を売ることになった。その数年の体験を書いた『ライアーズ・ポーカー』（角川書店）で作家デビュー。金融ノンフィクションの古典となった。2008年のリーマン・ショックを引き金とする世界恐慌のさなか、この恐慌を予測して大相場をはった一握りの男たちのリストを入手し、『世紀の空売り』（文藝春秋）を著す。他に、『マネー・ボール』（ハヤカワ・ノンフィクション文庫）など。リーマン・ショック以降、電子化と新たな規制で一変したウォール・ストリートの「巨大な詐欺」を白日のもとにさらしたとも言える本書は、2014年3月に出版されるや、大きな話題になり、米国司法長官が、異例の調査指示を出すことになった。

単行本　二〇一四年十月　文藝春秋刊

文春文庫

フラッシュ・ボーイズ
10億分《おくぶん》の1秒《びょう》の男《おとこ》たち

定価はカバーに表示してあります

2019年8月10日　第1刷

著　者　マイケル・ルイス
訳　者　渡会《わたらい》圭子《けいこ》　東江《あがりえ》一紀《かずき》
発行者　花田朋子
発行所　株式会社　文藝春秋

東京都千代田区紀尾井町 3-23　〒102-8008
TEL　03・3265・1211㈹
文藝春秋ホームページ　http://www.bunshun.co.jp
落丁、乱丁本は、お手数ですが小社製作部宛お送り下さい。送料小社負担でお取替致します。

印刷製本・大日本印刷
Printed in Japan
ISBN978-4-16-791340-3

（　）内は解説者。品切の節はご容赦下さい。

デイヴィッド・ハルバースタム（山田耕介・山田侑平 訳）
ザ・コールデスト・ウインター 朝鮮戦争（上下）
スターリンが、毛沢東が、マッカーサーが、トルーマンが、金日成が、そして凍土に消えた名もなき兵士達が、血の肉声で語るあの戦争。著者が十年をかけて取材執筆した、最後の最高傑作。
ハ-29-1

フランク・ブレイディー（佐藤耕士 訳）
完全なるチェス 天才ボビー・フィッシャーの生涯
東西冷戦下、世界王者に輝き、米国の英雄となった天才。だが、彼は奇行と過激な発言で表舞台から去る。神童はなぜ転落したのか。映画『完全なるチェックメイト』の原点。（羽生善治）
フ-33-1

ダライ・ラマ（山際素男 訳）
ダライ・ラマ自伝
ノーベル平和賞を受賞したチベットの指導者、第十四世ダライ・ラマが、観音菩薩の生れ変わりとしての生い立ちや、亡命生活などの波乱の半生を通して語る、たぐい稀な世界観と人間観。
ラ-6-1

マイケル・ルイス（東江一紀 訳）
世紀の空売り《からうり》
世界経済の破綻に賭けた男たち
世界中が、好況に酔っていた2000年代半ば、そのまやかしを見抜き、世界経済のシステム自体が破綻する方に賭けた男達がいた。世界同時金融危機の実相を描く痛快NF。（藤沢数希）
ル-5-1

マイケル・ルイス（東江一紀 訳）
ブーメラン
欧州から恐慌が返ってくる
サブプライム危機で大儲けした男たちが次に狙うのは「国家の破綻」。アイスランド、アイルランド、ギリシャ、ドイツ——欧州危機の実相を生々しく描いた傑作NF。（藤沢数希）
ル-5-2

ティム・ワイナー（藤田博司・山田侑平・佐藤信行 訳）
CIA秘録
その誕生から今日まで（上下）
アメリカ中央情報局＝CIAの六十年に及ぶ歴史は、失敗と欺瞞の連続だった——。二十年近く取材し続けた調査報道記者が、その誕生から今日までの姿を全て情報源を明らかにして描く。
ワ-2-1